13

13

Steve Cavanagh

Traducción de Ana Momplet

Rocaeditorial

Título original: *Thirteen*

© 2018, Steve Cavanagh

Primera edición: mayo de 2019

© de la traducción: 2019, Ana Momplet
© de esta edición: 2019, Roca Editorial de Libros, S. L.
Av. Marquès de l'Argentera 17, pral.
08003 Barcelona
actualidad@rocaeditorial.com
www.rocalibros.com

Impreso por Liberdúplex, s. l. u.
Crta. BV-2249, km 7,4. Pol. Ind. Torrentfondo
Sant Llorenç d'Hortons (Barcelona)

ISBN: 978-84-17541-16-3
Depósito legal: B. 9094-2019
Código IBIC: FF; FH

RE41163

Para Noah

La siguiente cita es originalmente de Baudelaire, pero desde entonces ha sido robada muchas veces. Agradezco a Chris McQuarrie que me haya permitido arrebatar su versión: «El mejor truco del diablo fue convencer al mundo de que no existía», del guion de la película *Sospechosos habituales*, de Christopher McQuarrie.

Prólogo

*E*ran las cinco y diez de una cruda tarde de diciembre. Joshua Kane estaba tumbado sobre un lecho de cartón delante del edificio de los Juzgados de lo Penal de Manhattan. Estaba pensando en matar a un hombre. No a «cualquier» hombre. A alguien concreto. Era cierto que, a veces, cuando iba en el metro u observaba a los transeúntes, Kane pensaba en matar a algún neoyorquino anónimo, a cualquiera que entrase por casualidad en su campo visual. Podía ser una secretaria rubia que estuviera leyendo una novela romántica en la línea K, un banquero de Wall Street que basculara el paraguas mientras ignoraba sus peticiones de limosna, o incluso un niño agarrado a la mano de su madre en un paso de peatones.

¿Cómo sería la sensación de matarlos? ¿Qué dirían con su último suspiro? ¿Cambiaría su mirada en el momento de abandonar este mundo? Al pensarlo, Kane sentía un escalofrío placentero recorriendo su cuerpo.

Miró su reloj.

Las cinco y once.

Angulosas e imponentes sombras inundaban la calle a medida que el día se disolvía con el crepúsculo. Miró al cielo y agradeció que se atenuase la luz, como si alguien hubiera colocado un velo sobre una lámpara. La media luz convenía a su propósito. El cielo se oscurecía devolviendo sus pensamientos a la idea de matar.

Apenas había pensado en otra cosa durante las últimas seis semanas que había pasado en la calle. Hora tras hora, se debatía silenciosamente consigo mismo acerca de si aquel hombre debía morir. Más allá de la vida o la muerte de ese tipo, todo lo demás había sido cuidadosamente planeado.

Kane corría pocos riesgos. Era la forma más inteligente de

hacerlo. Si quieres que no te descubran, tienes que ser precavido. Lo había aprendido hacía mucho tiempo. Dejar con vida a su objetivo conllevaba riesgos. ¿Qué pasaría si sus caminos se cruzaban en el futuro? ¿Reconocería a Kane? ¿Sería capaz de encajar las piezas?

¿Y si Kane le matara? Siempre había una infinidad de riesgos unidos a una tarea así.

Sin embargo, eran riesgos que conocía: riesgos que ya había conseguido evitar muchas veces.

Una furgoneta de correos se detuvo junto a la acera y aparcó enfrente de él. El conductor, un hombre corpulento de cuarenta y tantos años y con uniforme, se bajó del vehículo. Puntual como un reloj. El cartero pasó por delante de él y entró por la puerta de servicio de los juzgados, ignorando a Kane, que yacía en la calle. Ni una ayuda para los sintecho. Ni hoy ni en las seis semanas que llevaba allí. Nunca. Y al verle pasar, Kane, puntual como un reloj, se preguntó si debía matarle.

Tenía doce minutos para decidirlo.

El cartero se llamaba Elton. Estaba casado y tenía dos hijos adolescentes. Una vez por semana, se compraba la comida en una *delicatessen* artesanal de precios exagerados mientras su esposa creía que estaba corriendo; le gustaba leer novelas en rústica que compraba por un dólar en una pequeña tienda de Tribeca; llevaba pantuflas peludas cuando sacaba la basura, los jueves.

¿Cómo sería la «sensación» de verle morir?

Joshua Kane disfrutaba observando a la gente experimentar emociones distintas. Para él, las sensaciones de pérdida, dolor y miedo eran tan embriagadoras y dichosas como las mejores drogas del mundo.

Joshua Kane no era como otras personas. No había nadie como él.

Volvió a mirar su reloj. Las cinco y veinte.

Hora de ponerse en marcha.

Se rascó la barba, ya bastante espesa. Se preguntó si la suciedad y el sudor contribuirían a su color, mientras se levantaba del cartón y estiraba la espalda. El movimiento llevó su propio olor a las fosas nasales. No se había cambiado de pantalones o calcetines desde hacía seis semanas. Tampoco se había duchado. El hedor le dio arcadas.

Necesitaba apartar la mente de su propia suciedad. A sus pies había una mugrienta gorra de béisbol con un par de dólares en monedas.

Era gratificante llevar a cabo una misión hasta el final. Ver tu visión hecha realidad, tal y como la habías imaginado. Y, sin embargo, a Kane le parecía emocionante introducir el factor suerte. Elton nunca sabría que su destino se iba a decidir en ese momento. Lo echaría a cara o cruz. Kane cogió un cuarto de dólar, lo lanzó y eligió en voz alta cuando estaba en el aire. Lo cogió y lo dejó plano sobre el dorso de su mano. Mientras la moneda giraba en la fría niebla de su aliento, había decidido que cara significaba que Elton moriría.

Miró el cuarto nuevo y brillante sobre la mugre incrustada en su piel, y sonrió.

A tres metros de la furgoneta de correos había un puesto de perritos calientes. El vendedor estaba sirviendo a un hombre alto y sin abrigo. Probablemente, acababa de salir bajo fianza y estaba celebrándolo con comida de verdad. El vendedor cogió sus dos dólares y le señaló el cartel en la parte inferior del puesto. Junto a las fotos de salchicha *kielbasa* a la parrilla, había un anuncio de un abogado con un teléfono debajo.

¿LE HAN DETENIDO?
¿LE ACUSAN DE UN DELITO?
LLAME A EDDIE FLYNN.

El hombre alto dio un mordisco a su perrito caliente, asintió y se alejó mientras Elton salía del edificio de los juzgados cargando tres sacos de arpillera gris llenos de correo.

Tres sacos.

Confirmado.

Hoy era el día.

Normalmente, Elton salía con dos sacos, o incluso con uno solo. Pero cada seis semanas eran tres. Aquel saco de más era lo que Kane había estado esperando.

Elton abrió las puertas traseras de la furgoneta y arrojó la primera bolsa en su interior. Kane se acercó lentamente, con la mano derecha extendida.

El segundo saco siguió al primero.

STEVE CAVANAGH

Cuando estaba cogiendo el tercero, Kane aceleró el paso hacia él.

—Eh, amigo, ¿le sobra algo suelto?

—No —contestó Elton, que arrojó el último saco dentro de la furgoneta.

Cerró la puerta derecha, luego agarró la izquierda y dio un portazo como si no fuera suya. Era fundamental elegir el momento oportuno. Kane estiró rápidamente la mano con la que pedía. El movimiento de la puerta se llevó su mano por delante y la inercia hizo que se cerrara sobre su brazo.

Kane lo había medido perfectamente. Oyó el ruido de las bisagras de metal cortando la carne, aplastando el miembro. Agarrándose el brazo, soltó un grito y cayó de rodillas. Vio que Elton se llevaba las manos a la cabeza, con los ojos abiertos de par en par y la boca abierta del *shock*. Con la fuerza con la que había cerrado la puerta y su simple peso, cabía poca duda de que el brazo de Kane estaba roto. Una fractura fea. Fracturas múltiples. Un traumatismo masivo.

Sin embargo, Kane era especial. Eso es lo que le decía siempre su madre. Volvió a gritar. Era importante armar un buen escándalo: lo menos que podía hacer era fingir que estaba herido.

—Jesús, cuidado con las manos. No he visto su brazo ahí… Usted… Lo siento —farfulló Elton.

Se arrodilló al lado de Kane y volvió a disculparse.

—Creo que está roto —dijo Kane, sabiendo que no lo estaba. Hacía diez años, le habían sustituido el hueso con placas de acero, barras y tornillos. Lo poco que quedaba de hueso estaba muy reforzado.

—Mierda, mierda, mierda… —soltó Elton, mirando la calle a su alrededor, sin saber qué hacer—. No ha sido culpa mía —dijo Elton—, pero puedo llamar a una ambulancia.

—No. No me atenderán. Me llevarán a Urgencias, me dejarán toda la noche en una camilla y luego me mandarán otra vez a la calle. No tengo seguro. Hay un centro médico, a diez manzanas…, como mucho. Ellos sí tratan a los sin techo. Lléveme allí —dijo Kane.

—No puedo llevarle —respondió Elton.

—¿Cómo? —contestó Kane.

—No está permitido llevar pasajeros en la furgoneta. Si alguien le ve en el asiento de delante, podría perder mi trabajo.

Kane suspiró aliviado viendo los esfuerzos de Elton por respetar las normas del trabajador del Servicio de Correos. Contaba con ello.

—Póngame en la parte de atrás. Así no me verá nadie —dijo Kane.

Elton miró hacia la parte trasera de la furgoneta, la puerta lateral abierta.

—No sé…

—No voy a robar nada. ¡Si ni siquiera puedo mover el brazo, por Dios! —exclamó Kane, y siguió gimiendo mientras se acunaba el brazo.

Tras un momento de duda, Elton dijo:

—De acuerdo. Pero no se acerque a los sacos de correo. ¿De acuerdo?

—De acuerdo —respondió Kane.

Volvió a gemir cuando Elton le ayudó a levantarse del asfalto, y soltó un grito al pensar que las manos de Elton se acercaban demasiado a su brazo herido, pero, poco después, ya estaba sentado sobre el suelo de acero de la parte trasera de la furgoneta, haciendo todos los ruidos adecuados para acompañar el balanceo de los amortiguadores mientras la furgoneta se dirigía hacia el este. La parte de atrás estaba separada de la cabina, de modo que Elton no podía verle; probablemente, tampoco podía oírle. Aun así, Kane creyó conveniente seguir haciendo ruidos por si acaso. La única luz entraba por el techo, por una trampilla de vidrio aburbujado de sesenta por sesenta.

Apenas habían dejado los alrededores de los juzgados, cuando Kane sacó un cúter de su abrigo y cortó los lazos en lo alto de los tres sacos.

El primero fue una decepción: sobres comunes.

El segundo también.

A la tercera fue la vencida.

Los sobres del tercer saco eran distintos, y todos ellos, idénticos. Tenían una franja roja impresa en la parte inferior, con letras blancas que decían: «CORRESPONDENCIA PARA ABRIR DE INMEDIATO. CONTIENE CITACIONES JUDICIALES IMPORTANTES».

Kane no abrió ninguno de ellos. Los colocó uno por uno sobre el suelo. Al hacerlo, fue apartando los que iban dirigidos a mujeres, y volvió a meterlos en el saco. Medio minuto después ya tenía sesenta o setenta sobres colocados ante sí. Les hizo fotos de cinco en cinco, utilizando una cámara digital que luego guardó entre su ropa. Más tarde podría ampliar las imágenes para ver los nombres y las direcciones escritas en cada uno.

Una vez acabada la tarea, Kane devolvió todos los sobres al saco, y los ató de nuevo poniéndoles unas etiquetas de autocierre nuevas que había traído consigo. No eran difíciles de encontrar y eran idénticas a las que utilizaban en la oficina del juzgado y en correos.

Viendo que tenía tiempo de sobra, estiró las piernas sobre el suelo y empezó a mirar las fotos de los sobres en la pantalla de su cámara. Ahí, en algún sitio, estaba la persona perfecta. Lo sabía. Lo «presentía». Su corazón se estremeció de la emoción. Como una corriente eléctrica subiéndole desde los pies y abriéndose paso directamente a través de su pecho.

Con tanto parar y arrancar en medio del tráfico de Manhattan, Kane tardó unos instantes en darse cuenta de que la furgoneta había aparcado. Guardó la cámara. Las puertas traseras se abrieron. Kane se agarró el brazo que fingía tener lesionado. Elton se inclinó hacia el interior de la furgoneta, tendiéndole una mano. Con un brazo pegado al pecho, Kane estiró la otra mano y cogió el brazo extendido de Elton. Se levantó. Qué fácil y rápido sería... Lo único que tenía que hacer era plantar bien los pies... y tirar. Solo un poco más de presión y el cartero se vería arrastrado al interior de la furgoneta. El cúter le atravesaría la parte trasera del cuello en un movimiento suave; después, seguiría la línea de la mandíbula hasta la arteria carótida.

Elton ayudó a Kane a bajarse de la furgoneta como si estuviera hecho de hielo y le acompañó al interior del centro médico.

Había salido cruz: no le había tocado a Elton.

Kane le dio las gracias a su salvador y le vio marchar. Tras unos minutos, salió del centro médico a la calle para comprobar que la furgoneta no había vuelto para asegurarse de que estaba bien.

No se veía por ningún sitio.

Υ

Horas más tarde, aquella misma noche, Elton salió de su tienda *delicatessen* favorita vestido con su ropa de correr. Bajo un brazo, llevaba un sándwich Ruben a medias; en el otro, una bolsa de papel marrón llena de comida. De repente, un hombre alto, afeitado al ras y bien vestido apareció en su camino, obstaculizándole el paso y obligándole a detenerse en la oscuridad, bajo una farola rota.

Joshua Kane estaba disfrutando de aquella noche fría, de la sensación de un traje bueno y un cuello limpio.

—Volví a tirar la moneda —dijo.

Disparó a Elton en la cara, salió con paso enérgico hacia un callejón oscuro y desapareció. Kane no sacaba ningún placer de una ejecución tan rápida y fácil. Lo ideal habría sido pasar unos días con Elton, pero no había tiempo que perder.

Tenía mucho trabajo que hacer.

17

SEIS SEMANAS DESPUÉS

Lunes

1

*N*o había periodistas sentados en los bancos del juzgado detrás de mí. Tampoco espectadores en la parte del público. Ni familiares preocupados. Solo estábamos mi cliente, el fiscal, el juez, una taquígrafa, una oficial del juzgado y yo. Ah, y un guardia de seguridad sentado en una esquina, viendo a escondidas un partido de los Yankees en su teléfono móvil.

Me encontraba en el número cien de Center Street, en el edificio de los Juzgados de lo Penal de Manhattan, en una pequeña sala del piso octavo.

No había nadie más, porque a nadie más le importaba una mierda. De hecho, al fiscal tampoco le importaba demasiado el caso; el juez, por su parte, había perdido todo interés en cuanto leyó los cargos: posesión de estupefacientes y parafernalia de drogas. El fiscal, un tal Normal Folkes, estaba condenado de por vida en la oficina del fiscal del distrito. A Norm le quedaban seis meses para recibir la pensión. Era evidente. Tenía el botón superior de la camisa desabrochado y su traje parecía de los tiempos de Reagan. La barba de dos días que llevaba era lo único que parecía mínimamente aseado.

El honorable Cleveland Parks, el juez que presidía la sala, tenía cara de globo desinflado, con la cabeza apoyada sobre la mano e inclinado sobre el estrado.

—Señor Folkes, ¿cuánto más vamos a tener que esperar? —preguntó.

Norm miró su reloj, se encogió de hombros y contestó:

—Disculpe, señoría, el testigo debería llegar en cualquier momento.

La oficial del juzgado hizo ruido al mover unos papeles delante de ella. El silencio volvió a adueñarse de la sala.

—Señor Folkes, permítame que le diga que, como letrado experimentado que es, asumo que sabrá que no hay nada que me irrite más que la demora —dijo el juez.

Norm asintió. Se disculpó otra vez y volvió a estirarse el cuello de la camisa, viendo cómo cambiaba el color de las mejillas del juez. Cuanto más tiempo pasaba allí sentado Parks, más rojo se ponía. Aunque eso era a lo máximo que se animaba. Nunca alzaba la voz ni agitaba un dedo acusador: simplemente se quedaba sentado, echando humo. Todo el mundo sabía cuánto detestaba los retrasos.

Mi clienta, una exprostituta de cincuenta y cinco años llamada Jean Marie, se inclinó hacia mí y susurró:

—¿Qué pasa si el poli no aparece, Eddie?

—Vendrá —le respondí.

Sabía que el policía aparecería. Pero también sabía que llegaría tarde.

Me había asegurado de ello.

Solo podía funcionar si Norm era el abogado de la acusación. Había presentado la moción para que se desestimaran los cargos hacía dos días, justo antes de las cinco, cuando el oficial responsable de las listas ya se había ido a casa. Los años de experiencia me habían dado una buena idea de la rapidez con que la oficina tramitaba el expediente y fijaba una vista. Con todo el trabajo atrasado en la oficina, probablemente no nos darían fecha hasta hoy. Además, la oficina del juzgado tendría dificultades para encontrar una sala libre. Las mociones suelen celebrarse por la tarde, sobre las dos, pero ni la acusación ni la defensa sabrían en qué sala estaríamos hasta unas horas antes. No importaba. Norm tendría cosas que hacer por la mañana, en la sala para la lectura de cargos. Y yo también. Lo habitual era acudir al secretario de la sala donde uno estuviera y pedirle que consultara en el ordenador dónde se celebraría la vista de la tarde. Una vez que nos confirmaran la sala, cualquier abogado de la acusación cogería su móvil y llamaría a su testigo para decirle adónde debía dirigirse. Pero Norm no. Él no llevaba móvil. No creía en ellos. Pensaba que emitían toda clase de ondas nocivas de radio. Esa misma mañana había intentado encontrarme con Norm en la sala para la lectura de cargos, con el fin de decirle qué juzgado nos correspondía por la tarde. Norm confiaría en que su testigo haría exactamente lo que él mismo hubiera hecho si yo no le hubiera dicho dónde era… O sea, que miraría en el tablón qué sala era.

El tablón está ubicado en la sala 1.000 del edificio de los juzgados, el despacho del secretario del juzgado. Además de las colas de gente esperando para pagar multas, hay una pizarra blanca con una lista de juicios y mociones que deben celebrarse en esa fecha. El panel está ahí para informar a testigos, policías, fiscales del distrito, estudiantes de Derecho, turistas y abogados en qué parte del edificio está la actividad judicial en todo momento.

Una hora antes de comenzar la vista, subí a la sala 1.000. Dando la espalda al secretario, busqué mi vista en el panel, borré el número de la sala y escribí uno distinto. Un pequeño ardid. No como las operaciones largas y arriesgadas en las que trabajé durante diez años, cuando era un artista del timo. Desde que me había hecho abogado, de vez en cuando me permitía recaer en las viejas costumbres.

Teniendo en cuenta el tiempo de espera para coger un ascensor en los juzgados, creía que mi distracción bastaría para retrasar unos diez minutos al testigo de Norm.

El inspector Mike Granger entró en la sala veinte minutos tarde. Al principio, no me volví cuando las puertas se abrieron. Me limité a escuchar los pasos de Granger sobre el suelo de baldosas, avanzando tan rápido como los dedos del juez Parks tamborileaban en su mesa. Pero entonces oí otros pasos. Y ahora sí que me di la vuelta.

Un hombre de mediana edad vestido con un traje caro entró en el juzgado detrás de Granger y se sentó en la parte trasera. Le reconocí al instante, con su flequillo rubio, su dentadura blanca digna de la televisión y la palidez de alguien atado a una oficina. Rudy Carp era de esos abogados cuyos casos aparecían en los telediarios de la noche durante meses. Salía en el canal judicial, conseguía que su rostro figurase en portadas de revistas y tenía todas las habilidades como letrado. Un litigante estrella.

No le conocía personalmente. No cazábamos en el mismo círculo social. Rudy cenaba en la Casa Blanca un par de veces al año. El juez Harry Ford y yo bebíamos whisky barato una vez al mes. Hubo un tiempo en el que me dejé ganar por el alcohol. Ahora no. Solo una vez al mes. Y no más de dos copas. Lo tengo bajo control.

Rudy saludó con la mano dirigiéndose hacia donde yo estaba. Al volverme, vi que el juez estaba mirando fijamente al inspector Granger. Me giré de nuevo y Rudy saludó otra vez. En ese momento, comprendí que me saludaba a mí. La verdad, no se me ocurría qué podía estar haciendo en mi sala.

—Todo un detalle que haya venido, inspector —dijo el juez Parks.

Mike Granger era el típico policía veterano de Nueva York. Se acercó contoneándose, quitándose el arma de mano, escupió el chicle y lo pegó en la cartuchera antes de dejarla bajo la mesa de la acusación. No estaba permitido entrar con armas en el juzgado. Los agentes de los cuerpos de seguridad debían depositarlas en el control. Los oficiales del juzgado solían dejar pasar a los policías, pero hasta los más veteranos evitaban subir al estrado con un arma.

Granger intentó explicar su retraso. El juez Parks le interrumpió sacudiendo la cabeza: «Guárdelo para el estrado».

Oí suspirar a Jean Marie. Las raíces negras le asomaban a través del tinte oxigenado y sus dedos temblaban al llevárselos a la boca.

—No te preocupes. Ya te he dicho que no vas a volver a la cárcel —le dije.

Para la vista, se había puesto un traje de pantalón negro nuevo. Le quedaba bien, le daba algo más de confianza.

Mientras intentaba tranquilizar a Jean, Norm comenzó el espectáculo llamando a Granger al estrado. Le tomaron juramento. Norm repasó con él los puntos básicos de la detención de Jean.

Aquella noche, Granger pasaba por la calle 37 con Lexington. Vio a Jean delante de un salón de masajes con un bolso en la mano. Granger sabía que Jean tenía antecedentes por prostitución. Paró y se acercó a ella. Se presentó y le enseñó su placa. En ese momento, dice que vio «parafernalia de drogas» asomando de la bolsa de papel marrón de Jean.

—¿Y en qué consistía esa parafernalia de drogas? —preguntó Norm.

—Una pajita. Los drogadictos suelen utilizarla para esnifar estupefacientes. La vi con toda claridad asomando de su bolsa —dijo Granger.

Al juez Parks no le sorprendió, pero puso los ojos en blanco. Por increíble que pueda parecer, en los últimos seis meses la policía había detenido a media docena de jóvenes afroamericanos por posesión de parafernalia de drogas, porque llevaban pajitas, generalmente metidas en un vaso de gaseosa.

—¿Y qué hizo entonces? —dijo Norm.

—Si veo que una persona lleva parafernalia de drogas... Para mí eso es causa probable. La señorita Marie tiene antecedentes por delitos relacionados con estupefacientes, así que registré la bolsa y encontré drogas en su interior. Cinco bolsitas de marihuana en el fondo. Por lo tanto, la detuve.

Parecía que Jean iba a ir a la cárcel. Segundo delito por drogas en doce meses. Esta vez no le darían la condicional. Probablemente, le caerían entre dos y tres años. Es más, como bien nos recordaron, ya había estado en la cárcel por el mismo delito. Después de ser detenida, pasó tres semanas en la sombra, hasta que conseguí que un fiador de fianzas pagara la suya.

Sin embargo, yo sabía que Jean me había dicho la verdad cuando le pregunté sobre la detención. Ella siempre me decía la verdad. El inspector Granger se detuvo junto a ella buscando un poquito de acción gratis en la parte trasera de su coche. Jean le dijo que ya no ejercía. Así que Granger se bajó del coche, le cogió el bolso y, cuando vio la maría dentro, cambió el rollo: le dijo que quería el quince por ciento de sus ganancias a partir de ese momento; de lo contrario, la detendría ahí mismo.

Jean contestó que ya le había pagado el diez por ciento a dos agentes de patrulla en el distrito 17, y aparentemente no estaban haciendo su trabajo. Conocían a Jean y no les costaba hacer la vista gorda. A pesar de sus antecedentes, Jean era una patriota. Su mercancía era cien por cien marihuana cultivada en Estados Unidos, que venía directa de granjas con licencia estatal en Washington. La mayoría de sus clientes eran ancianos que querían mitigar sus dolores de artritis o aliviar el glaucoma fumando. Eran clientes habituales y no daban problemas. Jean mandó a Granger a paseo. Así pues, la detuvo y se inventó esa historia.

25

Evidentemente, yo no podía demostrar nada de esto en el tribunal. Ni siquiera iba a intentarlo.

Mientras Norm tomaba asiento, me puse en pie, me aclaré la garganta y me recoloqué la corbata. Separé los pies a la altura de los hombros, di un trago de agua y me relajé. Era como si me estuviese poniendo cómodo, preparándome para dar caña a Granger durante un par de horas, al menos. Cogí una hoja que había sobre mi mesa y le formulé la primera pregunta.

—Inspector, en su declaración, dijo que la acusada llevaba la bolsa en la mano derecha. Sabemos que era una bolsa grande de papel marrón. Difícil llevarla en una sola mano. Imagino que la llevaría agarrada por las asas de la parte superior...

Granger me miró como si estuviera robando su valioso tiempo con preguntas estúpidas y banales. Asintió y una sonrisa apareció en la comisura de sus labios.

—Sí, llevaba la bolsa cogida por las asas —dijo.

Entonces miró confiado hacia la mesa de la acusación, dejándoles ver que lo tenía controlado: era evidente que Norm y Granger habían hablado largo y tendido sobre el uso legal de las pajitas con vistas al juicio. Granger estaba más que preparado para esto. Esperaba discutir conmigo sobre la paja, y si Jean solo la estaba utilizando para beber su refresco, bla, bla, bla.

Sin decir una sola palabra más, me senté. Mi primera pregunta también fue la última.

Granger me miraba con recelo, como si le hubieran robado la cartera, pero no estuviera seguro. Norm confirmó que no quería repreguntar al testigo. El inspector se bajó del estrado y le pedí a Norm que me dejara tres pruebas.

—Señoría, la prueba número uno de este caso es la bolsa. Esta bolsa —dije, levantando una bolsa de pruebas transparente y sellada con una bolsa de papel marrón con el logo de McDonald's en la parte delantera. Me incliné y cogí otra bolsa de McDonald's que había traído conmigo. La levanté para compararlas.

—Estas bolsas son del mismo tamaño. Esta bolsa tiene cincuenta centímetros de profundidad. Me la dieron esta mañana al comprar mi desayuno —dije.

Dejé ambas bolsas y cogí la siguiente prueba.

—Este es el contenido de la bolsa de la acusada, que le fue requisada la noche de su detención. Prueba número dos.

Dentro de la bolsa de pruebas sellada había cinco bolsitas pequeñas de marihuana. Entre todas no habrían llenado un cuenco de cereales.

—La prueba número tres es una paja común para refrescos del McDonald´s. Mide veinte centímetros —dije, levantándola—. Es idéntica a la que me dieron esta mañana. —Mostré mi pajita y la puse encima de la mesa.

Metí la marihuana en mi bolsa de McDonald´s y la levanté hacia el juez. Luego cogí la pajita, sosteniéndola en vertical, y la metí con una mano mientras agarraba las asas con la otra.

La paja desapareció.

Entregué la bolsa al juez. La miró, sacó la paja y la volvió a dejar dentro. Repitió el gesto varias veces e incluso puso la paja en vertical dentro de la bolsa sobre las bolsitas de marihuana. La paja quedaba más de doce centímetros por debajo del borde de la bolsa. Lo sabía porque ya lo había probado.

—Señoría, dependo de la taquígrafa de la sala, pero, según mis notas, el inspector Granger ha declarado: «La vi con toda claridad asomando de su bolsa». La defensa coincide en que es posible que la paja quede a la vista si la parte superior de la bolsa está doblada y se agarra desde más abajo. Sin embargo, el inspector Granger confirmó en su testimonio que mi clienta tenía la bolsa cogida por las asas. Señoría, parece que estamos viendo la paja en el ojo ajeno.

El juez Parks levantó una mano. Ya me había escuchado bastante. Se giró en el asiento y dirigió su atención hacia Norm.

—Señor Folkes, he examinado esta bolsa, y la paja, con los artículos en el fondo de la misma. No me convence la explicación de que el inspector Granger pudiera ver la paja asomando por la parte superior de esta bolsa. Sobre esa base, no había causa probable como para realizar el registro, y toda la evidencia reunida como resultado es inadmisible. Incluida la pajita. Me preocupa, por no decir otra cosa, la tendencia que se ha extendido recientemente entre algunos agentes de clasificar pajas de refresco y otros artículos inocuos como parafernalia de drogas. Sea como fuere, no tiene usted pruebas para fundamentar una detención. Así pues, retiro todos los cargos. Estoy seguro de que tenía muchas cosas que decirme, señor Folkes, pero no le veo sentido: me temo que ya es demasiado «tarde».

Jean se abrazó a mi cuello, asfixiándome un poco. Le di unas palmaditas en el brazo y me soltó. Puede que no le apetezca abrazarme cuando reciba mi factura. El juez y sus oficiales se levantaron y abandonaron la sala.

Granger se fue hecho una furia, señalándome con el dedo índice al salir. No me importó, ya estaba acostumbrado.

—Bueno, ¿cuándo puedo esperar que presentes la apelación? —le dije a Norm.

—No será en esta vida —contestó—. Granger no detiene a operadores de pacotilla como tu clienta. Probablemente, haya algo más detrás de la detención. Y ni tú ni yo sabremos nunca qué es.

Norm recogió sus cosas y salió de la sala detrás de mi clienta. Ahora solo quedábamos Rudy y yo. Empezó a aplaudir, con una sonrisa que parecía sincera.

Se levantó y dijo.

—Enhorabuena, ha sido... impresionante. Necesito cinco minutos de su tiempo.

—¿Para qué?

—Quería saber si le gustaría ir de segundo en el mayor juicio por asesinato en la historia de esta ciudad.

2

$\mathcal{K}$ane contempló cómo el hombre de la camisa de cuadros abría la puerta de entrada de su apartamento y se quedaba ahí parado, aturdido en un silencio de muerte. Al verle presa de la confusión, se preguntó qué estaría pensando. Seguro que, en un principio, pensó que estaba viendo su propio reflejo, como si un jóker hubiese llamado al timbre y acto seguido hubiera puesto un espejo de cuerpo entero en el marco de la puerta. Y entonces, cuando comprendió que no había ningún espejo, se frotó la frente y dio un paso hacia atrás mientras intentaba dar sentido a lo que estaba viendo. Era lo más cerca que Kane había estado de aquel hombre. Le había estado observando, fotografiándole, imitándole. Le miró de arriba abajo y se sintió satisfecho con su trabajo. Llevaba exactamente la misma camisa que él. Se había teñido el pelo del mismo color y había conseguido copiar la forma de las entradas alrededor de sus sienes, recortando, afeitando y poniéndose algo de maquillaje. Las gafas de pasta negras eran idénticas. Hasta los pantalones grises tenían una mancha de lejía exacta en la parte inferior de la pernera izquierda, a doce centímetros del bajo y cinco de la costura interior. También llevaba las mismas botas.

29

Volviendo su atención a la expresión del hombre, Kane contó hasta tres hasta que este se dio cuenta de que aquello no era ninguna broma y no estaba viendo su reflejo. No obstante, se quedó mirando sus manos, para asegurarse de que estaban vacías. Kane llevaba una pistola con silenciador en la mano derecha, pegada al costado.

Aprovechando la confusión de su víctima, le empujó con fuerza en el pecho, obligándole a recular. Entró en el apartamento, cerró la puerta detrás de sí de una patada y oyó cómo chocaba contra el marco.

—Al baño, ahora. Está en peligro —dijo Kane.

El hombre levantó las manos, moviendo los labios sin llegar a articular ningún sonido mientras buscaba las palabras. Cualquier palabra. No le venía ninguna. Fue reculando por el vestíbulo y entró en su cuarto de baño hasta que tocó la bañera de cerámica con la parte trasera de los muslos. Sus manos temblaban en el aire y sus ojos seguían escrutando hasta el último milímetro de Kane, mientras dentro de él la confusión rivalizaba con el pánico.

Kane tampoco pudo evitar fijarse en el hombre y notar las sutiles diferencias de aspecto. De cerca, Kane era más delgado que él, siete u ocho kilos al menos. El color de pelo era parecido, pero no exactamente igual. Y la cicatriz: una marca pequeña justo encima del labio superior de aquel tipo, en su mejilla izquierda. No la había visto en las fotos que le hizo cinco semanas antes, ni tampoco en la fotografía que aparecía en su carné de conducir. Es posible que se la hiciese después de tomarse la foto. En cualquier caso, Kane sabía que podía copiarla. Había estudiado técnicas de maquillaje de Hollywood; con una solución de látex fina y de secado rápido se podía imitar prácticamente cualquier marca. Kane asintió. Lo que sí había clavado era el color de ojos; al menos eso era idéntico a sus lentillas. Tal vez tendría que ponerse más sombra alrededor de los ojos, pensó, y aclararse un poco más la piel. Ahora bien, la nariz era un problema.

Aunque podía solucionarlo.

«No es perfecto, pero no está mal», pensó Kane.

—¿Qué demonios está pasando? —dijo el hombre.

Kane sacó un papel doblado de su bolsillo y lo tiró a los pies del hombre.

—Cójalo… y léalo en alto —dijo Kane.

El hombre se agachó con las piernas temblorosas, recogió el papel, lo desdobló y lo leyó. Cuando volvió a alzar la vista, Kane tenía una pequeña grabadora digital en la mano.

—En alto —dijo Kane.

—C-c-coja lo que qu-qu-quiera, pero no me haga daño —dijo el hombre, ocultando el rostro entre las manos.

—Eh, escúcheme. Su vida corre peligro. No tenemos mucho tiempo. Alguien viene a matarle. Tranquilícese, soy policía. Estoy aquí para llevarle a un sitio seguro y protegerle. ¿Por qué cree que voy vestido exactamente igual que usted? —preguntó Kane.

El hombre volvió a mirarle entre los dedos, entornó los ojos y empezó a negar con la cabeza.

—¿Quién querría matarme?

—No tengo tiempo para explicaciones, pero ese hombre tiene que creer que yo soy usted. Vamos a sacarle de aquí y a ponerle a salvo. Pero antes necesito que haga algo por mí. Verá, me parezco a usted, pero no sueno como usted. Lea esta nota en alto para que pueda escuchar su voz. Tengo que aprenderme su entonación, aprender cómo suena.

La nota temblaba en la mano del hombre al empezar a leerla en voz alta, vacilando al comienzo, saltándose y trabándose con las primeras palabras.

—Pare. Tranquilícese. Está a salvo. Todo va a ir bien. Ahora, inténtelo de nuevo, desde el principio —dijo Kane.

El hombre respiró hondo y volvió a probar.

—El viejo murciélago hindú comía feliz cardillo y kiwi. La cigüeña tocaba el saxofón detrás del palenque de paja —dijo con expresión confusa—. ¿De qué va todo esto? —preguntó.

—Esa frase es un pangrama fonético. Me dará una base de su rango fonético. Lo siento. Le he mentido. Yo soy el que ha venido a matarle. Créame, desearía que tuviéramos más tiempo. Habría facilitado las cosas —dijo Kane.

Con una sola bala le hizo un agujero en el paladar. Era una pistola con silenciador, del calibre 22. Sin orificio de salida. Ni sangre ni fragmentos de cerebro que limpiar; ninguna bala que sacar de la pared. Perfectamente limpia. El cuerpo del hombre cayó en la bañera.

Kane dejó la pistola en la pila, salió del baño y abrió la puerta de entrada. Comprobó el pasillo. Esperó. No había nadie a la vista. Nadie había oído nada.

Al otro lado del rellano, enfrente de la puerta, había un pequeño trastero. Kane abrió la puerta, cogió la bolsa de deporte y el tambor de lejía que había dejado allí. Volvió a entrar en el apartamento y fue hacia el cuarto de baño. Si hubiese podido matarle y mover el cadáver, habría terminado el trabajo en otro sitio y de forma mucho más eficaz. Pero las circunstancias no lo permitían. No podía arriesgarse a mover el cuerpo, ni siquiera fragmentado. En las cinco semanas que había estado vigilándole, Kane solo le había visto salir de su apartamento una docena de veces. El hombre no conocía a nadie en el edificio, no tenía amigos, familia ni trabajo. Y, lo que era más importante, nadie iba a visitarle. De eso estaba seguro. Pero los vecinos del edificio y del barrio sabían quién era. Los saludaba en el portal, pasaba algún rato hablando con los dependientes de las tiendas, ese tipo de cosas. Simplemente, conocidos que se cruzan, pero no dejaban de ser contactos. Así que Kane necesitaba sonar como él, parecerse a él y seguir una rutina lo más parecida a la suya.

Con la evidente excepción. La rutina del aquel hombre estaba a punto de cambiar de la manera más extraordinaria.

Antes de ponerse manos a la obra con el cadáver, tenía que hacer algo con su propio cuerpo. Se tomó un instante para estudiar su cara otra vez, de cerca.

La nariz.

La nariz del hombre estaba desviada hacia la izquierda y era más gruesa que la de Kane. Debió de rompérsela hace años y, o no tenía seguro o dinero, o le faltaron ganas de recolocársela bien.

Kane se desvistió rápidamente, dobló la ropa con cuidado y la dejó en la sala de estar. Cogió una toalla del cuarto de baño, la empapó bajo el grifo del agua caliente y la escurrió. Hizo lo mismo con una toalla de cara.

Enrolló la toalla de baño mojada formando un rulo apretado de unos ocho centímetros. Se puso la toalla de cara sobre el lado derecho del rostro, asegurándose de que le cubría la nariz. La toalla enrollada era lo bastante larga como para atársela alrededor de la cabeza.

Estaba de pie en el cuarto de baño, cogió el pomo de la puerta con la mano derecha y la acercó hacia su cara hasta que el borde tocaba con el puente de su nariz. La toalla de cara absorbería el impacto del borde anguloso de la puerta para que no rompiera la piel. Kane giró la cabeza ligeramente hacia la izquierda y puso la mano izquierda en la parte izquierda de su cara. Notó cómo se le tensaban los músculos del cuello, empujando contra su mano izquierda y tirando del cuello hacia atrás. De ese modo, su cabeza no se iría bruscamente hacia la izquierda con el impacto.

Contó hasta tres, abrió la puerta alejándola de sí y, entonces, tiró de ella y golpeó el borde contra el puente de su nariz. Su cabeza se mantuvo firme. La nariz no. Lo supo por el chasquido del hueso. El ruido era lo único por lo que se podía guiar, porque no sentía nada.

La toalla que llevaba alrededor de la cabeza evitó que la puerta le golpeara el cráneo y le produjera una fractura orbital. Ese tipo de lesión le habría provocado una hemorragia en el ojo que requeriría cirugía.

Kane se quitó la toalla de la cabeza, luego levantó la de la cara y tiró ambas a la bañera, encima de las piernas del hombre. Se miró al espejo. Luego la nariz del hombre.

No del todo.

Sujetando ambos lados de su nariz, Kane giró hacia la izquierda. Oyó la crepitación: el ruido que hace el hueso cuando está roto. Sonaba como si envolviera cereales de desayuno en una servilleta y los aplastase. Volvió a mirarse en el espejo.

Bastante bien. La inflamación también ayudaría. Tendría que cubrir con maquillaje los moratones que le saldrían alrededor de la nariz y los ojos.

Se enfundó un traje químico que había metido en la bolsa de deporte junto con otras cosas. Desnudó al hombre en la bañera. Se hizo una nube de polvo blanco al abrir la tapa del cubo de lejía; era de la concentrada, en polvo. El grifo del agua caliente de la bañera corría con fuerza y el agua no tardó en alcanzar una temperatura insoportable. La piel del hombre se iba enrojeciendo por el calor. La sangre flotaba en volutas bailando cual humo rojo en el agua caliente. Kane midió tres cuencos de lejía y la echó dentro.

Cuando la bañera ya estaba llena tres cuartas partes, cerró el agua. Sacó de su bolsa una sábana grande de goma, la desdobló y la colocó sobre la bañera. Abrió un rollo nuevo de cinta americana y empezó a pegar la sábana a la bañera con largas tiras de cinta.

Kane conocía todo tipo de formas de deshacerse de un cadáver sin dejar rastro. Y este método le parecía especialmente efectivo. El proceso se basaba en la hidrólisis alcalina. La «biocremación» descomponía piel, músculos, tejidos, y hasta dientes a nivel celular. El polvo de lejía, mezclado con agua en cantidades adecuadas, podía disolver un cuerpo humano en menos de dieciséis horas. Después, quedaría una bañera llena de líquido verde y marrón, del que podría deshacerse simplemente vaciando la bañera.

Los dientes y los huesos restantes quedarían desteñidos y quebradizos, fáciles de pulverizar con la suela de un zapato. Kane sabía que el sitio perfecto para deshacerse del polvo de huesos era en una caja grande de jabón en polvo. Hueso y jabón se mezclarían fácilmente. Y a nadie se le ocurriría mirar allí.

Lo único que quedaría en la bañera que sí requeriría más trabajo era la bala. Pero podía arrojarla al río.

Bien limpito, como a él le gustaba.

Satisfecho de su trabajo hasta el momento, Kane se asintió a sí mismo y salió al recibidor del apartamento. Había una mesita junto a la puerta de la entrada con un fajo de cartas encima. En lo alto del montón, destacado con una franja roja, vio el sobre que Kane había fotografiado varias semanas antes. La citación para ser jurado.

3

$\mathcal{V}$i una limusina negra en Center Street. Estaba aparcada justo delante del juzgado, con el conductor de pie en la acera, sosteniendo la puerta trasera abierta. Rudy Carp me había invitado a comer. Tenía hambre.

El conductor de la limusina había aparcado a menos de tres metros de un puesto de perritos con mi cara impresa en grande sobre un cartel publicitario pegado con cinta sobre el panel inferior. Como si necesitara que el universo me recordase la diferencia entre Rudy y yo. En cuanto nos metimos en la limusina, Rudy contestó una llamada en su móvil. El conductor nos llevó a un restaurante en Park Avenue South. Ni siquiera sabía pronunciar el nombre del sitio. Parecía francés. Rudy terminó la llamada nada más bajarse del coche y dijo:

—Me encanta este sitio. La mejor sopa de rampas de la ciudad.

Yo ni siquiera sabía lo que eran las «rampas». Estaba bastante seguro de que no era un animal, pero le seguí la corriente y entré detrás de él.

El camarero se deshizo en atenciones con su cliente y nos condujo hasta una mesa en la parte de atrás, lejos del bullicioso servicio de la comida. Rudy se sentó enfrente de mí. Era un restaurante de mantel y servilletas de tela, con un pianista tocando suavemente, de fondo.

—Me gusta la iluminación. Es… atmosférica —dijo Rudy.

Era tan atmosférica que tuve que ayudarme de la luz de la pantalla de mi móvil para leer la carta. Estaba en francés. Decidí pedir lo mismo que Rudy. Ya está. El lugar me hacía sentir incómodo. No me gustaba pedir de una carta que se negaba a poner los precios al lado de la comida. No era mi clase de sitio. El camarero nos tomó nota, sirvió dos vasos de agua y se fue.

—Bueno, vayamos al grano, Eddie. Me caes bien. Llevo observándote un tiempo. Has tenido un par de casos geniales en los últimos años. ¿El asunto de David Child?

Asentí. No me gustaba hablar de mis casos pasados. Prefería mantenerlos entre el cliente y yo.

—Y has tenido varios éxitos en pleitos contra el Departamento de Policía de Nueva York. Hemos hecho los deberes. Tienes lo que hay que tener.

Su manera de decir «deberes» me hizo pensar que probablemente conocía mi pasado de antes de presentarme al examen del Colegio de Abogados. Sin embargo, todo lo que tenía que ver como artista del timo en mi vida anterior eran solo rumores. Nadie podía demostrar nada. Mejor así.

—Supongo que sabrás con qué estoy ahora mismo —dijo Rudy.

Claro que lo sabía. Cómo ignorarlo. Su cara llevaba casi un año saliendo en las noticias cada semana.

—Representas a Robert Solomon, la estrella del cine. Si no me equivoco, el juicio empieza la semana que viene.

—Empieza dentro de tres días. Mañana se elige al jurado. Nos gustaría que estuvieras en el equipo. Puedes encargarte de unos cuantos testigos con algo de tiempo de preparación. Creo que tu estilo sería sumamente eficaz. Por eso estoy aquí. Estarías como abogado de apoyo. Un par de semanas de trabajo. Te sacas más publicidad gratuita de la que puedas imaginar. Y podríamos ofrecerte una tarifa plana de doscientos mil dólares.

Rudy sonrió con su dentadura perfecta y blanqueada. Parecía el propietario de una tienda de caramelos ofreciendo a un chavalín de la calle todo el chocolate que pueda comer. Era una mirada benévola. Cuanto más tiempo me veía callado, más le costaba a Rudy mantener la sonrisa.

—Cuando dices «hemos», ¿de quién hablas exactamente? Creía que tú llevabas el barco en Carp Law.

Asintió.

—Así es, pero, cuando se trata de una estrella de Hollywood acusada de asesinato, siempre hay otro jugador. Mi cliente es el estudio. Me pidieron que representara a Bobby. Son ellos los que pagan la factura. ¿Qué dices, chico? ¿Quieres ser un abogado famoso?

—Me gusta mantener un perfil bajo —contesté.

De repente, se puso serio.

—Venga, si es el juicio del siglo por asesinato. ¿Qué me dices? —insistió Rudy.

—No, gracias —respondí.

Rudy no se lo esperaba. Reclinándose en la silla, cruzó los brazos y dijo:

—Eddie, cualquier abogado de la ciudad mataría por un sitio en la mesa de la defensa en este caso. Lo sabes. ¿Es por el dinero? ¿Qué problema hay?

El camarero llegó con dos cuencos de sopa, pero Rudy los rechazó con un gesto. Acercó su silla a la mesa y se inclinó hacia delante, apoyando los codos mientras esperaba mi respuesta.

—No pretendo ser un capullo, Rudy. Tienes razón. La mayoría de los abogados matarían por conseguir ese puesto, pero yo no soy como la mayoría de los abogados. Por lo que he leído en los periódicos y por lo que he visto en televisión, creo que Robert Solomon mató a esas personas. Y no voy a dejar que un asesino se vaya de rositas, por muy famoso que sea, o por mucho dinero que tenga. Lo siento, la respuesta es no.

Rudy seguía con esa sonrisa de cinco mil dólares, pero me miraba de reojo, asintiendo sutilmente.

—Ya entiendo, Eddie —dijo—. ¿Por qué no lo redondeamos a un cuarto de millón?

—No se trata de dinero. No voy con los culpables. Hace mucho tiempo fui por ese camino. Cuesta mucho más de lo que puede comprar el dinero —dije.

La comprensión inundó el rostro de Rudy. Por un instante, escondió la sonrisa.

—Bueno, entonces no te preocupes: eso no es un problema. Verás, Bobby Solomon es inocente. La policía de Nueva York le tendió una trampa para acusarle de esos homicidios —dijo Rudy.

—¿En serio? ¿Puedes demostrarlo? —le pregunté.

Rudy hizo una pausa.

—No —contestó—. Pero tú sí.

4

Kane se miró en el espejo de cuerpo entero del dormitorio que tenía delante. Entre el marco y el cristal, había metido decenas de fotografías del hombre que en ese instante se disolvía lentamente en su propia bañera. Él mismo había traído las fotos. Necesitaba un poco más de tiempo para estudiar a su objetivo. Una foto en concreto (la única que había conseguido tomar del hombre en posición sentada) llamaba su atención. Estaba en un banco de Central Park, tirando migas a los pájaros. Tenía las piernas cruzadas.

El sillón que se había traído de la sala de estar era unos doce centímetros más bajo que el banco de la foto. Le costaba acertar con el ángulo de las piernas. Él nunca las cruzaba. Nunca le pareció cómodo, ni natural. Pero, a la hora de convertirse en otra persona, era un perfeccionista. La perfección era esencial para el éxito.

La imitación era un don que había descubierto en el colegio. Durante el recreo, Kane imitaba a los profesores ante el resto de la clase; sus compañeros se tiraban por los suelos de la risa. Él nunca se reía, pero disfrutaba con la atención que le prestaban. Le gustaba el sonido de la risa de sus compañeros, aunque no entendía por qué se reían ni la relación entre las risas y su imitación. No obstante, lo hacía de vez en cuando. Le ayudaba a encajar. De niño, se había mudado muchas veces: colegio nuevo y ciudad nueva, casi cada año. Su madre acababa perdiendo el trabajo inevitablemente, ya fuera por enfermedad o por el alcohol. Y entonces empezaban a poner carteles por todo su barrio: fotos de mascotas que habían desaparecido.

Ese solía ser el momento en que había que seguir el viaje.

Kane había desarrollado la habilidad de conocer rápidamente a la gente. Se le daba bien hacer amigos y tampoco le faltaba práctica. Las imitaciones rompían el hielo. Las chicas de su clase dejaban de mirarle raro durante unos días, mientras que los chicos le incluían en sus conversaciones sobre béisbol. Al poco tiempo, Kane ya estaba imitando a famosos y a miembros del profesorado.

Se irguió en el sillón y volvió a intentar pasar una pierna por encima de la otra para imitar la fotografía. Gemelo derecho sobre rodilla izquierda, pie derecho extendido. Su pierna derecha resbaló de la rodilla izquierda y cayó. Kane se maldijo. Esperó un momento y puso el pangrama que había grabado el hombre justo antes de meterle una bala en la cabeza. Recitó las palabras, susurrándolas suavemente. Poco a poco, fue subiendo de volumen. Volvió a reproducir la grabación, una y otra vez. Con los ojos cerrados, escuchó atentamente. La voz que salía de la grabadora podía haber sido mejor. Se notaba el miedo. Los temblores que salían del fondo de la garganta creaban ondas en algunas palabras. Kane trató de aislarlas y las repitió con confianza, probando cómo sonarían sin miedo. En la grabación, la voz también sonaba bastante profunda. Bajó una octava y bebió un poco de leche entera para saturar sus cuerdas vocales. Funcionó. Tras algo de práctica y una vez que logró oír el tono en su cabeza, Kane se sintió capaz de repetirla, o al menos de hacerla muy parecida sin necesidad de beber leche para inflamar la garganta.

Un cuarto de hora después, los sonidos de la grabación y el habla de Kane eran idénticos. Cuando intentó cruzar una pierna sobre la rodilla contraria, esta se mantuvo.

Satisfecho, se levantó, fue a la cocina y volvió a abrir la nevera. Al servirse la leche, había visto algunos ingredientes que llamaron su atención: beicon, huevos, algo de queso en una lata de aerosol, un paquete de mantequilla, unos tomates algo blandos y un limón. Pensó que unos huevos con beicon, tal vez con un poco de pan frito, contribuirían a su ingesta calórica. Necesitaba ganar algunos kilos para igualar el peso de su víctima. Visto lo visto, probablemente se saldría con la suya pesando menos. Además, siempre podía ponerse relleno en el estómago… No obstante, Kane hacía las cosas de forma metódica. Si podía acercarse medio kilo más a su objetivo hoy mismo con una comida abundante y grasa, eso es lo que haría.

Encontró una sartén bajo el fregadero y preparó un plato. Leyó algunas de las revistas de pesca *American Angler* que había sobre la mesa de la cocina mientras comía. Una vez lleno, apartó el plato. Según se desarrollara la tarde, sabía que tal vez no tendría oportunidad de comer otra vez hasta después de las doce.

Esta noche, pensó, podía estar verdaderamente ocupado.

*L*a sopa de rampas mereció la espera. Sabía a cebolleta, a ajo y a aceite de oliva. No estaba mal. Nada mal. La conversación se interrumpió en cuanto Rudy dejó que el camarero la trajera. Comimos en silencio. Después de rebañar bien el plato, dejé la cuchara, me limpié los labios con una servilleta y volví a ofrecer toda mi atención a Rudy.

—Creo que este caso te tienta. Puede que quieras saber algún detalle más antes de decidirte. ¿Verdad? —dijo Rudy.

—Sí.

—Pues no —respondió—. Este es el caso más atractivo que ha habido nunca en la Costa Este. Dentro de un par de días tengo que presentar el caso ante el jurado. Llevo con este asunto desde el primer día y me he dejado la piel para mantener la defensa en secreto. El factor sorpresa es crucial en el juicio. Ya lo sabes. Por ahora, tú no constas en acta. Nada de lo que te diga ahora mismo está protegido por el privilegio entre abogado y cliente.

—¿Y si firmo un acuerdo de confidencialidad? —le pregunté.

—No vale ni el papel en que va impreso —contestó Rudy—. Podría empapelar mi casa con acuerdos de confidencialidad. ¿Y sabes cuántos se han mantenido? Probablemente, no los suficientes para limpiarme el culo. Así es Hollywood.

—O sea, ¿que no me vas a contar nada más del caso? —dije.

—No puedo. Lo único que puedo decirte es esto: creo que el chico es inocente —respondió Rudy.

La sinceridad puede fingirse. El cliente de Rudy era un actor joven de talento. Sabía actuar ante la cámara. Sin embargo, a pesar de su fanfarronería y sus muy persuasivas habilidades en el juzgado, Rudy no podía ocultarme la verdad. Solo llevaba

41

media hora con él, tal vez algo más. Pero aquella afirmación me sonó natural, como si lo dijera en serio. No había ningún tic físico ni verbal, consciente o inconsciente. Las palabras fluían. Si tuviera que apostar, habría dicho que Rudy decía la verdad: creía que Robert Solomon era inocente.

Sin embargo, no bastaba con eso. No para mí. ¿Y si Rudy había sido embaucado por un cliente manipulador? Un actor.

—Mira, de veras agradezco la oferta, pero voy a tener que...

—Espera —dijo Rudy, interrumpiéndome—. No contestes todavía. Tómate algo de tiempo. Consúltalo con la almohada y contéstame por la mañana. Puede que cambies de idea.

Rudy pagó la cuenta, e incluyó una propina digna de famoso. Luego abandonamos el oscuro restaurante para salir a la calle. El conductor de la limusina se bajó· del vehículo y abrió la puerta trasera.

—¿Puedo dejarte en algún sitio? —preguntó Rudy.

—Tengo el coche aparcado en Baxter, detrás del juzgado —contesté.

—Ningún problema. ¿Te importa que pasemos por la 42 de camino? Hay algo que me gustaría enseñarte —dijo.

—Por mí, bien —contesté.

Rudy miraba por la ventana, con el codo apoyado en el reposabrazos y los dedos acariciando delicadamente sus labios. Pensé en todo lo que me había dicho. No tardé mucho en comprender la verdadera razón por la cual me quería en el caso. No estaba seguro, pero tenía una pregunta que me haría salir de dudas de una vez por todas.

—Sé que no puedes darme más detalles, pero dime una cosa: en las últimas dos semanas, no habrá aparecido ninguna prueba importante que pueda demostrar que la policía tendió una trampa a Robert Solomon, ¿verdad?

Por un segundo, Rudy no contestó. Entonces sonrió. Sabía lo que yo estaba pensando.

—Tienes razón. No hay pruebas nuevas. Nada nuevo en los últimos tres meses. Así que supongo que lo tienes todo claro. No te lo tomes a pecho.

Si me contrataban para ir a por al Departamento de Policía de Nueva York, sería el único abogado de la defensa tratando con testigos policiales. Yo sería quien arrojaría mierda a los polis. Si funcionaba, genial. Si la cosa no iba bien con el jurado, me despedirían. Rudy tendría tiempo para explicar al jurado que yo solo llevaba una semana contratado y que cualquier acusación que hubiera hecho contra los policías no era cosa del cliente. Que había ido por libre. Me había salido del guion. En tales circunstancias, Rudy podría seguir a bien con el jurado pasase lo que pasase. Era un miembro prescindible del equipo, ya fuera héroe, ya fuera cabeza de turco.

Listo, muy listo.

Alcé la vista y vi a Rudy señalando la ventanilla lateral de la limusina. Me incliné hacia delante y seguí su línea de visión hasta ver el cartel de una película nueva llamada *El vórtice*. No era barato poner un cartel en la calle 42. La película tampoco lo parecía. Era una cinta de ciencia ficción en la que parecían haberse dejado un buen dinero. Los créditos en la parte inferior del cartel decían que estaba protagonizada por Robert Solomon y Ariella Bloom. Había oído hablar de la película. Le sonaría a cualquier persona que hubiera encendido la tele en Estados Unidos en el último año y medio. Era una apuesta de trescientos millones de dólares, con Robert Solomon y su esposa, Ariella Bloom, como protagonistas. La detención por asesinato del nuevo chico malo de Hollywood garantizaba que habría una cobertura masiva y frenética por parte de la prensa. En el caso había dos víctimas: Carl Tozer, jefe de seguridad de Bobby, y su mujer, Ariella Bloom. Bobby y Ariella llevaban dos meses casados en el momento de las muertes. Acababan de rodar la primera temporada de su *reality show*. La mayoría de los comentaristas afirmaba que el juicio sería más grande que el de OJ y el de Michael Jackson juntos.

—Ese cartel lo sacaron la semana pasada. Es publicidad para Bobby, pero la película lleva casi un año guardada en una lata. Si le condenan, se quedará ahí. Si sale absuelto después de un juicio largo, también. La única forma de que la película se estrene y de que el estudio recupere su dinero es que demostremos al mundo entero que Robert es inocente. Bobby ha firmado un lucrativo contrato para hacer tres películas con el estudio. Esta es su taquillazo. Tenemos que asegurarnos de que pueda cumplir todo el contrato. Si no lo hace, el estudio se expone a perder una importante suma de dinero. Millones. Hay mucho en juego en todo esto, Eddie. Necesitamos un resultado rotundo a nuestro favor. Y necesitamos que sea rápido.

Asentí y aparté la mirada del cartel. Puede que a Rudy le importara Robert Solomon, pero no tanto como el dinero del estudio. ¿Y quién podría culparle? Al fin y al cabo, era abogado.

El inminente comienzo del juicio estaba en todos los puestos de periódicos de la calle 42.

Cuanto más pensaba en el caso, más me parecía una pesadilla. Tal vez había un conflicto entre el estudio y Bobby. ¿Y si el chico quería declararse culpable o llegar a un acuerdo con el fiscal del distrito… y el estudio no le dejaba? ¿Y si era inocente?

Dejamos la calle 42, giramos hacia el sur, en dirección a Center Street. Pensé en lo que había oído sobre el juicio en las noticias. Aparentemente, dos agentes de policía contestaron a una llamada de Solomon al 112. Le dijo a la policía que había encontrado a su mujer y al jefe de seguridad muertos.

Solomon abrió la puerta a los agentes y los condujo al piso de arriba.

En el rellano del segundo piso, había una mesa volcada. Un jarrón roto al lado. La mesa estaba delante de una ventana que daba a la parte trasera de la casa, con un jardín rodeado de un muro. Había tres dormitorios en la planta. Dos estaban a oscuras y vacíos. El dormitorio principal al final del rellano también estaba a oscuras. Allí encontraron a Ariella y a su jefe de seguridad, Carl. O lo que quedaba de ellos. Ambos yacían muertos y desnudos en la cama.

Solomon estaba manchado con la sangre de su mujer. Al parecer, había más pruebas científicas que la oficina del fiscal del distrito consideraba prueba irrefutable de la culpabilidad de Bobby.

Caso cerrado.

O eso creía yo.

—Si Robert no mató a esas personas, ¿quién lo hizo? —pregunté.

El coche tomó Center Street y frenó delante de los juzgados. Rudy se echó hacia delante en su sitio y dijo:

—Nos estamos concentrando en quién «no» lo hizo. Es una trampa de la policía. Es de manual. Mira, sé que es una decisión importante. Y agradezco lo ético de tu postura. Tómate esta noche para decidirlo. Si decides que quieres unirte, llámame. Pase lo que pase, ha sido un placer —dijo Rudy, que me dio su tarjeta.

El coche se detuvo, nos dimos la mano, el conductor se bajó y abrió mi puerta. Me apeé y vi marcharse a la limusina. Sin ver los expedientes, podía imaginar que los policías dedujeron que Robert era el asesino y que tal vez se habían propuesto asegurarse de que le condenasen. La mayoría de los policías solo querían encerrar a gente mala. Cuanto más horrible fuera el crimen, más probable era que manipularan las pruebas en contra del autor. Y eso no era legal. Quizá fuera defendible desde un punto de vista moral, pero la policía no debería interferir con las pruebas, porque, en una de esas, podían hacer lo mismo con una persona inocente.

Tenía varios contactos en la policía. De los buenos. Y un policía que manipulaba pruebas para favorecer su caso generaba más odio entre sus compañeros honrados que entre los abogados defensores.

Giré la esquina que daba a la calle Baxter buscando mi coche. Un Mustang azul. No lo veía. Miré a mi alrededor. Entonces vi a un guardia de estacionamiento subiéndolo a una grúa.

—¡Eh, ese es mi coche! —dije, atravesando la calle a toda velocidad.

—Entonces debería haber pagado el estacionamiento, amigo —dijo el guardia regordete vestido con un uniforme azul claro.

—Lo pagué —dije.

El tipo negó con la cabeza, me dio un papel y señaló mi coche mientras lo depositaban en la grúa. Al principio no sabía qué me estaba señalando, pero entonces lo vi: cogida con el limpiaparabrisas de mi coche, había una bolsa de McDonald's con treinta o cuarenta pajitas asomando por la parte superior. Sobre el papel marrón de la bolsa, habían escrito algo con rotulador negro. Mis neumáticos golpearon contra la plataforma de la grúa, me subí a ella y cogí la bolsa. El mensaje decía: «Llegas TARDE».

Arrojé la bolsa a la papelera más cercana, saqué mi móvil y marqué el número que venía en la tarjeta que me había dado Rudy.

—Rudy, soy Eddie. Ya lo he pensado. ¿Quieres que vaya a por el Departamento de Policía de Nueva York? Al diablo. Quiero leer los expedientes como abogado de Robert, pero con una condición: si después de revisar el caso sigo creyendo que es culpable, lo dejo.

6

En cualquier otro momento del año, en diez minutos habría llegado andando a las oficinas de Carp and Associates. Aunque mi casero no lo sabía, utilizaba mi despacho en la calle 46 Oeste con la Novena Avenida como domicilio. Me envolví la bufanda alrededor del cuello, me ceñí bien el abrigo y salí del despacho sobre las cinco y media. Tiempo suficiente para comprarme un trozo de pizza de *pepperoni* y un refresco para llevar, e ir con calma. El sol ya se había puesto y las aceras empezaban a helarse. Tendría que ir despacio si quería llegar entero. Mi destino: el número 4 de Times Square. Lo que un día se llamara edificio Condé Nast. Un rascacielos legendario y ecológico de cuarenta y ocho plantas que funcionaba con energía solar. La gente de sus oficinas consumía productos de comercio justo, café orgánico y kombucha. Hacía unos años, la editorial de la revista, Condé Nast, se había mudado al One World Trade Center. Cuando se fueron, se instalaron los abogados.

A las seis y cinco entré en el vestíbulo. Treinta metros de baldosas pulidas entre la entrada y el mostrador de la recepción, revestido de mármol blanco. El techo tenía una altura de veinticinco o treinta metros; estaba cubierto de hileras de paneles de acero bruñido, doblados para imitar la armadura de alguna enorme bestia.

Si Dios tuviera vestíbulo, no sería muy distinto a este.

Mis tacones marcaban un ritmo regular mientras avanzaba hacia el área de la recepción. Al mirar a mi alrededor, no vi ningún sofá ni sillones por ninguna parte. Si esperabas, tenías que quedarte de pie. Todo el espacio parecía haber sido diseñado para hacerte sentir pequeño. Después de un trayecto que se me antojó bastante largo, llegué a la recepción y le di mi nombre a un tipo delgado y de piel rosada con un traje que parecía aplastar su pecho de palomo.

—¿Esperan al señor? —preguntó con acento británico.

—Tengo una cita, si es eso lo que me pregunta —dije.

Sus labios se curvaron en un gesto que debía parecer amigable. No lo era. Parecía como si acabara de comer algo desagradable y estuviera intentando que no se notase.

—Vendrán a buscarle en breve —dijo.

Asentí agradecido y di un paseíto lento y serpenteante por las baldosas. Mi teléfono vibró en el bolsillo de la chaqueta. La pantalla decía: «Christine». Mi mujer. Llevaba los últimos dieciocho meses viviendo en Riverhead y trabajando en un bufete de abogados mediano. Nuestra hija de doce años, Amy, había encajado bien en su nuevo colegio. La ruptura se había producido a lo largo de varios años. Empezó con mi tendencia a beber, pero la gota que colmó el vaso fue una serie de casos que pusieron en peligro a mi familia. Hace un año, Christine y yo nos planteamos volver, pero no podía permitirme correr ese riesgo. No hasta que hubiera acabado con la abogacía. Había pensado en dejarlo muchas veces, pero algo acababa deteniéndome siempre. Antes de darme del todo al alcohol, cometí el error de confiar en un cliente y conseguí que le absolvieran. Al final resultó que era culpable desde el principio. Y, en cierto modo, yo lo sabía. Después de salir libre, hizo mucho daño a una persona. Aquello me perseguía todos los días de mi vida. Cada día intentaba compensarlo. Si lo dejaba y paraba de ayudar a la gente, sabía que podría soportar seis meses, pero después volvería a sentirlo. La culpa era como un tatuaje de noventa kilos. Mientras luchara por clientes en los que creía, me estaría quitando ese peso. Llevaría su tiempo. Y esperaba y rezaba por que Christine estuviera esperándome al final del camino.

—Eddie, ¿estás ocupado mañana por la noche? Voy a hacer albóndigas y a Amy le encantaría verte —dijo Christine.

No era habitual. Los fines de semana subía con el coche a ver a Amy. Nunca me habían invitado entre semana.

—Pues puede que coja un caso nuevo. Algo grande, pero siempre puedo sacar unas horas. ¿Qué se celebra? —dije.

—Oh, nada en especial. ¿Nos vemos a las siete y media? —dijo ella.

—Allí estaré.

—A las siete y media, no a las ocho u ocho y media. ¿Vale?

—Lo prometo.

Hacía mucho que no me invitaban a cenar. Me puse nervioso. Quería que volviéramos a ser una familia, pero el trabajo llevaba todo tipo de problemas a casa. En los últimos años, me había estado devanando los sesos, tratando de pensar en cómo ejercer de un modo más sosegado. Los casos que aceptaba derivaban siempre en problemas. Y mi familia no se lo merecía. Mi hija se hacía mayor. Y yo no estaba allí para verlo.

Las cosas tenían que cambiar.

El eco de unos pasos llamó mi atención hacia una mujer menuda y con expresión dura vestida con un traje negro. Su pelo rubio, con un agresivo corte bob, se movía y rebotaba conforme sus tacones anunciaban su presencia.

—¿Señor Flynn? Acompáñeme, por favor —dijo con un acento con un toque de alemán.

La seguí hasta un ascensor que nos esperaba. Al cabo de pocos segundos, estábamos en otro piso. Más baldosas blancas conducían hasta unas puertas de vidrio donde se podía leer: «CARP LAW».

Al otro lado de las puertas, había una sala de guerra.

Las oficinas eran enormes y completamente diáfanas, a excepción de dos grandes salas de reuniones a la derecha, separadas por paredes de vidrio. Las pantallas de portátiles encendían los rostros del ejército de abogados de Rudy en todas las mesas. No se veía un solo papel por ninguna parte. En una de las salas de reuniones, vi un montón de figuras trajeadas señalando a doce personas vestidas de calle: un jurado de prueba. Algunos de los grandes bufetes probaban sus estrategias para el juicio de prueba con un jurado formado esencialmente por actores en paro que firmaban acuerdos de confidencialidad densos y aterradores a cambio de un día de un buen jornal. A diferencia de los abogados, los actores solían asustarse con facilidad ante un acuerdo de confidencialidad.

En la otra sala de reuniones vi a Rudy Carp, sentado a solas, presidiendo una mesa larga. Me hicieron pasar.

—Siéntate, Eddie —dijo Rudy, haciendo un gesto hacia la silla a su lado.

49

STEVE CAVANAGH

Me quité el abrigo, lo dejé sobre la silla y tomé asiento junto a la mesa de reuniones. No era tan grande como la sala principal. La mesa tenía nueve sillones. Cuatro a cada lado; uno presidiendo, para Rudy. Miré a mi alrededor y vi un armario lleno de premios: estatuas, figuras y cristales de varias instituciones venerables como la Asociación de Abogados de Estados Unidos. Supuse que Rudy pondría a los clientes en mi lado de la mesa para que vieran directamente los trofeos colocados sobre el armario de enfrente. En parte era por publicidad, pero seguro que también había mucho ego en todo ello.

—Tengo el caso preparado para que te lo lleves. Puedes leer lo que haga falta esta noche —dijo Rudy.

La chica rubia se acercó, cogió un fino portátil metálico del otro extremo de la mesa y lo dejó delante de Rudy. Él le dio la vuelta y lo deslizó hacia mí.

—Todo cuanto necesitas está en el disco duro. Me temo que no dejamos que salga ningún papel de la oficina. Hay periodistas rondando a nuestro personal. Tenemos que ser especialmente precavidos. Todos los que están en el caso tienen un Mac seguro. Estas máquinas tienen Internet deshabilitado y solo pueden conectarse por medio de un servidor de *bluetooth* protegido con contraseña en esta oficina. Puedes llevarte este —dijo.

—Prefiero leer en papel —dije.

—Lo sé. Yo también lo prefiero, pero no podemos arriesgarnos a que una sola página de este caso llegue a los periódicos antes del juicio. ¿Comprendes? —dijo.

Asintiendo, abrí la tapa del portátil y vi que me pedía una contraseña.

—Olvídate de eso por ahora. Hay alguien a quien quiero que conozcas. Señorita Kannard, si no le importa —dijo Rudy.

La mujer que me había acompañado se volvió y salió sin decir palabra.

Mis dedos tamborileaban sobre el lustroso revestimiento de roble de la mesa de reuniones. Quería ponerme manos a la obra.

—¿Qué te hace pensar que la policía tendió una trampa a Robert Solomon? —le pregunté.

—Sé que no te va a gustar, pero no quiero decírtelo. Si lo hago, te centrarás en esa línea de pruebas. Quiero que lo descubras tú solito. De ese modo, si llegamos a las mismas conclusiones, me sentiré más seguro cuando destaque ese punto ante el jurado —respondió.

Al decir la palabra «jurado», había desviado la mirada momentáneamente hacia el juicio de prueba que se estaba celebrando en la sala de reuniones contigua.

—Está bien. Bueno, ¿cómo van los juicios de prueba? —pregunté.

—No muy bien. Hemos hecho cuatro. Tres veredictos de culpabilidad y un jurado en desacuerdo.

—¿Cómo se repartió?

—Tres «no culpables». En las entrevistas después del juicio, esos tres jurados dijeron que los policías no los habían convencido, pero tampoco creían que fueran corruptos. Tenemos que caminar por una línea muy fina. Por eso lo vas a hacer tú. Si caes, caes tú. Nosotros seguimos sin ti y reparamos los daños. Lo entiendes, ¿verdad?

51

—Me lo imaginaba. No me importa. Lo que pasa es que aún no sé si quiero unirme. Necesito leer el caso. Y luego lo decidiré.

Antes de terminar la frase, Rudy se levantó. Tenía la mirada clavada en la puerta. Dos enormes hombres vestidos de negro, con abrigos de lana, se acercaron a la sala. Llevaban el pelo muy corto. Manos grandes. Cuellos gruesos. Dos más se unieron detrás de ellos. Eran de la misma altura. Con el mismo peinado. Los mismos cuellos. Seguían a un hombre bajito con gafas oscuras y una chaqueta de cuero. Uno de los hombres grandes abrió la puerta de vidrio del despacho de Rudy, entró y la sostuvo para que pasara el bajito. El hombre a su cargo entró en la oficina. El de seguridad salió y cerró la puerta.

Por lo que había visto en la pantalla grande, creía que Robert Solomon era más o menos de mi altura y complexión. Metro ochenta y nueve. Unos ochenta kilos. El hombre que tenía delante no llegaba al metro setenta. Y, probablemente, pesaba lo mismo que uno de los brazos de sus guardias de seguridad. La chaqueta de cuero caía sobre unos hombros delgados y estrechos; sus vaqueros ajustados hacían que sus piernas parecieran palillos. Tenía mechones oscuros sobre la cara, así como grandes gafas de sol cubriéndole los ojos. Se acercó a la mesa de reuniones y me levanté mientras me ofrecía su mano pálida y huesuda.

La estreché, con suavidad. No quería hacer daño al chico.

—¿Es este, Rudy? —preguntó.

Al instante, noté que le reconocía. Su voz era poderosa y melódica. No cabía duda: era Robert Solomon.

—Este es —contestó Rudy.

—Encantado de conocerle, señor Flynn —dijo.

—Llámame Eddie.

—Eddie —dijo, haciendo un esfuerzo. No pude evitar sentir un escalofrío de emoción cuando dijo mi nombre. Al fin y al cabo, habían vendido a aquel chico como el próximo Leonardo Di Caprio—. Llámame Bobby.

Su apretón de manos, al menos, era firme. Tomó asiento en un sillón a mi lado y Rudy y yo hicimos otro tanto. Rudy puso un documento sobre la mesa delante de mí, me pidió que lo leyera y firmara. Lo leí por encima. Era un contrato de representación bastante conciso que me obligaba a mantener la confidencialidad del cliente. Mientras hojeaba las páginas, noté a mi derecha que Bobby se quitaba las gafas y se pasaba los dedos por el pelo. Era guapo. Pómulos prominentes. Ojos azules y feroces.

Firmé el contrato. Se lo devolví a Rudy.

—Gracias. Bobby, para tu información, Eddie todavía no ha accedido a hacerse con el caso. Va a leer los expedientes y luego tomará una decisión. Verás, Eddie no es como la mayoría de los abogados defensores. Sigue un…, bueno, creo que «código» es una palabra demasiado fuerte. Digámoslo así: cuando Eddie termine de leer el expediente, si cree que eres culpable, no cogerá el caso. Si cree que eres inocente, puede que nos ayude. Buena manera de ejercer la abogacía, ¿no te parece? —dijo Rudy.

—Me encanta —contestó Bobby.

Puso una mano sobre mi hombro. Por unos segundos, nos quedamos mirando. Ninguno de los dos habló. Solo nos miramos. Ambos buscábamos algo. Él quería saber si dudaba de él. Yo buscaba gestos que le delataran, pero también estaba estudiando sus ojos. No podía apartar de la mente el hecho de que era un actor de talento.

—Entiendo que tienes tu manera de trabajar. Quieres leer el caso. Me parece guay. A fin de cuentas, las pruebas de la acusación no importan. A mí no. Yo no maté a Ari. No maté a Carl. Lo hizo otra persona. Yo…, yo los encontré. Mira, estaban tirados sobre mi cama, desnudos. Aún los veo. Cada vez que cierro los ojos. No puedo quitarme la imagen de la cabeza. ¿Lo que le hicieron a Ari? Es…, es… ¡Dios! Nadie debería morir así. Quiero ver al verdadero asesino en el tribunal. Eso es lo que quiero. Si pudiera, vería cómo arde por lo que hizo.

Es lamentable que gente inocente sea acusada de un crimen. Nuestro sistema judicial está construido sobre estos casos. Ocurre cada maldito día. Ya había visto a bastantes personas acusadas de hacer daño a sus seres queridos como para saber cuándo alguien decía la verdad y cuándo mentía. Los mentirosos no tienen esa mirada. Es difícil de explicar. Hay pérdida y dolor. Pero también algo más. Rabia y miedo, desde luego. Y un abrasador sentimiento de injusticia. Había tenido tantos casos como ese que casi podía verlo por el rabillo de un ojo, como una llama desnuda. Alguien mata a tu familia, a tu amante o a un amigo, y es a ti a quien juzgan mientras el asesino escapa libre. No hay nada igual. Y es la misma mirada, en todo el mundo. Un hombre inocente, falsamente acusado, tiene la misma mirada en Nigeria, Irlanda, Islandia, donde sea. Cuando has visto esa mirada, ya nunca la olvidas. No es nada habitual. Cuando está ahí, es como si esa persona llevara la inocencia tatuada en la frente. Suponía que Rudy también la habría visto. Por eso quería que conociera a Bobby. Sabía que yo vería esa inocencia. Sabía que eso tendría más peso sobre mi decisión que leer el expediente del caso.

Bobby Solomon tenía esa mirada.

Y sabía que tendría que ayudarle.

7

*P*asé fácilmente media hora en compañía de Bobby. Una cafetera le ayudó a hablar y yo me bebí dos tazas mientras escuchaba. Era hijo de un granjero de Virginia. No tenía hermanos. Su madre se marchó cuando tenía seis años. Se fue con un guitarrista que había conocido en un bar. A partir de entonces, quedaron Bobby, su padre y la granja. Ellos solos. De niño, se hizo a esa vida con bastante facilidad, pero se alejó de ella en cuanto atisbó la posibilidad de otra distinta. Ocurrió un sábado por la tarde, cuando tenía quince años. Su novia daba clases de teatro, Bobby se equivocó en la hora a la que debía recogerla y llegó al auditorio de la iglesia una hora antes de terminar. En lugar de esperar fuera, decidió entrar a mirar.

Aquel día lo cambió todo.

Sencillamente se quedó fascinado. Nunca había visto teatro. No comprendía su fuerza. Fue algo extraño para él, porque siempre le habían encantado las películas, pero jamás se había planteado cómo se hacían ni había reparado en los actores. Cuando recogió a su chica, la bombardeó con preguntas; seis semanas más tarde, tuvo su primer aperitivo de la comunidad teatral. Después de aquello, volver a la granja se le hizo imposible.

—Mi padre hizo algo muy especial por mí. El día que cumplí diecisiete, vendió varias cabezas de ganado y me puso mil pavos en la mano. Tío, en ese momento pensé que tenía todo el dinero del mundo. Nunca había visto tanta pasta. La mayoría de los billetes eran de diez y de cinco, y estaban manchados de tierra y yo qué sé qué. Auténtico dinero de tratante de ganado, ¿sabes?

Daba por hecho que aquel chico era millonario. Probablemente, multimillonario. Sin embargo, sus ojos se iluminaban al hablar del dinero que le dio su padre.

—Doblé bien los billetes, metí la mitad en mi cartera y la otra mitad en mi bolsillo. Entonces me dijo que me había comprado un billete de autobús a Nueva York. ¡Jobar, fue el mejor día de la historia! Y el peor. Sabía que mi padre se hacía mayor. Que ya no podía llevar la granja solo. Pero a él todo eso le daba igual. Solo quería que yo tuviese mi oportunidad, ¿sabes?

Asentí.

—Cogí la oportunidad por mi padre. Siete años de ayudante de camarero, camarero y veterano de *castings*. No se me daba mal. Me daban la mitad de papeles a los que me presentaba. Entonces, un día, estaba en el lugar adecuado, en el momento adecuado, y fui directo a Broadway. Esos dos primeros años fueron duros. Mi padre se puso enfermo. Yo iba a verle y volvía constantemente. Llegó a ver el estreno. Me vio interpretar el papel protagonista en una obra en Broadway. No duró mucho más. No llegó a saber que me llamaron de Hollywood. Le hubiera gustado —dijo Bobby.

—¿Llegó a conocer a Ariella? —pregunté.

Sacudió la cabeza.

—No. Le hubiera encantado.

Dejó caer la barbilla. Tragó saliva. Me contó la historia.

Se conocieron en el rodaje de una película. Una producción independiente llamada *Ham* que versaba sobre el paso a la edad adulta. No tenían ninguna escena juntos, pero coincidieron en el plató. A partir de entonces, empezaron a pasar juntos todo su tiempo libre. A esas alturas, Ariella ya había tenido papeles secundarios en media docena de películas comerciales. Su carrera había despegado y cada vez parecía más encarrilada. El papel en aquella película independiente era su primer protagonista y confiaba en que tuviera éxito para que fuese su tarjeta de presentación. Y así fue. Su estrella ascendente arrastró la de Bobby durante un tiempo. No tardaron en convertirse en una pareja joven de moda. Consiguieron los papeles protagonistas en una película épica de ciencia ficción y firmaron un contrato para un programa de *reality*.

—Las cosas no podían irnos mejor —dijo Bobby—. Por eso todo esto no tiene sentido. Era feliz con Ari, las cosas iban genial. Nos acabábamos de casar. Si tengo ocasión, cuando testifique voy a preguntar al fiscal por qué demonios piensan que mataría a la mujer a la que amaba. Es que no tiene ningún sentido… —dijo.

Se hundió en el sillón y empezó a frotarse la frente, con la mirada perdida a lo lejos. Tampoco tenía que esforzarme mucho para imaginar una decena de motivos por los que alguien en su posición podría matar a su flamante esposa.

—Bobby, dado que cabe la posibilidad de que trabaje en este caso, debes saber que me tomo cada reunión como un ensayo para el juicio. Si te oigo decir algo inadecuado, tengo que decírtelo para que no lo repitas en el estrado, ¿entendido? —dije.

—Claro, claro. ¿Qué he hecho? —preguntó, enderezándose en el asiento.

—Has dicho que querías hacerle una pregunta al fiscal. Tú debes «contestar» preguntas. De eso trata el testimonio. Lo peor que puede pasar si haces una pregunta como esa es que el fiscal conteste. Puede que diga que mataste a Ariella Bloom porque ya le habías sacado todo lo que necesitabas, que no la querías, que te habías enamorado de otra persona y no querías un divorcio desagradable, que descubriste que ella se había enamorado de otro y que no querías un divorcio desagradable, que estabas colocado o borracho, que de repente te entró un ataque de celos y rabia, o que ella descubrió tu secreto más oscuro…

Hice una pausa. En cuanto dije la palabra «secreto», los ojos de Bobby cobraron vida y recorrieron por la habitación vertiginosamente antes de centrarse en mi cara.

Eso me inquietó. El chico me caía bien. Pero ahora ya no estaba tan seguro.

—No quiero que haya secretos entre nosotros. Y eso también vale para ti, Rudy —dijo Bobby.

Rudy y yo estábamos a punto de decirle que no nos contara nada que pudiera comprometer su defensa, pero ya era demasiado tarde. Antes de poder detenerle, Bobby nos lo contó todo.

$\mathcal{K}$ane había tardado un día entero en conseguir aquella plaza de aparcamiento un mes antes. Primero consiguió una bastante cerca y se quedó esperando a que la plaza que quería estuviera libre. Entonces cambió el coche de sitio y lo dejó allí. Ahora estaba sentado ante el volante de su furgoneta, bebiendo café caliente de un termo. Sabía que valía la pena. El aparcamiento de Times Square estaba enfrente del edificio Condé Nast. Si estacionabas en el octavo piso y cogías una de las diez plazas de la izquierda, tenías una vista bastante buena del otro lado de la calle. Estaba lo bastante alto como para ver lo que pasaba en la calle, y al mismo nivel que las oficinas de Carp Law, aparentemente iluminadas las veinticuatro horas. Con unos prismáticos digitales pequeños, Kane había observado al equipo de la defensa preparándose para el juicio. Había visto a los socios hacer comentarios a Rudy Carp mientras ensayaba su alegato inicial. Incluso había presenciado dos juicios de prueba.

Lo que era más importante, Kane había visto a Carp y al experto en jurados colocando fotografías de 20x25 en un panel grande al fondo de la sala de reuniones. Las fotos eran de hombres y mujeres candidatos a formar parte del jurado. Algunas habían cambiado de una semana a otra, a medida que modificaban y perfeccionaban su selección ideal de jurados para el juicio. Aquella noche, se habían revelado los doce integrantes definitivos.

Kane había escuchado también reuniones estratégicas celebradas en el espacioso despacho privado de Rudy Carp. Después de un par de días vigilando con prismáticos, se hizo una idea de cómo meter un micrófono en el interior de Carp Law. Era un poco arriesgado, pero no demasiado. Vio cómo Rudy cogía el paquete de manos de su secretaria, abría la caja y examinaba el trofeo. Era un trozo de metal retorcido y fijado sobre

57

un plinto de madera hueco. Sobre una pequeña placa de latón se leía: «RUDY CARP, ABOGADO MUNDIAL DEL AÑO. EYLA».

Según la nota que acompañaba al trofeo, las siglas significaban: Asociación Europea de Jóvenes Abogados. Una de las primeras cosas que escuchó a través del micrófono incrustado en el falso galardón fue a Carp dictando una nota de agradecimiento para enviar al apartado de correos que él mismo había creado en Bruselas.

Desde su punto de vigilancia privilegiado en el aparcamiento de enfrente, Kane vio cómo la secretaria de Carp colocaba el premio al lado de los otros.

Habían pasado tres semanas. Solo quedaban dos días para la vista y Kane estaba confiado. Los juicios de prueba habían acabado en condena. El equipo de la defensa estaba peleado. Cada vez más, Bobby Solomon parecía al borde de un ataque de nervios. Para colmo, el estudio no parecía contento. Estaban presionando mucho a Bobby. Hollywood quería un veredicto de «no culpable» para Solomon. Y, por ahora, su dinero no lo había conseguido. Los directivos del estudio no comprendían qué podía estar yendo mal.

Kane no podía ser más feliz.

Entonces vio a los doce miembros del jurado elegido por la defensa. No había garantías de que ninguno de ellos llegara a la lista final. Y, aunque había visto varias veces la foto del hombre al que ahora se parecía, esa noche no estaba.

Él también tendría que hacer alguna modificación en la lista del jurado.

Mientras pensaba en ello, vio al joven abogado sentado en el despacho de Carp. Le habían dado un portátil. Había firmado un contrato. Y ahora estaba hablando con Bobby Solomon. Un abogado nuevo. Solomon le estaba contando la historia de su vida. Tratando de ganárselo. De hacer que le importara.

Kane se ajustó los auriculares y escuchó.

Flynn. Ese era el nombre del abogado.

Un jugador nuevo. Decidió investigar a Flynn esa misma noche. En ese momento no tenía tiempo. Sacó su móvil, un teléfono de prepago barato, y marcó el único número grabado en la memoria del aparato.

Aquella voz familiar contestó.

—Estoy trabajando. Tendrás que esperar.

El hombre que respondió tenía una voz profunda y vibrante. Había autoridad en ella.

—Esto no puede esperar. Yo también estoy trabajando. Necesito que controles el tráfico de la policía esta noche. Voy a hacer una visita a un amigo y no quiero que me molesten —dijo Kane.

Escuchó atentamente por si notaba algún atisbo de resistencia. Ambos sabían cuál era la verdadera naturaleza de su relación. No eran socios ni formaban una cooperativa. El poder lo tenía Kane. Siempre había sido así y siempre lo sería.

El hombre no decía nada.

Aquel breve y silencioso retraso empezó a irritar a Kane.

—¿Hace falta que tengamos una conversación? —dijo.

—No, no hace falta. Estaré al tanto. ¿Dónde planeas ir? —preguntó la voz.

—Aquí y allá, luego te mando un mensaje con la ubicación —respondió Kane, y colgó.

Iba con cuidado. Valoraba los riesgos de cada uno de sus movimientos. Sin embargo, de vez en cuando, la vida le cogía por sorpresa. Encontraba obstáculos de camino a su destino. La mayoría podía salvarlos solo, pero a veces necesitaba ayuda de alguien con acceso a las bases de datos o capaz de conseguir información inaccesible para la mayoría de los ciudadanos de a pie. Ese tipo de gente siempre era útil, y ese tipo se lo había demostrado.

No eran amigos. Kane y él estaban por encima de esa clase de relaciones. Cuando hablaban, fingía compartir sus opiniones y expresaba su devoción por la misión de Kane. Pero Kane sabía que era mentira. En realidad, no le gustaba su ideología, solo sus métodos: el simple acto de matar y todos los placeres que lo acompañaban.

—No quiero que haya secretos entre nosotros. Y eso también vale para ti… —dijo Solomon.

Kane lo oyó con toda claridad a través del micrófono. Dejó su teléfono a un lado y se centró en lo que ocurría en la sala de reuniones. Carp estaba sentado de espaldas a la ventana. No podía ver la cara del abogado. Flynn estaba a la derecha de Carp, pero tampoco miraba hacia la ventana, sino a Bobby Solomon. Kane se inclinó hacia delante para escuchar.

*L*os malos casos no existen. Solo malos clientes. Mi mentor, el juez Harry Ford, me lo había enseñado hacía mucho tiempo. Y resultó ser cierto. Una y otra vez. Mientras estaba sentado en un sillón de cuero junto a Bobby Solomon, me acordé del consejo de Harry.

—Ariella y yo tuvimos una pelea la noche en que murió. Por eso me marché de casa y me fui de juerga. Yo…, yo… solo quería que lo supieran. Por si sale el tema. Discutimos, pero, por Dios santo, no la maté. La quería —dijo Bobby.

—¿Por qué discutisteis? —pregunté.

—Ari quería que firmara el contrato para la segunda temporada de *The Solomons*, nuestro *reality*. Pero yo odiaba tener las cámaras siguiéndonos, era… demasiado. ¿Sabes?, no podía hacerlo. Discutimos. No fue una pelea física, «nunca» era físico. No le hubiera puesto la mano encima. Pero gritamos y ella se disgustó. Le dije que no lo iba a hacer. Y después me marché —dijo Bobby.

Se reclinó en el sillón, hinchó los mofletes y se puso ambas manos sobre la cabeza. Parecía un hombre aliviado de quitarse un peso de encima. Entonces vinieron las lágrimas. Le estudié atentamente. Su mirada solo expresaba una cosa: culpa. Pero no tenía claro si era culpa porque las últimas palabras a su mujer hubieran sido duras o si era por otra cosa.

Rudy se levantó, abrió los brazos e hizo un gesto invitando a Bobby a abrazarle.

Se fundieron en un abrazo. Oí que Rudy susurraba:

—Lo entiendo, lo entiendo, ¿de acuerdo? No te preocupes. Me alegro de que me lo hayas contado. Todo irá bien.

Cuando por fin se soltaron, vi que Bobby tenía los ojos llorosos. Se sorbió la nariz y se enjugó las lágrimas.

—Bueno, creo que eso es todo. Por hoy —dijo Bobby. Bajó la mirada hacia mí, extendió la mano y me dijo—: Gracias por escuchar. Siento haberme emocionado. Estoy en un apuro. Me alegro de que vayas a ayudarme.

Me levanté para estrechar su mano. Esta vez el apretón fue sorprendentemente firme. Esperé y me tomé un momento para estudiarle de cerca. Seguía con la cabeza inclinada hacia el suelo. A pesar de los guardaespaldas, la ropa cara, las manicuras y el dinero, Bobby Solomon era un chaval asustado ante la perspectiva de pasarse la vida en la cárcel. Me caía bien. Le creía. Y, sin embargo, seguía habiendo un hilo de duda. Tal vez fuera todo un numerito. Para convencerme. El chico tenía talento. De eso no cabía duda. Pero ¿bastarían sus dotes de actor para engañarme?

—Prometo que lo haré lo mejor que pueda —dije.

Puso su mano izquierda sobre mi muñeca y con la derecha apretó mi mano con fuerza.

—Gracias. Eso es todo cuanto puedo pedir —dijo.

—Gracias, Bobby. Será suficiente por hoy. Te veré en el juzgado mañana por la mañana, para la selección del jurado. Habrá un coche a la puerta de tu hotel a las ocho y cuarto. Duerme un poco —apuntó Rudy.

Dicho eso, Bobby se despidió con un gesto y salió del despacho. Sus guardaespaldas le rodearon inmediatamente (no corrían riesgo alguno) y le escoltaron hasta la salida de la oficina en una formación de largos abrigos de cachemir.

Me volví hacia Rudy. Nos sentamos.

—¿Hace cuánto que sabías que Bobby y Ariella estuvieron discutiendo sobre su *reality*? —pregunté.

—Desde el primer día —contestó—. Supuse que el cliente acabaría hablando. Parece que tienes bastante efecto sobre Bobby. Contigo se ha abierto inmediatamente.

Asentí.

—Has hecho bien tu papel…, dejándole que sintiera que se ha quitado un peso de encima. Eso fortalecerá su confianza.

El gesto de Rudy se ensombreció y se quedó mirando su escritorio, entrecruzando los dedos. Tras un momento, levantó la cabeza, cogió el portátil de la mesa y me lo dio.

—Las pruebas contra Bobby son demoledoras. Hay una posibilidad. Muy remota. Y haré todo cuanto sea necesario para que sean más favorables. Échales un vistazo esta noche. Verás a qué nos enfrentamos.

Cogí el portátil de sus manos y lo abrí.

—Hace falta tener algo fuera de lo normal para matar a dos personas a sangre fría. Especialmente a tu mujer y a un hombre al que conoces bien. No es normal que una persona sin antecedentes violentos pierda los papeles de esa manera. ¿Tiene algún antecedente de problemas psicológicos? Si no hay nada violento en su historial clínico, puede que valga la pena mostrarle los informes al fiscal —dije.

—No vamos a utilizar sus informes —dijo Rudy, inexpresivamente. Marcó un botón del teléfono y dijo—: Necesito transporte seguro.

Detecté cierto tono en la voz de Rudy. O no le gustaba mi opinión sobre aquel aspecto del caso, o me estaba ocultando algo. Fuera lo que fuera, pensé que no sería tan importante, de lo contrario el fiscal ya lo habría encontrado y lo habría utilizado. Lo dejé pasar, por el momento.

La pantalla de inicio del portátil me pidió una contraseña. Rudy garabateó algo en un *post-it* y me lo dio.

—Esta es la contraseña. Tenemos que asegurarnos de que llegas bien a tu despacho con esto. Así que, si no te importa, voy a pedir a uno de nuestros escoltas que te acompañe.

Pensé en la gélida temperatura de la calle y en el paseo de regreso a mi despacho.

—¿El escolta viene con coche? —pregunté.

—Claro.

Miré el *post-it*. La contraseña era «NoCulpableI».

Cerré la pantalla, me levanté y nos dimos la mano.

—Me alegro de que te hayas unido oficialmente —dijo.

—Te dije que revisaría los expedientes antes de decidirlo —contesté.

Rudy sacudió la cabeza.

—No. Le has dicho a Bobby que le ayudarías. Has prometido que harás todo lo que puedas. Estás dentro. Tú le crees, ¿verdad?

No parecía tener mucho sentido ocultarlo.

—Sí, supongo que sí.

«Pero ya me he equivocado otras veces», pensé.

—Tú eres como yo. Sabes cuándo tienes un cliente inocente entre manos. Simplemente, lo notas. No había conocido a nadie con esa capacidad. Hasta hoy —dijo Rudy.

—Yo no soy Bobby Solomon, Rudy. No tienes que besarme el culo. Sé que le has hecho venir aquí porque querías que le conociera. Querías que le mirara a los ojos. Que le pusiera a prueba. Que decidiera. Sabías que le creería. Has jugado conmigo. Y aunque no creo que sea un asesino, tampoco puedo estar seguro de que no esté jugando con los dos.

Levantó las manos.

—Culpable de todos los cargos. Eso no cambia el hecho de que nos enfrentamos a una situación de pesadilla: un hombre inocente. Sí, sabe actuar. Pero no puedes irte de rositas de un doble homicidio solamente actuando.

La puerta del despacho se abrió. El hombre que entró abrió ambas hojas; aun así, tuvo que pasar de lado y con dificultades. Medía más o menos como yo. Calvo. Y gordo como esa maldita mesa de reuniones. Pantalón negro y chaqueta negra abotonada hasta el cuello. Cruzó los brazos por delante de su cuerpo, entrelazando las manos. Supuse que me sacaría unos cinco o seis años y que había sido luchador. Sus nudillos sobresalían como bolas de chicle.

—Este es Holten. Él se asegurará de que el ordenador y tú lleguéis sanos y salvos —dijo Rudy. Se agachó, sacó un maletín de aluminio de debajo del escritorio y lo dejó encima.

Holten se acercó, intercambiamos un saludo educado y fue directamente a coger el maletín. Abrió los cierres, levantó la tapa y colocó el portátil dentro de un hueco a medida. Le vi cerrar el maletín, ponerle el seguro y sacar unas esposas del bolsillo de su abrigo. Se esposó la muñeca al mango del maletín, lo cogió y dijo:

—Vamos.

Le di las gracias a Rudy. Cuando estaba saliendo por la puerta con Holten, Rudy me dio un último consejo:

—Cuando leas los expedientes, recuerda lo que ha pasado hoy aquí. Recuerda cómo te has sentido. Recuerda que sabes que ese hombre es inocente. Tenemos que asegurarnos de que lo siga siendo.

10

Kane había cortado la conexión del aparato de escucha justo después de oír la confesión de Robert Solomon. Cerró con llave la furgoneta y se pasó al Ford sedán gris. Se sentó en el asiento del conductor, mirando hacia la rampa de salida del aparcamiento. Desde ese punto privilegiado, podía ver suficiente calle como para reconocer los grandes SUV negros con los que Carp Law solía mover a su gente.

El motor del Ford ronroneaba.

Sin apartar los ojos de la calle, Kane se inclinó hacia el asiento del copiloto y abrió la guantera. Levantó el Colt 45 de su lugar de descanso y sacó el cargador. Sus dedos encontraron las balas metidas en él. Volvió a meter el cargador con un golpe seco y suave que resonó en el coche, seguido de un clic metálico del mecanismo al cargar la primera bala.

Un Corvette rojo pasó por la calle.

El Colt encontró un nuevo sitio en el bolsillo interior del abrigo de Kane. El reloj marcaba las siete y cuarto.

«En cualquier momento», pensó Kane.

Se enfundó un par de guantes de cuero, bien prietos. Le encantaba el olor del cuero. Le recordaba a una mujer que había conocido en cierta ocasión. Casi siempre llevaba una chaqueta motera negra, camiseta blanca y vaqueros azules. Kane recordaba los rizos de su pelo negro, su pálida piel, su manera de resoplar cuando reía, el sabor de sus labios. Sobre todo, recordaba la chaqueta motera. Aquel olor penetrante. Y cómo la sangre parecía permanecer sobre el cuero antes de ir absorbiéndose poco a poco, como si la chaqueta se bebiera una copa muy lentamente.

Kane agarró el volante.

Escuchó el sonido del cuero frotando contra el cuero: el

guante sobre el volante. Pensó en el ruido que hizo la chaqueta motera de la chica mientras sacudía los brazos, tratando de quitárselo de encima patéticamente. No gritó. Ni una sola vez. Su boca se abrió, pero su garganta no emitió ni un sonido. Solo la cremallera de la chaqueta motera, tintineando, así como el ruido del cuero frotando con cuero mientras agitaba los brazos hacia él. Kane pensó en ese momento que aquel sonido podía ser prácticamente un suspiro.

Ruido de neumáticos rechinando sobre el hormigón pintado. Barrida de unos faros. Kane miró hacia el sonido y las luces, y vio una camioneta bajando por la rampa desde el piso de arriba. No quería que obstruyera su línea de visión. Arrancó y se metió en la rampa de salida. Se detuvo. La cámara leyó su matrícula. Empezó a levantarse la barrera. Hizo avanzar lentamente el Ford.

Según se acercaba al nivel de la calle, pasó un SUV negro y se detuvo delante del edificio Condé Nast. Kane miró hacia su derecha. Luego a la izquierda. No había tráfico. Salió lo más despacio que pudo, sin llamar la atención. Había bastante espacio para pasar junto al SUV aparcado, pero no quería. Se detuvo detrás de él. Para su tranquilidad, vio a Flynn y al gorila de seguridad de Carp Law saliendo del edificio y caminando hacia el vehículo. Al observarlos, Kane pensó que el abogado tenía un físico igual de amenazante que el escolta. Estaba demasiado oscuro para ver bien sus rostros, pero se fijó en cómo se movían. Había tantos escoltas protegiendo a Bobby que costaba distinguir cuál de ellos era: todos se parecían bastante. Este era bajito, ancho y musculoso, pero se movía con rigidez. Era difícil distinguir a los empleados de seguridad: todos tenían la misma complexión y se movían igual. Por el contrario, Flynn lo hacía como si fuera un bailarín. O un boxeador. En constante equilibrio. Confiado. Era alto y estaba en forma. Probablemente hiciera ejercicio cuando era más joven. Se movía como un luchador.

El escolta llevaba uno de esos maletines. Para portátiles. El bufete tenía mucho cuidado con la seguridad de sus ordenadores. No había manera de piratearlos a distancia ni de acceder a ellos sin una de las contraseñas individuales de sus abogados, contraseñas que cambiaban a diario. Si conseguía el portátil durante un rato, podría piratearlo, pero antes tenía que hacerse con él. Sin que se enterara el bufete. Kane tenía métodos, contactos y formas de acceder al edificio de Carp Law. Pero ninguno de ellos podía conseguirle el tiempo que necesitaba con el portátil sin levantar sospecha. Y era imposible sacar uno de esos ordenadores de las oficinas, pues las cámaras de seguridad vigilaban hasta el último centímetro de las oficinas. Quería uno de esos portátiles. En ellos estaba el caso Solomon.

La idea de tener los expedientes en su poder le producía un hormigueo. Se le erizaba el vello de la nuca. Soltó una respiración temblorosa. El abogado y el escolta se subieron al vehículo y se unieron al tráfico.

Kane soltó el freno y los siguió.

A esas horas y en aquella parte de Manhattan, el tráfico iba a paso de tortuga. Un ritmo que le convenía. Quería aquel maletín.

Sobre un soporte a la derecha del volante había un *smartphone*. Evidentemente, sin registrar. Kane se metió en Google y buscó: «Eddie Flynn, abogado». Para su sorpresa, las primeras páginas eran artículos de noticias. Casos anteriores de Flynn. Por lo que se leía en ellos, llegó a la conclusión de que era una importante amenaza en el juzgado. Aquel tipo era peligroso. Pasó varias pantallas que parecían hablar de lo mismo que las anteriores, repetidas en blogs y páginas web. No había ninguna página del bufete de Flynn. Lo único que encontró fue una dirección y un número de teléfono en la web de las Páginas Amarillas.

Veinte minutos más tarde, el SUV se detuvo en la acera derecha, delante de un edificio de la calle 46 Oeste. La misma que Lane había encontrado en Internet. Aparcó el Ford en un sitio libre a la izquierda y apagó el motor. Cogió el teléfono del soporte y lo metió en su chaqueta. Se bajó del coche y abrió el maletero. Miró a su alrededor para asegurarse de que no había nadie detrás de él en la calle. Nadie. Bajo una manta en el maletero, encontró el juego de cuchillos de cocina que le habían fabricado especialmente. Cogió un fileteador y un cuchillo de carnicero. Ambos llevaban una funda protectora de cuero. Junto a la manta, había una mochila abierta y preparada. Kane metió los dos cuchillos en ella, la cerró y se la echó a la espalda.

Cuando estuvieran muertos, aún necesitaría el maletín. Hacía años que había aprendido que la manera más fácil y rápida de seccionar una extremidad era más una cuestión de técnica carnicera que de fuerza bruta. Dando martillazos sobre la muñeca del escolta con el cuchillo de carnicero, probablemente conseguiría seccionársela con entre cinco y diez golpes. Los músculos y los nervios de la muñeca absorberían gran parte del impacto. Con ese método tardaría unos treinta segundos. En su lugar, Kane pensaba cortar los músculos y la carne de la muñeca con el fileteador para dejar el hueso al aire en solo cinco segundos. Luego acabaría el trabajo con un solo golpe con el cuchillo de carnicero, que pesaba casi un kilo y medio. El tiempo estimado ascendía a entre quince y diecisiete segundos.

Kane se ciñó la gorra de béisbol sobre la cara, cerró el maletero y cruzó la calle.

El escolta que llevaba el maletín encadenado a la muñeca ya se había bajado del coche. Estaba de espaldas a Kane, en la calle, con la mano estirada para abrir la puerta trasera del pasajero. La farola más cercana no iluminaba lo suficiente como para que Kane le viera bien. Quince metros entre Kane y su objetivo. La puerta del SUV se abrió y Flynn se bajó. Le reconoció por su forma de moverse. Kane se llevó la mano a la chaqueta, abrazó la empuñadura de la pistola con la mano derecha y presionó ligeramente el gatillo.

Diez metros. Flynn estaba abrochándose el abrigo, preparado para subir los escalones de su oficina.

Kane oyó una puerta de coche cerrándose de golpe delante de él. Se tensó. Un hombre mayor, negro y vestido con traje azul marino rodeó el capó de un descapotable bajo de color verde oscuro. Se subió a la acera a escasos metros delante de Kane, bajo la luz de una farola. Iba en la misma dirección que él, hacia la oficina de Flynn. Kane no le veía el rostro. Solamente veía el pelo cano de la parte trasera de la cabeza.

Cuando Kane estaba a punto de sacar la pistola y apartarle de un empujón, el hombre levantó la mano y gritó.

—¡Eh, Eddie!

Flynn se volvió en dirección a Kane. También lo hizo el escolta. Ambos estaban en las escaleras, en una posición elevada. Kane agachó la cabeza. Podía ver sus torsos bajo la visera de la gorra, pero no sus caras. No quería arriesgarse al contacto visual. Lo último que necesitaba era que le reconocieran. Cuando el escolta se volvió, se apartó el abrigo y asió su arma. Tanto el escolta como Flynn estaban frente a él.

Había perdido el factor sorpresa. Si sacaba el arma, le verían hacerlo. En ese caso, dada la velocidad de reacción media, era probable que el escolta tuviera tiempo para disparar un par de veces, al menos. Él tendría que ser el primer objetivo.

Las botas de Kane golpearon las losas de cemento. Su corazón se disparó. La sangre retumbaba en sus oídos. Ya podía saborear casi el residuo acre de los disparos en el aire. Un delicioso escalofrío le recorrió la columna vertebral. Ya está. Para eso vivía. Esa maravillosa anticipación. Con un movimiento fluido, soltó una exhalación, levantó el codo y, ágilmente, sacó la mano derecha de la chaqueta.

11

$\mathcal{H}$abía subido el tercer escalón de entrada a mi edificio cuando oí que alguien me llamaba desde la calle. Al instante, noté que Holten se tensaba. De camino no había dicho una sola palabra, más allá de preguntarme si iba cómodo y de educadas contestaciones monosilábicas a mi conversación trivial. ¿Rudy Carp era buen jefe? Sí, Holten trabajaba por cuenta propia, pero era fácil tratar con Carp. ¿Llevaba mucho trabajando con su bufete? Sí. ¿Le gustaba el béisbol? No. ¿El fútbol americano? No. Desistí, suponiendo que iba mirando el camino y no debería distraerle. Cuando estaba de pie en los escalones que conducían a mi portal, me sorprendió que reaccionara protegiéndome. En realidad, no hizo nada. Simplemente, se preparó. Para cualquier cosa. Me giré hacia la voz que había dicho mi nombre y vi al juez Harry Ford saludándome desde la acera. Su viejo descapotable clásico estaba aparcado calle abajo.

Estaba a punto de devolver el saludo a Harry cuando vi al tipo detrás de él. Llevaba una gorra de béisbol bien ceñida sobre la frente. Bajo la luz de las farolas no podía ver su rostro. La visera le cubría las facciones. En ese momento, su cara no me pareció especialmente importante. Me llamó más la atención su mano derecha. La llevaba metida en el bolsillo del abrigo, como si estuviera a punto de sacar una pistola.

Con el rabillo del ojo, me di cuenta de que Holten también le había visto y tenía la palma de la mano sobre el arma en su cinturón. Sentí la boca seca y noté que no podía respirar. Mi cuerpo estaba paralizado. Los instintos primarios y básicos que todavía había dentro de mí estaban concentrados en el hombre que se acercaba con la mano metida en su abrigo. Mi cuerpo no necesitaba distracciones, como respirar o pensar. De repente, hasta el último músculo y terminación nerviosa de mi cuerpo se pusieron en alerta. Toda mi energía se canalizó hacia el «modo de supervivencia». Estaba clavado en el sitio. Si la mano salía de aquel bolsillo con un arma, me tiraría al suelo.

La temperatura estaba desplomándose. El hielo que se formaba en la acera brillaba como cristal aplastado bajo la luz de sodio de las farolas.

El hombre de la gorra se puso a la altura de Harry y sacó la mano derecha del bolsillo. Extendió el brazo apuntando hacia nosotros. Estaba empuñando algo brillante y negro. Oí un ruido hueco de ventosa cuando Holten sacó su pistola de la cartuchera de cuero. Como si se hubiera activado un interruptor dentro de mí, aspiré muy hondo y caí de rodillas. Me cubrí la cabeza con las manos.

Silencio. Ni un disparo. Ningún destello de la bocacha del cañón. Ni una bala golpeando los ladrillos sobre mi cabeza. Noté una mano grande dándome una palmada en el hombro.

—Está bien —dijo Holten.

Alcé la vista. Harry estaba junto al hombre de la gorra. Los dos miraban el móvil que el tipo llevaba en la mano. Harry lo señaló, luego indicó hacia el oeste, calle 46 abajo. El hombre asintió, le dijo algo a Harry y levantó el teléfono. Aunque estaba a unos metros, me pareció ver un mapa en la pantalla de su *smartphone*. El hombre pasó por delante de mi edificio y siguió caminando en dirección oeste.

—Por Dios, Holten. Vas a provocar que me dé un ataque al corazón —dije.

—Lo siento —respondió él—. Más vale ir con cuidado.

—Eddie, ¿qué demonios estás haciendo? —preguntó Harry.

Me puse de pie, me limpié el abrigo y me incliné sobre la barandilla.

—Aparentemente, tener cuidado. ¿Qué quería este tipo?

—Solo era un turista. Quería que le diera indicaciones —contestó Harry.

Miré por encima de mi hombro. El hombre seguía su camino, con el *smartphone* levantado delante. Estaba de espaldas a nosotros. Vi que se alejaba y me volví hacia Harry.

—Creíamos que llevaba un arma. Por cómo se acercó. Como si estuviera decidido. ¿No le habías visto antes? —pregunté.

—No lo sé. No le he visto bien la cara, por la gorra. De todos modos, aunque la hubiera visto, tampoco habría podido decirte mucho: no llevo las gafas puestas —respondió.

—Entonces, ¿cómo has venido en coche? —dije.

—Con cuidado —contestó Harry.

Holten cogió una de mis sillas de madera, salió del despacho y la colocó junto a la puerta de entrada, que daba al rellano. Volvió a entrar y estudió mi despacho de nuevo. Desde el sofá, Harry le observaba con la indiferencia de un hombre con una copa de buen whisky escocés en la mano y plenamente consciente de su calidad.

—No hay seguridad en este sitio, señor Flynn. Esta noche me quedaré fuera. Por la mañana, me encargaré de que traigan una caja fuerte a su despacho. El ordenador se guardará en la caja cuando no esté usted. ¿Le parece bien? —me preguntó Holten.

—¿Quiere decir que se va a quedar toda la noche fuera de mi despacho?

—Ese es el plan.

—Bueno, puede que haya visto la cama que hay en la parte de atrás. No tengo apartamento como tal: duermo aquí. Probablemente me quede trabajando toda la noche, así que no se preocupe. Váyase a casa y duerma un poco. Estaré bien.

—Si no le importa, me quedo fuera.

—Hay un sofá. Si se va a quedar, al menos póngase cómodo.

Lanzó una mirada al sofá. Hacía unos años, Harry se había desplomado en el centro rompiendo varios muelles y estaba algo hundido. Desde entonces, cada vez que Harry venía, me lo recordaba sentándose en un extremo, pero los muelles le hacían deslizarse hacia el medio; parecía como si fuera a caer al valle central en cualquier momento. Me daba la impresión de que Holten pensaba que estaría más cómodo en una dura silla de madera.

—No se me daría muy bien vigilar si estoy dormido en el sofá cuando alguien derribe su puerta para coger ese ordenador. Me quedo fuera, ¿vale?

Miré el maletín sobre mi escritorio, con las esposas aún cogidas al asa.

—Me parece bien —contesté.

—Les dejo, caballeros —dijo Holten, y cerró la puerta del despacho detrás de sí.

—Es un pelín intenso —apuntó Harry.

—Nada de «pelín» en este tipo. En cualquier caso, me cae bien. Se nota que es un profesional —añadí.

—¿Qué hay en ese ordenador que exija tanta seguridad? —preguntó Harry.

—Podría decírtelo, pero esta noche te vas a emborrachar demasiado como para recordarlo, así que será mejor que tengamos esta conversación mañana.

—Brindo por ello —dijo Harry.

Me serví dos dedos de *bourbon* y tomé asiento en el sillón detrás de mi escritorio. Solo una copa. Para calmar los nervios. Necesitaba tener la mente despejada para leer los expedientes. Pero, por el momento, podía relajarme un poco. La lámpara de la esquina y la de mi escritorio, con su pantalla de vidrio verde, daban una luz cálida a mi pequeño despacho. Reclinándome en el sillón, puse una pierna encima de mi escritorio y me llevé el vaso a los labios. Ahora ya podía disfrutar tomando una copa de vez en cuando con Harry. Había logrado desarrollar esa disciplina, aunque me había costado bastante. Harry me había ayudado.

De no ser por Harry, no sería abogado. Años atrás me denunciaron por provocar un accidente de tráfico y llevé mi propia defensa. Un fraude al seguro que salió mal. Harry era el juez. Me enfrenté al abogado del otro tipo, gané el caso y Harry vino a hablar conmigo después. Me dijo que debería plantearme ser abogado. Y entonces, una carrera de Derecho después, acabé trabajando para él mientras me preparaba para el examen de acceso al Colegio de Abogados. Harry me dio una nueva vida, lejos de las estafas y de los timos de la calle. Ahora hacía mis triquiñuelas en el juzgado.

—¿Cómo está la familia? —preguntó Harry.

—Amy está creciendo muy deprisa. La echo de menos. Pero puede que las cosas estén mejor... Christine me llamó para invitarme a cenar —dije.

—Eso está bien —respondió Harry con entusiasmo—. ¿Crees que tal vez podáis arreglar las cosas?

—No lo sé. Christine y Amy están muy asentadas en Riverhead. Me da la sensación de que siguen adelante con sus vidas, sin mí. Necesito un trabajo que no me ponga en peligro. Algo estable y aburrido que no me traiga problemas, ni a mí ni a nadie. Eso es lo que quiere Christine: una vida normal.

Lo dije, pero, en realidad, ya no estaba muy seguro de que fuera así. Siempre habíamos querido un hogar estable y seguro. Mi trabajo lo hizo imposible, pero ahora dudaba que Christine siguiera queriendo tenerme en su vida. Había nacido una distancia entre nosotros. Esperaba que la invitación a cenar fuera una oportunidad para acercarme a ella de nuevo.

Harry dio un sorbo a su whisky y se frotó la frente.

—¿En qué piensas? —le pregunté.

—En ese maletín. Y en ese animal apostado en tu recibidor. En eso pienso. Si estás buscando un trabajo más tranquilo, esto no lo parece, desde luego. Dime que no estás en peligro.

—No estoy en peligro.

—¿Por qué me da la impresión de que eso no es todo?

Acunando el líquido ámbar en el cuerpo de la copa, la levanté a la luz. Di otro sorbo y volví a dejarla sobre mi escritorio.

—Hoy he estado con Rudy Carp. Me ha contratado para formar parte de la defensa de Robert Solomon.

Harry se puso en pie. Apuró el resto del whisky y dejó su copa vacía junto a la mía.

—En tal caso, tengo que irme —dijo Harry.

—¿Cómo? ¿Qué pasa?

Suspiró, se metió las manos en los bolsillos del pantalón y se quedó mirando al suelo mientras hablaba.

—Supongo que le viste esta mañana. Que Rudy Carp no se puso en contacto contigo antes de eso. Nada de correos electrónicos ni llamadas. ¿Verdad?

—No. ¿Cómo lo sabes?

—¿Por qué te ha dicho Rudy que querían contratarte?

—Más bien lo he deducido. Soy un valor prescindible. Voy a por la policía. Si el jurado no traga, la defensa me aparta y hacen como si nada hubiera pasado. Soy un amortiguador entre Rudy y el jurado. Si el numerito no funciona, su imagen queda intacta ante ellos. No es un buen trato, pero quiero ayudar a ese tipo, Bobby. Sé que es una estrella del cine y todo eso, pero me cae bien. Creo que es inocente.

STEVE CAVANAGH

—Supongo que Rudy necesitaba una historia que pudieras creerte. En cierto modo, es más convincente si crees que no es un buen trato. Eso explica por qué te han contratado el día antes de la selección del jurado.

Había conseguido ponerme nervioso. Me erguí en el asiento y le ofrecí toda mi atención.

—Harry, no te andes con rodeos: suéltalo.

—La jueza Collins me llamó el viernes. Dijo que tenía una sensación muy extraña. No me sorprendió. Se ha pasado todo el año llevando la preparación para el juicio del caso Solomon. Ya ha habido una docena de vistas previas para admitir pruebas, mociones para desechar la causa…, de todo. Hace dos semanas se instaló en un hotel para tener espacio y tranquilidad para trabajar. A pesar de sus defectos, Rowena Collins es una jueza a la que no le importa trabajar duro. En fin, yo creí que era por el estrés. Un caso como ese pasa factura.

Harry dejó la frase en el aire y se perdió en sus pensamientos. Yo no dije nada. Ya diría el resto cuando los hubiese ordenado.

—El sábado me llamaron del hospital. Rita se había desmayado la noche anterior, poco después de hablar conmigo. De no haber sido por el servicio de habitaciones que utilizaba regularmente, podría haber muerto. Un botones la encontró en el suelo. Estaba en parada respiratoria. Menos mal que la encontraron en ese momento. El personal de la ambulancia le salvó la vida. Tuvo una especie de episodio cardíaco y está en cuidados intensivos. En estado crítico, pero estable. La he visto hoy. Está mal. Y bien, aparte de todo esto, este incidente ha puesto en peligro el juicio de Solomon. No conocía a nadie que pudiera dejar su lista de casos dos semanas, así que me ofrecí. Eddie, yo soy el juez del caso Solomon.

74

12

$\mathcal{H}$arry se fue de mi despacho tremendamente cabreado. No le gustaba que los abogados trataran de jugar con el sistema. Según él, Rudy Carp estaba cuestionando su imparcialidad. No hay problema en que abogados y jueces sean amigos. Un juez no deja a sus amigos abogados en cuanto es nombrado juez. Abogados y jueces tienen amistades fuera de los tribunales, y también fiscales y abogados defensores. Y cuando se ven las caras en un juicio, siguen las reglas. Es algo aceptado. Por un único motivo. Si están en bandos opuestos, su relación queda suspendida durante el caso. Mientras formara parte de la defensa de Bobby Solomon, no podría beber ni salir con Harry. Y eso era lo que más le molestaba.

Saqué el portátil del maletín, lo encendí y llamé a Rudy Carp.

—Eddie, es imposible que ya te hayas leído todo el expediente —dijo Rudy.

—Ni siquiera lo he abierto. Estaba tomando una copa con mi amigo, Harry Ford.

Silencio.

Esperé a que Rudy dijera algo. Lo único que escuché fue su respiración al otro lado de la línea. Parte de mí quería que lo admitiera. Punto. Otra parte de mí quería que siguiera en silencio, que sufriera un poco.

—Rudy, debería dimitir.

—No, no, no, no. No lo hagas. Mira, tenía que meterte en el caso de algún modo. Y eres un excelente abogado, Eddie. No te habríamos fichado para esto si no creyera que eres bueno.

—¿Cómo quieres que ahora me crea nada de lo que digas?

—Mira, lo que te dije sigue siendo cierto. Necesitamos a alguien que vaya a por la policía. Tú puedes hacer un gran trabajo desde ese ángulo. Ya lo has hecho antes. Si fallas, te despediremos para quedar bien con el jurado. Si resulta que eres íntimo amigo del juez, pues tal vez no nos crucifique tan fácilmente por la jugada. Porque no dejaría muy bien a su amigo Eddie Flynn, ¿no?

Era una jugada inteligente. Hay muchos abogados buenos en esta ciudad. Muchos con experiencia desollando a la policía en el estrado. Pero pocos eran íntimos de Harry Ford.

—Si crees que Harry va a ponérselo fácil a tu cliente por mí, te equivocas.

—Descuida, no estoy cuestionando el carácter del juez. No es parcial a nuestro favor. No es eso lo que digo, pero esta estrategia es arriesgada. Si el jurado no traga, el juez Ford no dejará que eso repercuta negativamente en nuestro cliente ni en ti. Eso es lo único que digo. Eso no le hace parcial, le hace justo.

Tuve que morderme la lengua. Quería decirle a Rudy que lo dejaba. Que le mandaba el portátil de vuelta con Holten. La pantalla me pedía una contraseña. Mientras pensaba en qué decir, escribí «NoCulpableI» y cambió. Una imagen de Bobby Solomon apareció delante de mí. Bobby y Ariella, con jerséis de Navidad, en su casa de piedra caliza roja, delante de un árbol navideño. La foto mostraba a dos jóvenes claramente enamorados. Estaban cogidos de la mano, mirándose. En sus ojos había una promesa. Una promesa al otro. Si lo dejaba ahora, estaría abandonando a Bobby. Y por un motivo equivocado.

—No me gusta que me utilicen. Si me quieres en el caso, el precio acaba de subir.

—Entiendo que esto pueda cabrearte, pero no tenemos un presupuesto ilimitado. Tal vez podamos mejorar un poco tu sueldo, para evitar resentimientos. ¿Qué te parece un veinticinco por ciento más?

—¿Qué te parece ser socio de Carp Law? Socio minoritario. Con todos los beneficios. Y yo escojo mis casos. No necesito otro aumento de sueldo para sobrevivir los próximos seis meses. Lo que necesito es un trabajo estable que no ponga mi cabeza en peligro.

—Eso es mucho pedir —dijo Rudy.

—Es mucho caso —contesté.

Hizo una pausa. Le oía murmurar mientras pensaba.

13

—¿Qué te parece un contrato de dos años como asociado sénior? Cobras tus objetivos durante dos años, como el resto de asociados sénior. Luego te hacemos socio minoritario. Es lo más que puedo hacer, Eddie —dijo Rudy.

—Me quedo con el sueldo original y este trato —repliqué.

El sueldo ayudaría, pero necesitaba un trabajo. Christine quería que tuviese un empleo regular que no nos creara problemas ni a mí ni a mi familia. Eso ayudaría a reparar nuestra relación, además de ofrecernos un futuro.

—Hecho —contestó.

—Genial. Y ahora, ¿qué más no me has contado sobre este caso?

—Nada. Lo juro. Lee el expediente. E insisto: siento lo del juez. Tampoco podría habértelo ocultado mucho tiempo. De todos modos, lo habrías acabado descubriendo… en cuanto entraras en la sala. Mira, creo que Bobby es inocente. Lo sé. Lo siento. ¿Sabes lo poco habitual que es eso para mí? Haría lo que fuese para sacarle de esta. Lee el expediente y verás nuestra defensa. Llámame por la mañana. Tengo selección del jurado a las nueve.

Colgó.

En ese momento, me pregunté hasta dónde estaría dispuesto a llegar para salvar a su cliente.

Mis dedos se deslizaron sobre el panel táctil y apareció una selección de archivos en la pantalla de inicio. Ni buscador de Internet ni aplicaciones: solo los expedientes en el ordenador. Eran cinco. Declaraciones y deposiciones. Material fotográfico. Informes científicos. Declaraciones de la defensa. Expertos de la defensa.

Cogí un lápiz de mi escritorio y empecé a darle vueltas entre los dedos. De algún modo, me ayudaba a pensar mejor. Y también mantenía mis manos ágiles. Antes de ser abogado, había hecho toda clase de timos. Algunos requerían habilidad para quitar una cartera, un juego de llaves o un teléfono móvil. Mi padre siempre me decía que mantuviera las manos ágiles, y eso requería práctica para mantener los reflejos y la velocidad manual. Así que, si estaba pensando en algo, me ayudaba coger un bolígrafo o un lápiz y pasármelo por encima de los nudillos.

Los primeros tres archivos constituían la acusación. Los archivos etiquetados como «declaraciones de la defensa» y «expertos de la defensa» los formaban material reunido por Carp Law. La mayoría de los abogados irían directamente a la acusación, abrirían las declaraciones y las deposiciones y se los leerían palabra por palabra. Cada uno es una historia. Los recuerdos de una persona, juntos, formaban una narrativa general. Esa narrativa sería la que el fiscal intentaría venderle al jurado.

El problema con las narrativas es que a menudo no son fiables.

Mi enfoque era ligeramente distinto. La verdadera historia estaba en las fotografías. Las fotos de la escena del crimen nunca mienten. No pueden fallar ni esconder la verdad. Y me hacen adivinar los argumentos del fiscal. Qué clase de argumentos armaría yo contra Bobby Solomon si fuera fiscal. En un juicio por asesinato no basta con saber cómo va a ser tu defensa: tienes que saber qué movimientos va a hacer el fiscal, prepararte para ellos.

Las fotos se cargaron en la pantalla en una visualización en galería. La primera era la única que no era una fotografía. Era un vídeo. Le di al *play*.

La pantalla se fundió en negro. Por un momento, pensé que el vídeo no se había cargado bien. Entonces vi que era una cámara de seguridad montada en la puerta de una casa. Se veía la calle. Un hombre con capucha y vaqueros negros subía las escaleras de entrada a la casa. Con la cabeza gacha. Sus ojos estaban clavados en la pantalla del iPod que llevaba en la mano. Pasó rápidamente una especie de lista que había en la pantalla. Un cable blanco llevaba a los auriculares. El hombre se detuvo ante la puerta. Al abrir, levantó un poco la cabeza. Lo suficiente para dar una imagen granulosa de un rostro delgado y pálido, así como de parte de unas gafas de sol oscuras y pesadas. El tipo desapareció de la imagen, probablemente en el interior de la casa.

El registro de tiempo marcaba las 21:02.

Bobby Solomon en vídeo, llegando a casa poco después de las nueve.

Detuve el vídeo y volví a las fotos. Por la primera imagen,

era evidente que alguien de la oficina del fiscal del distrito había acudido a la escena de los crímenes. La primera serie de fotografías mostraba la puerta de entrada. Inteligente.

Era una puerta normal, gruesa y forrada de madera. Hacía poco la habían pintado de verde oscuro. Las fotos se habían hecho esa misma noche; el *flash* brillaba sobre la pintura relativamente fresca. Tenía un grueso pomo de latón en el centro. Un zum de la cerradura revelaba que estaba en perfectas condiciones. Ninguna mella en la pintura de alrededor. Tampoco daños en la cerradura. La puerta no estaba dañada en absoluto.

Con dos personas asesinadas en el dormitorio de arriba, hacer fotos de una puerta de entrada completamente normal no sería la máxima prioridad de la Policía de Nueva York. Quieren atrapar a un asesino. Esa es su intención, cada minuto que pasan en la escena del crimen. La oficina del fiscal del distrito tiene un planteamiento distinto. Ellos desean asegurarse de que, cuando se atrape al asesino, este sea condenado. Parte del proceso se basa en anticiparse a una posible línea de defensa (a saber, que un intruso asesinó a Ariella Bloom y a Carl Tozer) y cortarla de raíz.

Ningún daño en la puerta de entrada ni en la cerradura.

Abrí la siguiente serie de fotos. Era el comienzo de la historia. Imágenes del recibidor, los salones, la cocina, los cuartos de baño de arriba, los dormitorios de invitados, todas las habitaciones de la casa donde no había dos cadáveres.

La decoración parecía la misma en todo el domicilio. Moderna. Minimalista. Todo en tonos blancos, grises o beis. Solo algún toque de color aquí y allá. Un cojín morado sobre el sofá marrón topo. Un lienzo abstracto rojo en la pared de la cocina y una marina impresionista en tonos azules colgada en la pared del salón, encima de la chimenea. Parecía una casa de catálogo. No tenía sello personal. Nada que dijera que dos jóvenes vivían allí. Tal vez no pasaran demasiado tiempo en ella, debido a sus profesiones.

Con diez minutos mirando las fotos, se me aclararon unas cuantas preguntas. Había puerta trasera. Estaba cerrada con llave. Y esta seguía metida en la cerradura, por dentro. La parte exterior de la puerta tenía una verja metálica ornamental. Cerrada con candado. Ninguna de las dos parecía dañada.

La moqueta era casi blanca. Parecía un fino manto de nieve sobre el suelo. Suave. Acolchada. La típica casa donde uno se quita los zapatos en la entrada. Toda ella estaba enmoquetada. Sería fácil descubrir una gota de sangre. Pero no había ninguna.

La única foto que realmente llamaba la atención era la del rellano del segundo piso. Había una mesa volcada y un jarrón roto en el suelo. La mesa estaba bajo una gran ventana con una florida moldura curvada encima. La gente pagaba mucho dinero por elementos originales en propiedades como aquella. La siguiente foto era la primera de más de dos decenas que mostraban la escena del crimen. Una muerte violenta se cuenta sola. Está escrita en las víctimas. En sus heridas. En su piel. A veces, en sus ojos.

Nunca había visto nada igual.

El fotógrafo del Departamento de Policía de Nueva York había tomado la primera desde el pie de la cama. Ariella estaba boca arriba, en el lado izquierdo de la cama, el más cercano a la ventana que miraba a la calle. Carl estaba junto a ella, en el lado derecho. El edredón estaba hecho un gurruño en el suelo, al lado de Carl. Ariella llevaba unos pantalones, nada más. Tenía los brazos a ambos lados del cuerpo y los pies juntos. La boca abierta. Los ojos también. Su torso estaba rojo. Se había formado un pequeño charco de sangre en su ombligo. Se veían manchas más oscuras sobre su pecho. Heridas de arma blanca. La sábana bajo su cuerpo también estaba roja. En el cuello solo tenía gotas de sangre. Ni la cara ni las piernas estaban manchadas.

Carl yacía sobre su costado derecho, desnudo, mirando hacia Ariella. Sus piernas estaban flexionadas por las rodillas y su torso doblado hacia delante. Desde ese ángulo, su cuerpo casi recordaba la forma de un cisne. No parecía tener ni una sola marca. Ninguna señal de puñaladas. Ningún hematoma. Parecía sereno. Como si simplemente se hubiera hecho un ovillo junto a ella para morir. Hasta que vi la foto de su espalda no comprendí cuál era la causa de la muerte. Tenía la parte posterior del cráneo hundido. Había poca sangre, una marca de color rojo oscuro bajo su cabeza. Pero, por la forma de la herida, se deducía que le habían matado de un solo golpe. Probablemente, eso explicara la posición de su cuerpo; las piernas dobladas casi en posición fetal; la cabeza, agachada por la fuerza del impacto.

Los abogados criminalistas y la policía están acostumbrados a ver la espantosa irreversibilidad de la vida, la violencia que escribimos sobre el cuerpo de los demás. Es la naturaleza humana. Si haces algo con mucha frecuencia, deja de tener el mismo significado, ya no tiene el mismo impacto que la primera vez.

Yo no me había acostumbrado a ver una muerte violenta. Y esperaba no hacerlo, porque esa parte de mí moriría para no volver nunca. Y la necesitaba. Agradecía ese dolor. Un hombre y una mujer habían sido arrancados de este mundo: todo cuanto tenían en la vida y todo aquello que iban a ser se había evaporado. Una palabra rondaba por mi cabeza. Inocentes. Inocentes. Inocentes. No habían hecho nada para merecer aquello.

¡*Chas!*

Miré mi mano y vi que había dejado de dar vueltas al lápiz. Lo estaba agarrando con tal fuerza que lo había partido en dos sin darme cuenta.

Independientemente de lo que implicara mi trabajo, tenía una obligación con Ariella y Carl. Quienquiera que les hubiera impuesto este infierno debía ser castigado. Si esa persona era Bobby, la ley debía ocuparse de ello. Sin embargo, viendo a las víctimas, mis dudas de que Bobby fuera capaz de tal cosa crecieron todavía más.

Entonces me acordé. En el fondo, todos somos capaces de hacerlo.

Las causas de la muerte, por lo que había visto, no encajaban exactamente con lo que decían los medios. En los periódicos y en la televisión se afirmaba que ambas víctimas habían sido descuartizadas en una especie de ataque de celos frenético. Eso no era lo que mostraban las fotos. Tampoco había heridas de arma blanca en Carl. Pasé a otra serie de fotos y encontré un primer plano de un bate de béisbol en el suelo del dormitorio. El extremo superior parecía ser el causante de la herida en la cabeza de Carl.

Al repasarlo en mi mente, lo que acababa de ver no terminaba de encajar. El asesino tenía acceso a la casa. Se coló o entró directamente con las llaves, subió al dormitorio y encontró a

Ariella y a Carl en la cama. Carl sería la primera víctima. Tenía sentido librarse primero de la principal amenaza. Golpear un cráneo con un bate de madera con suficiente fuerza como para romperlo haría ruido. Mucho ruido. No habría manera de silenciar el golpe. Sin embargo, Ariella no tenía heridas de haberse defendido. Ni cortes ni hematomas en brazos o manos. Parecía como si la primera o la segunda puñalada hubieran sido mortales. O al menos lo bastante graves como para dejarla inmóvil.

Había algo en aquella escena que no cuadraba.

Me quedaban dos series de fotos más para acabar. Una de ellas era de Bobby Solomon. Iba vestido con una sudadera roja con capucha, camiseta blanca y pantalones de chándal negros. Las mangas de la sudadera estaban manchadas de sangre. Sus manos también. No había sangre en ningún otro sitio.

Las últimas fotos me preocuparon. Se habían tomado en la morgue. Carl Tozer yacía desnudo sobre la mesa de acero. Por primera vez, vi un fino hematoma de siete u ocho centímetros atravesando su garganta. Como si le hubiesen golpeado con una fina barra de metal, o como si le hubieran puesto algo alrededor del cuello y luego hubieran tirado con fuerza. Pero eso no fue lo que me inquietó. El hematoma no le había causado la muerte y podía ser simplemente lividez *post mortem*, sangre acumulada en la grasa alrededor de su cuello a medida que el corazón dejó de bombear.

No, lo que me preocupó fue la siguiente serie de imágenes. Primeros planos de su boca.

Tenía algo bajo la lengua.

El fotógrafo había pasado a vídeo para capturar este último giro. Le di al *play*. Observé unas pinzas largas de metal introduciéndose en la boca de Carl. Al salir, sostenían algo entre los extremos, algo que no pude reconocer en un principio. Fuera lo que fuera, lo dejaron en una placa de Petri. Con otras pinzas empezaron a tocarlo. Parecía una nota, doblada por la mitad con un pequeño cono pegado. El cono parecía del mismo tamaño que la tapa de un bolígrafo. Valiéndose de dos pinzas, desdoblaron la nota mientras la cámara se acercaba más.

Aquello no había salido en los periódicos. Ni de broma.

No era una nota, sino un billete. Un billete de dólar, doblado muchas muchas veces. En el dorso, el Gran Sello de Estados

Unidos. En cada esquina, un número «1» detrás de la palabra «ONE». Y todo ello, sobre lo que parecería ser una tela de araña. El billete había sido doblado de tal forma que cada esquina parecía un dibujo o una marca sobre un ala. Cuatro alas que se desdoblaban desde la forma cónica central. El cono era la única doblez intrincada en el centro del billete. Lo habían hecho para simular un tórax, y debajo, un abdomen. A ambos lados del tórax, se abría un ala delantera y un ala trasera.

El asesino había doblado un billete de dólar en forma de mariposa y lo había introducido en la boca de Carl Tozer.

Después de abortar su intento de hacerse con el maletín, Kane dio una vuelta a la manzana. Cuando volvió a su coche, ya respiraba con normalidad. No le pesaban las manos. El pulso había dejado de palpitarle en las yemas de los dedos. Arrojó la mochila en el asiento del copiloto y esperó.

Pasaron veinte minutos antes de ver al hombre trajeado salir del apartamento de Flynn. Kane le vio subirse a su descapotable y marcharse. Volvía a notar el pulso en los dedos y, de repente, fue muy consciente del arma que llevaba en el bolsillo de su chaqueta. Solo el escolta y Flynn. Ahora, el escolta estaría atento. En el último momento había decidido no sacarles la pistola en la calle. Había esperado demasiado para desenfundar y el guardaespaldas se le había adelantado. Al final, había sacado su móvil para pedir indicaciones. «Bien hecho», pensó Kane. Aquel tipo le habría disparado primero.

Pensar en el portátil dentro del apartamento de Flynn le hacía tensar la mandíbula. Volvió a mirar hacia el edificio. No había ningún indicio de qué tipo de cámaras de seguridad tenían en el interior ni de cuántos ocupantes había. Tal vez hubiera un portero tras un mostrador.

El motor arrancó a trompicones, luchando contra la baja temperatura. Kane metió la marcha y salió lentamente de la calle 46 Oeste.

Otra vez sería. Cuando estuviera listo. Kane se prometió a sí mismo que volvería.

Por ahora, tenía otras cosas que hacer.

Condujo hacia el este, en dirección al río. Bajó toda la calle 46 hasta la Segunda Avenida y luego cogió la autopista FDR. El tráfico seguía siendo denso y avanzaba despacio. Kane no era neoyorquino de nacimiento. En absoluto. Sin embargo, apenas consultaba el navegador. Manhattan se trazó sobre una cuadrícula. Cuando uno llega a Manhattan por primera vez, solo hacen falta cinco minutos con un mapa para saber moverse. En un mapa, la isla parecía una placa base. Solo necesitaba energía para funcionar. Para Kane, la electricidad necesaria para que la placa base urbana funcionara no era la gente, los habitantes de Manhattan. Tampoco eran los coches. Ni los trenes.

Era el dinero.

Manhattan funcionaba con billetes verdes.

Parado en un atasco, miró su reflejo en el retrovisor. Tenía la nariz bastante inflamada. Tal vez demasiado. Hacía que el resto de su cara pareciera muy hinchada. Se dijo a sí mismo que al llegar a casa debía recordar ponerse hielo para bajar un poco la hinchazón. También tendría que usar más maquillaje. Los hematomas empezaban a verse a través de la fina capa de piel.

Cualquier otra persona estaría agonizando de dolor. Pero no Kane. Él era especial. Eso es lo que le decía su madre.

No conocía su propio cuerpo. Había una distancia entre ellos. 85

Cuando tenía ocho años, descubrió que no era como los demás. Una caída de un manzano en el jardín. Una mala caída. Trepó hasta muy arriba y cayó al suelo desde las ramas más altas del árbol. No lloró en el suelo. Nunca lloraba. Después de unos instantes, se levantó y empezó a trepar de nuevo el árbol, cuando notó que no podía agarrar la rama con la mano izquierda. Su muñeca estaba hinchada. No era normal, así que fue hacia la cocina y le preguntó a su madre por qué tenía un aspecto tan raro. Para cuando entró en la casa, su tamaño se había triplicado y parecía como si alguien le hubiese metido una bola de pimpón bajo la piel. Kane todavía recordaba cómo se retorció el rostro de su madre al ver la muñeca. Llamó a una ambulancia. Finalmente, cansada de esperar, le envolvió la muñeca entre dos bolsas de guisantes congelados, le metió en el viejo coche y se lo llevó a urgencias.

Su madre nunca había conducido tan deprisa.

Kane recordaba aquel trayecto con toda precisión. Los Rolling Stones sonaban en la radio y la cara de su madre brillaba por las lágrimas. El pánico hacía que su voz sonara aguda y descontrolada.

—No pasa nada, no pasa nada. No te asustes. Vamos a ponerte bien. ¿Te duele, cariño? —le preguntó.

—No —contestó Kane.

Una vez en el hospital, la radiografía confirmó que tenía varias fracturas. Era necesario manipularle antes de ponerle una escayola. El médico les explicó la urgencia y dijo que harían todo lo posible para aliviar el dolor del procedimiento con gas y aire. El pequeño Joshua no quiso inhalar del tubo aquella cosa que olía tan raro y se arrancó la máscara más de una vez.

No gritó durante todo el proceso. Se quedó completamente quieto y escuchó anonadado el chasquido de sus huesos rotos mientras el médico tiraba y empujaba su muñeca. Una enfermera le puso en la camiseta una pegatina que decía que era un paciente valiente. Él le dijo que no necesitaba medicinas. Que estaba bien.

En un principio, el personal médico lo atribuyó al *shock*, pero la madre de Kane sabía que había algo más. Aquello era distinto. Insistió al hospital para que le hicieran pruebas a su hijo. Aún en aquel momento, Kane no sabía de dónde sacó su madre el dinero para costearlas. Al comienzo, los médicos pensaban que algo no iba bien en su cerebro. No lloró cuando le pincharon la piel con agujas. Oyó la palabra «tumor», pero no sabía qué significaba. Pronto descartaron un tumor cerebral. Eso alegró a su madre, pero aún estaba preocupada y quedaban más pruebas por hacer.

Un año más tarde, le diagnosticaron una enfermedad genética rara llamada «analgesia congénita». Los receptores de dolor de su cerebro no funcionaban. El pequeño Joshua Kane nunca había sentido dolor, ni lo sentiría. Kane recordaba el momento en que su madre recibió la noticia en la consulta del médico, con una mezcla de felicidad y miedo. Felicidad porque su hijo nunca conocería el dolor físico, pero, aun así, miedo. Todavía podía ver a su madre sentada en la silla de la consulta del médico, mirándole. Llevaba el mismo vestido azul que el día de la caída del árbol. Tenía la misma mirada temerosa encendida en los ojos.

Y Kane saboreó cada segundo.

Sonó un claxon detrás, urgiéndole a avanzar y devolviendo sus pensamientos al presente. Una hora después, estaba en

Brooklyn. Apagó el motor, se bajó del coche y mandó un mensaje con su ubicación a su contacto.

En cuanto hubiera una llamada a la Policía de Nueva York, Kane recibiría un aviso rápido.

Pasó por delante de filas y filas de idénticas casas suburbanas de clase media de tres plantas. El apartamento estaba en el primer piso, encima del garaje. El óxido de las verjas circundantes estaba oculto bajo pintura recién aplicada. Llegó a la casa de un tal Wally Cook.

El rostro de Wally había sido destacado más veces que ningún otro en el tablón de Carp Law como principal elegido para el jurado. Era un liberal convencido, donaba beneficios de su negocio de investigador privado a la ACLU (Unión Estadounidense de Libertades Civiles) y los fines de semana entrenaba a un equipo de béisbol de chavales.

Kane no podía confiar en que el fiscal objetara nada a la inclusión de Wally en el jurado. Y era demasiado peligroso dejarle en la lista. Además, ocupaba un sitio que le permitiría a él entrar en la lista de elegibles de la defensa.

87

En el camino de entrada a la casa de Wally había aparcados un coche y una furgoneta. La luz brillaba a través de la ventana del primer piso. Una mujer de treinta y pocos años, de pelo largo y moreno caminaba por la habitación con un bebé en brazos. Wally se acercó a ellos, besó a la mujer y desapareció. Kane sacó su cuchillo fileteador y fue hacia la puerta de entrada.

14

Repasé el resto de los archivos del caso Solomon en menos de dos horas; la mayoría los revisé fácilmente de una sola hojeada. Eran declaraciones rudimentarias de agentes confirmando la cadena de custodia, extensos informes de la Policía Científica, declaraciones de testigos. Había varias pruebas clave.

La llamada de emergencia al 911 de Bobby Solomon a las 00:03. Tenía la transcripción y una grabación en audio. Bobby parecía cegado por el pánico, atragantándose con las lágrimas, la rabia, el miedo y su inmensa pérdida. Estaba todo ahí, en su voz.

> Operadora: Emergencias, ¿con quién le conecto: bomberos, policía o ambulancia?
>
> Solomon: Ayuda… ¡Por Dios!… Estoy en el 275 de la calle 88 Oeste. Mi mujer… Creo que está muerta. Alguien… ¡Ay, Dios!… Alguien los ha matado.
>
> Operadora: Voy a mandar a la policía y una ambulancia. Cálmese, señor. ¿Está usted en peligro?
>
> Solomon: No… No lo sé.
>
> Operadora: ¿Está usted en el inmueble ahora mismo?
>
> Solomon: Sí… Eh…, acabo de encontrarlos. Están en el dormitorio. Muertos.
>
> [Sonido de lloro.]
>
> Operadora: ¿Oiga? ¿Señor? Respire, necesito que me diga si hay alguien más en el inmueble ahora mismo.
>
> [Ruido de cristales rompiéndose y alguien tropezando.]
>
> Solomon: Estoy aquí. Ah, no he revisado la casa… Mierda… Por favor, manden una ambulancia ahora mismo. No respira…
>
> [Solomon suelta el teléfono.]
>
> Operadora: ¿Oiga? Por favor, coja el teléfono. ¿Oiga? ¿Oiga?

Υ

Bobby le dijo a la policía que había estado bebiendo toda la tarde. También había tomado pastillas. No recordaba dónde había estado, pero sí que fue a varios bares: se encontró con diversas personas, pero tampoco recordaba sus nombres. Cogió un taxi a la puerta de una discoteca y llegó a casa justo después de la medianoche. La luz del recibidor estaba apagada. Carl no estaba en la cocina ni en el salón. Subió a buscarle al piso de arriba. Vio que la puerta de Ariella estaba abierta y que había una lámpara encendida. Entró y se los encontró a los dos muertos.

En un principio, la llamada y la versión de Solomon parecían totalmente plausibles. Bobby tenía antecedentes por faltas leves por embriaguez y era habitual que se acordara… o recordara poco de lo que había hecho bajo los efectos del alcohol.

Como coartada, era mala. Pero no había motivo para dudar de su versión.

Hasta que leí la declaración de Ken Eigerson. Vivía en el número 277 de la calle 88 Oeste. Tenía cuarenta y cinco años y era gerente de un fondo de cobertura. Eigerson declaró que aquel día llegó a su casa a las nueve de la noche y le dijo «hola» a su famoso vecino, Bobby Solomon. Le vio subir los escalones que conducían a su casa. Recordaba la hora con exactitud porque los jueves su mujer siempre trabajaba hasta tarde y la canguro se iba a las nueve. Connie Brewkowsi, la *au pair* de veintitrés años de los Eigerson, confirmó que se marchó de la casa cuando este regresó: a las nueve.

Estaba pensando en posibles formas de dar la vuelta a todo aquello. Algún punto de ataque. Y entonces pensé en el vídeo. Grabaciones de las cámaras de seguridad en el exterior del inmueble. Con fecha y hora de la noche del crimen. Y a las nueve de la noche aparecía Solomon entrando en la propiedad.

La cámara se activaba por un sensor de movimiento. No había nada más grabado hasta que los policías aparecieron a las doce y diez.

Ninguna grabación que mostrase a Bobby llegando a casa cuando afirmaba haberlo hecho, a medianoche. La Policía de Nueva York halló a Ariella y a Carl muertos cuando Bobby les dejó entrar, a las doce y diez.

¿Conclusión? Bobby Solomon mintió sobre la hora a la que llegó a casa.

La Policía Científica sellaría el destino de Bobby. Su sangre sobre el bate de béisbol y sus huellas en la empuñadura. La sangre de Ariella sobre la ropa de Bobby. Y la guinda del pastel: el billete de dólar en forma de mariposa en la boca de Carl con las huellas de Bobby y con su ADN. Bobby le dijo a la policía que jamás había visto aquel billete y que, desde luego, no lo dobló ni lo metió en la boca de Carl.

Game over.

Rudy contestó a mi llamada inmediatamente.

—La cagó —dije.

—Estoy de acuerdo —respondió Rudy—, pero no estás indagando lo suficiente. La Policía Científica incriminó a Bobby colocando su ADN ahí.

—¿Qué te hace estar tan seguro? —pregunté.

—Las pruebas que hicieron demostraron que había más de un perfil de ADN.

—Dame un segundo —dije, y abrí la carpeta de la Científica.

En efecto: había un informe que identificaba los perfiles de ADN encontrados en el dólar. Estaban clasificados como «A» y «B». El perfil «A» era el ADN de Bobby. El perfil «B» encajaba con un perfil existente en la base de datos de un hombre llamado Richard Pena.

—Espera, Rudy. Lo normal es que haya más de un rastro de ADN en cualquier billete en circulación. Lo que me sorprende es que no encontraran veinte perfiles distintos. Eso no significa que la policía intentara incriminar a Bobby.

—Sí. El cotejo del perfil de Richard Pena demuestra que hubo contaminación de ADN en el laboratorio —dijo Rudy.

—¿Cómo?

—Hemos descubierto algo en los antecedentes de Richard Pena. La Policía Científica tenía su ficha muy enterrada. Era un asesino en serie que estuvo en la cárcel. Entre 1998 y 1999, mató a cuatro mujeres en Carolina del Norte. La prensa le llamaba «el Estrangulador de Chapel Hill». Le cogieron, le condenaron y, después de rechazar las apelaciones, le ejecutaron de manera fulminante en 2001.

Sin esperar a que dijera nada más, saqué una foto que habían hecho del dólar desdoblado. La primera imagen que apareció era del dorso del billete. Noté que estaba ligeramente decolorado alrededor de la imagen del águila americana, como si se hubiera rozado con un bolígrafo, tal vez al estar suelto en un bolsillo. No le presté demasiada atención: quería ver el otro lado del dólar. Volví a apretar el sensor. Esta vez sí que apareció lo que estaba buscando. En la cara del billete, a la derecha de George Washington, había un número de serie. Solo se crea un número de serie nuevo en tres circunstancias. La primera es cuando se emite un nuevo diseño de billete. Los otros motivos para sacar una serie nueva también están relacionados con cambios en los billetes. Cada billete tiene dos firmas, una a cada lado de la imagen de George Washington. La primera es la firma del tesorero de Estados Unidos; la otra, del secretario del Tesoro. Las firmas en el billete hallado en la boca de Carl eran de la tesorera Rosa Gumataotoa Ríos y del secretario Jack Lew. El número de serie correspondía al año de nombramiento de Lew: 2013.

91

Rudy me lo aclaró un poco más.

—Es imposible que Richard Pena tocara ese billete. Llevaba doce años muerto cuando se imprimió.

—Y no hay huellas de Pena, solo su ADN —dije.

—Así es.

—Si las únicas huellas sobre ese dólar son de Bobby…, pero hay rastros de ADN de Bobby y Pena sobre el billete…, estoy pensando que el técnico de la Científica frotó el billete antes de colocar el ADN de Bobby y, de algún modo, dejó también el ADN de Pena al mismo tiempo y por error —dije.

—Lo vas cogiendo. Es la única teoría posible. El ADN puede desaparecer por exposición a detergentes domésticos. Es fácil de eliminar. ¿Cuántas manos han tocado ese billete desde 2013? Tienen que ser centenares, si no miles. La cagaron intentando empapelar a Bobby. Limpiaron el billete y luego se equivocaron al colocar su ADN en él. El de Pena se añadió de alguna manera mientras estaba en el laboratorio. Es la única explicación. Los hemos pillado —dijo Rudy.

Tenía sentido. Sin embargo, algo seguía preocupándome. De algún modo, la mariposa era simbólica. Era importante para alguien. Probablemente para el asesino o para la víctima. Y la policía se había aprovechado de esa prueba. El Departamento de Policía de Nueva York la había intentado usar para incriminar a Bobby, colocando su ADN sobre ella, pero se había equivocado.

—Las pruebas de ADN de Pena tuvieron que hacerse en otro estado. ¿Cómo llegó al laboratorio de la Policía de Nueva York?

—No lo sabemos. Pero llegó.

Escuché a Rudy soltando de todo sobre la corrupción policial, la tormenta mediática que desataría esta prueba y acerca de cómo esto era el eje de la defensa de Bobby. Después de treinta segundos, dejé de escucharle. En mi mente, volvía a estar en las oficinas de Carp Law. Sentado al lado de Bobby, oyéndole defender su inocencia. En ese momento, me pregunté si me había dejado convencer por aquel chico. Era un actor de talento. Sin duda. No todas las estrellas de cine son grandes actores. Bobby era un artista y tenía técnica. Y me preocupaba algo más. En la mayoría de los casos, si la policía colocaba una prueba incriminatoria contra un sospechoso, normalmente era porque le creían culpable. No se me ocurría cómo alguien más podía haber entrado o haber salido de la casa sin ser captado por la cámara de seguridad, que se activaba con el movimiento. Y luego estaba el testimonio del vecino.

—Rudy, me creí la historia de Bobby. No te voy a mentir ni me voy a mentir a mí mismo. Cuando me dijo que era inocente, le creí. No puedo dejar que nada más enturbie esa opinión. Si no te importa, voy a ponerme ya con mi propio detective. Aún no tenemos el cuchillo que se utilizó con Ariella. Dime, ¿qué dice Bobby acerca del bate de béisbol con el que mataron a Carl?

—Dijo que guardaba ese bate en el recibidor. Tenían sistemas de seguridad, claro, pero su padre siempre tenía un bate junto a la puerta de entrada. Y Bobby siempre ha hecho lo mismo. Es su bate, así que eso explica por qué sus huellas están sobre él…

—Pero no la sangre. Tengo que indagar más en ese tema —dije.

—Ya se ha emitido un giro a tu cuenta con tus honorarios.

Si quieres gastar parte de eso en detectives, es cosa tuya. Yo me ocuparé de la selección del jurado. Dame un toque por la mañana. Y duerme un poco —dijo antes de colgar.

Empecé a revisar los contactos de mi teléfono hasta que encontré uno que decía: «QUE TE DEN». Apreté el botón de llamada. No miré la hora. La persona a quien llamaba estaba acostumbrada a contestar a todas horas. Formaba parte de su trabajo. Empezó a dar tono. Respondió una voz de mujer. Rasgada, con un leve acento del Medio Oeste.

—Eddie Flynn, timador de ley. Me preguntaba cuándo me llamarías.

La voz era de una antigua agente del FBI llamada Harper. Nunca me había dicho su nombre de pila. Pensándolo bien, tampoco estaba seguro de habérselo preguntado. Nos habíamos conocido hacía un año, justo antes de que dejara el FBI con su pareja, Joe Washington. Montaron una unidad de seguridad e investigación privada en Manhattan; por lo que había oído, les iba bastante bien. La primera vez que nos vimos me aplastó la cabeza sobre el capó de mi Mustang. Unos meses más tarde, estábamos persiguiendo al mismo malo. Y, aparte de la mía, salvó la vida de varios de sus compañeros. Tenía instinto. Me fiaba de su opinión: si ella creía que Bobby era culpable, tal vez me lo pensara dos veces.

—Me alegro de hablar contigo. Siento no haber mantenido el contacto, estaba esperando el caso adecuado. Necesito un detective. ¿Conoces alguno bueno?

—Que te den… ¿Quién es tu cliente?

Sabía lo que me esperaba, aun antes de decirlo. De todos modos, se lo conté.

—Estoy en el equipo de la defensa de Bobby Solomon. Vamos a demostrar que el Departamento de Policía de Nueva York le incriminó. Y tú me vas a ayudar.

Soltó una carcajada y dijo:

—Muy bueno. Lo siguiente será decirme que vas a defender a Charles Manson.

—Va en serio. Dentro de un hora o menos, un guardaespaldas de Carp Law estará en tu apartamento con un portátil. Esperará mientras lees los expedientes. Es un asunto delicado. Si se filtra algo de esto antes del juicio…

93

La carcajada de Harper se ahogó en su garganta.

—Venga, Eddie. ¿Va en serio?

—En serio. Parece que solo tendremos uno o dos días para hacernos con el tema. Lee los expedientes del caso. Llámame cuando termines. Empezamos mañana por la mañana en la escena del crimen. A no ser que prefieras llevarlo a otro sitio...

—Te llamaré cuando termine con los expedientes. Por lo que he visto en televisión, todo apunta a que Solomon es el asesino. Lo sabes, ¿verdad? Tiene pinta de perdedor.

—También he leído los periódicos. He oído a todos los expertos legales de la CNN. Creen que el juicio está acabado antes de empezar. Puede que tengan razón. Pero yo he hablado con Bobby. Y Rudy Carp también. No creemos que sea capaz de haber cometido unos asesinatos así. Lo único que tenemos que hacer es convencer a doce personas de que estamos en lo cierto.

15

Con un giro de muñeca, Kane cambió la empuñadura del cuchillo. Al pasar junto a la furgoneta en la entrada a la casa, se agachó y rajó la rueda trasera izquierda con la punta. La furgoneta empezó a inclinarse a medida que el aire salía silbando por la raja del neumático. Se caló la gorra, volvió a meterse el cuchillo en el bolsillo, avanzó unos pasos hasta la puerta de entrada y llamó al timbre.

Pasados unos momentos, Wally abrió la puerta. Era la primera vez que Kane le veía bien. De cerca, aparentaba treinta y tantos años. Su pelo raleaba por las sienes y su rostro era sonrosado. Kane olió el vino en su aliento; el color rubí que teñía su labio superior revelaba que acababa de tomarse una buena copa de tinto. Eso explicaba el aspecto ruborizado en un rostro normalmente duro.

Su expresión se suavizó al ver a Kane. Esperara a quien esperara, no encajaba con el aspecto actual de Kane.

Kane puso acento sureño. Lo utilizaba a menudo. De algún modo, el deje del sur aportaba credibilidad a cualquier cosa que dijera. Hacía que la gente confiara en él.

—Siento molestarle —dijo Kane—. Pasaba por aquí y he visto que tiene una rueda pinchada. Puede que ya lo sepa, pero he creído que mi deber como vecino era decírselo, de todos modos.

Kane se volvió. Se había cuidado de ocultar el rostro manteniendo la bufanda subida y la mirada baja. Y parecía estar funcionando.

—Ay…, pues gracias —dijo Wally—. ¿Qué rueda?

—Esa, se la enseñaré —respondió Kane.

Wally salió de su casa, siguió a Kane hacia la parte trasera de la furgoneta. Se puso en cuclillas para mirar el neumático mientras Kane permanecía de pie a su lado. No había farolas cerca y la luz de la casa no alcanzaba el final del camino de entrada.

—Joder, algo lo ha rajado completamente —dijo Wally.

Palpó el agujero con los dedos. Parecía un corte recto hecho con algo duro y muy afilado. Empezó a levantarse, diciendo:

—Oiga, gracias por…

Pero se quedó helado. Tenía las rodillas flexionadas y los brazos alzados con las palmas hacia arriba. Estaba mirando la pistola de Kane. Este se aseguró de que no se perdiera un solo detalle apuntándole directamente a la cara.

Cuando Kane volvió a hablar, el meloso acento sureño había desaparecido como si nunca lo hubiera tenido. Su voz se volvió dura y plana.

—No hable. Ni se mueva. Cuando se lo diga, vamos a ir hasta mi coche. Le voy a hacer unas preguntas y, si las contesta, podrá volver a su casa. Si me da problemas o no contesta, tendré que hacerle una pregunta a su joven esposa.

Una nube pesada de aliento se formó delante del cañón de la pistola. Aterrado y con las piernas temblando, Wally no podía apartar los ojos de Kane. Buscaban su cara, oculta en la sombra. Kane imaginaba que la luz que parecía salir de sus ojos sería visible para el hombre, y que eso era lo único que podría ver: dos puntos gemelos de luz en la oscuridad.

—Levántese, vamos —dijo Kane—. ¿O voy a tener que hacerle esa pregunta a su mujer? Es muy sencilla. ¿Qué le destrozaría más? ¿Que le dispare a usted a la cara o que le clave un cuchillo en el ojo a su bebé?

El hombre se incorporó. Su nuez protuberante subía y bajaba al intentar tragarse el pánico. Kane hizo un gesto para que echara a andar. Wally obedeció.

—Gire a la derecha al final de la entrada, camine por la acera y deténgase delante de la puerta del copiloto del coche familiar. Voy cinco pasos por detrás de usted. Si echa a correr, morirá. Y su bebé también.

Anduvieron en silencio hasta el final de la calle. Kane empuñaba su arma bajo la chaqueta. No había nadie más en la calle. Hacía demasiado frío y era demasiado tarde para pasear. Wally giró a la derecha e hizo lo que le decía. Se detuvo ante la puerta del copiloto del coche de Kane.

—¿Qué quiere de mí? —dijo Wally, con el miedo resonando como un tambor en su pecho.

Kane abrió el vehículo y le dijo a Wally que se subiera despacio. Ambos se metieron en el coche al mismo tiempo, mientras Kane apuntaba a Wally al sentarse en el asiento del copiloto. Los dos cerraron sus puertas. Wally se quedó mirando hacia delante, temblando y respirando con dificultad.

—Deme su teléfono móvil —dijo Kane.

Wally bajó los ojos por un instante. Kane lo vio. Estaba mirando el arma que sostenía en la mano izquierda, cruzada sobre el estómago para apuntarle mientras arqueaba la espalda al meter la mano en el bolsillo de su pantalón.

—Despacio —dijo Kane.

Wally sacó un *smartphone* del bolsillo, pasó su mano por la pantalla, que se encendió; pero seguía temblando y el teléfono cayó al suelo. Se inclinó hacia delante. Las luces interiores del coche estaban apagadas, de modo que Kane solo veía la luz de la pantalla del teléfono en el suelo. Suficiente para notar la pernera del pantalón de Wally moviéndose. Kane se tensó y estiró la mano, pero fue demasiado tarde. Wally se incorporó bruscamente y le clavó una navaja automática en el lateral de la pierna derecha. Kane le agarró de la muñeca, mientras Wally intentaba mover la navaja para hacer salir la sangre. Pero le agarraba con demasiada fuerza y no pudo sacar la navaja.

Kane le golpeó en lo alto de la cabeza con el cañón de la pistola. Y luego otra vez con el mango sobre el plexo solar. Soltó la navaja. Kane se quedó mirando al hombre jadeando, tratando de respirar. La mayoría de los investigadores privados llevan algún arma de refuerzo y no se le había ocurrido registrarle antes de subir al coche. Le puso el cañón de la pistola junto a la sien y miró la navaja clavada en su pierna con indiferencia.

—Bueno, pues ya se me han estropeado los pantalones —dijo.

—¿Qué…, qué coño te pasa, tío? —preguntó Wally.

Tenía la mano sobre la parte superior de su cabeza y respiraba a bocanadas dolorosas, tratando de encontrarle sentido a todo aquello. Kane no había reaccionado al navajazo. Ni una mueca de dolor. Ni un grito. No había apretado la mandíbula. Solo un desinterés absoluto ante una herida profunda y grave.

—¿Te preguntas por qué no estoy gritando? Dame tu teléfono o te haré gritar de verdad —dijo Kane.

Esta vez, se inclinó hacia delante muy despacio, recogió el móvil y se lo dio. Kane bajó el arma. Wally le miró de reojo, con las manos delante de la cara, esperando a oír el disparo.

—Maldita sea, me ha costado mucho que estos pantalones me quedaran bien —dijo Kane—. No te preocupes, no voy a dispararte —continuó, mientras guardaba la pistola en su chaqueta—. Pero sí me voy a quedar con tu navaja. Toma, tú quédate con mi cuchillo.

El movimiento fue demasiado rápido para que Wally lo viera venir. Se quedó con una expresión de terror, como si estuviera esperando un ataque. La sangre empezó a manar a borbotones por el agujero que le había hecho en el cráneo con el cuchillo. Kane encendió el motor, agachó la cabeza de Wally bajo el salpicadero y arrancó. Encendió las luces de cruce. La luz del salpicadero se encendió lanzando un rubor anaranjado sobre el filo ensartado en su pierna. No quería sacarse la navaja, por si se desangraba. Necesitaba un lugar tranquilo para recomponerse y deshacerse del cuerpo de Wally.

Quince minutos después había encontrado una zona comercial. Patios de transporte, fábricas y garajes. Todos ellos cerrados de noche, algunos desde hacía años. Kane entró en un aparcamiento abierto junto a una fábrica abandonada y condujo hasta una valla metálica al fondo. Ni una farola ni cámaras de seguridad. Se bajó del coche y cambió la matrícula. Normalmente podía hacerlo sin problema en cinco minutos. Esta vez, no. Le costaba arrodillarse con el cuchillo clavado en el muslo y no tenía fuerza en esa pierna. Limpió las huellas del teléfono de Wally y lo soltó sobre la gravilla. Sacó a rastras el cadáver del coche y lo soltó junto a su teléfono. Llevaba un bidón de gasolina en el maletero. Roció el cuerpo y el teléfono, luego prendió la gasolina y se quedó observando unos minutos. Miró a su alrededor y vio que no había ni un alma ni rastro de nada hasta el río. Un cuerpo podría yacer allí durante una semana o más sin ser descubierto. Y cuando la policía lo encontrara, tardarían al menos otra semana en identificarlo por los registros dentales. Tiempo más que suficiente para que Kane completara su trabajo.

¿Llegaría a descubrir la policía que Wally debía prestar servicio como jurado? Tal vez. Cuando no apareciera al día siguiente, le pondrían en una lista para recibir una citación para acudir al juzgado a explicar por qué no se había presentado para ejercer como tal. Todo eso tardaría al menos unos días, quizá más.

Una hora más tarde, Kane aparcó en su plaza en el aparcamiento frente a Carp Law. Esperó unos minutos a que se apagaran los sensores de movimiento, dejando la planta a oscuras. Primero cogió un maletín de primeros auxilios del asiento trasero y lo abrió. Con unas tijeras afiladas, se cortó el pantalón, revelando la cuchilla clavada en su muslo hasta el mango. Ver una herida seria en su cuerpo siempre le producía curiosidad. No sentía nada, pero sabía que probablemente tendría dañada la musculatura profunda. Al cambiar la matrícula había cojeado, pero no sabía si era solo porque seguía con la navaja clavada. Lo bueno era que sabía que no se había dañado ninguna arteria importante; de lo contrario, se habría desangrado antes de llegar a Manhattan.

99

Sabía que tenía que actuar deprisa. El motor seguía encendido. Kane apagó las luces y apretó el mechero del salpicadero.

Con las gasas y las vendas preparadas, se sacó la navaja. Taponó la sangre con las vendas. Era un flujo constante de sangre. Buena noticia. De haber salido en chorros rítmicos, al son del latido del corazón, tendría que ir al hospital. Y eso levantaría sospechas.

El mechero saltó.

Cualquier persona normal se habría retorcido, habría gritado y habría apretado la mandíbula de la agonía antes de desmayarse ante lo que Kane estaba haciendo. Sin embargo, él solo tuvo que concentrarse y asegurarse de no soltar el mechero al presionarlo sobre la herida. Lo mantuvo ahí. Una vez que dejó de sangrar, devolvió el mechero a su sitio y enhebró una aguja. Se manejaba como un experto. No era la primera vez que se había cosido. La sensación era la misma: como un pellizco muy fuerte en la piel, aunque no desagradable. Se vendó la herida con abundantes gasas y esparadrapo. Bajó del coche, cosa que hizo que se encendieran las luces. Sosteniendo la chaqueta sobre la pierna, se subió a su segundo vehículo, se quitó los pantalones ensangrentados y rotos, y se puso unos vaqueros negros que llevaba bajo el asiento del copiloto junto con una sudadera y una gorra de los Knicks.

Cuando llegó a su apartamento, estaba cansado. Se desvistió lentamente delante del espejo, examinándose la pierna. No había mucha sangre. Con algo de suerte, para el día siguiente ya habría dejado de sangrar.

Le esperaba un día importante.

Martes

16

*L*a cafetería Hot and Crusty, en la esquina de la calle 88 Oeste con Broadway, servía buen café y mejores tortitas. Mi coche seguía en el depósito municipal de vehículos, de modo que había tomado el metro temprano para evitar la hora punta. Eso me dejó algo de tiempo para desayunar. Me comí una montaña de tortitas con beicon crujiente a un lado y dos tazas de café mientras esperaba a Harper. Las ocho y cuarto. Y ya había una fila de obreros, empleados de oficina y turistas esperando sus *bagels* para desayunar.

Vi a Holten antes que a Harper. Entró por la puerta, me vio y, solo cuando estaba a medio camino de mi mesa, Harper apareció tras él. Y no porque ella fuera menuda. Podrías poner a Holten delante de un Buick de 1952 y no ver el coche. Harper era un poco más baja de la media, delgada y atlética, con el pelo recogido en una coleta. Llevaba vaqueros, botas con cordones y una chaqueta de cuero abrochada hasta el cuello. Holten lucía el mismo traje y venía con el mismo maletín, encadenado a la muñeca.

—Tengo cambio de turno a las nueve y media. Yanni debería llegar antes de esa hora. Él cuidará del portátil hasta que yo vuelva de guardia esta noche —dijo Holten.

—Y buenos días para ti también —repliqué.

—No le culpes, Eddie. Ha dormido en mi sofá. Tú también estarías de mal humor —dijo Harper.

—¿Quieres decir que duerme de verdad? Creía que simplemente se apagaba y se enchufaba a la toma de tierra para recargarse.

—Créeme —dijo Holten—. Si Rudy Carp lo viera factible, ya tendría un cable metido por el culo.

Holten se había soltado mucho. Supuse que la culpable era

103

Harper. Los dos trabajaban en cuerpos de seguridad. Tenían mucho en común.

Harper se sentó frente a mí. Holten estaba a su lado. Ambos se pidieron un *bagel* y yo decidí que aún no había tomado suficiente café.

—Bueno, ¿tienes permiso del fiscal del distrito para nuestra pequeña misión exploradora? —dijo Harper.

—Sí. Hablé con un ayudante del fiscal y ha suavizado un poco las cosas con el Departamento de Policía. Ha habido tanto interés mediático que la casa se ha convertido en una especie de extraño santuario para fans. El comisario ha tenido que poner un turno extra para que haya un agente en la puerta las veinticuatro horas. Si no, habría gente por toda la casa, desmontándola para sacar suvenires y haciendo fotos para el *Hollywood Reporter*. El agente que está de guardia ya sabe que vamos para allá —dije.

Harper asintió y dio un golpecito con el codo a Holten, que le sonrió. Era evidente que Harper le molaba. Con aquella sonrisa bobalicona, parecía un chaval de instituto.

—Ya te dije que no tendríamos problemas para entrar. Deberías tener más fe —dijo ella.

Holten levantó las manos, admitiendo la derrota.

Había leído los expedientes del caso. Y Harper también. Los dos teníamos suficiente experiencia como para saber que, por muchas fotografías que viéramos de la escena del crimen, no había nada como ir al lugar. Necesitaba hacerme a la idea del sitio, de la geografía, de la distribución de la habitación. Además, quería asegurarme de que Rudy y la policía no habían pasado nada por alto.

—Bueno, ¿qué te parece el caso? —dije.

La expresión de Harper se ensombreció al instante. Sus ojos se desviaron hacia la mesa y se aclaró la garganta.

—Pongámoslo así: no estoy tan convencida como tú. Yo creo que nuestro cliente tiene que dar demasiadas explicaciones y todavía no ha dado ninguna —contestó.

—¿Crees que miente sobre los asesinatos?

En ese momento, llegó su desayuno. Nos quedamos en silencio hasta que la camarera no pudiera oírnos. Entonces, continuó:

—Miente sobre algo. Algo importante.

No hablamos mientras comían. No fue mucho tiempo. Prácticamente, Holten aspiró su *bagel*, y Harper comía como si estuviera llenándose el depósito de gasolina para un viaje duro. Ninguno de los dos saboreaba la comida. Mientras, yo bebí mi café esperando.

Harper se limpió los labios con una servilleta y se reclinó en el asiento. Tenía algo *in mente*.

—No puedo quitarme la mariposa de la cabeza —dijo.

—Ya, la huella de Bobby y los dos ADN. Rudy cree que la policía colocó la prueba de ADN para incriminarle. Puede que tenga razón.

Ella y Holten asintieron.

—Sí, lo que no sé es cómo metió la policía el ADN de Pena en el laboratorio. El tema es chungo. Pero lo que más me impactó fue la propia mariposa. Anoche intenté hacer una. Al parecer está de moda hacer papiroflexia con dólares. Hay tutoriales en YouTube. Estuve tres cuartos de hora intentándolo, mientras me tomaba un descanso de los expedientes. No fui capaz. Quienquiera que la hizo se tomó su tiempo. Y la hizo antes del asesinato. Jugar así con el cadáver es algo muy frío. Está mandando un mensaje.

—Ya lo había pensado. No sé cómo va a usar la mariposa el fiscal, pero supongo que dirá que demuestra que Bobby no mató a Carl y a Ariella en un ataque de celos. Como dices, es un acto frío. Demuestra intención… y premeditación —dije.

—Es muy raro. Casi un ritual. Como si tuviera más que ver con el asesino que con la víctima. Puede que esté leyendo demasiado entre líneas, pero llamé a un colega del FBI experto en ciencias del comportamiento. Va a comprobar la base de datos. El FBI guarda un registro de los asesinos ritualistas. Tienen un equipo que estudia patrones de comportamiento. Puede que se parezca al *modus operandi* de alguno —dijo Harper.

Holten contó varios billetes, extendiéndolos entre los dedos. Tenía el maletín con el ordenador sobre el regazo y la larga cadena tintineaba al mover el dinero.

—Rudy ya lo ha intentado. Nos puso a un equipo entero a rebuscar callejones sin salida durante varios días, para encontrar un *modus operandi* parecido. El FBI no quería hablar con nosotros, así que investigamos a través de artículos de periódico y contactos en la policía. No encontramos nada. Quizá tengas suerte con tu amigo —apuntó Holten.

La camarera se llevó los platos y dejó la cuenta.

—Pago yo —dije, dejando un montón de billetes.

Harper y Holten protestaron. Especialmente, Holten. Los expolicías seguían teniendo la costumbre de mantener las distancias con los bolsillos de los abogados defensores. Bueno, salvo cuando les tenían en nómina, aparentemente.

—Yo me encargo —dijo Holten, devolviendo a Harper su billete de veinte—. El desayuno corre por cuenta de Carp Law. Lo pasaré como gastos.

Recogió mi dinero, puso el suyo y me devolvió mis billetes. El dólar que dejó encima del montón sobre la mesa llamó mi atención. La cara de Washington estaba boca abajo. En el dorso del billete, el Gran Sello de Estados Unidos. Una pirámide con un ojo omnividente en lo alto; en el otro extremo del billete, un águila apostada sobre un escudo de barras y estrellas, con ramas de olivo en una garra y flechas en la otra. En ese instante, algo se puso en marcha en el fondo de mi mente. Pura intuición de que el billete hallado en la boca de Carl era clave en aquel maldito caso.

Los tres dimos la vuelta a la esquina y tomamos la calle 88 Oeste. Llegaba hasta el río, pero no hacía falta ir tan lejos. Pasamos por delante de una iglesia, un par de ferreterías y un hotel. Vimos la casa al otro lado de la calle. Era una *brownstone* de tres plantas, una de esas casas adosadas hechas de piedra arenisca roja, característica de la arquitectura neoyorquina de los siglos XIX y XX. Delante de la casa había un agente de uniforme tomándose un descanso, sentado en los escalones del porche. Era más pequeño que Holten, pero, aun así, corpulento y rapado, con el cuello grueso. En la calle habría una docena de personas. Todos iban de negro. Habían puesto camisetas, flores y fotos de Ariella sobre las verjas de la casa. Tenían sillas plegables e impermeables. Habían ido para pasar el día, probablemente todos los días. Había velas colocadas al pie de un árbol frente a la casa, así como un póster de Ariella a tamaño natural alrededor del tronco, atado con una cuerda y cinta adhesiva.

Al subir los escalones del porche, el policía se levantó, asintió y se llevó el dedo índice a los labios. Su mirada se desvió rápidamente por encima de mi hombro, luego me guiñó un ojo y dijo:

—Pasen, agentes.

Asentí. A la puerta, los fans lloraban por Ariella. No había visto ninguna camiseta o póster de Bobby. Si el policía les contase que nosotros lo representábamos, la cosa podía ponerse fea. El agente apartó la cinta que precintaba la escena del crimen y abrió la puerta un poco, lo justo para que pudiéramos pasar uno a uno. Se oyeron los pasos de los fans acercándose rápidamente hacia la entrada, tratando de ver algo del interior de la casa.

—Atrás —dijo el agente.

Entramos todos y el policía cerró la puerta detrás de sí.

—Maldita sea, estos chavales están locos —dijo.

Harper se acercó a él, con la mano extendida.

—Hola, soy Harper —dijo, sonriendo. Había sido policía federal durante mucho tiempo y sus vínculos con las fuerzas de seguridad aún eran fuertes.

El policía se metió las manos en los bolsillos del abrigo y le soltó:

—Apártate, puta. Que nadie toque nada. Dentro de media hora, les quiero fuera de aquí.

—Bienvenida al mundo de la defensa criminal, Harper —dije.

*E*sa mañana, antes de salir del apartamento, Kane levantó la lona que cubría la bañera. Se estiró para tirar del tapón y abrió la ducha. Al cabo de menos de un minuto, ya estaba aclarando huesos blancos y quebradizos. Reunió cuidadosamente todos los fragmentos óseos y los dientes, los envolvió en una toalla y los redujo a polvo a base de martillazos. Luego lo repartió en la caja del jabón en polvo y cerró la tapa. La bala se la metió en el bolsillo. La tiraría al río o a alguna alcantarilla en cuanto saliera a la calle. Trabajo hecho. Se dio una ducha, se cambió el vendaje de la pierna, se vistió y se aplicó el maquillaje, comprobó que el hielo había bajado bastante la inflamación de su cara, se enfundó el abrigo y salió a la calle.

Poco después, se unió a la larga cola ante el control de seguridad a la entrada del edificio de Juzgados de lo Penal de Center Street. Había dos filas. Toda la gente de la cola en la que estaba Kane llevaba una carta con una etiqueta roja en la parte superior, advirtiendo que tenían que presentarse para servir como jurado.

Ambas filas avanzaban deprisa y Kane no tardó en ponerse a refugio del frío. A pesar de la herida de la pierna, no cojeaba. Como no sentía dolor, su forma de caminar no cambiaba. Le registraron y tuvo que pasar la chaqueta por el escáner. Ese día no llevaba su bolsa. Ni ningún arma. Era demasiado arriesgado. Después de pasar el control, le indicaron que se dirigiese hacia una fila de ascensores y que se presentara ante el oficial del juzgado que estaría esperándole en la planta correspondiente. Los ascensores llenos siempre le ponían nervioso. La gente olía mal. Loción de afeitado, desodorante, tabaco y olor corporal. Bajó la cabeza, hundiendo la nariz en su gruesa bufanda.

Notó una sensación excitante en el estómago e intentó reprimirla.

Las puertas del ascensor se abrieron y pudo ver un pasillo de azulejos de mármol de color claro. Kane siguió a la multitud hacia una oficial de cara redonda que esperaba tras un mostrador. Esperó su turno, adoptando una pose de apacible desconcierto. Comprobó la citación y su documento de identificación. Miró a su alrededor, tamborileando los dedos sobre la hebilla de su cinturón. La oficial del juzgado mandó a la mujer que iba delante de Kane a una antesala grande a la derecha del mostrador de la recepción. Empezó a sentir un hormigueo de electricidad en el cuello. Como si alguien le estuviera poniendo una bombilla caliente cerca de la piel. Esas deliciosas sensaciones de nerviosismo eran un regalo para él. Le encantaban.

—Citación y documento de identidad, caballero —dijo la oficial. Llevaba un pintalabios rojo, que había teñido un poco sus dientes incisivos.

Kane le mostró su carné y la citación. Miró por encima del hombro de la oficial, hacia la sala que había detrás, a la derecha. Ella escaneó el código de barras de la citación, miró el carné, luego a Kane, le devolvió los papeles y dijo:

—Pase y siéntese. El vídeo de presentación empezará en breve. Siguiente…

Kane cogió el carné y se lo volvió a meter en la cartera. No era suyo. Era el documento de conducir del estado de Nueva York del hombre que había desaparecido en su propia bañera el día antes. Kane reprimió el instinto de levantar el puño en un gesto triunfal. No siempre era fácil pasar un control de identificación. Había elegido bien a la víctima. Algunas veces, a pesar del látex, el tinte de pelo y el maquillaje, no conseguía parecerse lo suficiente a la víctima. Algo así había ocurrido en Carolina del Norte. La foto y el documento de identidad tenían más de diez años. La propia víctima ni siquiera se parecía a la foto de su carné. En aquella ocasión, el oficial del juzgado se quedó mirando a Kane y el carné de conducir durante un par de minutos eternos, incluso llamó al supervisor antes de dejarle pasar. Afortunadamente, hoy Nueva York le sonreía.

La antesala parecía desangelada. Aún se veían manchas de nicotina en el techo, de la época en la que los candidatos a jurado podían fumar mientras aguardaban su destino. En la sala, Kane se unió a cerca de una veintena de jurados potenciales. Cada uno ocupaba una silla con una mesa de brazo plegable. Otro oficial se le acercó y le entregó dos hojas de papel. Una era un cuestionario; la otra, una hoja informativa: «PREGUNTAS FRECUENTES SOBRE EL SERVICIO DE JURADO».

Frente a las sillas había dos pantallas de setenta y cinco pulgadas montadas sobre la pared. Kane rellenó el cuestionario, quizá demasiado deprisa. Al mirar a su alrededor, vio a los demás mordisqueando la tapa de sus bolígrafos, pensando en las respuestas. El cuestionario estaba diseñado para eliminar a cualquier jurado que conociera a los testigos o figuras destacadas en el juicio. También incluía preguntas genéricas pensadas para detectar algún tipo de parcialidad. Ninguna de ellas representaba un problema para él: tenía mucha práctica fingiendo neutralidad sobre el papel.

110

Apenas había dejado el bolígrafo cuando las pantallas se encendieron. Se irguió en el asiento, puso las manos sobre su regazo y prestó atención al vídeo informativo. Era una cinta de quince minutos realizada por jueces y abogados para presentar el concepto de juicio a los miembros del jurado, mostrándoles quién habría presente en la sala, qué papel desempeñaba cada uno y, por supuesto, qué expectativas tenía la justicia de cualquier jurado típico de Nueva York. Debían mantener la mente abierta, no hablar del caso con nadie hasta su conclusión y prestar atención a las pruebas. A cambio de su servicio, cada miembro recibiría cuarenta dólares diarios por cuenta de los juzgados o de su empresa. Si el juicio duraba más de treinta días, a esa cantidad se añadirían seis dólares diarios, a discreción de los juzgados. Se les ofrecería el almuerzo. Los juzgados no cubrían los gastos de transporte ni de aparcamiento.

Cada vez que había pausas en la acción, cuando se detenía la narrativa para cambiar de escena, Kane observaba a los hombres y mujeres sentados a su alrededor. Muchos de ellos estaban más concentrados en sus móviles que en el vídeo. Algunos sí prestaban atención. Otros parecían haberse quedado dormidos. Kane volvió a mirar hacia la pantalla, y entonces fue cuando le vio.

Un hombre vestido con traje beis, de pie en la antesala que daba al espacio donde estaban. Era calvo. El poco pelo que le quedaba a los lados de la cabeza estaba volviéndose blanco poco a poco. Estaba gordo, pero no era obeso. Tendría unos diez o doce kilos de más. Llevaba unas gafas colocadas sobre la punta de la nariz, como si estuvieran a punto de caerse. Tenía la cabeza agachada, mirando la pantalla de su *smartphone*. Su grueso pulgar se deslizaba sobre la pantalla, cuya luz le destacaba la papada, dándole aspecto de malo de una película de terror de los años cincuenta. También le permitió a Kane ver sus ojos hundidos y oscuros. Eran de color marrón oscuro, casi negro. Pequeños y despiadados. Aquellos ojos no estaban puestos en la pantalla, ni mucho menos. Estaban analizando a cada uno de los candidatos a jurado, uno por uno. Fijándose en ellos durante cuatro o cinco segundos, a lo sumo. Una mirada intensa. Y luego, el siguiente.

Probablemente, Kane fue el único que se fijó en aquel hombre. Ya le había visto antes. Sabía su nombre. Nadie más en la sala le había visto. Y era mejor así. Kane lo sabía. Su traje era aburrido. Camisa blanca y corbata de color claro. Y ninguna de las prendas parecía comprada recientemente. El traje tendría al menos diez años. Su cara tampoco tenía nada de especial. Era un hombre que podía sentarse durante una hora enfrente de ti en el metro; sin embargo, a los diez segundos de bajarte del vagón, no recordarías ni una sola cosa de él.

Se llamaba Arnold Novoselic. Trabajaba para Carp Law como especialista en jurados en el juicio de Solomon. Noche tras noche, durante el último mes, Kane le había estado observando desde el aparcamiento, mientras movía caras sobre el corcho de las oficinas de Carp Law. Habían reunido un equipo de personas para investigar a todos y cada uno de los jurados de la lista. Para fotografiarlos. Para indagar en sus vidas, en sus redes sociales, en sus cuentas bancarias, en sus familias, en sus creencias. El hombre cuya identidad había robado Kane había pasado por aquel corcho. Y también la cara del tipo que había ardido la noche anterior en el aparcamiento.

En muchos sentidos, Arnold era la prueba de fuego para

Kane. Si había alguien capaz de descubrir que había usurpado la vida de un hombre en la lista de posibles jurados, ese era Arnold. Estaba observando a los candidatos, para ver quién se lo tomaba en serio y quién no.

De repente, Kane cayó en la cuenta de que aquellos ojos pequeños y brillantes no tardarían en detenerse en él. Respiró hondo. Se sintió acalorado. El sudor era su enemigo. El maquillaje se le podía correr y revelar lentamente los hematomas alrededor de sus ojos. Concentrándose en la pantalla, se quitó la bufanda y se desabrochó el cuello de la camisa.

Y entonces lo notó. Arnold le estaba observando. Quería devolverle la mirada para asegurarse; hasta el último de sus nervios e instintos le pedían volverse y mirarle fijamente. No lo hizo. Mantuvo el cuello y la cabeza firmes, con los ojos clavados en la pantalla, aunque buscó a Arnold con su visión periférica. No estaba seguro, pero parecía como si hubiera dejado el móvil y le estuviese mirando detenidamente.

Kane se movió en el asiento, intranquilo. Era como si estuviese atrapado bajo un foco policial. Paralizado. Expuesto. Quería que acabara el vídeo para poder mirar a su alrededor y ver lo que hacía Arnold. Cada instante era una agonía.

Por fin concluyó el vídeo y Kane se volvió hacia Arnold: estaba mirando a su derecha. Había pasado a otra persona. Tras sacar una servilleta de color anaranjado del bolsillo de su camisa, Kane se secó la frente con suavidad. No había sudado tanto como creía. La servilleta arrastró muy poco maquillaje; lo que quitó era de un color muy parecido al papel. Esta vez había sido precavido.

Oyó a una oficial del juzgado avanzando desde la parte de atrás de la sala. Sus botas resonaban en el parqué. Se volvió y miró al grupo. Detrás de ella había otra fila de candidatos esperando a entrar en la sala.

La oficial que estaba al frente de la sala se dirigió a la multitud:

—Damas y caballeros, gracias por su atención. Les agradeceremos que dejen sus cuestionarios, con su número de jurado escrito en la parte superior de la página, en la caja azul situada en la parte trasera de la sala. Sigan a mi compañero Jim hasta el juzgado. Antes de irse, por si no se les ha indicado: esta es la sala de reuniones del jurado. Si no son elegidos para servir como jurado, por favor, vuelvan aquí y esperen a que venga un oficial. No deben marcharse, aunque no hayan sido seleccionados. Gracias.

Kane recogió sus cosas y fue rápidamente hacia la parte trasera de la sala. Cuanto más cerca estuviera del principio de la cola, más posibilidades tendría de formar parte del jurado. Dejó su cuestionario en la caja y se unió a la fila detrás de una señora de mediana edad con el pelo moreno rizado y un pesado abrigo verde. Se volvió y le sonrió.

—Qué emocionante, ¿no? —dijo.

Kane asintió. Ya está. Podía planearlo y esforzarse, incluso hacer modificaciones letales en la lista de candidatos al jurado para aumentar las opciones de que la defensa le eligiera, pero ahora todo se reducía a una pizca de suerte. Ya había llegado a este punto y había fracasado. Intentó recordarse que la suerte se la hacía él mismo, que era más listo que cualquier otra persona en aquella sala.

Las puertas del fondo de la sala se abrieron. Kane vio lo que había al otro lado: aquel pasillo conducía al juzgado. Por fin, después de tanto tiempo.

Su momento había llegado.

18

*H*abía tres metros de parqué entre la puerta de entrada y el comienzo de la moqueta blanca que cubría toda la casa. Nos paramos a limpiarnos los pies en el felpudo. El policía se apoyó contra la puerta, observándonos. Antes de entrar, había visto la pequeña cámara negra encima de la entrada, a las dos en punto. Miré a mi alrededor en el recibidor, pero no vi ningún cuadro de la alarma.

—Aquí —dijo Harper.

No había encontrado el cuadro, pero sí el lugar donde solía estar. Cuatro agujeros de tornillo en la pared, a la derecha de la puerta. Incluso había un pequeño rastro de polvo de escayola sobre el rodapié.

—¿Dónde está el cuadro de seguridad? —pregunté.

—Probablemente lo hayan quitado para examinarlo —respondió Harper.

Pensé que debía preguntárselo a Rudy más tarde.

El recibidor era lo bastante ancho como para que pasáramos los tres, incluso siendo Holten uno de nosotros. Cuando llegamos a la mesa adosada junto a la pared izquierda, se detuvo. Holten siguió solo. Harper y yo le dejamos pasar y continuamos uno al lado del otro junto a la mesa. Parecía antigua. Tal vez de madera de palisandro. Encima había una lámpara apagada y un teléfono, un *router* de Internet y un montón de correo sin abrir. A la derecha estaba la escalera.

Holten fue hacia la izquierda y entró en lo que supuse que era la cocina. Parecía más grande de lo que había imaginado por las fotos. No había nada extraño. Eché un vistazo en el salón. Los sofás y los sillones estaban rasgados, con nubes de relleno sobre los asientos. En los expedientes faltaba una cosa. Y eso a pesar de que la policía había interrogado exhaustivamente a Bobby al respecto: no podían encontrar el cuchillo utilizado con Ariella.

En la primera planta había un despacho y una habitación que seguía llena de cajas. Un cuarto de baño y dos dormitorios de invitados. Nada significativo. Un ventanal en el rellano ofrecía una buena vista del jardín trasero. Era pequeño, cercado y cubierto de maleza. Ninguna escalera a la vista. En cualquier caso, la puerta de atrás estaba cerrada por dentro. Nadie podía haber huido de la escena del crimen por allí.

En la segunda planta estaba el dormitorio principal. Subimos. Harper primero.

Faltaba la mesa volcada del rellano, bajo la ventana. La había visto en las fotos de la escena del crimen junto con un jarrón roto en el suelo.

El dormitorio principal albergaba todos los secretos. Harper entró primero. Se detuvo, sacándose el cuello de la camiseta por encima de la chaqueta para cubrirse la nariz.

—Hay polvo. El polvo me mata los senos nasales —dijo.

Una vez más, me dio la impresión de que había pocos muebles. Una mesita de noche con una lámpara para leer. Un tocador. Ambos de color blanco. El espejo del tocador estaba rodeado de bombillas de cuarenta vatios, de esas que se ven en los camerinos de un teatro. La cama tenía un cabecero antiguo y ovalado. Hierro forjado pintado de blanco y torneado dibujando formas con flores decorativas de color rojo.

El colchón seguía en su sitio. Tenía una mancha redonda roja y marrón en un lado de la cama, donde Ariella se había desangrado. No vi ninguna mancha en el lado de Carl. Harper reprimió un estornudo. El lugar llevaba vacío casi un año. Aunque el resto de la casa tenía un olor algo viciado, en aquella habitación parecía haber mucho polvo y olía distinto. Me pareció como si oliera a óxido y a queso rancio. Olor a sangre vieja.

Cerré los ojos tratando de ignorar a Harper. Mi mente se inundó de las imágenes que el fotógrafo del Departamento de Policía de Nueva York había tomado de la escena del crimen. Pensé en las colchas tiradas por el suelo, el bate en un rincón y la postura de Ariella y Carl sobre la cama.

—La policía no tiene el cuchillo, ¿verdad? —dijo Harper.

Sin abrir los ojos, respondí:

—No. Han analizado todos los cuchillos de la casa. Ninguno tenía rastros de sangre y tampoco encajaban del todo con la forma de la herida. Registraron el jardín. El ático. Acabaron poniendo el sitio patas arriba. Imagino que también rastrearían los desagües. Pero no hay cuchillo. Eso nos da una posibilidad. Podemos decir que quienquiera que matara a Ariella se llevó el cuchillo al marcharse.

Oí cómo Harper recorría el dormitorio. Las tablas de madera crujían bajo la moqueta. Abrí los ojos y caminé lentamente alrededor de la cama. No había ni una gota de sangre en la moqueta. La única mancha estaba en la esquina y provenía del bate.

Harper se bajó el cuello de la camiseta, se llevó la mano a la espalda y cogió una botella de agua del bolsillo trasero de los vaqueros. Abrió el tapón y dio un trago. Debió de aspirar aire con el agua, porque, de repente, estornudó y empezó a toser. Y aunque trató de taparse la boca, se le escapó algo de agua entre los dedos.

—¡Mierda! Lo siento —dijo, y volvió a cubrirse la nariz con la camiseta.

—¿Estás bien? Solo es agua, no te preocupes —dije yo.

Me acerqué, vi una pequeña mancha de agua en la moqueta y unas gotitas en la cama. Me arrodillé y froté la moqueta con un pañuelo para secarla.

—Lo siento, Eddie —dijo.

—No pasa nada —contesté.

Cuando iba a levantarme después de secar el agua, me detuve. Varias gotitas se habían quedado sobre el colchón. No se habían filtrado. Harper puso la mano encima y las frotó rápidamente. Palpé el colchón. Estaba completamente seco.

Ambos nos quedamos observando la mancha de sangre sobre la cama. Nos miramos.

—Hijo de puta —dijo Harper.

Asentí. Volvió a coger la botella de su bolsillo y derramó un poco de agua sobre el colchón. Las gotas se quedaron ahí como gruesas perlas.

Esperamos.

Treinta segundos después, el agua seguía allí. Harper tocó la pantalla de su móvil y oí el efecto digital de un obturador de cámara fotográfica.

—Necesitamos una sábana —dijo.

—Te llevo ventaja —contesté, abriendo las puertas del armario.

La ropa de Ariella ocupaba dos armarios empotrados. En un tercero había ropa de cama apilada. Imaginé que originalmente estarían bien dobladas, pero la policía había registrado hasta el último centímetro del lugar buscando el arma del crimen que mató a Ariella. Saqué una sábana, la extendí encima de la mancha y la doblé. Harper se tumbó sobre ella. Me tumbé a su lado. Nos miramos. Harper estaba sonriendo. No la veía desde que habíamos cerrado un caso hacía cerca de un año. Había pasado muchas horas con ella, trabajando codo con codo, agarrándome al asiento del copiloto de su coche como si la vida me fuera en ello mientras ella conducía.

En todo ese tiempo, nunca me había parado a pensar en lo bonitos que eran sus ojos.

—Eh…, mmmm —dijo una voz.

Me incorporé y vi a Holten de pie en el umbral de la puerta, aclarándose la garganta.

—¿Interrumpo la siesta? ¿U otra cosa? —preguntó.

Los dos nos bajamos de la cama. Harper quitó bruscamente la sábana del colchón, hizo un gurruño con ella y pasó por delante de mí para volver a meterla en el armario de la ropa de cama. Estaba sonrojada, pero las comisuras de sus labios seguían dibujando una sonrisa.

—Estábamos intentando salvarle el culo a Bobby. Parece que, después de todo, puede que sea inocente —dijo Harper.

Su teléfono sonó. Contestó y salió al rellano. Mientras hablaba, Holten y yo intercambiamos varias miradas incómodas. Una vez terminada la llamada, Harper volvió a entrar. Estaba a punto de decir algo cuando Holten se le adelantó.

—No estoy cansado, creo que voy a llamar a Yanni para decirle que yo haré este turno. Solo una cosa: luego vamos a tomar algo, ¿no? —dijo.

Harper dio un paso atrás y se tocó el pelo, pero ya lo llevaba bien recogido con una goma.

—Claro —dijo—. Chicos, me acaba de llamar Joe Washington. Ha hablado con un contacto del FBI y puede que tengamos algo, pero tenemos que ir ya.

—¿Adónde? —dijo Holten.

—A Federal Plaza. Es poco probable, pero quizá tengamos otro sospechoso para los asesinatos.

19

$\mathcal{K}$ane siguió a la fila hasta el juzgado. Los candidatos al jurado fueron entrando por una puerta lateral. Al instante vio que la galería pública y los bancos estaban vacíos. Los jurados se sentarían allí. No habría público ni prensa durante esta parte. Vio a Rudy Carp sentado a la mesa de la defensa, junto a Bobby Solomon. Arnold Novoselic estaba en un extremo de la misma mesa, al lado de Rudy. Solomon tenía una expresión pasiva.

El fiscal sonreía. Kane le había investigado a fondo. Art Pryor. Era más alto de lo que esperaba, después de haberle visto en varias ruedas de prensa en los últimos seis meses. Llevaba un traje a medida de color azul claro que colgaba perfectamente de sus anchos hombros. Camisa blanca, corbata amarilla y un pañuelo amarillo a juego asomando del bolsillo de la chaqueta. El pelo castaño, el rostro bronceado, las manos suaves y cierto brillo en esos ojos verdes hacían de él una figura digna de admiración. Sus movimientos eran lentos y elegantes. Era de esa clase de hombres que besan a las abuelas en la mejilla mientras les meten ágilmente los dedos en el bolso. Nacido y criado en Alabama. Había ejercido sobre todo en el sur, siempre en la acusación. A pesar de que le habían presionado muchas veces para ello, nunca se había presentado a fiscal del distrito, ni a gobernador, ni a alcalde. No tenía grandes ambiciones políticas. Le gustaban los juzgados.

Kane pensó que había elegido el momento perfecto para unirse a la cola. Los primeros veinte candidatos se sentaron en la primera fila, y él encabezaba la fila que ocupó la segunda. Estar en primera fila a veces hacía que la gente pareciera demasiado entusiasta. Había aprendido que los abogados recelan de la gente que quiere ser jurado. Normalmente, desean satisfacer motivaciones oscuras. Y Kane no podía dejar que nadie supiera que tenía un propósito.

Tomó asiento y, por primera vez, levantó la mirada hacia la parte delantera de la sala. Aunque lo intentó, le costó mucho ocultar su sorpresa. El juez. La mujer rubia que debía presidir la vista ya no estaba sentada en su asiento. En su lugar estaba el hombre a quien Kane había visto bajándose de un descapotable verde junto al despacho de Eddie Flynn, la noche anterior. Por un momento, se quedó paralizado. No se atrevía a moverse por miedo a que el juez le viera. A Kane no le gustaban las sorpresas. Esto era intolerable. ¿Qué ocurriría si le reconocía? Pensó en la breve conversación que habían tenido. Había usado su voz normal al pedirle indicaciones, no la voz que había estado ensayando. Ni la que estaba usando ahora. Y había hecho todo lo posible para ocultar sus rasgos bajo la gorra de béisbol.

El juez observó al jurado mientas tomaban asiento. Sus ojos se detuvieron en Kane, que le devolvió la mirada. El pulso se le disparó. Aparentemente no se dio cuenta, porque se volvió hacia los abogados. Kane se sacudió un poco para calmar los nervios.

Ya estaba tan cerca…

Transcurridas dos horas de selección del jurado, el juez seguía con la segunda fila. El problema era que había empezado con el extremo contrario a Kane. Que un candidato llegara a la tribuna del jurado dependía esencialmente del juez. Kane les había visto hacerlo de distintas maneras. Siempre y cuando hubiera algún factor aleatorio, el juez huía de escrutinios exagerados. Algunos iban llamando directamente los números asignados a los candidatos en la lista, eligiéndolos al azar. Otros creían que los candidatos entraban en la sala y se sentaban en los bancos en un orden aleatorio de todos modos, así que ir mandándolos uno por uno de los bancos a la tribuna ya conllevaba bastante casualidad de por sí. El juez Harry Ford, que así se había presentado, prefería este último método.

Ford había hecho un discurso sobre el papel del jurado,

explicándoles cómo funciona una vista penal. Kane ya lo había escuchado antes, pero nunca lo habían ilustrado con tanta claridad.

Después empezó la selección. Primero hablaron los candidatos. Media docena de ellos dijeron que tenían vacaciones reservadas y pagadas, familiares enfermos o citas en el hospital: les dejaron marchar automáticamente.

Entonces hincaron el diente los abogados.

Uno por uno, fueron interrogando a los candidatos, que eran aceptados o rechazados por defensa y acusación. La defensa podía impugnar a un número limitado de candidatos sin necesidad de explicar sus razones. Eran doce. Después, tenían que mostrar un motivo para que un candidato no pudiera servir como jurado. A una mujer ya la habían rechazado sin hacerle una sola pregunta. Varios candidatos habían caído de la lista así; a la defensa, ya solo le quedaba una impugnación. Por el contrario, la acusación solo había rechazado a un candidato, después de demostrar que era fan de Bobby Solomon desde hacía tiempo.

Kane se estaba clavando las uñas en la piel. No para producirse dolor. Porque no lo sentía. Lo hacía porque así evitaba mover las manos con nerviosismo. No quería mostrar su ansiedad. Ahora no.

Diez candidatos habían sido aceptados por defensa y acusación. Solo quedaban dos puestos. Había cuatro sillas vacías en la tribuna del jurado. Dos de ellos para jurados. Y dos para suplentes. Un hombre subió al estrado para prestar testimonio. Se llamaba Brian Dale. Casado, sin hijos. Encargado de un Starbucks. Se había mudado a Nueva York hacía seis años con su mujer desde Savannah, Georgia. Rudy Carp no le hizo preguntas. Arnold ya había hecho sus indagaciones acerca de Brian; Rudy lo aceptó como jurado. Kane notó que era la primera vez que pasaba. La defensa no había aceptado a ningún otro miembro del jurado sin hacerle preguntas. «Les interesará mucho que forme parte del jurado», pensó. Intentó recordar las fotos que le había hecho a Dale. Tenía una envergadura parecida a su peso normal. Era esbelto, musculoso. Mediana altura. Estructura ósea similar, especialmente la nariz. Al final, Kane había tenido que elegir entre su actual personaje y Brian Dale.

—¿Tiene alguna pregunta la acusación? —dijo el juez Ford.

—Solo una o dos, señoría —contestó Pryor, que se levantó mientras se abotonaba la chaqueta.

A Kane le encantaba oír su voz. Sonaba como miel vertida en el cañón de una pistola.

—Señor Dale, veo que ha sido usted bendecido con el sacramento del matrimonio...

—Así es. Hace seis años —dijo Dale.

Kane observó cómo Pryor se acercaba al estrado. Tenía cierto pavoneo al caminar, pero le quedaba bien. No era arrogante. Una elegancia bien ganada.

—Fantástico, no hay nada más importante que el vínculo entre marido y mujer. ¿Cómo se llama su esposa?

Una sonrisa amenazaba con asomar en el rostro de Kane. Sabía que Pryor ya conocía esa información. Era una danza. Pryor estaba preparado para hacer bailar a Dale hasta sacarle del jurado. Y este ni siquiera lo sabía.

—Martha Mary Dale.

121

—Bonito nombre, si me lo permite. Bueno, imagine que esta noche regresa a casa, con su Martha Mary. En cuanto atraviesa la puerta, huele esa deliciosa cena casera. Martha Mary ha estado horas delante de los fogones. Se lava las manos, se sientan a cenar y Martha Mary le pregunta dónde ha estado hoy. Imagine, si hace el favor, que usted no contesta. ¿Puede imaginar esa situación, señor Dale?

—Sí que puedo, pero yo siempre le diría a Martha Mary dónde he estado. No tenemos secretos en nuestro matrimonio.

—Y permítame que sea el primero en felicitarles a los dos. Pero imagine que no le contestara a Martha Mary. ¿Cree usted que Martha Mary sospecharía de su silencio?

—Uy, sí, señor.

—¿Qué ocurriría si Martha Mary le acusara entonces de haber estado con otra mujer manteniendo una relación ilícita? Si usted no disipara sus temores, Martha Mary estaría en su derecho de pensar lo peor de usted, ¿no cree?

Kane vio que Dale asentía.

—Tendría justificación para pensar que algo malo había pasado —contestó.

—Por supuesto que sí. Si una persona es acusada de cometer un crimen atroz y no abre la boca, si decide no decir al jurado que es inocente, ¿no cree usted que es sospechoso?

—Desde luego, señor Pryor —dijo Dale.

El encanto de Pryor no conocía límites. Se acercó hasta el mismo estrado, le dio una palmada en el hombro a Dale y dijo:

—Gracias por sus servicios, señor Dale. Y dele recuerdos a Martha Mary.

Dio media vuelta y se dirigió al juez por encima del hombro mientras volvía a la mesa de la acusación.

—Señoría, la acusación impugna al señor Dale, con causa: no puede emitir un veredicto imparcial.

—Se acepta —dijo el juez.

Kane pensó que, probablemente, Pryor era uno de los mejores abogados que había visto. Acababa de verle deshaciéndose de un jurado favorable a la defensa empleando sus propias tácticas. Lo único que importaba a la hora de elegir al jurado era la imparcialidad.

—¿He hecho algo mal? —preguntó Dale, extendiendo las manos y con gesto avergonzado.

—Siéntese en la zona de espera, señor Dale. Seguro que un oficial se lo explicará todo —dijo el juez—. Y solo como recordatorio a los candidatos que se han presentado a servir como jurado: tal y como expliqué al principio, un acusado no tiene que demostrar nada. Si un acusado decide no testificar, está en su derecho. Ustedes no deben deducir nada de esa decisión.

Uno de los oficiales del juzgado se acercó a Dale y le persuadió amablemente de que abandonara el estrado. Kane suspiró con discreción. Había estado a punto de adoptar la identidad de Brian para el puesto en el jurado; ahora sentía alivio de no haberlo hecho. Al final, Martha Mary había sido el factor decisivo. Medía más de metro ochenta y pesaba casi ciento treinta kilos, cosa que hacía que Brian pareciera un enano a su lado.

Kane sabía que no podría meterles a los dos en su bañera.

—Los siguientes candidatos, por orden, por favor —dijo el juez.

Kane se puso en pie y siguió al oficial hasta el estrado.

$\mathcal{D}$e camino a Federal Plaza, donde estaba la oficina del FBI en Nueva York, Harper nos puso al corriente de lo que su compañero Joe Washington podía haber descubierto. Holten iba conduciendo, con Harper a su lado en el asiento del copiloto. Yo iba detrás. Me incliné hacia delante para escuchar lo que decía Harper. Tratar de convencer a un jurado de que tu cliente no ha cometido un crimen es una cosa. Pero si demuestras que no lo hizo señalando a otro como autor, todo es mucho más fácil.

Harper le expuso la situación a Holten. Yo, simplemente, escuchaba.

—No dejé el FBI de manera muy amigable. Mi pareja, Joe, sí. Él tiene más don de gentes. Así que ha llamado a uno de sus viejos colegas y le ha pedido que haga una búsqueda en ViCAP y NCIC. No ha encontrado nada. Por instinto, el colega de Joe le sugirió que hablara con la BAU-2, para ver si les sonaba de algo. Y al parecer hay alguien que puede que tenga algo útil para nosotros.

La BAU-2, Unidad de Análisis de Comportamiento 2 del FBI, se centraba en asesinos en serie de personas adultas. Casi se podía decir que el equipo sabía más sobre asesinos en serie que ninguna otra unidad en el mundo. El Programa de Aprehensión de Criminales Violentos (ViCAP) y el Centro de Información Nacional Criminal (NCIC) llevaban bases de datos federales que conectaban a las fuerzas de seguridad con crímenes sin resolver por todo el país.

—¿Quién es? —pregunté.

—Es una analista: Paige Delaney. Dice que este último mes ha estado trabajando desde la oficina de Nueva York, ayudando a los compañeros con el asesino de Coney Island —contestó Harper.

—¿Qué relación tiene con nuestro caso?

—Puede que ninguna. Puede que alguna. Hay algo que no me ha gustado de la escena del crimen: lo limpia que estaba. Si Solomon es el asesino, hizo un trabajo de la leche en su debut. No dejó rastros de ADN en los cuerpos, ninguna herida defensiva sobre las víctimas. Además, no se llevó ni un solo corte o rasguño. Mató a dos personas sin dejar huella. ¿Y luego dejó un billete de dólar con su huella dactilar y ADN dentro de la boca de Carl? No me lo creo. Hay algo que no encaja, pero la verdad es que tampoco me trago la versión de nuestro cliente...

—En este caso, hay muchas cosas que no tienen demasiado sentido: piensa en las armas del crimen —dije—. De alguna manera, y sin salir de la casa, Bobby esconde el cuchillo con el que mataron a Ariella, pero deja el bate que utilizó para matar a Carl en el suelo de su dormitorio, con sus huellas, y luego llama a la policía diciendo que acaba de encontrar los cuerpos... No cuadra, ¿verdad? Pero el fiscal no quiere pintarlo así. Es el bate de Bobby. Ya tiene sus huellas marcadas. Dirán que Bobby no quería que la escena del crimen quedara demasiado perfecta. Porque, si no, parecería preparado. Y dirán que, probablemente, la mariposa estaba allí para crear un misterio irresoluble a la policía o para mandar una especie de mensaje enfermizo. Bobby la caga y deja rastros de su ADN. Un pequeño error. De un modo u otro, dirán que Bobby lo planeó.

Apoyándose en el reposacabezas, Harper alzó los ojos hacia el cielo y se quedó pensando.

—Eso también es posible, Eddie. Como he dicho, puede que el fiscal ya tenga al hombre que lo hizo. Vamos a ver qué dice Paige. Le mandé una lista de las posibles firmas del asesino. Y hay algo en ella que ha llamado la atención del FBI; de lo contrario, no habrían accedido a esta reunión.

Holten nos dejó en Federal Plaza y se fue a aparcar el coche. Nos encontramos en el vestíbulo del edificio Jacob K. Javits. Prefirió quedarse esperando. Cogí el portátil. Holten pensó que allí estaría seguro. Tras un exhaustivo registro, en el que pasaron mis zapatos y el ordenador por un escáner, nos dejaron subir al piso veintitrés. Dejé que Harper me guiara. Había estado un par de años destinada en estas oficinas y conocía bien el terreno.

Eso no impidió que recibiera miradas aviesas de un par de agentes mientras esperábamos a su contacto en la zona de la recepción. Porque esperamos. Y esperamos. Pasados veinte minutos, estaba a punto de dejar allí a Harper cuando se nos acercó una mujer con vaqueros desgastados y jersey negro. Paige Delaney aparentaba cincuenta y pocos años, y parecía envejecer bien. Estaba en forma y había dejado que su pelo se encaneciera con la edad. Llevaba gafas apoyadas en una nariz fina. Su boca se curvaba ligeramente en las comisuras de los labios dándole una expresión amigable.

Le dio la mano a Harper. Luego me miró, con esa clase de mirada a la que suelen acostumbrarse los abogados de la defensa, tarde o temprano. La seguimos por un largo y estrecho pasillo hasta una sala de reuniones. Había un portátil cerrado sobre la mesa. Nos sentamos, Harper y yo a un lado; Delaney, frente a nosotros, con el ordenador delante. Se quitó las gafas y las dejó sobre la mesa.

—¿Qué tal te trata la vida de detective? —preguntó.

—Está bien eso de ser mi propia jefa —contestó Harper.

Yo no abrí la boca. Aquel no era mi mundo. Los cuerpos de seguridad tienen sus propios vínculos. Dejé que Harper sacara su varita mágica.

—Joe Washington te manda recuerdos —dijo Harper.

—Siempre ha sido muy amable. Me alegro de que estés trabajando con él. Joe es un buen hombre. Bueno, supongo que no tenéis mucho tiempo: vayamos al grano. He echado un vistazo a las firmas —dijo Delaney.

Abrió el ordenador y giró la pantalla hacia el centro de la mesa para que las dos pudieran leer el correo de Harper.

—En investigación, la mayoría de estas no están clasificadas como firmas propiamente dichas —dijo Delaney—. Recopilamos todos los detalles de escenas del crimen que podemos, aunque solo lo que es distintivo y relevante. Si el asesino usó un arma especial o si dejó una marca especial en los cuerpos, si escribió algún mensaje o si parecía seguir algún hilo conductor: todo eso podría ser una firma. Identificamos víctimas de reincidentes por medio de sus firmas. A veces, las firmas son deliberadas: un asesino que está llevando a cabo alguna fantasía. Otras veces, es un acto inconsciente. Si se evidencia un patrón o puede darnos un nuevo punto de vista, lo tratamos como una firma en potencia. Y eso va al ViCAP.

—En el ViCAP no ha salido nada relacionado con nuestro caso —dijo Harper.

—El sistema no es perfecto. No todos los organismos de seguridad utilizan el ViCAP. Simplemente, algunos policías no son administradores natos. Y los asesinos también pueden cambiar de patrón, claro. En general, el sistema depende de que los agentes metan los datos y vayan comprobando las alertas del sistema sobre crímenes nuevos. El sistema está diseñado para ayudar a la policía a capturar a delincuentes violentos, identificar a personas desconocidas y encontrar a desaparecidos. No subimos datos de criminales que son detenidos y encarcelados inmediatamente. Ese es un enorme punto débil.

Harper se reclinó en la silla, cruzando los brazos.

—¿Por qué un punto débil? —dijo—. Los casos de homicidio cerrados no son relevantes, ¿no?

—El sistema no tiene en cuenta las condenas equivocadas —apunté.

Delaney pareció notar mi presencia por primera vez desde que nos habíamos sentado. Se tomó un momento y asintió.

—Tiene razón. Según estudios del Registro Nacional de Exoneraciones, una de cada veinticinco personas condenadas y sentenciadas a pena de muerte en Estados Unidos es inocente. Cada año, se revocan entre cincuenta y sesenta condenas por asesinato. Son muchos casos que no están incluidos en nuestras bases de datos, cuyas firmas no están siendo rastreadas. Y eso sin contar a la gente inocente que no tiene abogado o no logra que se anule su condena. El agente que habló con Joe me conoce. Creyó que algo de lo que le habías enviado podía ser interesante. Todavía no sé si lo es, pero me alegro de que hayáis venido. Es la última firma en tu lista: el billete de dólar…

Se paró en seco. Me dio la sensación de que Delaney quería decir más, pero sabía que no podía. Había cierta intensidad en ambas mujeres. Si Harper tenía una teoría sobre un caso, se dejaba la piel hasta saber adónde le llevaba esa teoría. Era rápida pensando y tenía una energía física que parecía fluir en cada cosa que hacía. Había una especie de fuego en ella. Delaney, sin embargo, parecía una mujer de reflexión más profunda. Alguien que pondera las cosas silenciosamente. Como un disco duro, zumbando para resolver un problema.

Harper se quedó callada. Yo tampoco decía nada. Estábamos invitando pasivamente a Delaney a que prosiguiera. Pero no cedía. Sabía que intentaría sacarnos el máximo de información sin darnos nada. Y Harper también lo sabía. Era una práctica habitual en el FBI.

—Tengo que ver el billete de dólar que mencionas —dijo Delaney.

—Solo tenemos fotos —dijo Harper.

—¿Las tenéis aquí? —preguntó Delaney.

Harper asintió. Para recalcar su postura puso ambas manos boca abajo sobre la mesa. Se quedó inmóvil. Traté de mantenerme al margen. Era un juego que se le daba bien a Harper.

Nadie se movía. Nadie hablaba.

Por fin, Delaney sacudió la cabeza y sonrió.

—¿Puedo verlas? De lo contrario, no podré ayudaros —dijo.

—Hagamos un trato. Nosotros te enseñamos las fotos. Si son relevantes, nos das lo que tengas. Todo el mundo pone sus cartas sobre la mesa.

—No puedo hacer eso. Estoy metida en una investigación sumamente delicada y...

Me levanté ruidosamente, dejando que las patas de la silla rascaran el suelo de baldosas. Harper empezó a deslizarse en el asiento de la suya. Delaney alzó una mano.

—Esperad. Puedo contaros algunos detalles. No todos. Pero solo si creo que es relevante. No sé en qué caso estáis trabajando. Y si el dólar no encaja, no tengo por qué saberlo. Sentaos, por favor. Dejadme ver las fotos. Si es lo que estoy buscando, os daré toda la información que pueda.

Intercambié una mirada con Harper. Los dos nos sentamos. Abrí el maletín que tenía a mi lado, saqué el ordenador y lo encendí. Busqué las fotos de la mariposa de dólar y giré el portátil para que todos pudiéramos verlas.

Delaney tardó unos cinco segundos en decir:

—No, no parece que esté relacionado. ¿Tenéis alguna foto del billete desdoblado? —preguntó.

El alma se me empezaba a caer a los pies. Podía ver cómo Harper también se iba desinflando delante de mí. Sus hombros se hundieron y su barbilla se inclinó hacia la mesa.

Suspiré. Por un instante, había albergado una leve esperanza de que aquello me dijera que Bobby Solomon era inocente.

—Claro —dije.

Apreté el panel táctil, pasé dos pantallas y dejé que Delaney echara un vistazo. Harper murmuró:

—Lo siento, al menos hemos cerrado un callejón sin salida.

Asentí, pero entonces Delaney llamó mi atención. El contorno de sus ojos y su frente se tensaron. Sus labios se movieron silenciosamente mientras se iba acercando a la pantalla. Se inclinó para coger algo detrás de la mesa. Volvió a incorporarse con un cuaderno de dibujo. Parecía viejo y desgastado. Las hojas estaban curvadas por los bordes. Lo abrió, encontró una página hacia la mitad del cuaderno y volvió a mirar la pantalla atentamente.

—Necesito saberlo todo acerca del caso en el que estáis trabajando. Ahora mismo —dijo.

—¿Cómo? ¿Has encontrado algo? —preguntó Harper.

No le hizo caso, sacó un lápiz de su bolsa y empezó a anotar algo en el cuaderno. Miraba la pantalla con sumo detenimiento y luego volvía a escribir. Obviando la pregunta de Harper, disparó otra:

—¿Qué experiencia tenéis con asesinos en serie? —preguntó Delaney.

Sentí que un escalofrío me recorría la piel.

—Solo lo que he leído en los periódicos. No mucha —dije.

—Normalmente son varones blancos, de entre veinticinco y cincuenta años, solitarios, socialmente ineptos, por debajo de la media de inteligencia y a menudo con alguna enfermedad psicótica —apuntó Harper.

Encajaba con lo poco que yo sabía al respecto. Me erguí un poco en el asiento y vi que estaba dibujando en su cuaderno una hoja de olivo en un esbozo del Gran Sello de Estados Unidos. Alzó la cabeza de nuevo y vi su lápiz suspendido sobre el haz de flechas mientras movía los labios. Estaba contando. El lápiz descendió sobre el papel y empezó a escribir otra vez.

—Casi todo lo que acabas de decir es incorrecto —dijo Delaney—. En la BAU, los llamamos «reincidentes». Pueden ser de cualquier grupo étnico. De cualquier edad, dentro de lo razonable. Muchos están casados y tienen familia numerosa. Podría ser su vecino y no llegar a saberlo nunca. La falta de habilidades sociales e inteligencia son suposiciones razonables, pero no siempre es así. Muchos evitan ser capturados durante mucho tiempo por la elección de sus víctimas. La mayoría de las víctimas de reincidentes no conocían a sus asesinos. Hasta un repetidor bobo puede operar durante años antes de que la policía dé con él. Pero luego está el uno por ciento. Tienen habilidades sociales muy desarrolladas, un coeficiente intelectual desorbitado y pueden ocultar lo que sea que tienen en la cabeza que les hace matar, incluso a sus más allegados. A ese tipo de reincidentes no los solemos coger. El mejor ejemplo sería Ted Bundy. Y a diferencia de lo que veréis en televisión, estos asesinos no quieren que los cojan. Nunca. Algunos harían lo que fuera para evitar la cárcel, incluido enmascarar sus habilidades. Otros no quieren ser atrapados, pero en el fondo desean que alguien reconozca su obra.

Delaney giró la pantalla. Había ampliado la imagen alrededor del Gran Sello en el dorso del billete. La mancha decolorada en el dólar que había llamado mi atención y que había ignorado ocupaba toda la pantalla. Había lo que parecían ser tres marcas de tinta sobre el dibujo del sello. Una sobre una flecha. Otra sobre una hoja de olivo; una tercera sobre la estrella más cercana a lo alto del haz, a la izquierda, encima de la cabeza del águila.

—¿Qué estamos mirando? —pregunté.

Delaney giró su cuaderno y lo deslizó hacia nosotros. Era un dibujo del Gran Sello, con algunas de las hojas de olivo, de las puntas de flecha y de las estrellas sobre el águila con sombras rellenadas a lápiz.

129

Volví a mirar la pantalla. En el billete-mariposa hallado en la boca de Carl había una hoja de olivo, una punta de flecha y una estrella marcadas con tinta roja.

—He encontrado estas marcas en billetes de dólar en tres ocasiones. Las copié en este cuaderno —dijo Delaney—. Uno lo encontramos doblado y colocado entre los dedos de los pies de una mujer asesinada, madre de dos hijos. El otro estaba en la mesilla de noche de un motel barato, junto a un vendedor de furgonetas asesinado. El último que había visto estaba en la mano del propietario de un restaurante que murió asesinado. Creo que es un patrón: una firma de alguien de ese uno por ciento. Sea cual sea el caso en el que estáis trabajando, puede que esté relacionado con uno de los cocos de la Unidad de Análisis de Comportamiento. Podría ser el asesino en serie más sofisticado en la historia del FBI. Nadie le ha visto. Lo único que tenemos son marcas sobre un billete, así que muchos analistas ni siquiera creen que exista. Pero aquellos que sí lo creen le llaman Dollar Bill.[1] Así pues, más vale que me lo contéis todo sobre vuestro caso. Ahora mismo.

---

1. *Dollar Bill* significa «billete de dólar». Juega con el nombre Bill, diminutivo de William. *(N. de la T.)*

21

*K*ane cogió la Biblia en la mano derecha y leyó el juramento escrito sobre la tarjeta como si lo dijera en serio. El alguacil recogió la Biblia, Kane dijo su nombre como se le solicitaba y tomó asiento en el estrado.

Carp y su especialista en jurados, Novoselic, se acercaron el uno al otro y empezaron a susurrar. Finalmente, después de que el juez se aclarara la garganta, Carp se puso en pie y formuló una pregunta. A Kane no le importaba cuál fuera. Sabía cómo contestarla para Carp. Sabía lo que los abogados de la defensa buscaban en un miembro del jurado.

—A su entender, ¿hay algún impedimento para que usted forme parte de este jurado? —dijo Carp.

Era una pregunta absurda. Kane lo sabía. Esperaba que Carp también lo supiera. Simplemente, querían ver qué hacía.

Kane dejó que su mirada se desviara hacia un lado. Hizo una pausa. Parpadeó varias veces. Luego volvió a mirar a Carp y finalmente dijo:

—No. No que yo sepa.

La respuesta no importaba. Lo importante era que la defensa le viera «pensar». Kane sabía que un jurado que pareciera reflexivo se ganaría el favor de la defensa y que no molestaría necesariamente a la acusación.

—Gracias. La defensa acepta a este jurado —dijo Carp.

Pryor se giró en el asiento y habló con un ayudante del fiscal que tenía detrás. La conversación fue breve. Pryor se puso en pie y miró fijamente a Kane, que a su vez escuchaba los ruidos de sus compañeros del jurado descansando. Un miembro del jurado era un ser vivo que respiraba. Sí, eran todos personas. Sin embargo, cuando los juntabas, se transformaban en una bestia. Una bestia a la que Kane tenía que domar.

Pryor llevaba tres o cuatro segundos de pie. Para Kane fueron minutos. La sala se quedó en silencio. El susurro de papeles moviéndose cesó. El ruido que salía de la multitud se atenuó. Pryor examinaba a Kane. Sus ojos se encontraron por un brevísimo instante. Ni siquiera medio segundo. Y, sin embargo, en ese lapso de tiempo, algo pasó entre ellos. Kane sintió como si hubieran llegado a un acuerdo.

—Señoría —dijo Pryor—, la acusación no tiene ninguna pregunta y, por el momento, preferimos reservarnos nuestra posición.

El juez pidió a Kane que se sentara en la tribuna del jurado. Se levantó, abandonó el estrado y volvió hacia las sillas reservadas para el jurado. Se sentó en primera fila, casi al final.

Pasó una hora más, mientras defensa y acusación se deshacían de otros quince candidatos al jurado. Al igual que había hecho con Kane, Pryor se reservó su decisión con siete posibles jurados más. Kane miró la tribuna a su alrededor; con las sillas extra, había veinte jurados sentados.

Pryor rechazó a otro candidato que tenía historial como actor infantil y podía tener alguna relación indirecta con Bobby Solomon. El fiscal no volvió a sentarse, sino que se quedó mirando a la tribuna del jurado. Se tomó su tiempo, examinando a los candidatos uno por uno. Entonces cogió su cuaderno y se acercó al juez.

—Señoría, la acusación desearía dar las gracias a la señora McKee, a la señora Mackel, al señor Wilson y al señor O'Connor por sus servicios. Ya no serán necesarios. La acusación está satisfecha de tener jurado.

Un hombre de pelo entrecano se levantó cuatro asientos a la derecha de Kane y empezó a abrirse paso entre la fila de sillas. Pudo pasar por delante de las rodillas de otros jurados, que eran mujeres y más menudas, pero Kane tuvo que levantarse y salirse de la fila para dejarle pasar. La mujer alta a su izquierda se levantó y se echó a un lado para dejar salir a Kane y al jurado rechazado.

—Miembros del jurado, muévanse lo más a la derecha posible. Apriétense, amigos —dijo el juez Ford.

El hombre rozó a Kane al pasar a su lado. Kane regresó a la tribuna y vio que la mujer alta se había sentado en su asiento.

Había vuelto a la fila de sillas antes que él y se había corrido hacia la derecha, junto con los otros jurados que seguían las instrucciones del juez. La mujer alzó la mirada hacia Kane y sonrió amablemente mientras él tomaba asiento en la silla que ella había estado calentado durante media hora. Kane no le devolvió el gesto. Tendría unos cincuenta años, llevaba el pelo de color caoba y un jersey azul claro. La última de las candidatas al jurado a las que Pryor había rechazado abandonó la fila por detrás de Kane.

—Damas y caballeros, son ustedes nuestro jurado —dijo el juez—. Los primeros seis sentados en la fila de atrás y los primeros seis de la fila de delante son integrantes del jurado.

Kane miró a su alrededor.

—Es decir, empezando por su derecha —prosiguió el juez—. Los otros cuatro, la señora y los dos caballeros en la fila de atrás, así como el caballero en la fila de delante son nuestros jurados suplentes.

La mujer alta se había quedado con algo más que la silla de Kane. Le había quitado su lugar en el jurado. Parecía contenta. Ahora, Kane era suplente. Solo presenciaría el juicio. No tendría acceso a la sala del jurado. No tendría voto. Y todo por aquella mujer alta que estaba sentada su lado.

Kane vio cómo el alguacil tomaba juramento a los miembros del jurado, asignando un número a cada uno. A Kane le tocó el trece. El resto de los suplentes detrás de él eran el catorce, quince y dieciséis.

El juez les hizo una advertencia. No leer los periódicos. No ver las noticias. Purgar todos los comentarios de los medios de sus vidas. A continuación, el juez tomó juramento a la guardia del jurado, una integrante del personal de la sala que los vigilaría y se aseguraría que obedeciesen las normas.

La mujer alta del jersey, la que había arrebatado su sitio a Kane, la jurado número doce, inclinó la cabeza hacia atrás y le susurró:

—Es fascinante, ¿verdad?

Kane asintió. Simplemente.

Tenía acento de Nueva Jersey. Kane podía oler los cigarrillos de la mañana en su aliento. Le recordaba a su madre. Intentó centrarse en esos recuerdos. Cualquier cosa para no pensar en que no había conseguido un sitio en el jurado. De solo pensar en todos los preparativos…

Y ahora todo se había perdido. Como cenizas al viento.

—Letrados, habíamos reservado dos días para seleccionar el jurado. Lo hemos conformado pronto. Sugiero que no hagamos perder más tiempo al juzgado. El juicio comenzará mañana por la mañana —dijo el juez Ford.

—La defensa está lista, señoría. Mi cliente está deseoso de que se limpie su buen nombre, para que el Departamento de Policía pueda encontrar al verdadero asesino —dijo Carp.

El juez arqueó las cejas, mirando a Carp. Kane sabía que los abogados de Solomon aprovecharían cualquier oportunidad para decirle al jurado que su cliente era inocente. Y suponía que algunos de sus miembros empezarían a creerlo si se lo recordaban con suficiente frecuencia.

La guardia del jurado los condujo en fila hasta un frío pasillo de color beis. Otra oficial iba revisando la fila, entregando a cada miembro formularios y folletos sobre cómo podían tener contentos a sus jefes y acerca de cómo solicitar su salario como jurado.

La mujer del jersey azul apoyó la espalda contra la pared, miró a Kane fingiendo una sonrisa y extendió la mano. A pesar de que la sonrisa era falsa, Kane podía notar la energía coqueta y desbordante que irradiaba. Era de esas mujeres que hacen tartas para los ancianos y que luego les dicen que deberían estar agradecidos y les hablan de cuánto trabajo les ha costado prepararlas.

—Soy Brenda. Brenda Kowolski —dijo.

Kane estrechó su mano. Le dio su nombre falso.

—Es mi primera vez haciendo de jurado. Estoy emocionada. Sé que no podemos hablar del caso, pero solo quería contarle a alguien lo increíble que es para mí devolverle algo a la ciudad. ¿Sabes lo que quiero decir? Hacer de jurado forma parte de ser buen ciudadano, creo yo.

Kane asintió.

—Si tienen cualquier pregunta sobre el formulario, hablen conmigo. No pagamos los *tickets* de parking. Vuelvan aquí mañana, a las ocho y media de la mañana, por favor. Que tengan un buen día —dijo la funcionaria.

Kane cogió el folleto y el formulario, le dijo adiós con la mano a Brenda y se marchó. Había sido un día largo. Muchas cosas habían salido bien. Y, sin embargo, no había conseguido entrar en el jurado. Pensó en cortarse en los brazos esa noche con uno de sus cuchillos. No matarse. Cortar. Para notar esa extraña sensación de escozor cuando la punta de la cuchilla atravesaba la capa superior de su piel. Nada de dolor. Solo el calor de su propia sangre sobre la piel.

—Adiós. Supongo que le veré mañana —dijo Brenda.

Kane se detuvo y se volvió hacia Brenda. Sonrió ampliamente, le guiñó un ojo y dijo:

—No si la veo yo primero.

22

*N*i Harper ni yo supimos qué decir durante un buen rato. Si era cierto lo que acababa de decir Delaney, Bobby Solomon era inocente. Y Ariella y Carl habían sido víctimas de un asesino en serie.

A la prensa le encantaría.

Mi corazón se aceleraba de solo pensarlo. Podíamos llamar a declarar a Delaney con todos sus expedientes. Que hiciera el numerito del dólar y enseñara el dibujo al jurado. Era una analista experta y destacada del FBI. Era la papeleta de Bobby para quedar en libertad. Quería llamar a Carp Law de inmediato, pero algo en el fondo de mi mente me mantenía clavado en el asiento. Todavía no. Había que sacar más. Necesitaba guardar la calma, pero estaba demasiado emocionado. Harper no podía evitar sonreír. Su intuición había dado frutos. Y tanto.

—Podemos contártelo todo... por un precio —dije—. Nuestro cliente va a juicio esta semana. Necesitamos citarte e incluir los expedientes de la investigación. Vamos a necesitar que declares en el juzgado lo que nos acabas de contar.

—Me temo que eso es imposible —contestó Delaney.

—¿Cómo? —dijo Harper, dando tal golpe en la mesa con la palma de la mano que hizo saltar el portátil.

Al principio, pensé que Delaney solo estaba haciéndose la dura. Ella necesitaba información nuestra y nosotros necesitábamos su testimonio. Aquello era una negociación. Pero entonces comprendí que no lo era. Delaney no podía testificar lo que nos había contado. Y no había forma de conseguir una orden judicial para obligarla a ello.

—Es una investigación en curso, ¿no? —dije.

Delaney frunció los labios y asintió.

—No puedes hablar sobre ella en una sesión pública y tampoco podemos obligarte. Estarías revelándole al asesino lo que sabes... y lo que no sabes —continué.

—Exacto. Ahora, necesito saber en qué caso estáis trabajando —dijo Delaney.

En realidad, no nos había dado nada. Ni un nombre. Ni un dato. Unas cuantas manchas de tinta en billetes de dólar. Con eso no bastaba. Estaba seguro de que había más. Algo más que conectaba los crímenes. Tenía que haber algo más que unas cuantas manchas de tinta. Aunque Delaney pudiese testificar, haría falta más para convencer a un jurado. Así las cosas, teníamos bastante para un buen titular, pero no para una historia.

—No podemos revelar información confidencial del cliente —dije.

—Bobadas. Si vuestro caso está ligado con mi investigación, puede que yo sea vuestra mayor esperanza para que vuestro cliente salga en libertad. Negaros a darme información no es lo que más le conviene.

—¿Y qué garantía tenemos de que le vas a ayudar?

—Ninguna, pero es la única opción que tenéis.

—No, esta es la única pista nueva que tienes «tú». Creía que habíamos llegado a un acuerdo. Tú necesitas un nombre. Nosotros, tres —dije.

Delaney dejó caer los codos sobre la mesa, apoyó la barbilla en las manos y suspiró.

—No puedo daros acceso a los expedientes de mi caso, pero puedo dejar este dibujo sobre la mesa durante sesenta segundos —dijo.

Me metí la mano en el bolsillo, saqué un rollo de billetes, cogí un dólar y empecé a copiar las marcas del dibujo directamente sobre él.

—No puedo enseñaros los expedientes sobre Annie Hightower, Derek Cass o... ¿cuál era el otro nombre? —dijo, buscando el techo con los ojos.

Pillé la idea.

—No sería Bobby Solomon, ¿verdad? —dije.

De golpe, volvió la cabeza hacia delante, con la boca abierta, mirándome directamente. Me pareció que le temblaba el labio. Por un instante, se olvidó de nuestro pequeño juego. Estaba asimilando el nombre. Su peso. La expectación que lo rodeaba.

137

Finalmente, cerró la boca, sacudió la cabeza y dijo:

—No, no, no era ese. Karen Harvey. Ese era el nombre. No puedo enseñaros nada de esos expedientes.

Terminé de copiar las marcas sobre el Gran Sello de mi billete de dólar. Lo doblé y lo guardé. Luego metí el ordenador en el maletín. Harper y yo nos levantamos y le dimos la mano a Delaney. Primero lo hizo Harper. Fue un intercambio seco. Un apretón de manos formal, breve y profesional.

Nos condujo por el pasillo de la sala de reuniones hasta la recepción, luego dio media vuelta y se fue. Mientras esperábamos el ascensor, me quedé estudiando el dólar sobre el que acababa de hacer las marcas.

—¿De qué demonios va todo esto? —preguntó Harper.

—No tengo ni idea. Si es verdad lo que dice, hay un loco suelto ahí fuera. Y está jugando a algo. Tenemos que ponernos con ello. Hay que encontrar la manera de llamar a testificar a Delaney en el caso de Bobby —dije.

Harper cambió el peso de un pie a otro, se puso una mano en la cadera y me miró confundida.

—Ya la has oído. Tú mismo lo has dicho: no podemos obligarla a testificar. Es un caso público.

—Sí que hay una manera de hacer que testifique —dije.

—Qué va… No la hay. Venga, sorpréndeme. Te apuesto un dólar a que no funciona. Delaney nunca dará testimonio sobre su caso.

—La única razón por la que no puede testificar es que es un caso público. Solo tenemos que hacer que no lo sea.

El trayecto en coche hasta Carp Law no duró mucho, y nadie dijo nada. Conducía Holten. Harper y yo íbamos en el asiento trasero, leyendo atentamente artículos de prensa en el móvil.

A Annie Hightower la hallaron muerta en noviembre de 2001, en el salón de su casa de Springfield. Le habían cortado el cuello hasta el hueso. Sus hijos debían pasar el fin de semana con su padre, Omar Hightower, pero en realidad se quedaron con la hermana de este, a dos manzanas de la casa de su madre. Omar dijo al tribunal que había ganado recientemente una cantidad sustancial de dinero, en una apuesta de fútbol. Casi cien mil dólares. Hasta había salido en el periódico local. Parte se lo había gastado en drogas: esa tarde había fumado demasiado; su hermana encontró a los niños en la cocina de su casa jugando con el microondas. La hermana, Cheyenne, se los llevó a pasar la noche para que Omar durmiera el colocón. Así que Omar no tenía coartada para la noche del asesinato. Debía casi mil dólares de manutención a Annie, y ella había dado instrucciones a su abogado para recuperar el dinero. El billete de dólar que se encontró entre los dedos del pie de Annie tenía las huellas de Omar. Pensé en el águila del Gran Sello. Las flechas y las ramas de olivo que llevaba en las garras. En el juicio, el abogado defensor de Omar sostuvo que su cliente ya había dado dinero a Annie esa misma semana y que el asesino utilizó uno de esos billetes para incriminarle.

El jurado no se lo creyó.

En 2008, un artículo de un solo párrafo confirmaba que Omar había sido asesinado en prisión.

El caso de Derek Cass también parecía sencillo. Derek era un hombre de familia. Esposa. Tres hijos. Vendía furgonetas Transit en su propio concesionario en el centro de Wilmington. De vez en cuando, tenía que salir de viaje para reunirse con clientes y proveedores. Cuando lo hacía, Derek se convertía en Deelyla. En verano de 2010, se metió en problemas siendo Deelyla, en un bar situado a tres kilómetros de Newark. Un empleado de garaje llamado Pete Timson no se tomó muy bien descubrir que su cita, en realidad, era un hombre: amenazó con estrangular a Deelyla. La siguió hasta su motel. La estranguló en la cama y dejó un billete de dólar con sus huellas sobre la mesilla de noche. Varios testigos confirmaron haber presenciado sus amenazas. Caso cerrado.

—Karen Harvey no encaja del todo —dijo Harper.

—Aún no he llegado a ella. ¿Por qué? —dije.

Harper deslizó el pulgar sobre la pantalla para volver al principio del artículo:

—No es igual que los otros. Propietaria de un restaurante en Manchester, New Hampshire. Cincuenta y tantos años, divorciada, exitosa. Murió en lo que parece un robo. En 1999. Le dispararon en el estómago y luego dos veces en la cabeza, de cerca. La caja registradora estaba dañada, pero no abierta. Lo único que faltaba era medio billete de dólar. Cuando la encontraron, aún tenía medio billete en la mano. La otra mitad la hallaron en el apartamento de Roddy Rhodes. Bajista de un grupo de música local. Drogadicto con varias condenas por robo a mano armada. La policía local recibió un chivatazo anónimo, registró su casa y encontró el billete roto y el arma del crimen: una Mágnum del 45. Sus huellas no estaban sobre el billete, pero Rhodes mordió el anzuelo.

—¿Se declaró culpable?

—Homicidio en segundo grado. Sale dentro de veinticinco años.

Pensé en la huella de Bobby sobre la mariposa hallada en la boca de Carl.

Holten detuvo el coche a la puerta de Carp Law. Harper y yo nos bajamos y entramos en el edificio. Él esperaría en el vestíbulo. Rudy había dejado un mensaje en mi móvil mientras estábamos reunidos con el FBI. Decía que había concluido la selección del jurado y que el juicio comenzaría al día siguiente. La oficina era un hervidero. Secretarios, abogados, ayudantes… Todo el mundo parecía animado y ocupado.

Encontramos a Rudy en la sala de reuniones. Estaba con Bobby y con otro hombre, sentado de espaldas a mí. Albergaba la esperanza de no volver a verle nunca. Nuestro último encuentro había sido unos años antes, y me creó uno o dos problemas con el FBI. Le reconocí incluso de espaldas. Distinguiría esa cabeza fea y calva en cualquier sitio: Arnold Novoselic. La especialidad en jurados era un juego sucio. Y Arnold era el más sucio de todos. Yo había probado una de sus jugadas.

—Hola, Arnold —dije.

Se levantó, se volvió y se quedó boquiabierto al verme. No había cambiado nada. Aún tenía veinte kilos de más. Seguía llevando los mismos trajes aburridos y ganando una fortuna por hacer trampas en el juego de la justicia.

—¿Sigues leyéndole los labios al jurado? —pregunté.

No contestó. Simplemente mostró su enfado a Rudy.

—Me niego a trabajar con este tipo. Es… un…

—¿Delincuente? Mira quién habla —dije.

—Parad. Ahora mismo. Arnold, siéntate, por favor. Por favor. Eddie, Arnold es nuestro especialista para el jurado en este juicio. Tiene experiencia y consigue resultados. Cómo los consiga no es asunto mío. Ni tuyo. Deja que haga su trabajo. Tú haz el tuyo. Y todos nos llevaremos bien. No hay margen para discusiones. El juicio empieza mañana —dijo Rudy.

Harry debía de haber acelerado la agenda. Bien. Tenía ganas de empezar. Aparté mi atención de Arnold y presenté a Harper.

Rudy dio una palmadita en la espalda a Bobby y cogió una botella de agua del centro de la mesa para ofrecérsela. La aceptó, abrió el tapón y se la bebió de un trago. Acababa de saborear un aperitivo de lo que es un juzgado. Aunque no hubiera estado presente, estaba claro que el juicio empezaba a ser real para él. Parecía nervioso, agitado. Encorvado sobre la mesa, apretó la botella vacía y la retorció.

Arranqué una hoja del cuaderno e hice una breve lista de cosas que iba a necesitar.

—¿Ya tienes más claro el caso? —dijo Rudy.

—Harper os explicará lo que hemos descubierto. Pero sí, las cosas están un poco más claras. Todavía hay mucho que hacer. Si sale bien, puede que ganemos esto. Lo primero que necesito es que uno de tus ayudantes vaya a hacerme unas compras —dije, entregando la lista a Rudy.

La cogió y vi cómo iba frunciendo el ceño según leía.

—Aquí hay muchas cosas raras. ¿Una sábana de plástico de tres metros y medio? ¿Sirope de maíz? ¿Qué demonios es esto, Eddie? —dijo Rudy.

—Es complicado. Además, creemos que puede haber una pista sobre otro sospechoso. Harper nos ha conseguido una reunión con una analista del FBI. Hay una conexión entre este caso y una investigación en curso del FBI sobre un posible asesino en serie. Todavía no tenemos suficiente. La conexión es mínima, ni de lejos más allá de la duda razonable, pero estamos en ello. Mientras tanto, necesito tu ayuda. Necesito que llames a declarar a un tal Gary Cheeseman. Luego te doy su dirección comercial. Ponlo en nuestra lista de testigos y dásela al fiscal. Y no te preocupes. No hará falta llamarle al estrado. Solo necesito que esté entre el público.

Vi que Harper intentaba ubicar el nombre. Al no lograrlo, dijo:

141

—¿Quién demonios es Gary Cheeseman?

—Gary Cheeseman es el presidente de una compañía llamada Sweetlands Limited, cuya sede está en Illinois.

—¿Y qué relación tiene con el caso? —preguntó Rudy.

—Ninguna. Eso es lo que lo hace perfecto. Créeme, Gary Cheeseman va a abrir un boquete en el caso de la acusación.

23

*E*staban a punto de dar las siete de la tarde. La temperatura había caído y la respiración de Kane dibujaba nubes de vaho delante de su cara, pero él no tenía frío. Había roto a sudar después de una hora lavando el Chevrolet Silverado en un garaje abandonado. Apenas le había costado abrirlo forzando la cerradura con una palanca y levantando la persiana metálica para aparcar el coche y encerrarse. Tardó cinco minutos a lo sumo. La herida del navajazo en el muslo derecho le tiraba un poco.

En un rincón había un bidón de aceite herrumbroso. El propietario anterior lo utilizaba como barril para quemar. Encima tenía un respiradero de aluminio. Extrajo algo de gasolina del Chevrolet con un sifón, la metió en el bidón, prendió una cerilla y la dejó caer.

De pie ante el barril de gasolina ardiendo, se quitó la camisa y la arrojó a las llamas. Comprobó los bolsillos de sus pantalones, de los que sacó un billete de dólar; se los quitó y los echó dentro del bidón. Por un segundo, se quedó observando el billete; finalmente, lo tiró a las llamas. En el asiento trasero del coche llevaba una muda de ropa dentro de una bolsa. De repente creyó distinguir un tono verdoso en el fuego, aunque no sabía si era real. Tal vez hubiera cobre o algún producto químico en el fondo del bidón. Aquello le recordó al Gatsby, de Scott Fitzgerald, cuando contemplaba la luz verde sobre el agua oscura. El sueño americano: inaccesible y alejándose ante su mirada con cada chasquido de las llamas.

Kane conocía aquel sueño. Su madre le hablaba de él. Estuvo toda su vida persiguiéndolo, pero fracasó. Igual que él, hasta que se dio cuenta de la verdad. El sueño americano no era dinero. Era libertad. Auténtica libertad.

No le gustaba notar la herida en la pierna. Comprobó el vendaje, lo aflojó un poco, se tomó una dosis doble de antibióticos y comprobó su temperatura con un termómetro digital: treinta y siete grados. Perfecto.

Kane sabía mucho del dolor para ser alguien que nunca lo había experimentado. Tenía una importante función fisiológica. Un sistema de alarma. Señales del cerebro para advertirte de que hay un problema. Dolores de cabeza. Lesiones musculares. Infección. Si Kane no monitorizaba su cuerpo atentamente, podía destruirlo.

Oyó que su teléfono móvil vibraba. Lo cogió.

—Unos chicos han encontrado el cuerpo que dejaste en Brooklyn. Lo han denunciado. No te preocupes, tardarán en identificarlo —dijo la voz.

—¿Tengo que adelantar el programa? —preguntó Kane.

—No relacionarán el cuerpo con la citación para el jurado inmediatamente. Puede que nunca lo hagan. Era un tipo retraído con intereses liberales: ahora mismo hay muchos sospechosos y motivos mejores. De todos modos, cuanto más rápido hagas esto, mejor. He visto que esta tarde también has estado ocupado. Quizá deberías calmar un poco las cosas.

—Tendré en cuenta tu consejo —contestó Kane.

Oyó el suspiro del hombre al otro lado de la línea.

—Hay orden de busca estatal sobre el Chevy. ¿Has lavado el coche? ¿Y cambiado la matrícula?

—Claro. Tranquilízate. Nunca encontrarán este coche. ¿Qué sabes de lo que ha pasado esta tarde?

—Conozco a un tío de Homicidios en ese distrito. Él me pondrá al día. Estaré al tanto de los micros ocultos. Te aviso si encuentran algo.

—Hazlo. Si me entero de que me has estado ocultando algo..., bueno, ya sabes cuáles son las consecuencias —dijo Kane.

24

$\mathcal{N}$ecesitaba desconectar un par de horas. Simplemente, para que las cosas encajaran por sí solas en mi cabeza. Al terminar la reunión en Carp Law, era evidente que nos hacía falta a todos. Nos habían escuchado. Rudy había oído toda clase de historias, pero al escuchar esta arqueó una ceja. Al final, coincidíamos en que no teníamos lo suficiente como para apuntar a un asesino en serie desconocido. Ni mucho menos. Pero a Rudy le gustaron el resto de mis argumentos y mandó a un par de ayudantes a recorrerse Manhattan con mi lista de compras y una tarjeta de la empresa. Bien. El único que se mantuvo callado durante toda la reunión había sido Bobby. No sabía cómo interpretarlo. Se pasó la mayoría del tiempo contemplando Times Square por la ventana. Pensé que tal vez estaba absorbiendo el paisaje todo lo posible. Como un hombre consciente de que no tendría una vista así desde la celda de una cárcel durante los próximos treinta o cuarenta años.

La reunión terminó después de acordar encontrarnos de nuevo por la mañana, antes de la vista, para revisar el alegato inicial de Rudy al jurado.

También había prometido llamar a Harper más tarde, después de su cita con Holten.

Al principio no quiso admitir que se trataba de una cita, pero luego asintió y dijo:

—Sí, es una cita. Sé que no es muy profesional conocer gente así, pero ¿qué demonios? Si no le gusta a Rudy Carp, que le den.

—Tienes que dejar de decir eso: «que le den», «que te den». Holten se va a llevar una idea equivocada —dije.

Estuvimos riéndonos un momento. Nos sentó bien. Sin embargo, en cuanto se abrieron las puertas del ascensor, fue como si nos pusiéramos una mochila de noventa kilos. Volvíamos al tajo.

—Voy a llamar a varios amiguetes en la policía. Joe conoce a muchos. Me llevo mejor con los policías locales que con los federales, así que yo también me pondré al teléfono. *Sheriffs,* jefes adjuntos, inspectores. Entre todos abarcan casi la mitad de Estados Unidos. Quiero mandarles información sobre el billete, a ver si sale algo —dijo Harper.

Sonó mi teléfono móvil. Era Christine.

—Hola. Oye, estoy en la ciudad. He venido a ver a un par de viejos amigos. Para cuando llegue a casa no me va a apetecer preparar la cena. ¿Qué te parece un chino? —dijo.

—Vale, no sabía que venías a Manhattan.

—Hoy no trabajaba, así que he decidido ir a ver a varias personas. Tampoco tengo que informarte sobre mis movimientos, Eddie —dijo.

—Perdona, no quería decir eso. Yo…, mira, me parece muy bien la cena. Solo creí que quizá vería a Amy esta noche —dije.

—Pues tendrás que conformarte conmigo. ¿El sitio de siempre? ¿Dentro de una hora?

Sabía que era mejor no discutir. Christine marcaba el tiempo que podía tener con Amy y no me apetecía pelearme por ello. Así solo empeoraría las cosas. No, esta noche tenía que dar una buena impresión. Por fin había encontrado una salida de la vida que había estado llevando. Un trabajo estable con Rudy. Nada de casos peligrosos. Ni clientes psicóticos. Ningún motivo para temer que algún lunático persiguiera a mi familia para hacerme daño. Era lo que Christine siempre había querido para nosotros. Lo que yo siempre había querido para nosotros.

—Vale, te veo allí —dije.

Tenía tiempo suficiente para ir a recoger mi coche. No quería postergarlo más y, de todos modos, ya había planeado hacerlo para ir a Riverhead a cenar con Amy y Christine.

Paré un taxi y salimos hacia al norte. En plena hora punta. Hasta el muelle 76, donde estaba el depósito de vehículos de Manhattan. Encontré el cajero, entregué mi *ticket*, pagué la multa y me dieron mis llaves, un número de aparcamiento y un mapa. Cuando por fin encontré el Mustang, seguía teniendo la bolsa de McDonald's bajo el limpiaparabrisas. La arranqué y la arrojé en el asiento de atrás acordándome del inspector Granger.

Cabrón.

Media hora después iba en mi coche rumbo a Chinatown. Aparqué y corrí dos manzanas hasta Doyer Street. El salón de té Nom Wah no imponía demasiado desde fuera. Tampoco mejoraba mucho al entrar. Mesas de formica con bancos corridos tapizados en vinilo rojo. La misma disposición de una cafetería, con la única diferencia de que te ponían palillos a un lado sobre un platito, en vez de tenedor y cuchillo. Tampoco tenía nada de especial, más allá de la comida. Y la historia. Chinatown había crecido alrededor de aquel lugar. Llevaba abierto desde 1920 y sus *dumplings* y *dim sums* eran los mejores de la ciudad.

Llegaba tarde. Christine ya había cogido mesa y se había pedido un té. No sonrió al verme. Simplemente, me saludó agitando los palillos y volvió a centrarse en los *dumplings* y en la salsa de soja. Yo estaba un poco sin aliento después de correr parte del camino. Notaba el estómago tenso y me di cuenta de que estaba nervioso. Quería hablarle del trabajo con Carp Law, pero no sabía cómo. Tenía la boca seca y la misma sensación que sentí en nuestra primera cita: miedo. En cuanto la conocí, supe que era especial y que no podía cagarla. Por ahora la había cagado bastante. Esta era la última oportunidad.

Se había cortado el pelo. La melena suave y oscura con la que la había visto durante tanto tiempo se había transformado en un corte bob. Estaba distinta. Un poco más bronceada de lo habitual. Me senté frente a ella y el camarero me trajo una cerveza sin que yo se la pidiera.

—He oído que has vuelto a beber —dijo Christine.

—Espera un momento, siento llegar tarde. Y no he pedido la cerveza. La has pedido tú.

—Me lo dijo Harry. Dice que lo tienes controlado. Cree que una copita de vez en cuando, cuando él te vigile, es mejor que arrancarte las uñas pensando que nunca volverás a beber —dijo despreocupadamente, entre mordiscos a un *dumpling*.

Levanté las manos en señal de rendición.

—Hola. Siento mucho llegar tarde. ¿Podemos empezar de nuevo?

Christine dio un trago al té, se reclinó y se limpió los labios con una servilleta. Se quedó mirándome. Agitando la mano dijo:

—Es que estoy un poco gruñona hoy. ¿Cómo te va?

Le hablé sobre el caso Solomon. Al principio, se enfadó. Frunció el ceño y se le sonrojó el cuello. Conocía todos sus tics.

—Creía que necesitabas tranquilizarte un poco. Alejarte de la atención… Pues este tipo de casos la atraen. Y todos sabemos que la atención que atraes suele ser peligrosa —dijo.

Tenía razón. Ese era el motivo exacto por el que no estábamos juntos. Mi trabajo traía problemas. Y mi familia me importaba demasiado. Si algo les pasara por mi culpa, no sé lo que haría. Habían estado cerca varias veces. Y nuestra hija había sufrido.

—Este caso no es peligroso. Y me ha dado una oportunidad. Ahora te lo cuento, pero todavía no me has dicho cómo está Amy: quiero saberlo todo.

—Está genial, Eddie. Ha aprobado el examen de mates que tanto le preocupaba. Ha hecho un nuevo amigo en el club de ajedrez. Un chico, pero son solo amigos. Por ahora. Está feliz y parece que le cae bien Kevin…

Kevin. Aparentemente, Christine había intimado bastante con su jefe. La había ayudado a asentarse en Riverhead, presentándole a la flor y nata del lugar. Incluso le había hecho algún arreglo en casa. Aún no le conocía, pero me daban ganas de hacerle algún arreglo en la cara.

—Bien, me alegro. ¿Sigue leyendo?

—Cada noche. Hasta se ha leído un par de esas novelas de detectives baratas que no paras de regalarle.

Asentí. Eso me sentaba bien. Seguro que Kevin leía libros sobre procedimiento judicial y la historia del aire acondicionado. Amy y yo siempre habíamos tenido el mismo gusto en relación con los libros.

Comí algo e ignoré la cerveza. Estaba ganando tiempo. Tratando de armarme de valor para hablar de nuestra relación. Habíamos pasado una larga temporada separados. Después de cierto tiempo, dejas de hablar sobre arreglarlo: duele demasiado. Pero mi vida estaba a punto de cambiar. Era mi oportunidad de arreglar las cosas. Un trabajo como aquel era lo que siempre habíamos querido. Estabilidad, seguridad y que yo volviera a cenar cada noche sin preguntarnos quién echaría abajo la puerta de casa.

No sabía cómo decirlo. La comida me producía náuseas y empezaba a notar sudor en la frente.

—Tengo trabajo —dije, como escupiéndolo—. En Carp Law. Litigios comunes, algo de trabajo penal. Nada peligroso. Nada polémico. Ocho horas y buen sueldo. Lo he dejado, Christine. Solomon es el último caso gordo. Quiero que Amy y tú volváis a casa. Podemos recuperar nuestra antigua casa en Queens…

Sus ojos empezaron a vidriarse, le temblaba el labio.

—O podríamos buscar otra casa, ya sabes. Empezar de nuevo. Ahora puedo manteneros a Amy y a ti. No tendrías que trabajar. Podría ser como siempre hemos querido. Podríamos volver a ser una familia.

Se enjugó una lágrima de la mejilla y me tiró su servilleta.

—Te esperé. Durante toda la mierda. La bebida. La rehabilitación. Esperé. Y luego todos esos casos, Eddie. Elegiste. Tu trabajo nos puso en la línea de fuego. Y ahora que lo has dejado, ¿se supone que debo volver a ti corriendo?

—No lo pongas así. La gente acudía a mí. Necesitaban ayuda. No podía negarme. ¿Qué clase de hombre sería si hubiera dejado a toda esa gente ir a la cárcel? No podía vivir conmigo mismo si lo permitía. No es una opción. Nunca la hubo. Para mí, no —dije.

—Pero yo «sí» la tengo. Yo no quería esta…, esta vida. No quiero un marido que tiene que mantenerse alejado de su familia para evitar que le hagan daño. Lo intenté, Eddie. Esperé. Ya no puedo esperar más…

—No tienes que esperar. Te lo he dicho: tengo trabajo. Es seguro. Las cosas pueden volver a ser como antes.

—No podemos volver a lo de antes. Lo he pensado. Quería que vinieras a casa y vieras a Amy esta noche, pero esta tarde ya sabía que tenía que decírtelo. No puedo ocultarlo más. Así que decidí venir a verte aquí, porque no quería que Amy viera esto. Se acabó, Eddie. Ya no voy a esperar. Kevin y yo nos hemos estado viendo. Quiere que nos vayamos a vivir con él.

En ese instante, no estaba sentado a la mesa con Christine. Tampoco en el salón de té. Ni siquiera estaba en Chinatown. En ese momento, estaba viendo exactamente lo que había temido, lo que llevaba meses soñando. Mi cuerpo tirado al pie del Empire State Building, y Christine en el observatorio, ochenta y seis pisos más arriba. Ella sacaba su alianza del bolso y la lanzaba por encima de la barandilla. Yo estaba en la acera y sabía que estaba cayendo. Más y más rápido. Una banda de oro precipitándose hacia mí. A medida que se acercaba, la veía. No podía moverme. Tampoco respirar. Lo único que podía hacer era clavar las uñas en las losas de la acera y esperar.

Y cuando me golpeaba en el pecho, despertaba.

En ese mismo instante, el dolor era real. Un dolor inmenso y hueco que me dejaba sin respiración. Y lo había visto venir. Eso lo hacía peor.

—No...

—Eddie, ya he tomado la decisión. Lo siento —dijo. Su voz se había enfriado.

—Lo siento. Lo siento mucho. Las cosas van a cambiar. Yo voy a cambiar. Este nuevo trabajo... —Pero las palabras se ahogaron en mi garganta. Ya la había perdido. Algo despertó en mi interior. Toda aquel dolor con el que había luchado a base de alcohol volvió a la vida, rugiendo. Y me hizo luchar—. Él no te quiere como yo —dije.

Christine contó varios billetes, los puso sobre la mesa y dejó su mano suspendida sobre ellos durante un momento. Estaba dudando, pero no por la cuenta. Yo no dije una sola palabra. Sabía que parte de ella seguía queriéndome. Habíamos compartido tanto... Parpadeó rápidamente y sacudió la cabeza. Se levantó, se deslizó por el asiento corrido y dijo:

—Kevin me quiere. Eso sí lo sé. Cuidará de Amy. Y de mí. No llames. No por un tiempo.

Cuando iba a marcharse, mi mano salió detrás de ella. La cogí de la muñeca. Se detuvo. Un movimiento equivocado. La solté.

Escuché el ruido de sus tacones golpeando contra el suelo al salir, cada vez más tenue según se alejaba. Miré la cerveza sobre la mesa, delante de mí. Una Miller. Fría. Tostada. Burbujas de condensación deslizándose por la botella. La deseaba. Esa y diez más…, seguidas de vodka, whisky… Todo lo que ayudara a anestesiar el dolor. Cogí la botella. Al llevármela a los labios, miré el dinero que Christine había dejado sobre la mesa.

Sobre el montoncillo de billetes había una alianza de oro. Volví a dejar la cerveza sobre la mesa. Me froté las sienes. Era como si tuviera un tren de mercancías recorriéndome las venas.

Me levanté, cogí el anillo y me lo metí en el bolsillo.

Mis pies me llevaron hasta el coche. No alcé la vista hasta llegar al aparcamiento. Ni una sola vez. Cuando me monté y encendí el motor, no recordaba haber salido del restaurante. Tenía náuseas. Era como si me hubiera tragado un globo inflado al máximo y no pudiera expulsarlo.

El trayecto hasta la calle 46 transcurrió de forma parecida. Al entrar en la calle, no sabía cómo había llegado hasta allí ni cuánto tiempo llevaba conduciendo. Aparqué a la entrada de mi despacho y me bajé del coche. Mis llaves tintinearon en el bolsillo del abrigo al subir los escalones que conducían hasta la puerta. Llevaba la cabeza gacha. Mi respiración caía hacia mis pies como sábanas de bruma blanca. ·151

No vi al inspector Granger hasta que me empujó hacia atrás.

Me tambaleé, pero conseguí mantenerme en pie. Oí portazos de coche. Muchos. Miré a mi alrededor. Tres tipos fornidos a mi izquierda. Dos a mi derecha. Uno de los de la derecha llevaba una porra. Granger se echó hacia atrás, subiendo varios escalones, sin perderme de vista. Me estaban esperando. Con un solo vistazo, supe que eran policías, incluso antes de ver la porra. Por cómo se movían. Y por la ropa. Todos llevaban vaqueros Levi's y Wrangler. Con botas. La camiseta metida por dentro y una chaqueta amplia para esconder la cartuchera de hombro.

Roté los hombros hacia atrás para quitarme el pesado abrigo. Tal vez fuera por el viento frío o por el miedo que llenó mi organismo de adrenalina como una presa reventada, pero empecé a tiritar. Al cerrar la mano, mi puño también temblaba.

Un cristal estalló detrás de mí. Sentí fragmentos de vidrio golpeando mi espalda y comprendí que uno de los tipos estaba atacando mi coche con la porra.

La voz de Granger sonaba casi cálida. Llevaba cuarenta y ocho horas esperando aquel momento y no pudo ocultar la satisfacción en sus palabras.

—En la cara no —dijo.

Hijo de puta.

No esperé. Estaba ocurriendo. Podría haber huido, pero sabía que no habría llegado muy lejos y tampoco querían matarme. Aunque tal vez lo hubieran hecho si intentaba escapar. Un disparo por la espalda. Un sospechoso que no se detuvo después de advertirle.

Pasaba constantemente. Bienvenidos a Nueva York.

El jefe del grupo vino por mi derecha. Un tipo grande. De pelo corto. Ojos pequeños, oscuros. Un bigote espeso y nada de cuello. Puños como bolsas llenas de monedas. Me sacaba siete u ocho centímetros; probablemente, otros diez de ancho. Seguramente, era el más grande de todos. Un tipo muy duro.

Levantó el puño derecho, alzando el codo por encima del hombro como si fuera a aplastar a un sospechoso con su grueso brazo. Sus ojos se hicieron todavía más pequeños y su cara se frunció con un gruñido. Encogió los labios dejando ver su mandíbula apretada. El resto de ellos esperaba, observando.

Vi que doblaba las rodillas. El golpe iba dirigido a mi plexo solar. Un derechazo para dejarme fuera de combate. El resto de los polis bailaría con mis costillas, mis piernas y mis tobillos. Media hora más tarde, estarían riéndose de ello con una cerveza fría. Dando palmaditas en la espalda a Granger. Reviviendo el momento en que me dieron una lección que no olvidaría jamás.

Pero esta noche, no. Ni de coña.

Di un paso atrás en el mismo instante en que el grandullón soltó el puñetazo. Era un tío enorme, pero también lento. En realidad, eso tampoco importaba. El músculo haría el trabajo. No hacía falta mucha velocidad cuando había tanto peso detrás de un puñetazo.

Qué suerte la mía.

Llevaba seis años entrenando con una pera seis veces por semana en el gimnasio de boxeo irlandés más duro de Hell's Kitchen. Eso lo hacía, más o menos, el gimnasio más duro de Nueva York.

Solté la derecha a una velocidad de vértigo. Un golpe seco al tiempo que me echaba hacia atrás, apartándome de su alcance. El grandullón ni lo vio venir. Sin hacer ningún movimiento de cadera, sin ponerle nada de peso. Tampoco me hizo falta. Tuve tiempo para coger la posición: eso bastó. Su enorme puño era un objetivo fácil. Sabía adónde iba dirigido, con qué fuerza y velocidad. Mantuve el puño levantado. Como exponiéndolo a que chocaran. Pero no me estaba rindiendo. Lo coloqué ligeramente girado hacia abajo, dibujando una línea recta entre el nudillo del dedo anular y el codo. Una sólida base de hueso en un ángulo perfecto para absorber el impacto sin hacerme daño.

Todo el daño se lo llevaría él. El nudillo de mi dedo anular aplastó su quinto metacarpiano: el nudillo de su dedo meñique. Y eso hizo un ruido espantoso. Era como si el grandullón hubiera intentado golpearme y hubiese estampado el meñique en una pared de ladrillo. Todos los policías oyeron cómo crujían sus huesos, cómo se rasgaban los ligamentos y se multiplicaban las fracturas en la muñeca del grandullón. Sonó como uno mazo golpeando una bolsa de cacahuetes.

El grandullón se llevó la mano a la cara para protegerse, recogiéndola con el cuerpo paralizado por el *shock*. Entonces fui a por su cuerpo.

Me metí por dentro y solté un gancho de izquierda con todas mis fuerzas sobre sus costillas. Le di de lleno y cayó hecho una bola sobre la acera. Me volví, esperando al siguiente.

Demasiado tarde. Oí el golpe seco en un lado de mi cara antes de sentirlo. El suelo se me vino encima a toda velocidad y extendí las manos para parar la caída. Vi una franja dorada bailando ante mis ojos. La alianza de Christine se me había caído del bolsillo. Escuché su tenue tintineo al rebotar sobre el pavimento. Estiré la mano, tratando de cogerla desesperadamente. Iba a caer boca abajo junto al anillo. Pero no aterricé en la acera. El anillo se volvió borroso, rodó ante mis ojos y desapareció.

Perdí el conocimiento antes de chocar contra los ladrillos.

153

25

*E*l brillo de la luz me abrasaba los ojos. Era como si me estuvieran clavando un picahielos en la cabeza. La luz se apagó y se me nubló la vista. Tenía las piernas frías, mojadas. La camisa también. Estaba tumbado en un sofá. Una silueta se inclinó sobre mí. La luz de la linterna volvió a golpear mis ojos y los cerré. Unos dedos me abrieron los párpados. La luz me alumbró un ojo, luego el otro. La maldije.

—¿Sabes qué, Eddie? Empiezo a pensar que esto de la abogacía no te está yendo muy bien —dijo Harry Ford.

154

Apagó la linterna, apartándose. Estaba en el sofá de mi despacho.

—Tienes un chichón del tamaño de un huevo en la parte de atrás de la cabeza. Y creo que te has roto al menos una costilla. Tus pupilas reaccionan y tienen el mismo tamaño. No has vomitado. No tienes sangre en la nariz ni en los oídos. Te sentirás como si te hubieran dado una coz en la cabeza y puede que tengas un traumatismo craneoencefálico leve, pero, aparte de eso, estás igual que ayer.

Harry había empezado a trabajar como enfermero en Vietnam, a los dieciséis años. El carné falso que utilizó para alistarse decía que tenía veintiuno. Empezó a ascender de rango rápidamente. Luego abandonó una brillante carrera militar para emprender otra más gratificante en el mundo del derecho. Era el único juez que conocía capaz de desmontar y volver a montar un M16 después de haberse bebido una botella de whisky.

—¿Cuántos dedos ves? —dijo Harry, mostrándome tres dedos.

—Tres.

—¿Qué día es?

—Martes —respondí.

—¿Quién es el presidente de Estados Unidos? —preguntó Harry.

—Un gilipollas —dije.

—Correcto.

Intenté incorporarme. La habitación me daba vueltas. Apoyé la cabeza de nuevo y decidí que sería mejor esperar un poco para incorporarme.

—¿Dónde me has encontrado?

—Delante de la puerta. Al entrar en la calle me cortó el paso un Escalade negro y grande. Y luego se fue como un maldito coche en plena huida. Aparqué y te encontré ahí. Pensé en llamar a una ambulancia, pero te examiné y parecías estar bien. ¿Recuerdas que me hablaste en la calle?

—No. ¿Qué te dije?

—Que encontrara esto.

Harry tenía una alianza de oro en la mano.

Esta vez sí logré incorporarme. El costado me estaba matando. Harry dejó el anillo sobre la mesa y fue a coger dos tazas de café. Vi una botella de whisky encima de la mesa, todavía dentro de su bolsa de papel marrón.

—Gracias, Harry.

—Nada. Me llamó Christine. Me dijo lo que había pasado. ¿Te importaría decirme cómo has acabado tirado en la calle? ¿Te metiste en una pelea en un bar o algo así? —preguntó.

—Es complicado —dije.

—Me defraudarías si no fuera así. No, en serio. ¿Qué demonios ha pasado?

—Un puñado de polis me ha asaltado. Ayer cabreé a un inspector llamado Granger. No se lo tomó muy bien. Los del depósito municipal debieron de darle el soplo de que había retirado mi coche. Se vino a mi despacho a esperarme con una banda de polis.

—No me gusta lo que estoy oyendo. Deberías hablar con…

—¿Con quién? ¿Con la policía? Ya me encargo yo —dije.

Harry rompió el precinto de la botella de whisky, nos sirvió una copa a cada uno. Cada vez que respiraba, sentía un chorro de dolor que me iba desde el costado hasta mi ya dolorida cabeza. Cogí la taza que estaba más llena. La volví a dejar vacía sobre la mesa. Harry me puso un poco más. Otro trago. Volvió a servir.

—Con calma —dijo.

Me tumbé y cerré los ojos para dejar reposar la cabeza. Sabía que estaba al límite. Mi matrimonio se había desmoronado definitivamente y mi cuerpo lo seguía de cerca. Tras unos minutos, el dolor de cabeza empezó a disminuir. El del costado no. Suponía que Granger se acojonaría al verme caer redondo después de recibir un porrazo en la cabeza. Querían hacerme daño, pero no matarme. Una buena patada en las costillas y Granger habría dado orden de parar. Aunque no lo pareciera, había tenido suerte.

Llevaba una foto de Amy y de Christine en la cartera. Quería cogerla para mirarla. Y luego destrozar mi despacho.

En su lugar, seguí bebiendo whisky. Sabía que necesitaba empezar a pensar en el caso. Tenía que apartar a Christine de mi mente. Al menos, por ahora. Luego, cuando volviera a la superficie después del caso, la cosa no estaría tan reciente ni sería tan dolorosa. Necesitaba tiempo. Ella también. Había tardado en dejar el anillo sobre el montón de billetes en el restaurante. Tal vez, y solo tal vez, podría convencerla. Quizás hubiera una posibilidad de recuperarla. Tenía que creer que era posible. Lo creía. Pero tendría que esperar hasta que terminara el caso. El caso. Poco a poco, levanté la cabeza y abrí los ojos.

—No deberías estar aquí. A la fiscal del distrito le dará un ataque si se entera.

—Miriam Sullivan ya sabe que estoy aquí. La llamé antes de venir. No vamos a hablar del caso. Además, como no te has presentado formalmente ante el tribunal, no hay ningún problema… de forma oficial. Ella ha vivido un divorcio, así que lo entiende. Es una tía legal. Y tampoco dejará que Art Pryor saque jugo de todo esto. Mira, no te preocupes por eso. ¿Quieres hablar sobre Christine? —dijo Harry.

No quería. No podía.

Pasado un momento, dije:

—¿Miriam fue quien puso a Art Pryor en el caso?

—Sí. ¿Le conoces?

—No. Solo su reputación.

Las oficinas de los abogados del distrito estaban desbordadas de casos de asistencia social. Apartar a los mejores ayudantes de su trabajo habitual para darles un litigio enorme y complejo podía tener resultados catastróficos. No podían llevar sus temas y dedicar el tiempo necesario al caso gordo. Así que la oficina tenía que, o bien contratar a más personal, o bien arreglárselas y hacerse a la idea de que podían perder muchos pleitos por no dedicarles la debida atención. Y cuando, de repente, un ayudante obraba un milagro y ganaba uno, lo más probable era que a los pocos años ese mismo ayudante decidiera presentarse al cargo quitándole el puesto al fiscal.

La única apuesta segura era traer a un llanero solitario. Art Pryor era uno de los mejores. Tenía licencia para ejercer en casi veinte estados. Se dedicaba exclusivamente a casos de homicidio o asesinato. Siempre en la acusación. Y ganaba siempre. Por un precio adecuado, Art lo daba todo. Los fiscales podían dejar a sus ayudantes con su trabajo habitual, aparte de uno o dos que ayudaban a Pryor. Art conseguía una condena. Luego cogía su sombrero y se iba de la ciudad sin meterse en los asuntos de nadie. Además, era bueno. Una escopeta experimentada en la acusación.

En un juicio por asesinato, la mayoría de los abogados de la acusación llenaba el estrado de policías, perfiladores, analistas científicos y todos los expertos que se les ocurrieran. Si un policía paraba su coche en la escena del crimen para llevar dónuts a sus compañeros después de cuatro horas de guardia ininterrumpida, podías apostar que el fiscal del distrito le llamaría a declarar como testigo.

Art Pryor era todo lo contrario. Hacía diez años llevó un caso de asesinato en Tennessee. El juicio debía durar seis semanas. Art consiguió un veredicto de culpabilidad en cuatro días. Solo llamó a cuatro testigos esenciales y no les hizo esperar demasiado en el estrado. Muchos abogados lo consideraban una práctica arriesgada, pero a Pryor siempre le funcionaba.

La primera vez que oí hablar de aquel caso fue en boca de un joven fiscal que decía que quería intentar imitar el estilo de Pryor. Aseguraba que era un revolucionario. No pude evitar abrirle los ojos. A ver, Pryor recibía una tarifa fija. Daba igual si el caso duraba seis meses o seis horas: su tarifa era la misma. ¿Por qué trabajar seis meses cuando puedes embolsarte lo mismo ganando en la mitad de tiempo?

Art Pryor no era un estilista legal. Era un hombre de negocios.

—Sé que Art tiene fama de camelarse a los jurados. Es por su acento sureño. A los neoyorquinos les encanta. Pero que no te engañe. Puede que vaya de sabio de provincias, pero, cuando se pone, es demoledor. No puedo hablar del caso, pero pregúntale a Rudy cómo se ha deshecho de un jurado hoy. Ha sido una exhibición de habilidad. El tío es todo un profesional —añadió Harry.

Di otro trago a mi copa. El dolor se iba calmando. Harry me cogió la copa vacía y se la llevó.

—Es más que suficiente por hoy. Recuerda nuestro trato: yo digo cuándo paras.

Asentí. Harry tenía razón. Podía aguantar varias copas, pero solo en su presencia. De repente, ya no estaba pensando en el whisky, solo en Pryor.

—¿Es mejor que yo? —pregunté.

—Supongo que lo vamos a averiguar —contestó Harry.

Miércoles

$\mathcal{K}$ane no podía dormir.

Estaba demasiado agitado. A las cuatro desistió de su intento de conciliar el sueño y estuvo dos horas haciendo ejercicio.

Quinientas flexiones.

Mil abdominales.

Veinte minutos de estiramientos.

Se puso delante del espejo. Tenía la cabeza y el pecho cubiertos de sudor. Se quedó mirando su reflejo detenidamente. El peso de más. Por qué sentirse mal por ello. Al fin y al cabo, estaba interpretando un papel. Tenía los bíceps duros, fuertes. Iba al gimnasio desde los dieciocho años. Debido a su enfermedad, no sentía las molestias ni los dolores que acarreaba el trabajo con pesas. Comía sano y entrenaba duro todos los días. A los pocos años ya se había hecho un físico adecuado para su propósito. Fuerte, esbelto, en forma. Al principio no le gustaron las estrías en el pecho; sus músculos crecían demasiado rápido para su piel. Con el tiempo, acabaron encantándole. Eran recordatorios de lo que había logrado.

Kane se miró el pecho y palpó su última cicatriz. Un corte de un centímetro y pico justo por encima del músculo pectoral. Seguía estando de color morado y abultada. Dentro de seis meses, se le iría la coloración, como a las demás. Pero el recuerdo del corte seguía muy vivo. Le hacía sonreír.

Abrió las cortinas y se quedó mirando la noche. El amanecer amenazaba al cielo. No había ni un alma en la calle. Las ventanas de los edificios de enfrente seguían sin luz y en calma. Agachándose, quitó el cierre y abrió la ventana. El aire helado golpeó su cuerpo como una ola fría del Atlántico. El cansancio por el insomnio de la noche desapareció al instante. Sintió que temblaba. No sabía si era por la brisa gélida o por la

161

liberación de quedarse desnudo ante la ciudad. Kane dejó que Nueva York le viera. Su verdadera forma. Sin maquillaje. Sin peluca. Solo él. Joshua Kane.

Durante mucho tiempo, había fantaseado con mostrarse al mundo. Su verdadero yo. Sabía que nunca había habido nadie como él. Había estudiado psicología, psiquiatría y disfunciones neurológicas. No encajaba en ninguna casilla precisa de diagnósticos. No oía voces. Tampoco tenía visiones. No padecía esquizofrenia ni paranoia. Ni tampoco había sufrido abusos de niño.

¿Tal vez fuera un psicópata? No sentía lástima por los demás. No tenía afinidad ni empatía. Porque, en su mente, esas cosas no eran necesarias. No necesitaba sentir nada por nadie porque él no era como ningún otro. Todos estaban por debajo de él. Él era especial.

Recordaba que su madre solía decírselo: «Tú eres especial, Josh. Eres distinto».

Qué razón tenía.

Él era único en su especie.

Ahora bien, no siempre lo había vivido así. Le había costado sentirlo con orgullo. No encajaba. En la escuela, no. De no haber sido por sus dotes de mimetismo y sus imitaciones, no habría sido capaz de soportar el colegio. Gracias al numerito de Johnny Carson consiguió ir al baile de graduación con una chica morena y guapa llamada Jenny Muskie. Era muy mona, a pesar de llevar aparatos. Jenny faltaba mucho a la escuela por culpa de las anginas. Cuando volvía a clase solía estar afónica y por ello la apodaron *Husky Muskie*. Es decir, Muskie, la Ronca.

La noche del baile de graduación, Kane se enfundó un esmoquin alquilado, cogió el coche de su madre, aparcó delante de casa de Jenny y esperó. No entró. Se quedó en el coche sentado durante un rato largo, con el motor encendido, luchando contra el impulso de salir corriendo. Porque, aunque no sentía dolor físico, Kane conocía muy bien la sensación de preocupación, vergüenza, timidez e incomodidad. Las conocía demasiado bien. Por fin, se bajó del coche y llamó al timbre. El padre de Jenny, un hombre corpulento con un cigarrillo en los labios, le advirtió seriamente de que cuidara a su hija; luego le dio un ataque de risa y tos cuando Jenny le pidió a Kane que imitara a Carson. Era muy aficionado a *The Tonight Show*.

El trayecto hasta el baile transcurrió prácticamente en silencio. Kane no sabía qué decir. Jenny hablaba demasiado deprisa, luego se callaba; luego volvía a hablar, nerviosa, sin darle tiempo a procesar la frase anterior. Tampoco había leído su libro favorito: *El gran Gatsby*.

—¿Qué es un Gatsby? —preguntó.

Quizás avergonzada por el incómodo silencio, Jenny le preguntó cómo creaba sus imitaciones. Kane dijo que no sabía cómo lo hacía exactamente: estudiaba a la gente hasta que veía u oía algo que le parecía la esencia de esa persona. Ella no lo entendió del todo, pero a Kane no le importó. Lo único importante aquella noche era que Jenny era guapa y estaba «con él».

Aquella noche, entró en el baile de graduación con Jenny del brazo. Ella llevaba un vestido azul. Kane vestía un esmoquin de la talla equivocada. Cogieron bebida, comieron algo asqueroso y, después de media hora, cada uno fue por su lado. Kane no sabía bailar. De hecho, llevaba varias semanas preocupado por tener que hacerlo con Jenny. No había tenido ocasión de decírselo, y tampoco quería. Él prefería hablar.

Tardó otra media hora en volver a verla. Entonces estaba besando a Rick Thompson en la pista de baile. Jenny era su chica. Quería ir hasta allí y separarlos. Pero no fue capaz. Se quedó toda la noche sentado en una silla de plástico, bebiendo ponche y observando a Jenny. Hasta que se fue con Rick. Los vio meterse en el coche de aquel chico. Salió detrás de ellos, manteniendo una distancia respetable, hasta que llegaron a una cumbre en Mulholland Drive y aparcaron en un mirador desde donde se veía Los Ángeles. Les vio hacer el amor en el asiento trasero. Y, en ese momento, decidió que no quería ver más.

Kane cerró la ventana, a aquella noche y a su pasado. Volvió al dormitorio y abrió su estuche de maquillaje. Ya había preparado algo de ropa. El muerto cuya vida había arrebatado no tenía mucho en el armario, pero ese tipo de cosas no le importaban.

Al cabo de solo unas horas, empezaría el juicio con el que había soñado gran parte de su vida. Este era especial. La atención de la prensa era impresionante. Superaba sus mejores sueños. Todo lo anterior había sido mera práctica. Todo le había conducido hasta aquí.

Se prometió que no fallaría.

$\mathcal{H}$arry se pasó gran parte de la noche intentando que me pusiera una bolsa de hielo en la cabeza. No lo consiguió. Era demasiado doloroso.

Estuvimos hablando durante horas. Sobre todo de Christine. De mí. Era lo último de lo que quería hablar, pero tampoco podíamos tocar el caso.

Hacia las dos de la madrugada, Harry llamó a su secretario, que le vino a buscar en taxi y se lo llevó en el descapotable verde que había aparcado delante de mi despacho. Ya estaba acostumbrado a ir a recoger al juez. Cada vez que le hacía el favor, Harry se aseguraba de recompensarle. Los dos tendríamos dolor de cabeza por la mañana. Aunque por distintos motivos.

Desperté a las cinco, todavía en el sofá de mi despacho. Cogí hielo del minicongelador que tenía junto a mi escritorio y me lo puse sobre el bulto en la parte trasera de la cabeza. La inflamación había bajado y el dolor me despertó al primer contacto del hielo con mi cráneo.

Me quedé un buen rato tumbado en el sofá, pensando en mi mujer y en mi hija. Era todo culpa mía. Todo. Me había jodido la vida. Pensé que tal vez sería mejor para Christine y Amy que no formara parte de las suyas. Christine merecía algo mejor que yo. Y Amy también.

Fui a coger la botella de whisky. Harry suele llevársela consigo, pero debió de olvidársela la última noche. La cogí y desenrosqué el tapón. Me detuve antes de que el whisky tocara el fondo de la taza. Volví a cerrarla con mi copa aún vacía.

Había gente que confiaba en mí. Harry. Rudy Carp. También Harper, de alguna manera. Incluso Ariella Bloom y Carl Tozer. A ellos se lo debía más que a nadie. Su muerte exigía ser resuelta, de un modo u otro. Si Solomon era culpable, merecía ser condenado. Si era inocente, la policía tendría que encontrar al verdadero asesino. Justicia. Un juicio justo.

Era una patraña. Pero era la mejor patraña que teníamos.

Me levanté despacio, fui hasta el cuarto de baño y llené el lavabo de agua fría. Metí la cara bajo la superficie y la dejé ahí hasta que me escocieron las mejillas.

Eso me despertó.

Sonó el teléfono. La pantalla decía: «QUE TE DEN».

—Harper, deberías estar durmiendo. ¿Tienes algo? —dije.

—¿Y quién puede dormir? Llevo toda la noche despierta. Joe ha tirado de algunos hilos. He estado leyendo los expedientes de los asesinatos de Dollar Bill.

—¿Tienes los tres?

—Sí. Tampoco hay gran cosa, la verdad. Los federales no quieren soltar sus archivos. Eso tendríamos que hacerlo a través de Delaney. Así que hemos ido directos a la fuente. Oficinas de detectives en Springfield, Wilmington y Manchester. Joe se inventó una historia sobre un curso de preparación para investigación de escenas del crimen. Son casos muertos. A nadie le preocupa lo más mínimo compartir sus expedientes.

—¿Algo que llame la atención?

—Nada. Ninguna conexión. Por lo que he visto, Annie Hightower, Derek Cass y Karen Harvey no se conocían. Hay biografías bastante extensas sobre cada víctima. Aparte del billete de dólar, no hay nada que las relacione. Y, en su día, la policía no dio demasiada importancia a lo de los dólares. Pero los guardaron todos. Ya sabes cómo funcionan los policías. Hacen una redada, encuentran un maletín lleno de dinero, pero, para cuando lo analicen como prueba, es probable que el maletín pese un poco menos. Eso sí, cuando se trata de una escena de asesinato que atañe al «público», nadie toca un solo céntimo. Todo se conserva tal cual. A la perfección.

Solté un suspiro. Tenía la esperanza de que hubiese algún vínculo entre las víctimas. No me cabía duda de que Delaney ya había establecido alguna conexión entre ellos. Una conexión de la que no nos podía hablar. Delaney nos llevaba ventaja.

—En los casos de Cass y Hightower, se encontraron las huellas del autor en los billetes. Por eso los encerraron. En el de Karen Harvey, encontraron medio billete de dólar en el apartamento de Rhodes, pero no tenía sus huellas. ¿Hay alguna otra huella o rastro de ADN en los billetes?

—Ningún rastro de ADN. Hay una huella parcial en el billete del caso de Derek Cass. Varias huellas en el billete que encontraron entre los dedos del pie de Annie Hightower. Ninguna en el billete roto que encontraron en el apartamento de Roddy Rhodes que le relacionara con el robo y homicidio de Karen Harvey. No hay constancia de que coincidieran con las huellas en las bases de datos.

—Pero ¿se analizaron todas esas huellas? —pregunté.

—Supongo. No estoy segura.

—Tenemos que asegurarnos —dije.

Oí cómo tecleaba en el ordenador.

—Voy a escribir a los laboratorios por si acaso. No está de más comprobarlo de nuevo —dijo.

—¿Podrías mandarme los expedientes de los casos? —continué.

—Ya están en tu bandeja de entrada.

Harper se quedó al otro lado de la línea mientras encendía mi portátil. No tardé en encontrar los archivos *zip* e importarlos.

—¿Cuál es la conexión? —preguntó Harper.

—No lo sé. Si se trata de un asesino en serie, como sospecha Delaney, puede que no haya más vínculo que los billetes. ¿Cómo se llama? ¿Una firma?

—Sí, como una tarjeta de visita. Está todo relacionado con la psicología del asesino. No es que vayan dejando un rastro de migas a propósito. La firma forma parte de quiénes son y de por qué matan —dijo Harper.

—Yo creo que hay algo más. Tiene que haberlo —repliqué—. Nadie habría visto estos billetes sin algo que se lo indicara. Los tres casos tienen una cosa en común: el billete condujo a la policía hasta el asesino. Esa es la historia. Puede que eso sea lo que vio Delaney. Si es un solo hombre, está claro que no quiere que le encuentren. Está tomando medidas extremas para asegurarse de que otros paguen por su crimen. ¿Por qué?

Harper no dudó. Ya lo sabía.

—¿Cuál es la mejor forma de irse de rositas? Asegurarse de que la policía no le busca. Si se resuelve el asesinato, no aparecerá como un patrón. Está enmascarando estos crímenes, tomando medidas extremas para cerciorarse de que no le descubran. Echa un vistazo a los expedientes. Yo voy a dormir un rato. Te veo en el juzgado.

Colgó.

Preparé café y abrí los expedientes. A las siete ya me había leído los tres casos. El café estaba frío; mi cerebro, al rojo vivo. Encontré mi cartera, saqué el billete de dólar sobre el que había escrito en la oficina de Delaney y estudié las marcas.

Llevaba toda la vida manejando dinero. Incluso estafando a la gente con él. Muchos timadores daban el cambiazo de un billete de diez en un abrir y cerrar de ojos delante de un barman medio dormido en una discoteca. Yo lo había visto. Y también lo había hecho, en otra vida.

Me duché, me afeité y me vestí. No dejaba de pensar en el Gran Sello de Estados Unidos. Las marcas sobre el dólar. La flecha. La hoja de olivo. Tres marcas en cada dólar. Tres marcas en cada asesinato.

Y la huella digital en el billete mariposa dentro de la boca de Carl. ¿Cómo demonios colocó la policía el ADN de Richard Pena sobre el billete si se imprimió cuando llevaba años muerto?

Me puse el abrigo, bebí lo que quedaba del café malo y salí al frío con mi portátil en una bolsa. En cuanto abrí la puerta de entrada, el frío me golpeó la cara como si quisiera arrancarme la piel. Con esa temperatura no podía ir andando ni de broma, pero tampoco podía coger mi coche. El parabrisas tenía un agujero. La escarcha y la nieve habían entrado en el asiento del copiloto. Llamé a un conocido que solía tener un desguace en el Bronx. Era servicial, pero caro.

Dejé la llave del coche sobre la rueda delantera izquierda, me ceñí más el abrigo y salí en busca de un taxi.

Cinco minutos después iba rumbo a Center Street y al juicio más importante que la ciudad había visto desde hacía años. Mi mente estaba hecha un asco. Debía estar pensando en los testigos, en el alegato inicial, en la estrategia de Art Pryor...

Sin embargo, solo pensaba en el billete de dólar.

Rudy tendría el juicio bajo control. Yo solo desempeñaba un papel menor en el caso. En cierto modo, lo agradecía. Me quitaba algo de presión.

El taxista intentó entablar conversación sobre los Knicks. Le contesté con monosílabos hasta que se calló.

El dólar.

Estaba cerca. Había algo en aquellos tres casos que Delaney ya había encontrado. Cuando pensaba en el dólar del caso de Bobby, se me escapaba algo. Fuese lo que fuese lo que seguía urdiéndose en el fondo de mi mente, no era ni Bobby ni aquella mariposa.

Repetí los nombres de las víctimas que había conocido el día anterior: Derek Cass, Annie Hightower, Karen Harvey. Los tres tenían algo que me tiraba de un hilo en algún lugar, muy adentro. Era como si me estuviera mirando a la cara y yo no pudiera verlo.

Cass. Hightower. Harvey.

Cass murió en Wilmington. Annie Hightower, en Springfield. Karen Harvey fue atracada y asesinada en Manchester.

Nos detuvimos delante de los juzgados. Pagué al taxista y le di propina.

Acababan de dar las ocho de la mañana y ya había allí mucha gente. De hecho, había dos grupos de gente. Ambos llevaban pancartas. Gritaban y cantaban contra los otros. Unos blandían pancartas que decían «JUSTICIA PARA ARI», mientras que otros las llevaban a favor de Bobby Solomon. Estos últimos parecían estar en minoría. Dios sabe lo que pensaría el jurado al tener que pasar entre aquella multitud. Cada vez había más gente. Y la policía de Nueva York estaba empezando a montar barreras para mantener a los dos bandos separados.

Tuve que abrirme paso a empujones entre una cola de gente para entrar en el juzgado. Todo el mundo quería un sitio en la sala para presenciar el juicio. Era el espectáculo más interesante de la ciudad. Para cuando pasé el control de seguridad y llamé al ascensor, mi mente había vuelto a Dollar Bill.

Las estrellas.

Saqué un billete de dólar y me quedé mirando el sello mientras subíamos al piso veintiuno. El águila tenía trece flechas en su garra izquierda. Trece hojas de olivo en las ramas que llevaba en la derecha. Sobre ella, un escudo con trece estrellas.

Estrellas. Escudo. Derek Cass fue asesinado en Wilmington. Annie Hightower, en Springfield. Karen Harvey, asesinada a tiros en Manchester.

Di la vuelta al billete y observé la imagen de George Washington, saqué mi móvil y llamé a Harper.

Contestó de inmediato.

—He encontrado algo. ¿Dónde estás?

—De camino, estaré allí en quince minutos —respondió.

—Para el coche —dije.

—¿Cómo?

—Para. Necesito que des la vuelta y vayas a buscar a Delaney a Federal Plaza. Dile que has encontrado una conexión. Y que tienes más información.

—Espera, que estoy parando —dijo ella.

Se oyó el rugido de su Dodge Charger apagándose al parar.

—¿Qué tienes? —preguntó.

—Las marcas sobre el billete. Son un patrón. ¿Tienes un dólar encima?

Debía de llevar el manos libres encendido. El ruido de bocinas, de frenos neumáticos y del tráfico sonaban de fondo. Mi ascensor llegó al piso veintiuno. Salí y fui a la derecha, hacia la ventana que había entre las dos zonas de ascensores. Me quedé mirando Manhattan a través del cristal polvoriento. Ponía un filtro turbio a la ciudad. Era como estar viendo una fotografía antigua. 169

—Ya tengo uno. ¿Qué tengo que mirar? —preguntó.

—El Gran Sello. Hay trece hojas de olivo, trece flechas y trece estrellas sobre el águila. ¿Por qué trece?

—Así, de primeras, no lo sé. Nunca me había fijado.

—Sí lo sabes. Lo aprendiste en el colegio. Simplemente, no te acuerdas. Dale la vuelta al billete. Washington. Primer presidente de Estados Unidos. Antes de ser presidente, estuvo al mando de las tropas en Nueva York, defendiendo la ciudad frente a los ingleses. Leyó al Ejército la Declaración de Independencia. En el momento en que se firmó y Washington la leyó, solo la habían firmado trece estados.

—Trece estrellas... —dijo Harper.

—Es un mapa. Cass fue asesinado en Wilmington, Delaware. Hightower, en Springfield, Massachusetts. Harvey, en Manchester, New Hampshire. Todas ellas eran colonias cuyos representantes firmaron la Declaración de Independencia. Si contamos a Ariella Bloom y a Carl Tozer, eso añadiría Nueva York. Es posible que haya habido más asesinatos. Todos en la Costa Este. Dile a Delaney que averigüe si se ha condenado a alguien por asesinato por una conexión con un billete de dólar. El billete tuvo que formar parte de las pruebas utilizadas en su contra. Probablemente, ya haya hecho la búsqueda en todo el país, pero puede acotarla más. Buscamos en los otros ocho estados que firmaron la declaración: Pensilvania, Nueva Jersey, Georgia, Connecticut, Maryland, Virginia, Rhode Island y Carolina del Norte...

—Eddie, Richard Pena. El asesino muerto cuyo ADN estaba en la boca de Carl Tozer. Lo condenaron por matar a aquellas mujeres en Carolina del Norte. Podría ser una conexión —dijo.

—Cierto, podría serlo. Hay que ponerse con eso. ¿Puedes hablar con Delaney? No sabe lo de Pena.

—Voy para allá. Pero todavía hay un par de cosas que no cuadran: ¿por qué hay tres marcas en cada billete? Entiendo lo de las estrellas: es la ubicación. Pero ¿para qué son las otras dos?

—Aún no lo sé. Tengo que pensarlo. Puede que guarde alguna relación con las víctimas.

—Hay algo más que no estamos considerando. ¿Qué pasa si no ha habido asesinatos en esos estados? ¿Y si el tipo solo acaba de empezar?

—Entre algunos de estos asesinatos pasaron varios años. No creo que haya estado escondiéndose. Creo que hay más víctimas que todavía no hemos encontrado. ¿Y si Ariella Bloom y Carl Tozer también fueran víctimas suyas? En fin, el tipo ha tenido bastante práctica. Creo que tiene que haber más ahí fuera. Pero entiendo lo que dices. Puede que este tipo siga jugando su juego. Es posible que esté acechando a otra víctima ahora mismo.

—Lo sé. Pero, mira, no quiero perder demasiado tiempo con Richard Pena. Ese hombre mató a varias personas. No encaja con los demás —dijo Harper.

—Puede que sí. En nuestro caso, el billete tiene las tres mismas marcas... y dos víctimas.

Dejé el billete sobre el alféizar de la ventana, lo observé y leí la inscripción en latín sobre la banda que ondeaba delante del águila del Gran Sello: «*E pluribus unum*».

Es decir: «De muchos, uno».

*L*a sala del jurado apestaba a café pasado, sudor y pintura. Kane llevaba un rato sentado en silencio junto a la larga mesa, escuchando. La guardia del jurado le había dicho que entrara en aquella sala nada más llegar. No tenía que esperar en el pasillo, sentado en las duras sillas de plástico como el resto de los suplentes. Eran órdenes del juez.

Kane bebía agua tibia en un vaso de poliestireno, tratando de enterarse de los cotilleos. Ya se habían creado camarillas entre los otros once miembros del jurado. Cuatro mujeres. Siete hombres. Tres de los hombres hablaban de baloncesto. Trataban de alejar la mente del juicio. Aunque era evidente que la responsabilidad a la que se enfrentaban pesaba sobre sus hombros. 171

Los otros cuatro hombres apenas decían nada; estaban escuchando a las mujeres hablar sobre la jurado número doce: Brenda Kowolski.

—Lo he visto en las noticias. Era ella. Qué horror —dijo una mujer menuda y rubia llamada Anne.

Kane había escuchado atentamente lo que decía cada uno de los candidatos durante la selección del jurado. Tomando nota mentalmente. Profesión. Familia. Hijos. Creencias religiosas. La mujer que estaba al lado de Anne se llevó la mano sobre el pecho, hundió la barbilla y abrió la boca. Era Rita.

—¿Qué le ha pasado a Brenda? Era la señora que estaba aquí ayer, ¿no? ¿La del jersey bonito? —preguntó.

—Ha muerto. Un atropello con fuga delante de la biblioteca donde trabajaba. Es terrible —dijo Anne.

El resto de las mujeres sacudieron la cabeza, con la mirada clavada en la superficie granulosa de la vieja mesa de roble. Kane había disfrutado oyendo lo que Novoselic decía de una de ellas, Betsy, en los juicios de prueba. Arnold estaría especialmente satisfecho de que Rudy Carp la hubiera conseguido incluir en el jurado. A la defensa le encantaba Betsy.

Kane coincidía con ellos. Le caía bien. Tenía el pelo largo y moreno, recogido en una coleta. Le daban ganas de acariciárselo.

La otra mujer, Cassandra, sacudía la cabeza, asombrada por la conversación sobre Brenda. Kane la había visto hablando con ella el día anterior, antes de marcharse. Era elegante y bienhablada.

—Es que hoy en día es muy peligroso cruzar la calle. Pobre Brenda —dijo Cassandra.

—Yo también lo vi en las noticias —apuntó Betsy—. Dios mío, no sabía que estuviera en el jurado. ¿Saben que en las noticias dijeron que el coche dio marcha atrás después de atropellarla?

—Se supone que no deberíamos ver las noticias. ¿No oyó lo que dijo el juez ayer? —dijo Spencer, uno de los jurados más jóvenes.

Anne empezó a ponerse nerviosa. El cuello se le puso rojo. Betsy hizo un gesto despectivo con la mano a Spencer quitándole importancia, como si fuera una mosca irritante.

—Nos conocimos ayer mismo y ahora está muerta. Eso es lo que importa —dijo Betsy.

—No, lo que importa es que tenemos que hacer lo que nos diga el juez. A ver, la gente muere todos los días. No lo digo a mala leche, pero... ¿y qué? Tampoco es que fuera amiga de ninguno de nosotros —replicó Spencer.

Kane se levantó, sacó su cartera, cogió una moneda de veinte céntimos y la tiró sobre la mesa.

—Yo hablé con Brenda ayer. Parecía simpática. No importa que la conociéramos o no. Estamos todos en el mismo grupo. No los conozco, pero me gustaría creer que, si yo muriera mañana, le importaría a alguien. Propongo que pongamos dinero para mandar una corona. Es lo mínimo que podemos hacer —dijo Kane.

Uno por uno, los jurados fueron aportando dinero. Algunos dijeron «Claro que sí», o «Pobre mujer», o «Mandemos una tarjeta también». Todos menos Spencer. Él permaneció de brazos cruzados, apoyando el peso sobre una cadera. Finalmente, ante la mirada dura de otro de los jurados varones, puso los ojos en blanco y echó un billete de diez dólares.

—Vale —dijo.

Una pequeña victoria. Kane sabía que ese tipo de gestos eran vitales. Maniobras sutiles. Una o dos para empezar. No necesitaría más para mejorar su posición. Recogió el dinero y le dijo a Anne si le importaría elegir las flores.

A ella no le importó en absoluto. De hecho, estaba radiante al coger el dinero de manos de Kane.

—Es todo un detalle por su parte. Gracias. Quiero decir, a todos —añadió, con la dosis justa de emoción en el fondo de la garganta. Tragó saliva y metió el dinero en su bolso.

Los jurados ya se sentían mejor.

Kane tomó asiento y pensó en el ruido del cráneo de Brenda al romperse contra el capó de su Chevy Silverado. El golpe de tambor de algo duro y hueco partiéndose contra el metal. Y aquel crujido, un microsegundo antes. Demasiado seguidos para distinguirlos. Pero estaba ahí, en aquella masa de sonidos. Como la cuerda de una guitarra, los ecos de su clavícula y sus cervicales desintegrándose. A Kane, aquel sonido le parecía casi melódico: como una orquesta produciendo un estallido de música antes de comenzar su obertura.

Kane dio otro sorbo a su café, se quitó una pelusa del jersey y pensó en el golpe silencioso y decepcionante en el segundo impacto, cuando dio marcha atrás con la camioneta sobre su cabeza.

«Qué se le va a hacer», pensó.

La puerta trasera de la sala del jurado se abrió y entró el juez. Llevaba una toga negra sobre un traje negro.

Todo el mundo se calló para prestarle atención. Anne estaba muy nerviosa, como si la hubiesen sorprendido rompiendo una norma antes de llegar a entenderla. Kane se inclinó hacia ella y le dio unas palmaditas en el brazo.

El juez Ford se inclinó hacia delante apoyando sus grandes manos sobre la mesa y empezó a hablar suavemente. Al hacerlo, recorrió toda la sala con su mirada, deteniéndose de vez en cuando en algún jurado.

—Damas y caballeros, tengo una noticia dolorosa que darles. Creí preferible hacerlo en privado. Dentro de nada, lo hablaré con los abogados del caso, créanme. Es importante. Sin embargo, quería ser yo el primero en decírselo. Esta mañana he recibido una llamada del comisario de policía. La policía tiene motivos para creer que todos ustedes corren serio peligro.

173

CARP LAW

Suite 421, Edificio Condé Nast. Times Square, 4. Nueva York, NY.

Anne Koppelman
Edad: 27
Maestra de preescolar en Saint Ives. Soltera. Sin hijos.
Suscrita al New Yorker. *Toca el clarinete y el piano.*
Ambos progenitores fallecidos. La madre era ama de casa.
El padre trabajaba para el Ayuntamiento. No tiene problemas
económicos. Intereses en las redes sociales: le gustan Black Li-
ves Matter, Bernie Sanders, el Partido Demócrata, etc. Liberal.
Le encanta Real Time with Bill Maher.

Probabilidad de voto NO CULPABLE: 64%.

ARNOLD L. NOVOSELIC

29

Las puertas del ascensor se abrieron y desparramaron a una inmensa masa enloquecida.

El primero fue un hombre con chaqueta verde que salió de espaldas, como si le dispararan de un cañón. Se golpeó contra las puertas del ascensor que había enfrente y rompió una cámara que parecía cara.

Un ejército de escoltas vestidos de negro salieron del ascensor en un movimiento fluido. En el centro de aquella masa de carne, pude distinguir la parte superior de la cabeza de Bobby Solomon. Rudy iba a su lado. De pronto, las puertas que daban a la escalera se abrieron bruscamente a mi lado y una fila de fotógrafos entró pisoteándose como un pelotón que se lanzara al combate. Luego llegó otro ascensor; una multitud de reporteros y cámaras de televisión irrumpió en escena. El pasillo estalló en *flashes*. Preguntas y micrófonos tanteaban el círculo de seguridad, buscando sus puntos débiles.

Corrí hacia la sala y abrí ambas puertas. La escolta de Bobby aceleró el paso aguantando el avance de la prensa.

Dios, aquello era un circo.

Los escoltas agarraron a sus protegidos y se dirigieron rápidamente hacia la sala. Yo me aparté justo a tiempo; de haberme quedado quieto, me habrían aplastado. Un escolta corpulento con una bómber negra se volvió y cerró las puertas en las narices de las cámaras.

Miré a mi alrededor. Aparte del secretario y de los oficiales del juzgado, la sala estaba vacía.

El círculo se abrió. Algunos escoltas iban con un maletín como el que llevaba Holten para guardar el portátil. Se dirigieron hacia la parte delantera de la sala. Vi a Bobby agachado en el pasillo, respirando profundamente. Rudy le iba dando palmaditas en la espalda, intentando tranquilizarle diciéndole que todo iría bien.

Me acerqué a Rudy, le dije que teníamos que hablar. Ayudó a incorporarse a Bobby, le recolocó la corbata y le alisó la chaqueta del traje. Luego le dio una palmadita en el brazo y le dijo que se sentara en la mesa de la defensa. Rudy y yo fuimos al fondo de la sala y le expliqué mi teoría sobre Dollar Bill.

Al principio asintió educadamente. Cuanto más le contaba, menos interesado parecía. Por su manera de morderse el labio superior, la tensión resultaba evidente. No paraba de mover las manos. Estaba nervioso. Inquieto. Ser el abogado principal en un caso como aquel pondría así a cualquiera.

—Y esa agente del FBI, Delaney, ¿declarará algo de esto? —preguntó.

—Lo dudo. Pero puede que haya otra manera de hacerlo. Estamos en ello.

Levantó la barbilla y me guiñó un ojo. Asintió y dijo:

—Bien. Ahora, si no te importa, tengo un alegato inicial que preparar. Ah, una cosa más. —Hizo un gesto para que me acercara y bajó la voz convirtiéndola en un susurro—. Te contratamos para que fueras a por la policía en este caso. Todos sabemos por qué, ¿verdad? Eres el soldado Eddie. Si tiras por tierra las mentiras de la policía, te sacaré de aquí a hombros. De lo contrario, bueno, espero que te tires encima de la granada y protejas al cliente. Si eso ocurre, desapareces de este caso como si nunca hubieras formado parte de él. ¿Entendido? No quiero que despilfarres tiempo ni recursos en pistas que no podemos utilizar. Tú haz el trabajo para el que se te ha contratado. ¿De acuerdo? ¿Te parece razonable?

—Me parece bien —contesté, con un tono que le dejaba claro que no me parecía nada pero que nada bien.

—Estupendo. Por cierto, han llegado tus compras. Mi ayudante lo tiene todo en un almacén de pruebas al fondo del pasillo. Lo traerán cuando sea necesario, en caso de que lo sea.

Dicho eso, Rudy fue a sentarse junto a Bobby Solomon en la mesa de la defensa. Le hablaba con delicadeza, tratando de tranquilizarle. Yo estaba a unos quince metros, pero, aun así, veía cómo le temblaban los hombros. Arnold Novoselic estaba sentado en una esquina de la mesa, revisando unos documentos.

Cuando me senté en la mesa de la defensa, ya estaba más calmado. No tenía sentido pelearme con Rudy. Ahora no. Siempre podía hacerlo más adelante. Al tomar asiento, noté una presión en el pecho. Me tomé un par de analgésicos con agua. De pie no me dolía tanto. Por ahora tenía que estar bastante tiempo sentado. Pero al menos el dolor de la costilla rota apartaba mi mente de la jaqueca.

El oficial del juzgado abrió las puertas dejando entrar un clamor familiar. Un hombre al que reconocí de inmediato como Art Pryor entró en la sala, flanqueado por un puñado de ayudantes cargados con pesadas cajas de cartón. Pryor estaba a la altura de la ocasión. Impecable, con un traje azul de raya diplomática. Hecho a medida, por supuesto. Su radiante camisa blanca brillaba en contraste con la corbata rosa. Le gustaban las corbatas rosas, o eso había oído. El pañuelo en el bolsillo del traje iba a juego con la corbata. También tenía una forma de andar especial. No era un contoneo, aunque lo parecía.

Se acercó a la mesa de la defensa y saludó amablemente a Rudy. Sus dientes parecían iluminados por la misma fuente de electricidad que alimentaba su camisa.

—A jugar. Por cierto, Art, este es mi segundo: Eddie Flynn.

Me levanté, agradeciendo el alivio para mis costillas, y extendí la mano con mi mejor sonrisa.

Pryor la estrechó. No dijo nada. Dio un paso atrás y sacó el pañuelo delante de él, como haría un *maître* justo antes de colocarte la servilleta sobre el regazo en un restaurante de estrella Michelin. Mantuvo la sonrisa mientras se limpiaba cuidadosamente las manos.

—Bueno, bueno…, señor Flynn. Al fin nos conocemos. He oído mucho acerca de usted en estas últimas veinticuatro horas —dijo, con un acento sureño que parecía sacado directamente de *Un tranvía llamado deseo*.

Pryor tenía cierto brillo en los ojos. Notaba el odio irradiando de su piel bronceada. Ya conocía a gente de su especie.

Gladiadores de juzgado. No importaba el caso. Ni tampoco que alguien hubiera sufrido daños o que hubiera muerto. Los de su especie trataban los juicios como un deporte. Querían ganar. Más aún: deseaban aplastar a su adversario. Eso les ponía. A mí me enfermaba. Estaba claro que Pryor y yo no nos íbamos a llevar bien.

—Todo lo bueno que haya oído acerca de mí probablemente sea falso. Y todo lo malo probablemente sea solo la punta del iceberg —dije.

Respiró hondo por la nariz. Como si estuviera inhalando la hostilidad del ambiente.

—Caballeros, espero que hayan traído sus mejores bazas. Las van a necesitar —dijo Pryor.

Volvió a la mesa de la acusación, sin apartar la mirada de Bobby.

Antes de alcanzar su mesa, se le acercó un hombre vestido con pantalones beis y una americana de color azul. Llevaba camisa blanca con corbata roja, con el nudo algo suelto y el cuello de la camisa abierto. Tenía el pelo corto y rubio, ojos perspicaces y mal cutis. Muy malo. Se veían manchas rojizas en el cuello, puntos negros en las mejillas y la piel blanquecina y escamosa alrededor de la nariz. Y todo ello destacaba aún más por su palidez. Llevaba un carné de prensa asomando del bolsillo de la chaqueta y una bolsa de hombro.

—¿Quién es el periodista que está hablando con Pryor? —pregunté.

Rudy le echó un vistazo.

—Paul Benettio. Escribe una columna barata sobre famoseo en el *New York Star*. Todo un pieza, el tío. Contrata detectives para sacar historias sexuales. Es un testigo en el caso. ¿Has leído su declaración?

—Sí, pero no sabía qué aspecto tenía. Básicamente, especula con que Bobby y Ariella no estaban bien —dije.

—Exacto, y no quiere nombrar a sus fuentes de información. Mira esto —señaló Rudy.

Abrió la declaración de Benettio en su ordenador y señaló el último párrafo: «Mis fuentes están protegidas por secreto profesional periodístico. No puedo nombrarlas, ni tampoco revelar más información en este momento».

—¿Sabemos algo más de ese tema? —pregunté.

—No. Es un gacetillero. No merece la pena desperdiciar recursos en un fracasado como él —contestó.

Vi que Benettio y Pryor se daban la mano. Se enfrascaron en una conversación, sin sonrisas o saludos de ningún tipo: solo un diálogo intenso desde el principio. No oía lo que decían. Era evidente que se conocían y habían hablado recientemente. En cierto momento, pararon y se volvieron hacia mí.

Pero no estaban mirándome a mí, sino a mi cliente. Seguí su línea de visión hasta Bobby e inmediatamente vi lo que había llamado su atención.

Bobby estaba a punto de perder el control. Se echó el pelo hacia atrás, tamborileando los dedos sobre la mesa. Sus piernas no paraban de rebotar, arriba y abajo. Su silla empezó a inclinarse hacia atrás. Cuando fui a sujetarle, sentí una punzada de dolor en el costado que me dejó clavado. La silla cayó hacia atrás y vi cómo los ojos de Bobby se quedaban en blanco antes de golpear contra el suelo.

Su cuerpo se dobló por la mitad y empezó a salirle espuma por las comisuras de la boca. Sus brazos y sus piernas temblaban y convulsionaban. El primero en llegar a su lado fue Arnold. Intentó ponerle de costado, hablándole serenamente, llamándole por su nombre.

—¡Un médico!

No sé quién gritó. Tal vez fuera Rudy. De repente, se formó una multitud a nuestro alrededor. Me arrodillé, casi desmayándome por el dolor. Le levanté la cabeza a Bobby. Saqué mi cartera y se la metí en la boca para que no se tragara la lengua.

—¡Que venga un médico ya!

Esta vez oí que el grito venía de Rudy. La gente se amontonaba alrededor de nosotros. Vi los *flashes* de las cámaras reflejándose en las baldosas del suelo. Malditos *paparazzi*. Benettio también estaba allí, observando con una pizca de satisfacción. Una mujer con camisa blanca y bandas rojas en los hombros irrumpió entre la gente, apartando a Benettio. Llevaba un botiquín en la mano.

—¿Es epiléptico? —preguntó mientras se arrodillaba al lado de Bobby.

Miré a Rudy. Se quedó helado.

179

—¿Es epiléptico? ¿Toma alguna medicación? ¿Alguna alergia? ¡Vamos, necesito saberlo! —insistió.

Rudy vaciló.

—¡Díselo! —exclamó Arnold.

—Es epiléptico. Toma clonazepam —respondió Rudy.

—Apártense, dennos un poco de espacio —dije yo.

La multitud se dispersó un poco y vi a Pryor al otro lado de la sala, apoyado contra la tribuna del jurado con los brazos cruzados.

El cabrón seguía sonriendo. Miró a su alrededor, para asegurarse de que no tenía a nadie detrás, y empezó a escribir un mensaje en su móvil.

30

$\mathcal{K}$ane sabía lo que les esperaba.

El juez se lo explicó al resto del jurado. La mayoría no parecía capaz de asimilarlo.

—El comisario de policía me ha informado de que no puede descartar la posibilidad de que Brenda Kowolski fuera atropellada deliberadamente por haber sido elegida para servir en este jurado. De hecho, hay pruebas de que no fue un accidente. Como puede que hayan visto en las noticias, el vehículo golpeó a Brenda y luego dio marcha atrás sobre su cuerpo. Por ello, estamos tomando medidas para garantizar su seguridad —dijo el juez.

Spencer fue el primero en hablar.

—Lo sabía. Yo... Dios. A ver, ¿qué clase de medidas, tío? ¿Señor?

Kane vio que el juez Ford permanecía impasible. Probablemente esperaba alguna reacción y se mostró comprensivo.

—Cuando paremos a comer, cada uno de ustedes podrá regresar a su casa y coger algo de ropa. Un oficial los acompañará a cada uno. Cuando se levante la sesión, se les trasladará a un hotel, donde permanecerán bajo vigilancia armada durante el transcurso del juicio —dijo el juez.

Gruñidos. Protestas. Consternación. Lágrimas.

Kane contempló cómo se desarrollaba todo poco a poco delante de él.

Manteniendo la firmeza, el juez prosiguió:

—En casos como este, que atraen tanta atención mediática, siempre existe la posibilidad de secuestrar al jurado. Créanme, no he tomado la decisión a la ligera. Creo que es una medida de precaución necesaria. Y he venido a comunicárselo por si necesitan llamar a amigos o familiares. Algunos de ustedes tendrán

181

que buscar a alguien para cuidar de sus hijos por la noche. Les daré media hora antes de dar comienzo a la vista.

El juez se dispuso a abandonar la sala bajo una lluvia de protestas y preguntas, todas ellas de los jurados varones. Kane oyó claramente una de ellas. La hizo un hombre con la camisa azul claro y corbata llamado Manuel:

—Señor, ¿señor? ¿Dónde nos vamos a alojar? —preguntó.

Kane se echó ligeramente hacia delante en su asiento, tratando de obviar el barullo todo lo posible.

—El juzgado lo tramitará en breve —contestó el juez, y con eso salió de la sala.

Kane asintió, notando una ola de emoción en el estómago. Había estado esperando este momento. De hecho, contaba con él. El juzgado lo estaba tramitando, pero él sabía exactamente adónde irían a las cinco de la tarde.

Y ya había hecho sus propios preparativos.

CARP LAW

Suite 421, Edificio Condé Nast. Times Square, 4. Nueva York, NY.

Comunicación abogado-cliente sujeta a secreto profesional
Estrictamente confidencial
Memorando sobre jurado
El pueblo vs. Robert Solomon
Tribunal de lo Penal de Nueva York

Spencer Colbert
Edad: 21
Camarero en el Starbucks de Union Square. DJ en varias discotecas de la zona de Manhattan los fines de semana. Soltero. Gay. Título de Bachillerato. Demócrata. Estilo de vida alternativo: consumo habitual de marihuana (sin antecedentes penales). Situación económica inestable. Padre fallecido. Madre frágil de salud y que vive en Nueva Jersey, al cuidado de la hermana de Spencer, Penny.

Probabilidad de voto NO CULPABLE: 88%

Arnold L. Novoselic

31

*R*udy y yo vimos a Bobby recobrando el conocimiento en la enfermería. Al principio estaba grogui. No sabía dónde se encontraba ni qué había pasado. Una enfermera le iba dando agua a sorbitos. Dijo que se tumbara. Rudy estaba en un rincón, hablando furiosamente por el móvil.

—No, no está listo. Todavía no. Dame más tiempo —dijo.

Aunque solo podía oír parte de la conversación, era evidente que no iba bien.

—¿Y qué pasa si lo ha visto la prensa? Sigue siendo un artista de primera fila. Deme dos semanas y conseguiré…

Quienquiera que estuviese al otro lado de la línea colgó. Rudy encogió el brazo, a punto de arrojar el móvil contra la pared. Maldijo y dejó caer el brazo a un lado.

La enfermería consistía en una camilla, una cajonera llena de calmantes y vendas, y un desfibrilador en su maletín, colgado de la pared. Rudy pidió amablemente a la enfermera que nos diera un momento. Antes de salir, nos dijo que no moviéramos a Bobby durante al menos un cuarto de hora y le dejáramos salir de su estado poco a poco.

—Vi a dos periodistas al fondo de la sala. Se suponía que no debían entrar hasta que todo el mundo estuviese listo para empezar, pero debieron de colarse. Lo han visto todo. Y tienen fotos. Saldrá en los titulares de las noticias esta noche —dijo Rudy.

—Ya me da igual. Aún puedo hacer muchos papeles —respondió Bobby.

—Espera, no te sigo. ¿Qué tiene que ver aquí el hecho de que Bobby haya tenido un ataque epiléptico? —pregunté.

Rudy suspiró, miró al suelo y contestó:

—Hasta hoy, nadie sabía que fuera epiléptico… No puedes trabajar en una película con un presupuesto de trescientos millones de dólares si cabe la posibilidad de que te dé un ataque y te caigas de una plataforma. Solamente las primas del seguro de Bobby costarían cincuenta millones. El estudio estaba presentando a Bobby como el nuevo Bruce Willis. Pero todo eso se ha acabado.

—Hay cosas más importantes en las que pensar que su carrera —dije—, como que vaya a la cárcel por asesinato...

—Lo sé, pero ya no podemos hacer nada. Bobby, lo siento, el estudio estrena la película el viernes y van a retirar al bufete de tu caso —dijo Rudy.

Bobby no podía hablar. Cerró los ojos y se recostó. Era como un hombre a punto de caer por un acantilado escarpado.

—No pueden hacer eso —dije.

—Lo he intentado, Eddie. Los carteles de la película han salido por el juicio. El estudio ya no necesita mucha promoción ni gastarse mucho más dinero en publicidad. Están teniendo gratis toda la publicidad que podrían desear. Si se publica que tiene epilepsia, el acuerdo con Bobby ya no le convendrá al estudio. Y él lo sabe: firmó el contrato. Los había convencido de que esperaran a que terminase el juicio y consiguiéramos la absolución. Pero ya no le ven sentido y no quieren arriesgarse por un veredicto de «no culpable». Van a sacar la película mientras aún sea inocente.

—No podemos abandonarle —dije.

—Ya está hecho. Se me hace un nudo en la garganta, pero nuestro cliente es el estudio. Se lo comunicaré al juez, Bobby. Te concederán un aplazamiento.

Bobby lo había oído todo. Tal vez fuera una estrella, pero a mí me parecía un niño asustado. Tenía la cabeza hundida entre las manos y sus hombros temblaban por los sollozos.

Rudy se disponía a salir de la enfermería cuando me habló por encima del hombro:

—Venga, Eddie, nos vamos.

No me moví.

Se detuvo, volvió a entrar y se dirigió a mí claramente.

—Eddie, el estudio da marcha atrás en este juicio. Ellos son nuestro cliente. Puedes venir conmigo ahora mismo y empezar en tu nuevo puesto mañana. Gran sueldo, trabajo fácil. Venga, te lo mereces. No nos queda otra.

185

—¿Y ese discurso que me soltaste sobre creer en Bobby? Solo era una treta para que me uniera a vosotros, ¿verdad? ¿Vas a dejar tirado a este tío el primer día de un juicio por asesinato?

—El juicio todavía no ha empezado. Hablaré con el juez y lo pospondrá hasta que Bobby encuentre un nuevo abogado. Mira, Eddie, no soy un cabrón. No estoy dejando tirado a Bobby. Simplemente, voy detrás de diecisiete millones de dólares en honorarios, al año. Me voy con mi cliente, y tú también. Venga —dijo.

Si le daba la espalda a Rudy, no tendría otra oportunidad. Su oferta de trabajo era mi única posibilidad de recuperar a Christine. Una carrera sólida. Una vida fácil. Sin estrés. Sin riesgo. Sin peligros para la familia. Si aceptaba el puesto en Carp Law, sabía que tenía bastantes opciones de volver con mi mujer. Sin él, Christine ni siquiera creería que me lo habían ofrecido. Sería Eddie Flynn, el mentiroso. Otra vez.

Solté un suspiro. Una respiración larga y constante. Asentí.

Salí al pasillo y seguí a Rudy hasta los ascensores. Se ajustó la corbata y apretó el botón de llamada. Me vio caminar hacia él.

—Chico listo —dijo Rudy.

Me quedé en silencio. Con la cabeza gacha. Se abrieron las puertas del ascensor. Rudy entró, pero yo no me moví.

—Venga, Eddie. Es hora de irnos. Se acabó el caso —dijo.

—No —contesté—. El caso no ha hecho más que empezar. Gracias por la oferta de trabajo.

Di media vuelta y fui hacia la enfermería antes de que las puertas se cerraran. La enfermera ya había vuelto y estaba tratando de consolar a Bobby. El chico me vio en el umbral de la puerta. Tenía la cara empapada. Su camisa estaba calada de sudor y la enfermera estaba intentando que se recostara, pero él se resistía.

—¿Puedo pasar? —le pregunté.

Asintió. La enfermera se echó a un lado. Bobby enganchó las mangas de su camisa con los pulgares y se enjugó las lágrimas de la cara. Se sorbió la nariz. Estaba pálido. Temblaba. Su voz sonaba como ramas secas crujiendo en medio de una tormenta.

—El estudio me da igual. Quiero que se acabe esto. Yo no maté a Ari ni a Carl. Necesito que la gente lo crea.

Cada acusado reacciona de manera distinta ante un juicio penal. Los hay que son un despojo desde el primer día. A algunos les importa una mierda lo que pase; ya han estado en la sombra y les da igual la posibilidad de que les caiga una condena larga. A otros, les golpea por momentos. Al principio se muestran arrogantes. Demasiado entusiastas. A medida que se acerca la vista, van ganando confianza. Pero al mismo tiempo se va acumulando la ansiedad. Su confianza pronto se ve erosionada por un miedo paralizante. Y cuando el engranaje de la maquinaria judicial empieza a girar el primer día de juicio, se desmoronan.

Bobby encajaba en esta última categoría. Y tanto. El primer día de juicio, o te hundes, o nadas. Y era evidente que Bobby se estaba hundiendo.

—Parece que necesitas un abogado —dije.

Por un instante, sus ojos se entornaron. Sus hombros se destensaron, relajándose. Pero el alivio no duró mucho.

—No puedo pagar tanto como el estudio —dijo, volviendo a tensar los hombros. El pánico regresó a su mirada.

—Tranquilo. Rudy me ha pagado bastante. Sigo teniendo su dinero. Pero mi cliente eres tú. Y voy a hacer todo lo que pueda para defenderte. Si me aceptas —dije.

Extendió la mano. Se la estreché.

—Gracias…

—No me las des todavía. Seguimos estando hasta el cuello de mierda.

Bobby echó la cabeza hacia atrás y soltó una carcajada larga y nerviosa. Se cortó en seco en cuanto la realidad volvió a golpearle.

—Lo sé. Pero, por lo menos, no estoy solo —contestó.

32

*L*os jurados tienen que acostumbrarse a esperar. A la mayoría de ellos, no se les da bien. Se impacientan, se enfadan y se sienten frustrados pensando que están perdiendo el tiempo. Kane tenía mucha práctica. Era un hombre paciente. Los viejos radiadores de la sala del jurado empezaron a traquetear y las tuberías rechinaban. Afuera hacía frío y la calefacción apenas conseguía mantener la temperatura.

Estaba tranquilo, sentado junto a la mesa. El resto de los jurados se movían nerviosos en el asiento, o iban a servirse café y charlaban de cualquier cosa. Ellas seguían hablando de Brenda. Ellos habían empezado a hablar de deporte. Salvo Spencer, al que no le gustaba. Kane miraba por la ventana mientras comenzaba a neviscar de nuevo.

Spencer sacó su cartera y se abanicó con un triste fajo de billetes. Se volvió a Kane, diciendo:

—Cuarenta pavos al día. No pienso mandar a un tío a la cárcel por el resto de su vida por cuarenta míseros pavos al día. —Inspiró mordiéndose el labio inferior.

Kane había visto su cara en el panel de candidatos preferidos de la defensa. Algunos jurados siempre se identifican con los cuerpos de seguridad, con la figura de autoridad. Otros se imaginan que se los juzga a ellos. Spencer era de estos últimos. No costaba imaginar por qué la defensa le quería en el jurado.

—¿Cuándo crees que nos pagarán? —preguntó.

Kane negó con la cabeza, sin decir palabra.

Dinero. Siempre sacaba lo peor de la gente, pensó. Se acordó de una tarde de verano, hacía muchos años. Una semana más o menos después de su décimo cumpleaños. Su madre estaba ante el fregadero de la cocina, el sol iluminaba su pelo.

Lavaba los platos, escuchando música. Su vestido estaba tan viejo que prácticamente se trasparentaba. Se había tomado un par de copas, como cada tarde. De repente, se apartó del fregadero y se volvió. La luz del sol brillaba a través de su vestido. Su melena giró rápidamente y gotas de jabón salieron volando del cepillo de lavar y aterrizaron en la nariz de Kane. El suelo de madera de la vieja granja gemía por el calor al ritmo de la música.

Kane recordaba cómo se rio en aquel momento. Y pensó que tal vez fue la última vez que había sido realmente feliz.

Aquel hombre fue a la granja esa misma tarde. Kane se columpiaba bajo el viejo árbol del que se había caído años antes. El sol estaba bajo. La rama que sostenía el columpio rechinaba al doblar y extender las piernas. Y entonces oyó el ruido de cristal rompiéndose. Un grito. Al principio, creyó que tal vez fuera el viento… o algún sonido extraño de las cuerdas del columpio. Pero pronto comprendió que no podía ser nada de eso. Corrió hacia la casa llamando a su mamá.

La encontró en el suelo de la cocina, con la cara ensangrentada. Y una enorme cosa negra encima. 189

Un hombre de pelo oscuro. Llevaba vaqueros sucios y una camiseta mugrienta. Olía igual que el pastor los domingos por la tarde. Aquel olor a tierra, extraño y dulce. Mamá lo llamaba *bourbon*. El hombre se dio la vuelta y le miró directamente a los ojos.

—Así que este es el chaval —dijo.

—No, no, no. Te dije que no volvieras por aquí… —dijo su madre.

Él la hizo callar de una bofetada.

—Sal un rato. Luego me ocuparé de ti —dijo el hombre. Entonces se volvió otra vez hacia su madre y dijo—: No se parece nada a mí. Mejor. Eso significa que podemos mantener nuestro pequeño arreglo. Hacía mucho tiempo.

La madre de Kane chilló y el chaval se abalanzó hacia delante, pero, de repente, se vio al otro lado de la cocina. El hombre se había vuelto y le había soltado una bofetada que le lanzó al otro extremo de la habitación. El golpe de las manos callosas del hombre contra su mejilla sonó tan fuerte que la madre de Kane creyó que le había matado. Se había estampado contra la pared con la parte de atrás de la cabeza y luego se había desplomado en el suelo.

Ella gritó más fuerte.

Una sensación cálida inundó las mejillas de Kane. Se puso de pie, levantó la mano y, por primera vez, vio su propia sangre. El golpe le había abierto la cara. La mayoría de los niños habrían perdido el conocimiento, o habrían roto a gritar por el dolor, o se habrían hecho un ovillo de miedo en un rincón. Pero él simplemente se enfadó. Aquel hombre le había hecho daño. Y estaba haciendo daño a su madre.

Kane corrió hacia el fregadero. Vio el mango negro del cuchillo grande de su madre asomando de la pila. Ella le había advertido mil veces que no tenía permiso para tocarlo. Cuando lo cogió, pensó que ojalá su madre le perdonara por hacerlo.

El hombre levantó la cabeza, confundido. Prácticamente le había partido la cabeza al niño, pero ahí estaba otra vez, delante de él. La expresión de confusión, congelada en su rostro. Y entonces se le descolgó la mejilla izquierda, y el ojo izquierdo también. Su ojo derecho se quedó en blanco, como un interruptor. Pero Kane sabía que el globo ocular solo se le había girado muy rápidamente.

Su madre se levantó con dificultades mientras el hombre se desplomaba en el suelo. Abrazó a su hijo, empezó a acunarle y a cantar. Kane se quedó observando la punta del cuchillo grande, que asomaba por la parte posterior de su cabeza.

Kane fue a coger una carretilla vieja y herrumbrosa mientras su madre sacaba el cadáver de la casa al campo de atrás. Sabía lo que iba a hacer. Intentó por todos los medios que no se adentrara demasiado en el campo, pero sabía que era inútil. Iba hacia el gran montículo cubierto de musgo. Detrás había un hoyo. Si enterraba a un hombre allí, nadie lo vería, a no ser que estuviera prácticamente encima de la tumba.

Cuando su madre estaba en lo alto del montículo, se le escapó la carretilla y el cadáver del hombre cayó al suelo al golpear el fondo del hoyo. La tierra era oscura y blanda; cedió fácilmente bajo la pala grande que Kane había traído al hombro.

Su madre no tardó en toparse con los primeros huesos. Eran pequeños. Cuanto más cavaba, más salían. Huesos de animal. Enterrados en tierra húmeda y poco profunda. Sin decirse una sola palabra, enterraron al hombre juntos.

Cuando terminaron, la madre de Kane se arrodilló al lado de su hijo, cubierta de sangre y tierra. Cogió sus mejillas suaves y manchadas de tierra entre sus manos:

—No le diré a nadie lo de los animales. Siempre he sabido que fuiste tú. Será nuestro secreto. Solo nuestro. Lo prometo. Y tú, ¿me lo prometes?

Kane asintió y ninguno de los dos volvió a hablar del tema hasta años más tarde. Al cumplir los quince, Kane descubrió la verdad. Su madre le dijo que aquel hombre era un primo suyo. Cuando el abuelo de Kane murió y le dejó la vieja granja, su primo se ofreció a ayudarla económicamente. Trabajaba de jornalero por todo el condado y siempre tenía dinero para una mujer dispuesta. Ella estaba desesperada. No tenía comida, pero sí facturas que pagar y una tierra que no sabía trabajar. Aquel dinero la ayudó a arrancar. También le dijo que odiaba cada minuto que pasaba con aquel hombre. Y que el padre de Kane no era realmente un marine que murió en un lugar lejano. Era él: aquel tipo al que habían enterrado juntos.

191

Le dijo que lo sentía. Que necesitaba el dinero.

Kane contestó que lo entendía. Y así era.

Ahora bien, no le contó lo otro. Aquello que sabía que no debía contarle nunca a nadie: que le había gustado la sensación de clavar aquel cuchillo grande en la cara del hombre.

Le había gustado mucho.

Era una sensación que cada vez le costaba más volver a sentir.

Kane parpadeó para zafarse del recuerdo y volvió a mirar a Spencer. Sabía que tenía que lidiar con jurados como él. Había gente que, simplemente, no se dejaba convencer. Por mucho que pasara en el juzgado, por mucho que se dijese en la sala del jurado, Spencer siempre votaría lo mismo. Igual que el músico, Manuel. Era otro preferido de la defensa.

Sin embargo, para Kane había demasiado en juego. No podía arriesgarse a que se desbaratara todo en la sala del jurado. Tenía que abordar aquel problema antes de que fuese demasiado lejos.

Y sabía exactamente lo que tenía que hacer con Spencer y Manuel.

CARP LAW

Suite 421, Edificio Condé Nast. Times Square, 4. Nueva York, NY.

Elizabeth (Betsy) Muller
Edad: 35

Ama de casa. Cinco hijos menores de diez años. El marido es ingeniero de la construcción. Instructora de kárate los fines de semana. Republicana. Viejas multas de aparcamiento (no excluyentes para servicio de jurado). Dificultades económicas. Restaura muebles y los vende por eBay. Redes sociales (Facebook e Instagram) fundamentalmente relacionadas con artes marciales y artes marciales mixtas (AMM).

Probabilidad de voto NO CULPABLE: 45%

ARNOLD L. NOVOSELIC

33

*D*ejé a Bobby en la enfermería y volví al juzgado. Una oficial había llamado para decirme que Harry quería vernos a mí y al fiscal en su despacho.

Cuando entré en la sala vi solo un ordenador sobre la mesa de la defensa. Era el mío, con un archivo *zip* que contenía los documentos del caso, listo para abrir. Al menos, todavía tenía los expedientes.

—¿Te importa que me quede un rato? —dijo una voz.

Arnold Novoselic se sentó junto a la mesa, soltando una gruesa carpeta de documentos junto a mi ordenador. 193

—Pensé que te habrías marchado con Carp —contesté.

Empujó su silla hacia atrás. Me miró a la cara y me dijo:

—Ya me han pagado. Puedo irme cuando quiera. Pero la calidad de un especialista en jurados depende siempre de su último caso. Ya lo sabes. Tengo que quedarme hasta el final. Quizá pueda ayudar, no lo sé. Nunca he dejado un caso. Aunque con este, es tentador.

—A mí me tienta despedirte, pero tengo una vacante en la defensa. Además, fuiste el primero en ayudar a Bobby cuando le dio el ataque hace un rato —dije.

—Tengo mis momentos de debilidad —contestó Arnold. Abrió su carpeta y me enseñó un documento.

—Esta es nuestra lista revisada de jurados. Hay una biografía de cada uno. La he retocado esta mañana después de recibir la noticia —dijo.

—¿Qué noticia?

—Bueno, he tenido que incluir el nombre de un suplente. Verás, una de los jurados originales, Brenda Kowolski, fue atropellada anoche. Está muerta. La policía sospecha. Esta mañana vi a un teniente hablando con el juez.

—Mierda.

—Qué me vas a contar —replicó Arnold—. La oficial te está buscando. Pryor ya está dentro, esperando. Haz lo que puedas por convencer al juez de que no secuestre al jurado.

—¿Me estás diciendo cómo hacer mi trabajo? —le pregunté.

—No, pero no me fío de ti. Y yo tampoco te caigo bien. Empecemos con sinceridad. A partir de ahí, vamos viendo —dijo.

Asentí y dejé que desplegara sus documentos y carpetas sobre la mesa. Arnold y yo no nos llevábamos bien. Los especialistas en jurados eran un mal necesario en los juicios grandes e importantes. Costaban una fortuna y nunca quedaba claro hasta qué punto influían sobre el resultado.

Sin embargo, Arnold tenía razón en una cosa: secuestrar a un jurado era lo peor que podía pasar en un juicio. Ninguna de las dos partes lo deseaba. Se tardan semanas o meses en encontrar al jurado ideal. Normalmente, la defensa busca tipos creativos. Gente que demuestre imaginación. La acusación quiere zánganos. Personas que se ganen la vida haciendo lo que se les dice y que no se quejen. Y ambas partes intentan meter cuantas más personas posibles de su tipo preferido en el jurado.

La defensa quiere gente que piense.

El fiscal quiere soldados.

Ahora bien, lo que de verdad quieren las dos partes son jurados que decidan escuchando a los abogados y a los jueces. Un jurado debería ser un grupo de mentes libres, diversas y representativas de la población de la zona.

Cuando un jurado es secuestrado y se ve encerrado y aislado del mundo exterior, sus mentes cambian. Pasan mucho tiempo juntos en una situación ajena a sus vidas normales. El jurado se une como un todo. Forman una manada. «Nosotros contra ellos.» Y «ellos» suele ser el sistema judicial, que les prohíbe ver la televisión, leer un periódico o volver a su casa mientras dure el juicio. Los jurados dejan de ser individuos y se convierten en un enjambre pensante.

Y eso no convenía ni a la defensa ni al fiscal, porque nunca se sabe cómo actuará un jurado secuestrado. Fuesen donde fuesen, probablemente sería rápido. Suelen aburrirse y hartarse tanto del juicio y del aislamiento que dictan su veredicto rápido, solo para poner fin a su sufrimiento. Culpable o no culpable, da igual. Lo que sea más rápido para acabar con todo ello y marcharse a casa.

La oficial me hizo una señal desde la puerta que daba al pasillo de atrás. Pasé por delante del estrado y de la silla del juez, y la seguí por un frío pasillo hasta otra sala. Pryor estaba apoyado contra la pared fuera del despacho de Harry. La oficial llamó una vez a la puerta y nos hizo pasar.

Pryor no dijo nada hasta que se abrió la puerta del despacho de Harry.

—¿Cómo está su cliente? —preguntó.

—Se recuperará —respondí.

—Pasen y siéntense —dijo Harry, antes de que Pryor pudiera decir nada más.

El despacho de un juez solía reflejar su personalidad, pero también era un espacio oficial para procedimientos, de modo que no podían hacerlo completamente suyo. Aparte de unas cuantas fotos de Harry de uniforme, allá en Vietnam, así como un retrato enmarcado y firmado por Mick Jagger, no había ningún otro objeto personal a la vista.

195

La secretaria tomó asiento junto a un pequeño escritorio en el rincón. Pryor y yo nos sentamos en sillones de cuero delante de la mesa de Harry. Esperamos mientras él servía café para todos, incluida la secretaria. Tomó asiento detrás de su escritorio y apartó unos documentos para hacer sitio a sus codos. Se inclinó hacia delante y cogió la taza de café con ambas manos.

—Carp ha dejado el edificio: ese es nuestro primer problema. Eddie, supongo que necesitarás un aplazamiento —dijo.

—Puede que no —contesté—. Ya he preparado a la mayoría de los testigos policiales y a algunos de los expertos. De todas formas, yo me iba a encargar de esos testigos. Estoy listo, siempre y cuando el señor Pryor no me prepare alguna sorpresa. Si nos ponemos con los testigos y los expertos policiales hasta el viernes, tendré el fin de semana para preparar a los testigos civiles.

—Hablando de testigos, he leído las listas de testigos de los dos. Art, tienes treinta y cinco testigos. Eddie, veintisiete. Supongo que vais de farol. He leído la documentación y, Art, me da la impresión de que te bastaría con cinco o seis, a lo sumo. Y Eddie, no tengo ni idea de quién es la mitad de la gente de tu lista. Entiendo que fue Rudy quien la elaboró, pero, en serio, ¿quién demonios es Gary Cheeseman?

Las listas de testigos daban mucho juego. Metías a toda la gente que se te ocurría por si los necesitabas. Luego añadías alguno más para jugar con tu adversario y hacerle perder el tiempo siguiendo su rastro.

—Mira, Harry, no voy a revisar mi lista y discutir los méritos de cada testigo. Si Art recorta su lista, perfecto. Yo también lo haré. Entiendo lo que quieres decir: estamos fanfarroneando con estas listas. Si nos dejamos de bobadas, podemos acabar con este juicio dentro de una semana y media —dije.

—No. Vamos a acortar las listas e intentar terminar este juicio para el viernes —respondió Harry.

—¿El viernes? Caray, eso es bastante ambicioso —dijo Pryor.

Todos nos tomamos un momento. Bebimos café. Harry dejó su taza y entrelazó los dedos, con los codos aún sobre la mesa. Apoyó la barbilla suavemente en el arco que dibujaban sus manos y dijo:

—He secuestrado al jurado. Está dentro de mi discrecionalidad judicial, así que no quiero oír una sola palabra al respecto, pues no voy a cambiar de idea. Estoy preocupado.

—¿Por la señorita Kowolski? Seguro que solo fue un trágico y desafortunado accidente —apuntó Pryor.

—Esta mañana ha venido gente del Departamento de Policía de Nueva York: están bastante convencidos de que iban a por la señorita Kowolski. Era una bibliotecaria bastante conocida y respetada en la comunidad. No hay motivo aparente. Aparte del hecho de que formaba parte de este jurado.

—En mi opinión, eso es ir demasiado lejos, señoría —dijo Pryor.

—Aquí soy Harry. Y sí: puede que sea ir demasiado lejos. Pero si no secuestro a este jurado y algo le pasa a otro de sus miembros…

—Haz lo que creas oportuno, Harry. ¿Te dijo la policía algo de «por qué» creen que iban a por ella? —pregunté.

—No, pero están en ello. Así que, caballeros, vayan a revisar sus listas de testigos. Acórtenlas. Si llaman a declarar a alguno que no me parezca esencial, les daré una buena colleja.

196

Cuanto más se demore este juicio, más atención acaparará el jurado. ¿A quién va a llamar primero, Art? —dijo Harry.

—Al inspector principal. Con los alegatos iniciales, hoy mismo deberíamos acabar con su testimonio —contestó.

Harry asintió:

—He oído que tu cliente ha tenido una especie de ataque de epilepsia. ¿Se encuentra bien?

—Creo que sí. Cuanto antes acabe este juicio, mejor.

Abandonamos juntos el despacho de Harry. La secretaria se quedó para preparar los documentos del juez. Sabíamos cómo salir y no necesitábamos escolta.

—Solo por curiosidad, ¿quién es Gary Cheeseman? Mis ayudantes han estado buscándole en Internet y no podemos encontrar ningún experto ni ninguna persona con ese nombre relacionada ni de lejos con el caso. Pero, sorprendentemente, hay bastantes Gary Cheeseman en Estados Unidos. Me encantaría saber por qué apareció de repente ayer en la lista —dijo Pryor.

—Puede que no necesite llamarle. Es todo cuanto puedo decir por ahora.

—Bueno, contaba con que Rudy me ofrecería un buen combate. Lástima que se haya retirado. Espero que usted no me decepcione.

Negué con la cabeza. La gente como Pryor me ponía enfermo. Estaba en este juicio por la motivación y el dinero. Todo el mundo acaba insensibilizándose ante los cadáveres, las tragedias y las cosas terribles que las personas se hacen las unas a las otras. Esto era distinto. Esto no era cinismo ni nada parecido. Era algo enfermizo. Hace años, antes de convertirme en abogado, juré que, si alguna vez me acostumbraba a ver escenas de crimen sin sentir nada por las víctimas, sería el momento de dejarlo.

—Mire, Pryor, lo entiendo: lo que quiere es ganar. Muy bien. Esto no es un concurso para ver quién mea más lejos. Hay dos personas muertas.

—Y cuando acabe el juicio, seguirán estándolo —contestó.

Abrí la puerta al fondo del pasillo y entré en la sala del juzgado. Estaba llena a rebosar de periodistas, presentadores de

telediario, fans de Ariella Bloom e incluso unos cuantos seguidores de Bobby. Aquello era un maldito circo.

Pryor entró detrás de mí, se quedó mirando a la galería y dijo:

—Se equivoca en una cosa. Sí que es un concurso para
ver quién mea más lejos. Cuando todo esto acabe, se reducirá
a quién tenía mejor abogado. Hijo, ya tiene bastantes añitos
para saberlo. Y cuando llegue el viernes, seré yo quien se ponga
delante de esas cámaras diciendo que se ha hecho justicia a las
víctimas. No he perdido un solo caso en veinte años. Y no voy
a perder este.

Sonrió hacia la galería con esa dentadura suya tan perlada y
se quedó entre el estrado y las mesas, con las manos agarradas
sobre la cabeza, como si ya se estuviera preparando para la victoria. La gente aplaudió. También hubo pitos y abucheos de los
fans de Bobby, pero no demasiados. Arnold había acompañado
a Bobby de vuelta a la sala. Ambos esperaban pacientemente
en la mesa de la defensa. Bobby estaba pálido; un fino brillo de
sudor cubría su frente. Me senté a su lado.

—Parece que todo el mundo está en mi contra —dijo.

—No te preocupes —contesté—. Para cuando terminemos
hoy, las cosas habrán cambiado. Olvídate de esa gente. Los únicos
que importan son el jurado. Mientras sean justos, nos irá bien.

—Hablando del jurado, ¿has leído la lista actualizada? —dijo
Arnold.

Desdoblé el papel que me había dado y empecé a leer. Era
el momento de conocer al jurado. Doce miembros. Doce mentes. No era el que hubiera deseado. Pero desde luego tampoco
era el peor. Tenía tres días para ganármelos. Mi teléfono vibró.
Mensaje de Harper: «Sal a hablar con Delaney y conmigo en el
descanso. Hemos encontrado más víctimas».

34

$\mathcal{A}$l subir a la tribuna del jurado, Kane forcejeó por un sitio con Rita. Finalmente, ella tuvo que moverse y dejarle el asiento. Era el último jurado de la fila de atrás. El más cercano a la salida. Spencer estaba sentado delante de él, un poco más bajo y algo a su derecha. Si Kane miraba al estrado delante de él, podía ver fácilmente por encima del hombro de Spencer.

Perfecto.

El jurado recibiría la documentación del juicio en un archivador rojo, así como bolígrafos y un cuaderno de notas. El juez Ford les indicó que dejaran los archivadores a sus pies; él o los abogados les señalarían la página correspondiente cuando fuera necesario. Podían tomar notas libremente.

Todas las mujeres, salvo Cassandra, tenían el cuaderno abierto y el bolígrafo preparado. Spencer también. Manuel era el único que lo puso sobre su regazo; tenía el boli entre los dientes. El resto de los hombres lo dejaron todo en el suelo, extendieron las piernas todo lo educadamente posible y se cruzaron de brazos.

Las voces de la gente sentada en los asientos reservados al público se convirtieron en estrépito. La emoción se palpaba en la sala. Yonquis de juzgado, novelistas de crímenes reales, periodistas y reporteros de televisión cotorreando entre sí. Se habían dado a conocer pocos detalles sobre el asesinato. Solamente lo básico. Pero lo suficiente para encender los periódicos. Tenían la información justa para publicar la historia una y otra vez, aunque sin ofrecer detalles reales. Kane sabía que el *Washington Post* lo llamaba «El juicio del siglo». Casi todos coincidían. Eso sí, solo hasta que surgiera el siguiente juicio a un famoso. Hasta que eso ocurriera, aquello era una noticia importante para Nueva York y el resto del país. Una noticia digna del telediario de la noche.

El juez pidió silencio y el ruido de la multitud disminuyó. Kane estudió al público: había muchos familiares de Ariella. Luego miró hacia la mesa de la defensa. No estaba Rudy Carp. Solo Flynn, el acusado y Arnold Novoselic, el especialista en jurados.

Algo había pasado. Quizá Solomon había despedido al resto de sus abogados y se había quedado solo con Flynn. «Eso sería un grave error», pensó Kane.

Empezó la acusación. Aquella era la parte preferida de Kane.

Pryor se levantó y se colocó en el centro de la sala, mirando al jurado. Desde lejos, Kane podía oler su loción de afeitado. Era un olor intenso, aunque no desagradable. Notó cómo el fiscal disfrutaba del silencio antes de empezar a hablar. Todas las miradas de la sala estaban clavadas en él.

Dando un paso hacia el jurado, como un bailarín que se mueve con el primer compás de la música, Pryor comenzó su alegato inicial.

—Damas y caballeros del jurado, ayer tuve el placer de hablar con algunos de ustedes durante la selección del jurado, pero considero necesario presentarme. Así pues, damas y caballeros, me llamo Art Pryor. Quiero que recuerden mi nombre, porque estoy aquí para hacerles tres promesas.

Kane se irguió y notó a varios compañeros haciendo lo propio. Vio que Pryor levantaba su dedo índice.

—Primera, prometo presentarles hechos para demostrar que Robert Solomon asesinó a Ariella Bloom y a Carl Tozer a sangre fría. No voy a «especular». No voy a «teorizar». Voy a mostrarles «la verdad».

Levantó otro dedo.

—Segunda, prometo demostrarles que Robert Solomon mintió a la policía acerca de sus movimientos la noche de los asesinatos. Él dijo a la policía que llegó a casa sobre la medianoche. Nosotros demostraremos que mintió acerca de esa prueba crucial para ocultar su implicación en estos asesinatos.

Tres dedos.

—Tercera, prometo mostrarles pruebas científicas sólidas que sitúan a Robert Solomon en la escena del crimen. Les mostraré sus huellas y rastros de su ADN en un objeto que fue insertado en la garganta de Carl Tozer «después» de ser asesinado.

Un escalofrío de placer atravesó a Kane. Pryor estaba ofreciendo una actuación fascinante. La mejor que había visto nunca. Cuando, finalmente, Pryor dejó caer su brazo, tuvo que contenerse para no aplaudir. La voz del fiscal rebosaba empatía y compasión hacia las víctimas y se llenaba de justa indignación al mencionar el nombre de Solomon.

—Damas y caballeros, voy a mantener mis promesas. Mi querida y anciana madre se revolvería en su tumba si fracasara en este cometido. Este caso trata de sexo, dinero y venganza. Robert Solomon encontró a su mujer en la cama con su jefe de seguridad, Carl Tozer. Sabía que habían estado teniendo una aventura y que su matrimonio había acabado. Destrozó la cabeza de Carl Tozer con un bate de béisbol; luego, cogió un cuchillo y lo hundió en el cuerpo de su esposa… «una y otra y otra vez». Dobló un billete de dólar y lo insertó en la garganta de Tozer. Tal vez creía que Tozer quería el dinero de Ariella y no estaba dispuesto a permitirlo. Si Ariella moría, el acusado heredaría toda su fortuna: treinta y dos millones de dólares.

»Les demostraré que mintió a la policía. Les daré pruebas científicas que demuestran que él es el asesino. Después de eso, es cosa suya. Ustedes y solo ustedes tienen el poder de ofrecer a estas víctimas la justicia que tanto merecen. No pueden devolverles la vida, pero sí pueden darles paz. Pueden declarar culpable a Robert Solomon.

Pryor se volvió hacia la mesa de la acusación. Kane no le quitaba los ojos de encima. Le vio sacar el pañuelo y secarse la boca, como si se estuviera limpiando la ira de los labios. Gran parte del público aplaudió. El juez los mandó callar.

Inclinándose un poco hacia delante, Kane vio los apuntes que Spencer había tomado en su cuaderno. Los observó detenidamente, fijándose en el estilo, el tamaño y las características distintivas de ciertas letras. Cuando volvió a apoyarse sobre su respaldo, miró a su alrededor, a sus compañeros en la tribuna del jurado. Algunos compañeros estaban asimilando aquella ola de emoción. Otros asentían, probablemente sin saberlo.

«Maldita sea, qué bien lo ha hecho», pensó.

35

*H*arry estaba en lo cierto. Pryor era un auténtico profesional de los tribunales. Escuché su alegato inicial observando cuidadosamente al jurado.

Cuando terminó, miré a Bobby. Estaba temblando. Se inclinó hacia mí y dijo:

—Todo esto es mentira. Si Carl y Ari estaban liados, yo no lo sabía. Lo juro por Dios, Eddie. Es mentira.

Asentí, pidiéndole que se calmara. Arnold susurró:

—Pryor se ha ganado al jurado. Tienes que sacarles de ahí.

Tenía razón. Pryor había empleado un viejo truco de abogado llamado «verdad matemática». Está basado en el número tres. Cada palabra de Pryor había sido minuciosamente medida, probada y ensayada. Y todo giraba en torno al número tres.

El tres es el número mágico. Ocupa un lugar importante en nuestra mente; lo vemos constantemente en nuestra cultura y nuestra vida diaria. Si alguien te llama por teléfono equivocándose una vez, así es la vida. Si vuelves a recibir una llamada equivocada, es una coincidencia. Si se equivocan por tercera vez, sabes que algo pasa. En nuestro subconsciente, el número tres equivale a una especie de verdad o hecho. De algún modo, es divino. Jesús resucitó al tercer día. La Santísima Trinidad. A la tercera va la vencida. Tres *strikes* y estás eliminado.

Pryor hizo tres promesas. Dijo la palabra «culpable» tres veces. Utilizó la palabra «tres». Mostró tres dedos. Los ritmos y cadencias de su discurso giraban en torno al número tres.

«No voy a especular. No voy a teorizar. Voy a mostrarles la verdad [...] Este caso trata de sexo, dinero y venganza [...] Hundió el cuchillo en su cuerpo una y otra y otra vez.»

Hasta la estructura de su discurso estaba construida sobre ese número.

Para empezar, anunció al jurado que les iba a decir tres cosas. A continuación, les dijo las tres cosas. Y, en tercer lugar, les explicó lo que acababa de decir.

Tenía motivos para parecer tan satisfecho consigo mismo. El truco estaba bien ensayado, bien pensado, era psicológicamente manipulador y tremendamente persuasivo.

Antes de levantarme para hablar, vi la mirada preocupada de Bobby. Sabía lo que estaba pensando. Se preguntaba si tenía al abogado adecuado. Su vida pendía de un hilo. La gente no suele tener una segunda oportunidad en un juicio por asesinato.

No me lo tomé a mal. Si yo estuviera en su piel, probablemente me hubiera sentido igual. Me puse en pie, me aboté la chaqueta del traje y me coloqué a, más o menos, un metro de la tribuna del jurado. Lo bastante cerca como para crear cierta intimidad.

Mientras Pryor hablaba con la fuerza y la autoridad de un actor experimentado, yo mantuve el tono de voz a un nivel que pudiera oír el jurado, pero que apenas llegara al fondo de la sala. Por muy demoledor que fuese, Pryor había demostrado tener un punto débil: la vanidad.

—Me llamo Eddie Flynn. Ahora represento al acusado, Robert Solomon. A diferencia del señor Pryor, no necesito que recuerden mi nombre. No soy importante. Lo que yo crea, no importa. Y no voy a hacerles ninguna promesa. Voy a pedirles que hagan una cosa. Quiero que cada uno de «ustedes» mantenga la promesa que hizo ayer cuando cogió la Biblia en la mano y juró dar un veredicto verdadero y fiel en este caso.

»Verán, al convertirse en jurados, asumieron una responsabilidad. Son responsables de todas las personas en esta sala, de todas las personas en este estado y de todas las personas en este país. Tenemos un sistema de justicia que afirma que es preferible que cien hombres culpables salgan libres a que uno inocente vaya a la cárcel. Son ustedes responsables de cada hombre y mujer inocente acusado de un crimen. Tienen que protegerlos.

Di un paso hacia delante. Dos mujeres y un hombre del jurado se inclinaron hacia mí. Mis manos se agarraron a la barandilla de la tribuna y me agaché.

—Ahora mismo, la ley de nuestro país dice que Robert Solomon es inocente. La acusación debe hacerles cambiar de idea. Tienen que convencerlos más allá de cualquier duda razonable de que él cometió estos asesinatos. Recuérdenlo. ¿Están seguros de que todo lo que dice la acusación es correcto? ¿Es cierto? ¿Es eso lo que ocurrió? ¿O cabe la posibilidad de que ocurriera de otro modo? ¿«Pudo ser» otra persona la que mató a Ariella Bloom y a Carl Tozer?

»La defensa demostrará que hay otro sospechoso que la acusación ha pasado por alto. Otra persona que dejó su huella en la escena del crimen. Alguien a quien el FBI lleva años buscando. Alguien que ya ha matado antes, muchas veces. ¿Pudo cometer esa persona los asesinatos que nos ocupan? Al término de este juicio, tendrán que hacerse esa pregunta. Si la respuesta es «sí», dejen que Robert Solomon se vaya a casa.

Me mantuve agarrado a la barandilla, mirando detenidamente a los miembros del jurado uno por uno. Luego, volví hacia la mesa de la acusación. De camino, no pude resistirme a mirar a Pryor.

Su mirada fue muy elocuente: «a jugar».

Por primera vez aquel día, vi que algo se despertaba en los ojos de Bobby. Algo pequeño, pero importante.

Esperanza.

Arnold se inclinó hacia delante haciéndome un gesto para que hiciera lo propio.

—Buen trabajo. El jurado se lo ha tragado. Hay uno que… —dijo, pero Pryor ya se había levantado, y Arnold lo vio—. Nada, no importa —dijo.

—La acusación llama a declarar al inspector Joseph Anderson —anunció Pryor.

El fiscal no quería dejar que mi discurso siguiera resonando en los oídos del jurado. Tenía que mover ficha rápido, ganárselos de nuevo y retenerlos. Yo ya había leído la declaración de Anderson. Era el inspector principal.

Un tipo corpulento con pantalones grises y camisa blanca se dirigió hacia el estrado. Mediría uno noventa y tantos. Tenía el pelo corto y moreno. Subió a su sitio y se volvió hacia la sala. Sus ojos eran pequeños y de color oscuro. Tenía un bigote espeso y nada de cuello. Llevaba una escayola en la mano derecha que le llegaba hasta el codo y la camisa arremangada hasta el principio de la escayola.

Aunque en ese momento no lo sabía, ya conocía al inspector Anderson. De la noche anterior. Era uno de los tipos del grupo del inspector Mike Granger. El que había intentado hacerme un boquete en el pecho antes de que yo le partiera la mano bloqueando su puñetazo.

Él ya me había reconocido. Lo veía en sus pequeños y penetrantes ojos.

Por primera vez desde hacía tres días, me relajé un poco. Si Anderson era tan sucio como Granger, eso quería decir que cabían serias posibilidades de que estuvieran intentando tomar el camino más fácil en este caso. Y era probable que hubiesen atajado, colocando pruebas incriminatorias y haciendo todo lo necesario para inculpar a su autor.

La cosa se ponía interesante.

CARP LAW

Suite 421, Edificio Condé Nast. Times Square, 4. Nueva York, NY.

Comunicación abogado-cliente sujeta a secreto profesional
Estrictamente confidencial
Memorando sobre jurado
El pueblo vs. Robert Solomon
Tribunal de lo Penal de Nueva York

Terry Andrews
Edad: 49

Expromesa del baloncesto. Sufrió una grave lesión de liga-mentos y se retiró del deporte a los diecinueve años. Propie-tario de un restaurante: cafetería y parrilla tradicional en el Bronx, donde también es el chef de parrilla. Divorciado en dos ocasiones. Padre de dos hijos. No tiene contacto con su familia. No tiene historial como votante ni afiliaciones políticas. Afi-cionado al jazz. Mala situación económica, el restaurante ha estado a punto de cerrar.

Probabilidad de voto No Culpable: 55%

Arnold L. Novoselic

36

—*I*nspector Anderson, bastará con que levante la mano izquierda. Veo que no puede coger la Biblia. El oficial le leerá el juramento —dijo el juez Ford.

Kane observó al inspector mientras repetía el juramento y tomaba asiento en el estrado. Mientras tanto, pensaba en el alegato inicial del abogado defensor. Había hecho referencia a otro posible autor. Un asesino. Y el FBI le estaba buscando.

Empezó a recordar otra vez. A lo sucedido muchos años atrás. Su madre había perdido la granja. Se habían mudado muy lejos y habían cambiado de nombre. Una vida nueva, un nuevo comienzo. Por un tiempo, su madre fue feliz. La protección de una nueva identidad había resultado embriagadora. Pero su madre no logró conservar ninguno de los empleos que encontró: camarera, limpiadora, dependienta, trabajo detrás de una barra... Y las facturas se fueron acumulando. Había pequeños sobres marrones desperdigados por todo aquel húmedo apartamento. Hasta que simplemente fueron demasiadas y el casero los echó a la calle.

Se movieron mucho hasta que por fin logró mantener un puesto de trabajo en una fábrica local, básicamente porque era un empleo que nadie más quería. Limpiaba las tinas después de ser utilizadas para Dios sabe qué. Productos químicos, eso era lo único que le decía a Kane. No sabía de qué tipo. Cada día llegaba a casa un poco más pálida, un poco más delgada, un poco más enferma. Hasta que un día no fue capaz de ir a trabajar. No tenían seguro médico ni dinero para pagar a un doctor. Kane se graduó en el instituto con las mejores notas del centro desde hacía siete años. A pesar de que su educación había sido esporádica, era indudable que tenía una enorme capacidad intelectual. Tenía una beca esperándole para estudiar en la Universidad de Brown.

Su madre murió una semana después de la graduación. Falleció en la cama, en su pequeño y sucio apartamento. Ese mismo día, recibió una carta del gerente de la fábrica comunicándole que estaba despedida. Al final, apenas podía respirar y el más mínimo movimiento suponía una agonía para ella. Fue entonces cuando Kane supo que tenía que ponerle fin. Su madre ya no tenía fuerzas, pero él sabía cómo sacarlas. Había varias maneras de hacerlo: tapándole la boca y la nariz con la mano, poniéndole una almohada sobre la cara o tal vez dándole una sobredosis de morfina barata del mercado negro. Creía que la morfina funcionaría, pero no sabía cuánta necesitaría para conseguirlo. Con cualquiera de esos métodos, cabía la posibilidad de que sufriera. Necesitaba algo más eficaz. Más rápido.

Al final, se decidió por un método que sabía que sería rápido y fiable.

Fue a buscar su hacha.

Antes de asestarle el golpe de clemencia en la cabeza, la madre de Kane pudo ver en qué se había convertido su hijo.

Kane encontró veinte dólares y cuarenta y tres centavos en su bolso. Rebuscando entre el resto de sus cosas, dio con lo que creyó que era un cuaderno de recortes. Viejas fotos de su madre de joven. Y recortes de periódico. Unos cuantos. Todos hablaban de la misma notica; tendrían unos seis años de antigüedad. El cuerpo de un hombre había sido hallado enterrado a las afueras de una granja. La policía buscaba a la antigua propietaria y a su hijo. Al ver su nombre en los periódicos, su verdadero nombre, Kane sintió un subidón como nunca antes había experimentado. Estaba ahí. En blanco y negro.

Joshua Kane.

Se quedó el cuaderno. Lo metió en una maleta con algo de ropa.

No iría a Brown. Hacía tiempo que sabía que no podía ir. En cierto modo, la enfermedad de su madre había sido una bendición. Estaba demasiado mal para percibir el hedor que salía del dormitorio de Kane. La graduación había sido el 31 de mayo. El baile fue el 20, el mismo día que su acompañante, Jenny Muskie, desapareció junto con otro estudiante llamado Rick Thompson. La policía puso una orden de búsqueda del coche de Rick, pero no dio frutos. El día después de la desaparición registraron el apartamento de Kane, se disculparon ante su madre y no encontraron nada. Desde entonces habían hablado tres veces con él, que les había contado lo mismo cada vez: fue al baile de graduación con Jenny, o Huskie Muskie, como la llamaban en el instituto; poco después de llegar, se fue con Rick. No los había vuelto a ver.

Nadie los había visto.

Kane se colgó la mochila y volvió a su cuarto. Abrió un bidón de gasolina que había ido sacando de los coches del barrio y empapó su cama, los suelos, el dormitorio de su madre y la cocina. Pero la mayoría la echó en el suelo de su habitación. No quería que la policía descubriera todo lo que le había hecho al cuerpo de Jenny. Probablemente, lo encontrarían, cuando las tablas del parqué se rompieran por el calor.

Echó un último vistazo al lugar, encendió una cerilla, la arrojó y se marchó.

Robó un coche. No pudo evitar pasar una vez más por el embalse. Si alguna vez lo vaciaban, encontrarían el coche de Rick en el fondo, su cuerpo en el maletero y la cabeza metida entre el salpicadero y el acelerador.

Ese había sido el principio. El empujón que necesitaba para lanzarse al mundo por sí mismo. Y con un propósito. Su madre murió persiguiendo el sueño de una vida mejor. El sueño que comparten todos los estadounidenses pobres: si trabajas duro, puedes conseguirlo. Y ella trabajó muchísimas horas en todos aquellos sitios espantosos, pero ¿para qué?

Por cuarenta y tres dólares. Su madre era lo único que tenía. Y ahora ya no estaba.

Kane sabía que el sueño que perseguía su madre era mentira. Una mentira que seguían perpetuando la prensa y la televisión. A la gente que lo había «conseguido» a base de trabajar duro o de suerte se la encumbraba como un icono. Él se aseguraría de que esa gente sufriera por dar vida a aquel sueño, por alimentar la mentira. Ah, cómo les iba a hacer sufrir.

Ahora, sentado en el juzgado, recordaba la sensación que experimentó al ver su nombre en el viejo recorte dentro del cuaderno de su madre. Había vuelto a sentirla escuchando a Flynn. Un asesino que había dejado su marca. Un hombre al que el

FBI llevaba años buscando. Le inundó un escalofrío de miedo y placer. Como una mano fría y agradable tocando su hombro.

«Conozco tu nombre. Sé lo que has hecho.»

Por un instante, notó que se le había caído la máscara. Su expresión de pasividad y el lenguaje abierto y neutral de su cuerpo habían cambiado a medida que le inundaban aquellos pensamientos. Tosió y miró a su alrededor. Nadie lo había visto en el jurado. Miró al abogado de la defensa. Flynn tampoco parecía haberse dado cuenta.

Pero algo iba mal. Lo sabía. Lo presentía. Esta vez, no era la emoción de recordar sus obras pasadas, ni siquiera el dulce placer de la nostalgia. Aquello era distinto.

Miedo.

De repente, se sintió desnudo. Expuesto. Por mucho que quisiera mirar a su alrededor, no se atrevía. Así que se concentró en Flynn y dejó que su vista periférica hiciera el resto.

Y allí estaba.

Kane volvió a mirar para confirmarlo. No cabía duda.

El especialista en jurados, Arnold, le estaba observando atentamente. Había visto algo. Su verdadero rostro.

37

*A*nderson repasó rápidamente sus catorce años de experiencia como inspector de Homicidios en Nueva York y fue al grano.

—En este trabajo se ven muchas cosas. Después de un tiempo, eres capaz de leer un asesinato por la escena del crimen. Mi experiencia me dijo que esto era algo personal.

A mí, mi experiencia me decía que Anderson era un mentiroso. Tenía al tipo que quería para endosarle el crimen e iba a hacer que todo lo demás encajase. Si había pruebas que no cuadraban con la autoría de Solomon, se perdían o no se consideraban importantes.

—Inspector Anderson, ¿por qué era personal? —preguntó Pryor.

—En mi opinión, el asesinato en su cama de una mujer joven y su amante parece bastante personal. No hace falta ser inspector de policía para pensar en el marido como un sospechoso probable. Sí, creemos que tenemos a nuestro hombre ahí. Es el acusado, Robert Solomon.

Pryor esperó un instante, se volvió a mirar a Bobby, asegurándose de que el jurado seguía sus ojos. Luego retomó el interrogatorio.

—Inspector, voy a poner una fotografía en la pantalla. Es una imagen cenital de Ariella Bloom y de Carl Tozer tomada en el dormitorio de ella por un fotógrafo de la Policía Científica. Creo que estas fotos pueden admitirse sin discusión como prueba número uno. Eso sí, quiero advertir al jurado y a los miembros del público de la dureza de la imagen.

Ya había acordado que podíamos ahorrarnos al fotógrafo como testigo. Las fotos no mentían, así que no había motivo para perder el tiempo haciéndole subir al estrado para dar validez oficial a la prueba.

211

Cuando Pryor puso la foto en la pantalla que había junto al estrado, yo no la estaba mirando. Mi atención estaba centrada en Bobby. Tenía los ojos cerrados y la cabeza agachada hacia la mesa. Los gritos ahogados del público me dijeron que la foto ya era visible. Oí a Harry pidiendo silencio.

Estaban prohibidos los teléfonos con cámara en la sala. Aquella imagen no saldría en los telediarios. De cualquier modo, era demasiado gráfica.

Bobby miró la pantalla, una vez; se cubrió la cara con las manos.

Arnold se encogió de hombros, asintió mirando a Bobby y luego al jurado. Sabía lo que intentaba decirme. Yo había pensado lo mismo. Esto sería duro para Bobby, pero era por su propio interés.

—Bobby, tienes que mirar a la pantalla —le susurré.

—No puedo. Y no tengo por qué hacerlo. Ya se me ha metido la imagen en la cabeza y no puedo quitármela —contestó.

—Tienes que mirarla. Sé que es difícil. Por eso tienes que hacerlo. Sé que no quieres ver lo que le hicieron a tu mujer. Necesito que el jurado vea eso en tus ojos —dije.

Negó con la cabeza.

—Bobby, Eddie te está dando a elegir —dijo Arnold—. ¿Prefieres mirar esta foto ahora o quedarte mirando el techo de una celda cada noche durante los próximos treinta y cinco años? Hazlo —añadió.

Nunca creí que pensaría tal cosa, pero agradecí que Arnold estuviera allí.

Bobby se sorbió la nariz, respiró hondo y nos hizo caso.

No sé si el jurado lo vio, pero yo sí. Las lágrimas inundaron su rostro y su mirada se llenó de una sensación de pérdida, no de culpa.

Asentí hacia Arnold, dándole las gracias. Me miró de reojo y devolvió el gesto con la cabeza.

—Inspector Anderson, basándonos en esta fotografía y en las heridas de la víctima, ¿podría explicar al jurado qué cree que ocurrió en este dormitorio? —preguntó Pryor, llanamente, como si le estuviera preguntando a Anderson si hacía frío en la calle.

Yo tampoco quería mirar la foto, pero, al igual que Bobby, no tenía elección. Debía seguir el testimonio de Anderson.

Dios, era brutal.

Anderson y Pryor miraron la pantalla. Era la escena de dos seres humanos destruidos en un torrente de violencia, casi con indiferencia. Y ellos hablaban de la muerte de aquellos jóvenes de un modo pragmático.

—Verá, la cabeza del señor Tozer mira hacia abajo y tiene las rodillas flexionadas. Según el informe de la autopsia, el señor Tozer murió por una herida masiva en la cabeza. Tenía el cráneo fracturado y daños catastróficos en el cerebro. Aunque no muriera al instante, aquel golpe le habría dejado incapacitado. En mi opinión, el asesino veía al señor Tozer como una amenaza. Tozer era experto en seguridad. Tiene sentido que se deshiciera de él primero. Un único golpe contundente en la parte de atrás de la cabeza causaría una lesión así y explicaría la ausencia de heridas defensivas —dijo Anderson.

—¿Han podido identificar el arma utilizada con el señor Tozer? —preguntó Pryor.

—Sí. Encontré un bate de béisbol en el rincón del dormitorio. Tenía rastros de sangre que encajaban con la hipótesis de que se había utilizado para golpear a alguien. Posteriormente, el laboratorio confirmó que la sangre encontrada en el bate pertenecía al señor Tozer. Parece probable que esta fuera el arma del crimen. Y antes de que me lo pregunte, sí: las huellas del acusado estaban sobre el bate.

Al escuchar la respuesta, Pryor puso una sonrisa hollywoodiense que me produjo náuseas. El jurado no la vio, estaba demasiado concentrado en Anderson.

El fiscal cogió el bate, que estaba envuelto en una bolsa de pruebas transparente. Lo levantó por encima de su cabeza.

—¿Es este el bate? —preguntó.

—Sí, ese es —contestó Anderson.

El bate quedó registrado como prueba y Pryor se lo entregó al oficial.

—Entonces, si, como usted dice, el señor Tozer fue golpeado con este bate, ¿qué ocurrió después?

—Ariella Bloom fue apuñalada cinco veces en el pecho y en

la zona del abdomen. Una de las heridas le perforó el corazón. Debió de morir muy deprisa.

Pryor tuvo el buen juicio de hacer una pausa para que el jurado mirase la foto de Ariella en la pantalla. Dejó que todo el mundo se tomara un instante para pensar en cómo había muerto. Sabía que un jurado indignado daba veredictos de culpabilidad en nueve de cada diez casos.

—Las víctimas fueron examinadas por la forense Sharon Morgan, tanto en la escena de crimen como, posteriormente, en la morgue. ¿Le informaron de los resultados de dichos exámenes?

—Sí, la forense me llamó para que fuese allí después de encontrar algo en el fondo de la boca de Carl Tozer.

—¿Qué era?

—Un billete de dólar. Lo habían doblado. Primero, en forma de mariposa. Luego, otra vez por la mitad, a la altura de las alas. Estaba dentro de la boca de Carl Tozer.

El ayudante del fiscal estuvo rápido con el mando a distancia. Puso una foto del dólar en la pantalla. Se oyeron murmullos entre el público. Todo aquello era nuevo para ellos.

Los medios no habían sacado nada. El extraño insecto de papiroflexia estaba sobre una mesa de acero. Se veían sombras bajo sus alas. Las esquinas del billete estaban manchadas, tal vez de saliva o de sangre.

El hecho de saber que había estado dentro de la boca de un cadáver le daba un toque sobrenatural. Un insecto macabro, hermoso y de mal agüero, que solo rompía su cascarón dentro de los muertos.

—¿Se examinó la mariposa, inspector?

—Sí, la Brigada Científica del Departamento de Policía de Nueva York hizo un estudio completo. Encontramos dos ADN distintos sobre el billete. El primer perfil pertenecía a otro individuo, pero creemos que no guarda relación alguna con el crimen. Que fue una anomalía sin importancia. Lo importante es que encontraron las huellas dactilares del acusado sobre el billete: la del pulgar en la cara del billete y una huella parcial del dedo índice en el dorso. En la misma zona donde estaba la huella del pulgar, el equipo de la Científica encontró material genético. ADN de contacto, del sudor y células epiteliales. El ADN coincidía con el del acusado.

Su última frase golpeó a la sala como una onda sísmica. La gente no habló ni exclamó. Se hizo un silencio profundo y absoluto en la sala. Nadie movió los pies, ni agitó el abrigo, ni tosió, ni hizo ninguno de los ruidos que se podía esperar en una multitud estática.

El silencio se rompió cuando una mujer se echó a llorar tapándose con las manos. Una familiar, sin duda. Probablemente, la madre de Ariella. No me volví a mirar. Es mejor que ciertos momentos se vivan con intimidad.

Art Pryor lo hizo a la perfección. Se quedó inmóvil y dejó que el sonido del dolor de una madre resonara en la mente de todos los presentes. Al mirar a mi alrededor, vi que la mayoría de la gente estaba aturdida. Todos salvo una persona. El periodista del *New York Star*, Paul Benettio. Estaba sentado con los brazos cruzados en primera fila justo detrás de la mesa de la acusación. No reaccionó ante el testimonio de Anderson. Supuse que ya lo conocía. Cuando el silencio empezó a hacerse incómodo y había esperado lo suficiente, Pryor retomó la palabra.

—Señoría, a su debido tiempo, llamaremos a declarar a la forense que llevó a cabo estos exámenes. 215

Harry asintió y Pryor volvió al grano.

—Inspector, usted habló con el acusado en la escena del crimen, ¿correcto?

—Sí. Tenía manchas de sangre en la sudadera, en los pantalones de chándal y en las manos. Me dijo que había llegado a casa hacia las doce de la medianoche, que había subido a su dormitorio y que había encontrado muertos a su mujer y al jefe de seguridad. Dijo que había intentado reanimar a Ariella y que después llamó al 911.

Pryor se volvió para señalar a uno de sus ayudantes, que levantó un mando a distancia y apretó un botón.

—Vamos a reproducir la llamada al 911. Me gustaría que lo escucharan, por favor —dijo Pryor.

Yo ya la había oído. Para el jurado era la primera vez. En mi opinión, la llamada favorecía a la defensa de Bobby. Sonaba como un hombre que acababa de encontrar asesinada a su mujer. Su voz lo tenía todo: pánico, incredulidad, miedo, dolor, todo. Encontré la transcripción en el portátil y la leí según se escuchaba la grabación.

Operadora: Emergencias, ¿con quién le conecto: bomberos, policía o ambulancia?

Solomon: Ayuda... ¡Por Dios!... Estoy en el 275 de la calle 88 Oeste. Mi mujer... Creo que está muerta. Alguien... ¡Ay, Dios!... Alguien los ha matado.

Operadora: Voy a mandar a la policía y una ambulancia. Cálmese, señor. ¿Está usted en peligro?

Solomon: No... No lo sé.

Operadora: ¿Está usted en el inmueble ahora mismo?

Solomon: Sí... Eh..., acabo de encontrarlos. Están en el dormitorio. Muertos.

[Sonido de lloro.]

Operadora: ¿Oiga? ¿Señor? Respire, necesito que me diga si hay alguien más en el inmueble ahora mismo.

[Ruido de cristales rompiéndose y alguien tropezando.]

Solomon: Estoy aquí. Ah, no he revisado la casa... Mierda... Por favor, manden una ambulancia ahora mismo. No respira...

[Solomon suelta el teléfono.]

Operadora: ¿Oiga? Por favor, coja el teléfono. ¿Oiga? ¿Oiga?

216

—La llamada dura solamente unos segundos. Inspector, cuando llegó usted a la escena del crimen, ¿había escuchado ya esta llamada al 911? —preguntó Pryor.

No me gustaba el rumbo que estaba tomando el interrogatorio.

—No, no la había escuchado —dijo Anderson.

Cogí a Bobby del brazo.

—Bobby, cuando llamaste al 911, te caíste o se cayó o rompió algo. ¿Qué era? —susurré.

—Eh, estoy intentando acordarme. No estoy seguro. Es posible que tirara algo de la mesilla de noche. No me fijé —respondió, y sus palabras quedaron suspendidas mientras revivía aquel momento en el dormitorio, con los cadáveres.

Abrí las fotos de la escena del crimen en el portátil y empecé a revisarlas, buscando la mesilla de noche. En una imagen, se veía casi entera. Había un marco de fotos en el suelo, roto. Es posible que lo tirara sin darse cuenta, dadas las circunstancias. Presentía que Pryor tenía una hipótesis distinta sobre el origen del ruido.

—Inspector Anderson, explique al jurado la fotografía EZ17 —dijo, mientras su ayudante la subía a la pantalla de la sala.

Era una imagen del rellano del segundo piso, con la mesa volcada y el jarrón roto bajo la ventana trasera. No tenía ni idea de adónde se dirigía con aquella línea de preguntas, pero parecía como si estuviera cogiendo carrerilla para asestar el golpe definitivo.

—Claro, cuando llegué al domicilio, vi esta mesa volcada en el rellano. El jarrón estaba roto —dijo Anderson.

—¿Dónde está esa mesa ahora? —preguntó Pryor.

—Está en el laboratorio de Criminalística. La habían volcado de alguna manera, antes o después de los asesinatos. Cuando tomé declaración al acusado, en el mismo domicilio, le pregunté si él había tirado la mesa. Dijo que no se acordaba. Afirmaba que había encontrado los cuerpos y que alguien había matado a su mujer y a su jefe de seguridad. En ese punto de la investigación, el acusado se consideraba un sospechoso, pero no descartábamos la posibilidad de que estuviera diciendo la verdad. Si él no volcó la mesa, tal vez lo hiciese otra persona. Nos la llevamos para analizarla junto con los cristales rotos del jarrón.

217

—¿Y qué descubrieron? —dijo Pryor.

Revisé el inventario en el expediente del caso Solomon. No había ningún informe de la Científica sobre la mesa antigua. Estaba a punto de protestar cuando Anderson dijo:

—Nada. Al principio.

—Prosiga —dijo Pryor.

—Ayer fui al laboratorio y estuvimos examinando la mesa. Verá, la única prueba que nos faltaba era el cuchillo utilizado con Ariella Bloom. La casa y sus alrededores habían sido registrados exhaustivamente. La mesa es vieja, una antigüedad. Pensé que tal vez tuviera algún cajón secreto.

—¿Y lo tenía?

—No. Pero volví a mirar las huellas. Nos habían llegado resultados algo inusuales. El laboratorio buscaba huellas sobre la mesa. No encontraron nada extraordinario en ese sentido, pero sí un patrón de marcas poco habitual. Pedí que se analizaran las marcas. Esta mañana hemos recibido el informe.

Un ayudante del fiscal se acercó a la mesa de la defensa con un informe encuadernado. Lo cogí. Lo abrí y le eché un vistazo.

Podía ser peor. Aunque no mucho. Le pasé el informe a Bobby. Pruebas nuevas, de última hora. Podía cabrearme, ponerme a gritar y preparar una moción para excluirla. Pero sabía que no tenía sentido. Harry dejaría que se admitiese la prueba.

Las cosas se acababan de poner un poco más difíciles para Bobby.

Cambió la imagen en la pantalla y vimos lo que parecían dos series de tres líneas paralelas en una parte de la mesa. Como si alguien hubiese cogido tres pinceles con la mano y los hubiera arrastrado sobre la mesa dos veces.

Ojalá fueran pinceles, pensé.

—¿Qué es esto, inspector?

—Huellas de pisada —respondió Anderson—. Las pisadas encajan con las zapatillas Adidas que el acusado llevaba aquella noche. Da la impresión de que el acusado se subió a la mesa y esta se volcó, haciéndole resbalar.

Bobby saltó.

—Está mintiendo. No me subí a esa mesa en ningún momento. —Lo dijo lo bastante alto como para que Harry lo oyera. El juez le lanzó una mirada elocuente para que se callara.

Anderson continuó:

—Así que esta mañana fui a la escena del crimen. A poca distancia de la mesa está el aplique del rellano. Es una bombilla que cuelga del techo con una pantalla de vidrio policromado en forma de cuenco. Me subí a una escalera de mano y encontré un cuchillo que alguien había dejado en la pantalla de la lámpara.

Las manos de Bobby empezaron a temblar.

—¿Es este el cuchillo? —preguntó Pryor, haciendo una señal para que mostraran una foto nueva en la pantalla.

Alcé la vista y vi la misma imagen que acababa de ver en el informe. Una navaja con mango negro y un remate de marfil. Estaba manchada de sangre. Y de polvo.

Lo único que nos salvaba era que no había ninguna huella sobre ella.

—¿Es este el cuchillo que mató a Ariella Bloom? —preguntó Pryor.

Toda la sala sabía la respuesta a aquella pregunta.

Bobby hundió la barbilla en el pecho.

Aquel cuchillo acababa de cortar los hilos que sostenían su defensa.

$\mathcal{A}$nderson confirmó que la sangre hallada en la navaja coincidía con el grupo sanguíneo de la víctima y que estaban elaborando un perfil de ADN para corroborarlo. Susurré a Bobby que mantuviera la cabeza alta. No quería que pareciera derrotado.

Todavía no.

Pryor disparó otra pregunta al policía.

—Inspector Anderson, ¿cree que es habitual que un intruso utilice un cuchillo para matar a puñaladas a alguien y luego esconda el arma del crimen en casa de la víctima?

Me levanté rápido. Demasiado. Sentí una ola de dolor en el costado y me costó encontrar la respiración.

—Protesto, señoría. El señor Pryor está testificando, no haciendo las preguntas.

—Aceptada —dijo Harry.

Me senté lentamente. No tenía mucho sentido protestar. Aunque Pryor formulase la pregunta de manera distinta, Anderson sabía perfectamente la respuesta que debía dar al jurado.

—Inspector, en todos sus años dentro del cuerpo de policía, ¿se ha encontrado alguna vez alguna escena doméstica de apuñalamiento en la que el autor escondiera el arma del delito en la escena del crimen? —preguntó Pryor.

—No, nunca lo he visto. En toda mi carrera. Normalmente, se llevan el cuchillo. Luego lo guardan o se deshacen de él. No tiene sentido esconderlo en la casa. La única razón para esconderlo sería para dar la impresión a la policía de que el asesino salió del domicilio llevándose el arma consigo. Escuchando esa llamada al 911, parecería que el acusado estaba de pie sobre la mesa cuando la hizo. Se oyen pisadas rápidas y pesadas, como si alguien se cayera. Luego parece que algo se rompe. Me da la impresión de que la mesa se volcó mientras el acusado estaba encima y el jarrón se rompió.

—Gracias, inspector Anderson. No hay más preguntas de momento. Ahora, creo que mi compañero de la defensa está a punto de quejarse sobre su labor policial e intentar que se excluya de la consideración del jurado. De hecho, me sorprende que no haya protestado ya al oír su testimonio sobre el cuchillo —dijo Pryor.

Susurré una indicación a Arnold. Salió de la sala. Me puse en pie y fui hacia Pryor. Si lo hacía con calma, el dolor era soportable. Pryor se apoyó en la mesa de la acusación, con la mano izquierda en la cadera y una expresión de satisfacción.

—No tenemos ninguna objeción, señoría —dije—. De hecho, esta prueba ayudará al jurado.

Harry me miró como si me hubiera vuelto loco. La expresión satisfecha de Pryor desapareció más rápido que un chivato de la mafia por el hueco de un ascensor.

La sala se quedó muda. Ahí estábamos. Solo Anderson y yo. No importaba nada más. Nadie nos miraba. Me olvidé del público, del fiscal, del juez y del jurado. Solos él y yo. Dejé que aumentara la expectación. Anderson bebió un poco de agua y esperó.

Yo también me quedé esperando. No quería empezar mi contrainterrogatorio hasta que Arnold volviese. Llegaría en cualquier momento, no tardarían mucho en traer las cosas de la tienda.

—Inspector, quería preguntarle cómo se rompió el brazo —dije.

Tenía las mandíbulas como el tornillo de un banco de trabajo. Y a ambos lados de la cara se veían los enormes músculos trabajando, doblándose al apretar los dientes con fuerza.

—Me caí —dijo.

—¿Se cayó? —le pregunté.

Duda. Su nuez subía y bajaba por el cuello.

—Sí, resbalé sobre el hielo. Se lo contaré todo cuando acabemos con esto —contestó con la boca seca.

Dio otro sorbo al vaso de agua. Había visto a muchos testigos nerviosos en el estrado. Algunos tiemblan. Otros contestan demasiado rápido. Algunos responden con monosílabos. A otros se les seca la boca. No esperaba que me dijera la verdad. Y no mencioné lo que realmente pasó, pero quería que él creyera que podía hacerlo. Solo para crisparle. Y, como respuesta, él me había amenazado.

Se abrieron las puertas traseras de la sala y Arnold entró con varios empleados de seguridad del juzgado. Unos cinco. Formaban un cortejo poco probable; llevaban bolsas, cajas y un colchón pesado entre dos de ellos. Interrumpí las preguntas para esperar mientras la fila avanzaba hacia mí por el pasillo central. La procesión de objetos extraños despertó miradas de perplejidad entre el público.

Oí cómo Pryor intentaba apuntarse el tanto.

—¿Hay una banda detrás acompañando a la procesión? —preguntó.

Me incliné sobre la mesa de la acusación y dije:

—Sí, la hay. Y va tocando su marcha funeraria.

Antes de que Pryor y yo nos engancháramos, solicité a Harry una moción formal para que se permitiese realizar una reconstrucción durante el contrainterrogatorio a Anderson. Harry ordenó salir al jurado. Pryor y yo nos acercamos al estrado.

—¿Hasta qué punto es científica esta reconstrucción? —preguntó Harry.

—No soy científico, señoría, pero tengo un testigo experto. El resto es todo física —contesté.

—Señoría, no se le ha comunicado esta moción a la acusación. No sabemos lo que pretende el señor Flynn. Por ello pedimos que la moción sea denegada. Es una emboscada.

—La moción se acepta —dijo Harry—. Y antes de que se le ocurra alguna idea para detener este juicio y apelar mi decisión, recuerde una cosa: he visto su truquito con el arma del crimen. Si el señor Flynn hubiera solicitado tiempo para discutir la prueba, se lo hubiera concedido. Me da que la ha tenido guardada algún tiempo en la manga. Si hace que se retrase el juicio, puede que dedique ese tiempo a tomar declaración al analista del laboratorio criminalístico de la policía sobre cuándo se encontraron realmente las marcas en esa mesa.

Pryor reculó con las manos en alto y dijo:

—Como desee su señoría. No tengo ninguna intención de retrasar este juicio.

Harry asintió, me miró y dijo:

—Les estoy dando un poco de manga ancha. Pero, a partir de ahora, si cualquiera de los dos tiene pruebas que quiera presentar, arréglenlo entre ustedes.

—De hecho, necesito usar varias fotografías. Se tomaron ayer en la escena del crimen —dije.

—Inclúyalas ahora —dijo Harry.

Saqué mi teléfono, busqué las fotos que Harper había hecho la mañana anterior y las envié a la oficina del fiscal. Luego me llevé a Pryor aparte y se las enseñé en el móvil. No puso problema en que las utilizara. Probablemente, porque no sabía la que se le venía encima. Si hubiera intuido un poco lo que me disponía a hacer, habría armado un escándalo. Albergaba la esperanza de que acabara arrepintiéndose de su decisión.

CARP LAW

Suite 421, Edificio Condé Nast. Times Square, 4. Nueva York, NY.

Comunicación abogado-cliente sujeta a secreto profesional
Estrictamente confidencial
Memorando sobre jurado
El pueblo vs. Robert Solomon
Tribunal de lo Penal de Nueva York

Rita Veste
Edad: 33
Psicóloga infantil en sanidad privada. Casada. Su esposo es jefe ejecutivo de Maroni's. Ambos padres están jubilados; viven en Florida. Demócrata, pero no votó en las últimas elecciones. No está presente en las redes sociales. Aficionada al buen vino. Nunca ha sido llamada a declarar como testigo experto. Buena situación económica.

Probabilidad de voto NO CULPABLE: 65%

ARNOLD L. NOVOSELIC

39

*E*l interrogatorio de Pryor al inspector Anderson dejó fascinado al resto del jurado. El policía les había ofrecido el primer aperitivo de las pruebas. Era el primer acto. Y todos los miembros del jurado parecían volcados con el testigo.

Eso le venía de maravilla a Kane. Porque su testimonio había sido una útil distracción. Mientras Anderson declaraba, tuvo todo el tiempo que necesitaba para examinar los apuntes que Spencer tenía sobre el regazo. Ningún otro jurado sentado en la fila de atrás era lo bastante alto para ver por encima de los hombros de sus compañeros de delante. Solamente Kane. Él también había tomado media página de apuntes. Palabras y frases clave para ayudarle a recordar el testimonio. Pasó la página y escribió una sola palabra: «culpable».

Volvió a mirar los apuntes de Spencer. Luego los suyos. Tachó la palabra «culpable» varias veces. Luego la escribió de nuevo en otra hoja. Esta vez trazó la «c» un poco más recta y más pequeña. Le hizo el rabo más largo a la «p», asegurándose en todo momento de estar inclinado sobre el cuaderno para que nadie viera lo que estaba escribiendo. También trataba de mantener el bolígrafo levantado, para no tocar la página con las manos desnudas.

Kane había pasado gran parte de su vida practicando ser otras personas. A veces, esas identidades le acompañaban durante un tiempo, especialmente cuando tomaba el lugar de una persona real. A veces, usaba la identidad falsa y se deshacía de ella pronto, una vez cumplido su cometido. De entre las identidades que más le habían durado, Kane tenía varias favoritas. Y había aprendido rápidamente que, para mantener una identidad, tenía que ser capaz de firmar ciertos documentos: carné de conducir, cheques, transferencias de dinero... Lo típico. En su tiempo libre, practicaba la firma de su nueva identidad y aprendía a falsificarla a la perfección. Con los años, se había hecho un experto. Desarrolló un control del bolígrafo y una coordinación ojo-mano dignas de un gran artista.

Por fin, una vez satisfecho con su trabajo, Kane se relajó en el asiento, volvió a la primera página del cuaderno y se cruzó de brazos.

Concluido el interrogatorio principal de Pryor, Kane observó fascinado la fila de personas que entró por la puerta trasera de la sala con cajas y con un colchón. Vio a Pryor discutiendo con Flynn.

—Señoría, quisiera solicitar una moción para que se permita una demostración formal durante mi contrainterrogatorio a este testigo —dijo Flynn.

—Moción aceptada, pero antes de eso debemos excusar al jurado —contestó el juez.

Los jurados a ambos lados de Kane se levantaron. Él los siguió, guardándose el cuaderno en el bolsillo. La guardia los condujo a través de la puerta lateral a la sala del jurado. En muchos casos, entraban y salían diez o doce veces al día mientras los abogados discutían la ley. Kane ya estaba acostumbrado.

La guardia se quedó fuera de la sala, sosteniéndoles la puerta. Al pasar a su lado, Kane dijo:

—Disculpe, ¿podría ir al aseo?

—Claro, está al final del pasillo. La segunda puerta a la izquierda —contestó.

Kane le dio las gracias y se fue por el pasillo. Los aseos eran pequeños, oscuros y olían como la mayoría de servicios masculinos. Uno de los apliques de luz estaba roto. Había dos urinarios sobre el alicatado blanco. Kane fue al único cubículo, se metió y cerró la puerta con pestillo.

Rápidamente, se puso manos a la obra.

Primero sacó un paquete de chicles del bolsillo. Ya estaba abierto y le faltaba uno. Lo volcó en la palma de su mano y salieron el resto. También había una bolsita del tamaño de un chicle. Quitó el envoltorio de celofán de la bolsita y desdobló un par de guantes de látex increíblemente finos. Se los puso con rapidez. Sacó el cuaderno de su bolsillo y arrancó la página donde había escrito «culpable». Arrugó el papel entre las manos haciendo una bola, asegurándose de que tres de las letras quedaran a la vista. Metió el papel arrugado en su chaqueta, se quitó los guantes, introdujo algunas monedas en su interior, los envolvió en papel higiénico, los soltó en el inodoro y tiró de la cadena.

El jurado no tuvo que esperar demasiado. Diez minutos. Lo suficiente para que Spencer volviera a romper las reglas.

—A ver, la cosa no pinta bien para el acusado. Lo sé. Pero el caso no ha acabado. Y no me fío de ese poli —dijo Spencer.

—Yo tampoco. Y ese fiscal tan vivo ha tenido el cuchillo todo este tiempo. Simplemente, no quería que la defensa lo supiera —apuntó Manuel.

—Eso no lo sabemos. Lo único que puedo decir es que ahora mismo la cosa no tiene buena pinta para Solomon —dijo Cassandra.

Kane había pillado a Cassandra mirando a Spencer furtivamente de vez en cuando. Era joven y delgado. La chica aún no se había armado de valor para hablar con él, pero parecía obvio que se sentía atraída por ese tipo.

—Tenemos que mantener la mente abierta. Y no está permitido que hablemos sobre las pruebas hasta que concluya el juicio —dijo Kane.

Varios miembros del jurado asintieron mostrando su aprobación.

—Tiene razón —dijo Betsy—. No podemos hablar de ello.

—Solo he dicho eso: que no deberíamos creérnoslo como si fuera el Evangelio solamente porque lo diga un policía. La mente abierta, chicos —dijo Spencer.

El jurado volvió a tomar asiento. Antes de hacerlo, Kane se quitó la chaqueta y la dobló. Se sentó en su asiento de la tribuna, justo detrás de Spencer; colocó la chaqueta sobre su rodilla derecha. El juez volvió a dirigirse a ellos.

—Gracias, damas y caballeros. He autorizado al señor Flynn para que realice una demostración práctica. Recuerden que la acusación tendrá derecho a volver a preguntar al testigo sobre cualquier tema que surja durante la demostración. Adelante, señor Flynn —dijo el juez.

Kane dejó caer la chaqueta al suelo, asegurándose de que la manga izquierda quedara mirando hacia él. Se inclinó a recogerla, comprobando antes que los jurados sentados a ambos lados estaban atentos en la primera pregunta de Flynn. Tanto Terry como Rita estaban concentrados en el abogado. Al coger la chaqueta, sacó la bola de papel del bolsillo derecho empujándola a través de la tela. De este modo, el papel quedó en el suelo, con la chaqueta encima. Luego levantó la chaqueta apenas un centímetro del suelo para deslizarla un poco. Por un brevísimo instante, vio la bola rodar hasta la sombra que había bajo el asiento delante de él.

Comprobó rápidamente los rostros de los jurados a su izquierda, así como de Rita, a su derecha. Ninguno parecía haberlo visto.

En cuanto Flynn empezó su contrainterrogatorio, notó que había tensión entre Anderson y él. Se hizo evidente cuando el policía habló sobre su muñeca. Dijo que se lo había hecho en una caída.

Flynn estaba dolorido. Se movía más despacio que cuando le había visto el día anterior. Y también se fijó en que cada vez que se levantaba de la silla intentaba ocultar una mueca de dolor.

Si tuviera que apostar, diría que Anderson y Flynn se habían peleado la noche anterior. La forma en la que el policía miraba a Flynn escondía algo. El odio que rezumaba como si fuera vapor iba más allá del desprecio transitorio que sienten los policías de Homicidios por los abogados defensores.

No, ahí había algo más. Algo reciente.

A Kane no le caían mal los policías. No los odiaba.

Por eso había decidido colaborar con uno. Era útil. Pensó en llamar a su contacto más tarde. Había más trabajo por hacer.

$\mathcal{H}$ay tres ingredientes fundamentales para un buen timo. Da igual que seas timador en La Habana, Londres o Pekín. Dondequiera que estés, pasas por estas tres fases. Puede que tengan nombres diferentes y que se utilicen para fines distintos, pero, llegado el momento, estos tres procesos conducen al éxito en el timo.

El número mágico, una vez más.

Curiosamente, un buen interrogatorio también consta de tres fases. Y da la casualidad de que esas fases son exactamente las mismas que emplean los timadores de poca monta y los de alto *standing*. El arte del timo y el arte del «contra» son uno solo. Y yo sabía manejar ambos.

Primera fase. Convencer.

—Inspector, a partir de las fotografías que hemos visto, de los informes de las autopsias realizadas a las víctimas y de su propia investigación, estos asesinatos podrían haber sido cometidos por alguien distinto al acusado, ¿correcto?

Ni siquiera se detuvo a pensarlo. Contaba con ello. Cuando a un policía de Homicidios se le mete algo en la cabeza, es prácticamente imposible hacerle cambiar de idea.

—No, no es correcto. Todas las prueban apuntan a que el acusado es el asesino —contestó serenamente.

—La defensa no lo acepta, pero digamos, por un momento, que está usted en lo cierto: que todas las pruebas apuntan al acusado como el asesino. ¿Cabe la posibilidad de que el verdadero autor de este crimen quiera simplemente que usted, sus compañeros y el fiscal creyeran que el «acusado» es culpable de este crimen?

—¿Quiere decir que alguien entrara y saliera flotando de la casa sin ser visto y que dejara pruebas para inculpar a

229

Bobby Solomon? No —dijo, conteniendo la risa—. Lo siento, pero eso es ridículo.

—Según ha explicado al jurado, Carl Tozer fue asesinado con un bate; posteriormente, Ariella Bloom murió por las heridas recibidas con un cuchillo cuando ambos estaban en la cama. ¿Es esa la única forma en la que pudieron producirse los asesinatos?

—Es el único escenario que encaja con las pruebas —dijo Anderson.

Abrí mi portátil, accedí al sistema de vídeo del juzgado con mi contraseña y subí dos de las fotografías que Harper y yo habíamos sacado el día anterior. Al mirar la pantalla, vi que Pryor había dejado puesta la imagen de la escena del crimen. Sería útil. Di instrucciones a Arnold para que fuera pasando las imágenes y poniéndolas en la pantalla de la sala. Me dio el visto bueno, se levantó y movió nuestro equipo al «pozo del tribunal», el espacio que hay entre juez, jurado y testigo.

Al levantarme no pude evitar hacer una mueca por el dolor que sentía en el costado. Cada vez era más intenso; en breve, echaría mano de los calmantes. Solo tenía que aguantar un poco más. Por un instante, me quedé mirando las cajas y el colchón, así como la bolsa dispuesta encima de este.

Segunda fase. La trampa.

—Inspector Anderson, ¿encontraron a las víctimas en la escena del crimen exactamente como muestra la foto en la pantalla? —pregunté.

Volvió a mirar la imagen. Carl estaba de lado, con la parte trasera de la cabeza manchada de sangre. Ariella estaba boca arriba, con manchas de sangre en el estómago y en el pecho, pero en ningún otro sitio.

—Sí, así es como los encontramos.

Había leído el informe del forense sobre la escena del crimen. Daba una descripción detallada de las posturas y de las heridas de los cadáveres. La forense llegó hacia la una de la madrugada: dictaminó que la hora de la muerte había sido entre tres y cuatro horas antes de su llegada.

Hice un gesto a Arnold mostrándole dos dedos y cambió la foto en la pantalla de la sala. Era un primer plano de la etiqueta del colchón en la escena del crimen.

—Inspector, este colchón que hemos colocado en el suelo es un NemoSleep, con número de producto 55612L. ¿Puede confirmar que es el mismo número de producto que el del colchón que muestra la fotografía con las manchas de sangre de la víctima?

Miró la foto y contestó:

—Eso parece.

—La forense recoge en su informe que el torso de Ariella estaba a treinta centímetros del borde izquierdo de la cama; su cabeza, a veintitrés centímetros del borde superior. ¿Es correcto?

—Eso creo, no lo recuerdo exactamente, sin volver a leer el informe —dijo.

Hizo una pausa mientras el ayudante del fiscal buscaba una copia del informe y se lo entregaba a Anderson. Le dije de memoria la página exacta. Es una habilidad que me ha resultado muy útil en la abogacía. Nunca olvido.

—Sí, diría que es correcto —me concedió.

Anderson confirmó también que la cabeza de Tozer estaba a sesenta y un centímetros del borde superior de la cama, y a cuarenta y seis del borde derecho de la misma, según la forense. 231

Cogí la bolsa que había encima del colchón y expuse su contenido sobre el suelo.

Una cinta métrica. Un rotulador. Un vaso de chupito. Sirope de maíz. Una botella de agua. Colorante alimentario. Una sábana.

Desdoblé la sábana y la extendí sobre el colchón. Medí las distancias de la posición de las víctimas según el informe de la forense y dibujé un círculo alrededor de ellas sobre la sábana con el rotulador. A continuación, le enseñé un dedo a Arnold: necesitábamos la primera foto.

En la pantalla, la imagen cambió. Ahora mostraba una foto del colchón tomada el día anterior. Se veía una mancha de sangre ancha y espesa en el lado de la cama de Ariella; en el lado de Tozer, solo una manchita debajo de su cráneo, más o menos del tamaño de la base de una taza de café.

—Inspector, ¿está usted de acuerdo en que las marcas que he hecho sobre esta cama son equivalentes a las manchas de sangre de la foto?

Se tomó un momento para mirar la pantalla y el colchón en el suelo.

—Sí, más o menos.

—Tiene usted delante el informe de la forense. Recogió que Ariella Bloom pesaba cincuenta kilos. Carl Tozer, ciento cinco. ¿Es correcto?

Pasó varias páginas:

—Sí —dijo.

—Inspector, esto no es un examen de matemáticas, pero Carl Tozer pesaba más del doble que Ariella Bloom, ¿no?

Asintió, recolocándose en el asiento.

—Tendrá que contestar para que conste en acta —dije.

—Sí —respondió, inclinándose hacia el micrófono.

Abrí la caja y saqué dos pesas rusas. Se las mostré a Anderson. Corroboró que una pesaba diez kilos y la otra veinte. Coloqué una en el lado de la cama de Ariella y la otra justo debajo de la mancha en el lado de Tozer. Sabía que aquella demostración funcionaría incluso antes de empezar. Lo sabía desde que Harper y yo nos tumbamos sobre la cama del dormitorio de Bobby. La pesa de veinte kilos estaba más baja sobre el colchón. Se había hundido con el peso. La de diez kilos estaba al menos un par de centímetros más alta.

—Inspector, volviendo una vez más al informe, la forense indicó que Ariella había perdido mucha sangre. Casi mil centímetros cúbicos, ¿cierto?

Comprobó el informe.

—Sí.

Abrí la botella de agua, vertí un poco en mi vaso sobre la mesa de la defensa. Luego eché un chorrito de sirope de maíz y dos gotas de colorante en el agua que quedaba en la botella. Volví a poner el tapón y la agité. Lo desenrosqué y llené el vaso de chupito.

—Inspector, como verá, este vaso de chupito tiene una capacidad de cincuenta centímetros cúbicos. ¿Desea comprobarlo? —pregunté.

—Me fío de su palabra —contestó.

—El laboratorio criminalístico del Departamento de Policía de Nueva York emplea una mezcla compuesta por una medida de sirope de maíz y cuatro de agua para replicar la consistencia de la sangre. Está en el manual de reconstrucción para expertos en salpicaduras de sangre. ¿Lo sabía?

—No, pero, de nuevo, no se lo discuto —dijo.

Anderson procuraba no ceder puntos sabiendo que tenía un as en la manga. Podía debilitar su testimonio si discutía innecesariamente. Todos los policías de Nueva York tienen la misma formación como testigos. Ya había interrogado a bastantes para saber cómo hacerlo.

Lentamente, vertí el contenido del vaso de chupito sobre la pesa que había colocado en el lado de la cama de Ariella. Se formó un pequeño charco alrededor de la base de la pesa y la mancha oscura se fue extendiendo. Fluyó en un hilo por la superficie de la cama y avanzó serpenteando alrededor de la pesa del lado de Tozer. La bola de músculo en la mandíbula de Anderson empezó a moverse como una bomba. Aunque estaba a tres metros, podía oír cómo le rechinaban los dientes.

—Inspector, si lo desea, puede levantarse para examinar el colchón antes de contestar a mi pregunta. Mire la fotografía del colchón en la pantalla y dígame, ¿qué está mal en la foto? 233

Anderson observó la pantalla y luego el colchón. No era un buen actor. Se frotó las sienes y sacudió la cabeza intentando fingir confusión, sin éxito.

—No sé qué me quiere decir —dijo.

Estaba tratando de ponerme las cosas difíciles, pero se había equivocado en la respuesta. Eso me daba pie a que se lo explicara todo a él y, aún más importante, al jurado.

Arnold cambió la imagen de la pantalla y subió la foto de las víctimas tomada en la escena del crimen. Él y yo sí nos entendíamos. Antes de proseguir, vi que Harry tomaba notas. Iba muy por delante de mí.

—Inspector, no hay sangre de Ariella Bloom en el cuerpo de Carl Tozer, ¿verdad?

—No, supongo que no —contestó.

Pryor ya había escuchado bastante. Saltó de su asiento y se puso a mi lado.

—Señoría, la acusación tiene que protestar ante esta… esta charada. El hecho de que la sangre, o lo que sea que hay en este colchón, fluya cuesta abajo a otra parte de este colchón no significa nada. El colchón de la casa del acusado no ha sido analizado. Es distinto. No hay pruebas que demuestren que lo que ocurre en este colchón por principio hubiera ocurrido en el colchón de la escena del crimen.

Las cejas de Harry se arquearon y empezó a dar golpecitos con el bolígrafo sobre su mesa.

—Señor Flynn, le he dejado proceder hasta ahora, pero el señor Pryor ha planteado una cuestión razonable —dijo Harry.

Tercera fase. El momento en que comprendes que eres un primo.

Miré hacia el público, que esperaba ansioso mi respuesta. Vi muchas cosas en los rostros que me observaban. Algunos estaban recelosos; otros, confusos. No obstante, la mayoría estaban intrigados. Llevaban meses escuchando una única versión de los hechos: a saber, que Bobby Solomon mató a su mujer y a su jefe de seguridad. Ahora, tal vez, estaban ante una versión distinta.

A todo el mundo le gusta una buena historia.

Encontré una cara que había estado buscando en el público.

—Señor Cheeseman, ¿le importaría levantarse?

En la segunda fila de los asientos reservados al público, un hombre que rondaba los cincuenta años se puso en pie con orgullo. Tenía una cabellera fuerte y negra, que llevaba bien peinada. Lucía un bigote que parecía cuidado como la mascota familiar preferida. Era un hombre grande, en todos los sentidos. Vestía un traje azul oscuro, camisa blanca y corbata de color esmeralda.

Me volví hacia Harry.

—Señoría, este es el señor Cheeseman. En 2003 diseñó y patentó el colchón NemoSleep. Está hecho de látex y un tejido recubierto de Kevlar cien por cien resistente al agua. Garantizado. Este colchón tiene el mismo índice de absorción que un acero de alto contenido en carbono. También es hipoalergénico, antibacteriano, antifúngico y se utiliza en la industria hotelera de todo el mundo. Si es necesario, el señor Cheeseman podría testificar ahora, fuera de turno... En caso de que el señor Pryor desee contrainterrogarle.

Harry apenas pudo esconder el placer en su rostro al ver al señor Cheeseman. La cara de Pryor lo hacía más delicioso todavía. La palabra sorpresa se quedaba corta. Acababa de comerse una pared de ladrillo con «NO CULPABLE» escrito en letra bien grande.

—Eh…, señoría, la acusación se reserva su posición respecto al señor Cheeseman por el momento —dijo.

—Voy a permitir que continúe esta línea de interrogatorio por ahora —apuntó Harry.

Volví a poner a Anderson contra las cuerdas antes de que Pryor alcanzara la mesa de la acusación.

—Inspector, como ya hemos demostrado, no hay sangre de Ariella Bloom sobre el cadáver del señor Tozer. Ni una gota. Si las víctimas estaban ubicadas tal y como usted las encontró cuando fueron asesinadas, tendría que haber sangre sobre el señor Tozer. ¿Está de acuerdo?

—No, creo que las víctimas fueron asesinadas donde yacían —contestó.

—¿Está usted de acuerdo en que el líquido fluye cuesta abajo? —pregunté.

—Eh, sí…, claro —dijo.

—Es pura física, inspector. Carl Tozer pesaba mucho más que Ariella Bloom. Su peso haría que el colchón se hundiera. Según las leyes de la gravedad, cualquier sangre que saliera del cuerpo de la señora Bloom caería cuesta abajo y se habría encontrado sobre el señor Tozer, ¿correcto?

Vaciló. Sus labios se movieron, pero no salió ni un sonido de su garganta.

—Es posible —contestó.

Entré a matar. La pantalla mostraba la foto que Harper había hecho de las manchas sobre el colchón.

—Si Tozer estaba en esa cama cuando la señora Bloom fue asesinada, se habría manchado de sangre. Inspector, ¿no le parece obvio, habiendo visto la demostración, que Carl Tozer no estaba en esta cama cuando la otra víctima fue asesinada? Tuvo que pasar tiempo para que la sangre se secara y coagulara antes de que se pusiera el peso de Carl Tozer sobre ella, ¿no cree?

—Es posible —dijo.

—¿Quiere decir que es probable?

Habló apretando los dientes.

—Es posible.

—Al comienzo de este contrainterrogatorio, dijo usted a los miembros del jurado que los asesinatos solo pudieron producirse cuando ambas víctimas estaban tumbadas juntas sobre la cama. Las pruebas apuntan ahora hacia otro lugar, ¿no? —dije.

—Puede. Eso no cambia el hecho de que su cliente fue quien los mató —contestó.

Estaba a punto de lanzarme a por Anderson. Había muchos más interrogantes en torno a aquella investigación. Sin embargo, el juez levantó la mano y me pidió que parara. Un oficial del juzgado estaba susurrándole algo. Harry se levantó y dijo:

—Se suspende la vista durante veinte minutos. Quiero ver a los letrados de la acusación y la defensa en mis dependencias ahora mismo.

Parecía enfadado. Oficial y juez intercambiaron unas palabras. Harry desapareció por el pasillo trasero antes de que el oficial dijera:

—Todo el mundo en pie.

No sabía qué estaba pasando. Pryor tampoco.

236

Pero algo pasaba. Vi a la guardia del jurado recogiendo los cuadernos de sus miembros. Mierda. Lo último que necesitaba era un jurado nuevo. Justo cuando empezaba a ganarme a aquella gente.

Fuera lo que fuese lo que había ocurrido, Harry estaba furioso.

Un ruido llamó mi atención. Eran voces gritando. Localicé el origen del barullo y di un paso atrás. En todos mis años de experiencia, nunca había visto nada como aquello.

Había estallado una pelea en la tribuna del jurado.

CARP LAW

Suite 421, Edificio Condé Nast. Times Square, 4. Nueva York, NY.

Comunicación abogado-cliente sujeta a secreto profesional
Estrictamente confidencial
Memorando sobre jurado
El pueblo vs. Robert Solomon
Tribunal de lo Penal de Nueva York

Manuel Ortega
Edad: 38
Pianista, flautista, guitarrista. Principales ingresos como músico de estudio. En la actualidad, no forma parte de ningún grupo. Divorciado. Un hijo varón, de diez años, con su exmujer. Situación financiera precaria (acreedores agresivos). Se mudó a Nueva York desde Texas hace veinte años. Un hermano en la cárcel. Publicaciones en redes sociales demuestran fuertes opiniones contra el sistema penitenciario.

Probabilidad de voto NO CULPABLE: 90%

ARNOLD L. NOVOSELIC

$\mathcal{H}$abía esperado el momento perfecto.

Difícil de decidir, con tanta gente a su alrededor. Kane siempre se había sentido muy incómodo rodeado de gente. Había pasado años atento a detalles sutiles de las personas que se ponía como objetivo: su tono de voz, sus cadencias al hablar, la postura, los hábitos, los tics, el ritmo de su respiración, su olor, hasta la manera de cruzar las manos en posición de descanso.

238

Al sentarse entre el resto del jurado, se vio incapaz de desconectar ese sentido agudizado de los demás. Algunas veces le resultaba apabullante. Otras, lo agradecía.

Como ahora.

Lo sabía sin tener que mirar. Flynn había arrinconado a la acusación. El tipo alto y gordo de la segunda fila. Cheeseman. Hasta los muebles parecían estar volviéndose a su favor. Había sido una jugada fascinante.

Kane estiró la pierna derecha y la cruzó suavemente sobre la rodilla izquierda. Puso una mano sobre ambas piernas y esperó. Sabía que la bola de papel había rodado hacia delante, hasta la primera fila. La había tocado con el pie y había oído un leve crujido de papel.

Spencer miró a su izquierda, buscando el origen del sonido. Luego a la derecha. No vio nada. Habría tenido que agacharse para verlo.

Kane ya no veía la bola, pero sabía instintivamente dónde estaba.

La jurado que estaba sentada a la derecha de Spencer, Betsy, apoyó las palmas de las manos en su asiento y se recolocó, columpiando las piernas hacia afuera y volviendo a doblarlas bajo el banco con los tobillos cruzados.

Había oído algo. Kane también. Esta vez había sonado más fuerte. El crujido de un papel. Betsy se agachó para mirar. Al incorporarse, tenía un trozo de papel en la mano. Se quedó inmóvil un instante, mirándolo como si fuera una bola de cristal. La palabra «culpable» se leía claramente en el papel. Rita estaba al lado de Kane y también había visto a Betsy coger algo del suelo. Se deslizó hacia delante y le puso delicadamente una mano a Betsy sobre el hombro.

—Ay, Dios, pone «culpable» —susurró.

—Sí —dijo Betsy.

Las dos se volvieron hacia Spencer.

Spencer miró a Betsy, algo confundido.

—¿Qué es eso? —preguntó.

La guardia del jurado los oyó hablando y pasó al lado de Kane agachándose para hacerles callar. Entonces, de repente, vio el papel. Betsy le dio la vuelta para que viera lo que decía. La guardia se incorporó bruscamente. Les dijo que se callaran, cogió el papel y fue con paso firme hacia el juez.

Kane se quedó parado y adoptó una expresión confusa. Al 239 ver que la guardia se había ido, Betsy estalló.

—Eres un cabrón manipulador, ¿lo sabías? —dijo.

Y el resto del jurado lo oyó.

42

Al final, tuvieron que traer a todo el personal de seguridad del juzgado para calmar al jurado. Cinco guardias. Cuando se los llevaron de la tribuna, aún seguían peleándose. Era la primera vez que veía que un jurado corría el riesgo de ser acusado por desacato al tribunal.

Chris Pellosi, un tipo de tez pálida que diseñaba páginas web, agarró del jersey a Spencer con una mano mientras con la otra señalaba a Manuel Ortega. Daniel Clay, aficionado a la ciencia ficción, se unió al anciano Bradley Summers y a James Johnston, traductor, tratando de hacer callar al grupo a base de gritos. No lo lograron. Gritar a la gente para que se calle nunca funciona.

Manuel, el músico, se encaró con el corpulento Terry Andrews, mientras Betsy y Rita soltaron un torrente de insultos contra Spencer Colbert.

Solo una persona se mantuvo ajena a la pelea, tranquilamente sentada con la cabeza agachada: Alec Wynn. Los oficiales del juzgado hicieron salir al jurado de la sala.

Al cerrarse la puerta que daba al pasillo, seguía oyéndose la discusión.

—¿Qué pasa? —preguntó Bobby.

Volví con mi cliente e intenté tranquilizarle.

—No tengo ni idea, pero sea lo que sea, puede que te venga bien —contesté.

—¿Qué? ¿Cómo me puede venir bien? —dijo.

—Esto está empezando, pero el jurado parece un poco «dividido» por ahora. Es buena señal. Esperemos que siga así.

Pareció comprender lo que decía. Tenía mejor aspecto. Volvía a tener color en las mejillas. Le daba cierto rubor.

Aquello merecía la pena. Había renunciado a muchas cosas para representar a Bobby Solomon. Pero, al mirarle en ese momento, supe que había tomado la decisión correcta.

—Entonces, ¿tenemos alguna posibilidad? Es la primera vez que veo ese cuchillo, Eddie. Te juro que nunca lo había visto, y menos aún tocado —dijo.

—Bobby, el bate estaba en el dormitorio. Rudy me dijo que solías guardarlo en el recibidor. ¿Es eso cierto?

—Sí, totalmente. Me crie en una granja. A mi padre no le gustaban las armas de fuego. Siempre tenía una tabla de madera junto a la puerta de entrada, para protegerse. Una vez se la partió encima a un cobrador de deudas. Estuvo varios meses en la cárcel por ello. Cuando salió, fue a comprarse un bate de béisbol. Y lo guardaba en el mismo sitio. En el cuartito al lado de la puerta. Decía que no se rompería tan fácilmente. Yo siempre he hecho lo mismo, viviera donde viviera y por mucha seguridad que hubiese. Pero nunca lo he usado.

—De acuerdo —dije. Había tenido una idea sobre el bate del recibidor y su conexión con el misterioso hematoma en el 241 cuello de Carl Tozer.

La secretaria del juzgado se acercó a toda prisa. Harry quería ver a los letrados inmediatamente. La seguimos hasta su despacho, esta vez sin que Pryor abriera la boca. Le preocupaba el jurado. Doce personas que se llevan mal no dan un veredicto unánime. Estaba luchando por volver a ganárselos, y lo sabía.

Harry estaba sentado detrás de su escritorio. Se había quitado la toga y la había colgado. Llevaba camisa blanca y pantalón negro con tirantes. Había una bola de papel sobre su mesa y, junto a ella, un montón de cuadernos.

Nos sentamos en los cómodos sillones enfrente de Harry. La secretaria tomó asiento en su mesa y el taquígrafo también entró en el despacho. Se puso a escribir en cuanto Harry empezó a hablar. Aquella conversación constaría en acta.

—Caballeros —dijo Harry—. Tenemos un jurado corrupto.

—¡Maldita sea! —exclamó Pryor, golpeando la mesa de Harry.

Me froté la cara y le pedí un poco de agua. Tomé otra dosis de calmantes. Los necesitaba. Más que nunca. Aparte de la costilla rota, la cabeza me estaba matando. Había estado bien durante gran parte del día, siempre que no me tocara la parte posterior del cráneo. Sin embargo, empezaba a dolerme la cabeza. Y no tenía nada que ver con el bate que me había sacudido la noche anterior.

Cada palabra de Harry me golpeaba como un piano cayendo de una grúa.

Un jurado corrupto.

Aunque había oído muchas historias y había leído sobre ello en los periódicos, nunca había tenido ninguno. Un jurado es corrupto cuando tiene intenciones ocultas. En la mayoría de los casos, conocen al acusado. Son un pariente lejano o un amigo. Tienen un solo objetivo *in mente*: meterse en el jurado y decantar el juicio según convenga a su propósito.

—¿Quién es? —preguntó Pryor.

—Echen un vistazo a esto, pero no lo cojan —dijo Harry—. Ya tiene suficientes huellas.

Ambos nos levantamos a examinar la bola de papel sobre el escritorio de Harry. El ver la palabra «culpable» escrita en el papel sabiendo que había pasado por todo el jurado desató una nueva ola de dolor en mi cabeza.

—¿Vas a suspender el juicio? —pregunté.

—Todavía no lo sé. He estado revisando los cuadernos que entregamos a los miembros del jurado. Creo que lo he encontrado. Dos de ellos están en blanco. Y el resto, bueno, la letra no se parece ni de lejos. No soy experto en caligrafía, pero esa me parece bastante similar —dijo Harry.

Harry señaló un cuaderno abierto sobre la mesa. La letra no se parecía a la de la bola de papel: era idéntica.

—Yo creo que sí, juez —dijo Pryor.

—Yo también.

Harry mandó a la secretaria a por el jurado en cuestión. No tuvimos que esperar mucho. La secretaria hizo pasar al despacho a Spencer Colbert. Le pidió que tomara asiento en el sillón vacío junto a la mesa de Harry. Tampoco me importaba demasiado perder a aquel jurado. Sobre el papel, su perfil parecía favorable a nosotros. Creativo, hípster y liberal, llevaba jerséis de cuello vuelto y fumaba marihuana. En teoría, era ideal.

Nervioso, tomó asiento, como un chaval que va al despacho del director por pelearse en el patio del colegio.

—Señor Colbert, esta conversación constará en acta. Me gustaría saber si fue usted quien escribió esta palabra en este papel y lo dejó como una especie de mensaje para sus compañeros del jurado —dijo Harry.

—¿Qué? No, yo no tengo nada que ver con eso.

—Se parece mucho a su letra —insistió Harry.

Colbert iba a decir algo, pero luego se lo pensó dos veces. Se encogió de hombros y dijo:

—No sé nada de ese papel. Yo no he sido, señor juez.

—Caballero, no soy tonto. He visto el papel y su cuaderno. Es su última oportunidad —dijo Harry.

El jurado clavó la mirada en el suelo, estuvo a punto de decir algo y negó con la cabeza.

—Espere, señor Colbert. Antes de que diga nada, debería saber que puedo entrar e interrogar al resto del jurado. O bien puede usted ahorrarme un poco de tiempo. Porque, si tengo que perder más tiempo hablando con el resto de sus compañeros, le aseguro que pasará la noche en el calabozo de aquí al lado mientras decido qué hacer con usted —dijo Harry.

No tuvo que decir nada más. La idea de pasar la noche con veinte tíos en una calabozo despertó su honestidad al instante.

—Yo no he escrito esa nota. De todos modos, tampoco creo que el tipo sea culpable —dijo, e inmediatamente deseó no haber abierto la boca.

El juez hizo girar su asiento para dirigirse a nosotros y dijo:

—Señor Colbert, queda usted expulsado del jurado. No debería haber expresado ningún juicio todavía. Solo por eso, ya está excluido. Aparte, tengo que decir que no le creo. Creo que usted sí escribió esa nota. Creo que quería convencer a sus compañeros de que el acusado es culpable. En cualquier caso, no dejaré que interfiera más en este juicio. Aún no he decidido qué hacer con la nota. Pediré al Departamento de Policía que la investigue, y a usted también. Espero por su bien que esté diciendo la verdad. Si sus huellas están en esta bola de papel, pronto volverá a tener noticias mías, ¿entiende?

Spencer asintió y salió rápidamente, para no empeorar las cosas.

—Están cayendo jurados como manzanas podridas, juez —dijo Pryor.

—Qué me va a contar. Debería haber nombrado media docena de suplentes. Le diré al jurado que ignore la nota. ¿Alguno de los dos quiere añadir algo? Puedo asegurarles que no pienso contemplar ninguna moción para declarar el juicio nulo.

Pryor y yo asentimos. No tenía sentido declarar el juicio nulo por esto. Si Harry decía al jurado que obviara la nota, legalmente no había motivos para declarar el juicio nulo. No podía hacer nada más.

—Bien —prosiguió Harry—. Llamaremos a la segunda jurado suplente. Lleva todo el juicio aquí y no creo que tenga problema. Ahora, volvamos al trabajo.

CARP LAW

Suite 421, Edificio Condé Nast. Times Square, 4. Nueva York, NY.

James Johnson
Edad: 43
Se mudó a Nueva York desde Washington D. C. hace dos años. Padres fallecidos. Un hermano, que sigue viviendo en Washington D. C. Traductor (árabe, francés, ruso, alemán). Trabaja desde casa para una agencia de traducciones con base privada de videoconferencias. Situación económica estable. Es voluntario en varias asociaciones comunitarias, sobre todo para conocer a gente. No tiene vida social. Le gusta el cine francés, la literatura de ensayo y las catas de queso. No vota.

Probabilidad de voto NO CULPABLE: 50%

ARNOLD L. NOVOSELIC

43

*D*os guardias de seguridad permanecieron con el jurado mientras esperaban a volver al juzgado. Ninguno de sus miembros abrió la boca. Kane bebió algo de café mientras contemplaba a sus compañeros. La mayoría de ellos parecían cada vez más enfadados.

Cuando por fin les hicieron entrar en la sala, había una nueva jurado esperándolos. Valerie Burlington tenía cuarenta y tantos años, vestía vaqueros negros de marca y un top negro. Llevaba mucha joyería, toda ella de oro y auténtica. Solamente la gruesa cadena de la muñeca costaría veinte de los grandes. Sin embargo, le daba un aspecto barato. Estaba sentada lejos de Kane, al otro lado de su fila.

El juez comunicó al jurado que Spencer se había marchado y que había nombrado a una de los suplentes para sustituirle. Tal como había dicho, les ordenó que ignoraran la nota, advirtiéndolos seriamente de que no hablaran del juicio antes de haber escuchado todos los testimonios y dejando claro cuáles serían las consecuencias de ello.

Una vez fuera Spencer, Manuel era el único jurado del que debía preocuparse Kane.

Pero tendría que esperar.

La voz del abogado de Bobby le desconcentró. Había infravalorado a ese tal Eddie Flynn.

44

*E*l inspector Anderson no parecía demasiado contento de volver a verme. Pocos testigos lo estaban. Pero yo había perdido impulso y él había tenido tiempo para pensar en lo que podía preguntarle. Ya no contaba con el factor sorpresa.

—Inspector, habíamos quedado en que está usted de acuerdo con que estos asesinatos pudieron producirse de un modo distinto al que describió al jurado en un principio. Permítame sugerir cómo. Vuelva a leer el informe de la autopsia del señor Tozer —dije.

Anderson encontró el documento delante de él:

—Abogado, yo sigo creyendo que las dos víctimas fueron asesinadas en esa cama. Desconozco por qué no había sangre sobre el cuerpo del señor Tozer, pero eso tampoco cambia nada.

Ignoré su respuesta momentáneamente, aunque tenía la intención de volver a ella.

—En la tercera página del informe, verá que menciona una línea de hematomas en la garganta del señor Tozer. Mide setenta y cinco milímetros de ancho y siete centímetros y medio de largo. ¿Lo ve?

—Sí.

—¿Cómo cree que se produjo ese hematoma, teniendo en cuenta su teoría de que las víctimas fueron asesinadas en la cama mientras dormían?

Se quedó pensando en ello, pasó una página del informe y miró el diagrama del cuerpo, donde la forense había hecho una tabla con todas las heridas del cadáver.

—No lo sé. Puede que se lo hiciera antes de irse a la cama. Tal vez no tenga nada que ver con su muerte —contestó.

—Desde luego, cabe la posibilidad de que no tenga nada

que ver con su muerte. O puede que sea un detalle crucial. Por favor, eche un vistazo a estas fotos —dije.

Arnold subió a la pantalla las fotos de la policía que mostraban el resto de la casa. Cocina, pasillos y salones. Excepto la cocina, todos los suelos estaban cubiertos de moqueta blanca.

—Si el señor Tozer no murió en la cama, es probable que fuese asesinado en otro lugar de la casa. Como ve, no hay rastros de sangre por ninguna parte, ¿verdad? —dije.

Esta vez contestó rápidamente.

—Ninguno. La única sangre que encontramos del señor Tozer estaba sobre esa cama —dijo Anderson, con un tono algo triunfal.

—Inspector, si un intruso consiguiera entrar en el domicilio, le pusiera una bolsa en la cabeza al señor Tozer y tirara hacia atrás, sería esperable encontrar hematomas como estos en su garganta, ¿no es correcto?

Anderson paró en seco. No lo había visto venir.

—Puede, pero el señor Tozer no murió de asfixia. Le golpearon con un bate en la cabeza.

—Eso parece. Inspector, ¿sabe usted en qué lugar de la casa solía guardar su bate el acusado?

—No —contestó.

—En el recibidor, junto a la puerta de entrada —dije.

Anderson se encogió de hombros, sacudiendo la cabeza, como para decir: «¿Y qué?».

—Un intruso que lograra entrar, supongamos que con pretextos, pudo ponerle una bolsa en la cabeza por detrás al señor Tozer y tirar de ella provocándole el hematoma, luego coger el bate del acusado y matar al señor Tozer de un fuerte golpe en la parte trasera de la cabeza. Es posible, ¿no?

El inspector negó con la cabeza antes de que terminara de formular la pregunta. No estaba dispuesto a ceder en eso y creía tener la respuesta. Pryor podría haber protestado, pero parecía contento con que Anderson se zafara de mi pregunta.

—De ninguna manera. Si hubiera sido así, ¿dónde están las manchas de sangre? En esa moqueta destacaría hasta una sola gota. No habríamos pasado por alto la sangre en esa moqueta.

—Pero si el intruso cubrió la cabeza del señor Tozer con una bolsa, tal vez incluso una bolsa con cierre de cordón, entonces pudo golpearle en cualquier parte de la casa, porque la sangre que salpicara del impacto quedaría dentro de la bolsa, ¿no?

Tenía sentido. Eso explicaría el hematoma en su garganta y la ausencia de sangre de Tozer sobre la moqueta. También explicaría por qué Ariella Bloom no sangró sobre Tozer en la cama. Para cuando subieran su cuerpo al piso de arriba y lo colocaran a su lado, el corazón de ella habría dejado de bombear. Y eso explicaría que no sangrara. Todo lo que hubiera sangrado antes habría quedado comprimido bajo su peso y se habría absorbido en la sábana.

—No lo veo. Si eso fue lo que pasó, ¿por qué matar a Ariella Bloom y luego colocar el cuerpo de Tozer junto a ella sobre la cama? —preguntó Anderson.

Fue un error de principiante. Harry estaba a punto de indicar a Anderson que no debía hacer preguntas al abogado. Los testigos nunca preguntan, solo contestan. Sin embargo, en esta ocasión no me importó responder.

—Porque si hallaban el cuerpo de Tozer al lado de Ariella, parecería que alguien los había encontrado en la cama juntos y les había matado. Eso daría un móvil a Bobby Solomon y centraría toda la atención de la investigación sobre él, desviándola del verdadero asesino, ¿no? 249

—Esa es «su» opinión —dijo Anderson.

—Dejemos las opiniones aparte, ¿de acuerdo? Es un hecho que no había heridas defensivas de ningún tipo sobre el cuerpo de la señorita Bloom, ¿correcto?

—Sí. Supongo que estaba dormida cuando la atacaron —dijo Anderson.

—¿Podría acercarme la prueba, por favor? —le dije a la oficial.

La oficial se giró agachándose y cogió el bate de béisbol en la bolsa de pruebas de plástico sellada. Pasé por encima del colchón y golpeé suavemente con el bate la pesa que estaba en lo que sería el lado de la cama de Tozer.

El ruido sordo del golpe resonó en toda la sala. Le devolví el bate a la oficial.

—Cuando se golpea metal con un bate de madera de arce, hace mucho ruido. Si se golpeara el cráneo de Carl Tozer con este bate, se oiría un chasquido muy fuerte, ¿no?

—Debió de hacer ruido, sí.

—Y la señorita Bloom, que usted afirma que estaba dormida a escasos centímetros del origen de ese ruido, ¿no cree que se habría despertado?

Espiró por la nariz. Una respiración larga para soltar toda su frustración.

—No sabría decirle —respondió.

Era el momento de seguir adelante. La mesa y el cuchillo también eran importantes para el caso.

—¿Cuántas veces se registró la casa en busca del arma del crimen? —pregunté.

Se lo pensó durante un instante:

—Puede que una docena de veces.

—Y no se encontró en ninguno de esos registros, ¿verdad?

—No, como ya he dicho, la encontré ayer.

—Estaba en un buen escondite, ¿no? —dije.

Asintió con una sonrisa burlona. Proseguí:

—Supongo que era un buen escondite, sí: pero al final la encontramos.

—¿Diría usted que la única razón por la cual se colocó el arma en ese aplique de luz fue porque el asesino no quería que la encontraran?

—Correcto.

—Entonces, digamos que el acusado se ayudó de la mesa para subirse… Y el cuchillo… ¿Por qué no levantó la mesa para devolverla a su posición original?

—No lo sé —contestó Anderson.

—Usted encontró el cuchillo únicamente porque la mesa estaba volcada, ¿correcto?

—Supongo que podría decirse así —respondió.

—Y eso le hizo pensar que pudo producirse alguna actividad que implicara al asesino y la mesa, ¿correcto?

—Sí.

—Si el asesino hubiera recolocado la mesa, ¿habrían encontrado el cuchillo?

—Probablemente, no —dijo Anderson.

—Entre la llamada al 911 y el momento en que llega el primer agente de policía al lugar transcurren once minutos, ¿no es cierto?

—Es tiempo de sobra para que el asesino ocultara que se había subido a la mesa, simplemente volviendo a ponerla bien, ¿no cree?

—Es posible, sí.

—Digamos que tiene usted razón y que el acusado es el asesino e intentó esconder el cuchillo. No quiere que lo encuentren. Se esmera en dejarlo en un lugar donde sabe que no lo buscarán. La pantalla de una lámpara. Y entonces rompe un jarrón y vuelca la mesa que hay bajo la lámpara. ¿Me está diciendo que el asesino se dejó la mesa volcada y el jarrón roto en el suelo? Estaba claro que esas pruebas llevarían a la policía directamente al arma del crimen, como ya ha admitido. No tiene sentido que el acusado dejara la mesa de esa forma si realmente era el asesino, ¿verdad?

—Los asesinos cometen todo tipo de errores. Por eso los atrapamos.

Puse en la pantalla la foto del dormitorio con el marco roto junto a la mesilla.

—Inspector, ¿es posible que el ruido de cristales rotos que se escucha en la llamada al 911 se produjera cuando mi cliente golpeó este marco sobre la mesilla de noche?

—Es posible.

Se quedó satisfecho con la respuesta. Estaba a punto de acabar con él. Solo necesitaba que el jurado supiera que no estábamos pasando por alto el dólar hallado en la boca de Tozer.

—Inspector, usted no llevó a cabo personalmente el análisis científico del billete de dólar, ¿verdad?

—No.

—De acuerdo. Entonces abordaremos esa prueba con el agente de la Científica.

En ese momento pensé en la noche anterior y decidí que quería dejar a Anderson con mal sabor de boca. El equipo de Rudy Carp había hecho sus deberes con Anderson y me pareció de mala educación desperdiciar su trabajo.

—Solo tenemos su palabra para creer que encontró el arma del crimen en esa lámpara. ¿Cuántas veces ha sido investigado por Asuntos Internos?

Anderson entornó los ojos y me escupió la respuesta:

—Dos. Y me absolvieron de haber cometido cualquier falta, en ambas ocasiones.

Le mantuve la mirada y dije:

—Cuando acabe este caso, puede que a la tercera vaya la vencida.

Pryor protestó. El jurado desoiría mi última pregunta.

—Gracias, inspector. No hay más preguntas —dije.

Pryor no quiso repreguntar. Al bajarse del estrado, Anderson me lanzó una mirada asesina. Sabía que era un tipo sucio. Era colega de Mike Granger. El grupito que me esperaba delante de casa la noche anterior había confirmado que Anderson era de lo peorcito del Departamento de Homicidios de Nueva York. Me había creado un enemigo allí. Un gran enemigo.

Se acercaba la una del mediodía. Vi que Harry miraba su reloj.

—Damas y caballeros, va llegando la hora de comer. El jurado tiene que atender unos asuntos durante el descanso de la comida. Propongo que nos volvamos a ver aquí a las tres. Se levanta la sesión —dijo.

Al volver a la mesa de la defensa, Arnold me hizo un resumen sobre el jurado.

—Me gusta tu estilo. Nunca pensé que lo diría, pero no puedo negarlo. Creo que tenemos cuatro jurados de nuestra parte. Dos de las mujeres estaban asintiendo mientras hablabas acerca de la mesa volcada. Y lo de golpear la pesa con el bate ha funcionado.

En ese momento, Bobby se inclinó hacia nosotros y dijo:

—Gracias. Me alegro de teneros en mi equipo, tíos.

—No nos emocionemos. Todavía quedan muchos testigos de la acusación que nos pueden crear serios problemas. Y me da la sensación de que Pryor tiene unas cuantas sorpresas más guardadas en la manga —dije.

El juzgado empezó a vaciarse. Vi a una docena de hombres trajeados en fila al fondo de la sala. Bobby todavía tenía escolta. Estaban ahí para sacarle del juzgado de forma segura y llevarle a una salita dentro del edificio para comerse un burrito y aferrarse a sus secretos. Era evidente lo mucho que le pesaban. Cargaba con mucha culpa. Una verdad que había decidido esconder y que, sin duda, guardaba relación con la noche de los asesinatos. «¿Qué ocultas, Bobby?»

Antes de que pudiera recrearme en ese pensamiento, la multitud se dispersó y vi a dos mujeres avanzando hacia delante.

Eran Harper y Delaney, su amiga del FBI. No sabía qué habían encontrado. Tampoco era fácil adivinarlo por sus expresiones. Pero sabía que era algo importante. Abriéndose paso entre el poco público restante, Harper llegó a la mesa de la acusación:

—Tenemos que hablar. Ahora mismo. No te lo vas a creer.

CARP LAW

Suite 421, Edificio Condé Nast. Times Square, 4. Nueva York, NY.

Comunicación abogado-cliente sujeta a secreto profesional
Estrictamente confidencial
Memorando sobre jurado
El pueblo vs. Robert Solomon
Tribunal de lo Penal de Nueva York

Bradley Summers
Edad: 68

Empleado de Correos jubilado. Viudo. Situación económica estable, con pensión del Gobierno. No tiene deudas ni bienes. Alejado de sus dos hijos (uno vive en Australia y otro en California). De vez en cuando juega al ajedrez en el parque. Votante demócrata. No tiene presencia en Internet. Lee el New York Times.

Probabilidad de voto NO CULPABLE: 66%

ARNOLD L. NOVOSELIC

$\mathcal{N}$o era la primera vez que Kane se subía a un coche de policía. Habían sacado al jurado por la puerta lateral de la sala. Una hilera de Ford Crown Victoria los esperaba en la acera. No podían salir por la puerta principal. La dirección de tráfico había tenido que cerrar media Center Street debido a la multitud reunida a las puertas de los juzgados.

El agente que le llevó a su apartamento no decía nada. Subieron los tres pisos de escaleras hasta su casa. El agente Locke esperó silenciosamente en el atestado recibidor del apartamento mientras Kane hacía la maleta en su dormitorio.

Pantalones, ropa interior, calcetines, dos camisas y dos pares de calzoncillos en una bolsa. Era una bolsa especial. Kane se la había hecho a medida en Las Vegas, hacía muchos años. Estaba cosida a mano y hecha de grueso cuero italiano; parecía tan nueva como el día en que la recogió de la tienda. También metió una cuchilla de afeitar, cepillo de dientes y sus pastillas. Antibióticos. Cogió el termómetro digital, no sin antes comprobar que no tenía fiebre.

Palpó las costuras interiores de la bolsa. Encontró la lengüeta en forma de pulgar y tiró. Era un bolsillo oculto forrado de papel de aluminio para despistar a los detectores de metal. Estaba en el lado opuesto a la placa de metal que indicaba el fabricante de la bolsa. La policía asumiría que sus detectores saltaban por el metal del logo.

Kane cogió lo imprescindible. Los pequeños artículos que componían un «kit básico de asesinato». Los metió en el bolsillo oculto, cerró la cremallera de la bolsa y volvió al recibidor con el agente. Locke estaba hojeando una de las revistas que había sobre la mesa.

—¿Pesca? —preguntó el agente.

—Sí, cuando puedo —contestó Kane.

—Yo voy con dos colegas al río Oswego un par de veces al año. Allí hay buena pesca.

—Eso he oído. Me acercaré cuando empiece la temporada —dijo Kane.

Se pasaron todo el trayecto de regreso a Center Street intercambiando anécdotas de pesca. Los dos hablaron sobre las grandes piezas que se les habían escapado. Todas las historias sobre pesca eran iguales. Locke llevó a Kane hasta el juzgado por la entrada trasera. Y se marchó. Kane se quedó solo en la sala. Era el primer jurado en volver. En teoría, el juicio no debía ser demasiado difícil. Sabía que tenía que calibrar a sus compañeros. Sus pensamientos fueron más allá de la vista. Llevaba meses diseñando la siguiente jugada. Pero el juicio le había hecho plantearse si debería cambiar sus planes.

Puso una moneda de diez céntimos sobre la mesa.

Cara: seguir con el mismo plan.

Cruz: plan nuevo.

Tiró la moneda al aire.

La vida y la muerte giraron en el aire. El destino mismo, decidido al azar. Cayera del lado que cayera, Kane tendría cuidado. La incertidumbre le excitaba. La sentía en la parte baja del estómago.

La moneda rebotó en la mesa y se quedó quieta.

Cruz.

Guardó la moneda y empezó a comer un sándwich. Mientras masticaba, pensó en el hombre que podría vivir sus días, ahora que la moneda de diez céntimos le había salvado. Nunca sabría el horror del que se había librado. De hecho, Rudy Carp nunca sabría que había estado en peligro.

Evidentemente, eso significaba que otro tendría que pagar el pato.

Kane cogió su bolsa y salió de la sala, fue por el pasillo hasta el baño y comprobó que estaba vacío. Cerró el cubículo con pestillo, sacó el teléfono desechable del bolsillo oculto de la bolsa e hizo una llamada. Contestaron casi inmediatamente.

—Cambio de planes para Rhode Island —dijo Kane.

—Uno de estos días, esa monedita tuya te va a meter en un lío. Deja que adivine, Carp se salva —respondió la voz.

—La moneda ha elegido sabiamente. Mañana por la mañana, Flynn estará en todos los periódicos y redes sociales de Estados Unidos. Es perfecto. Ahora, ¿puedes conseguirme lo que necesito? —preguntó Kane.

—Pensé que tal vez lo harías así. Estaba claro que Flynn iba a acaparar los titulares. Creo que te gustará. He dejado lo que necesitas dentro de tu coche, al lado del JFK —dijo la voz.

—¿Ya lo tienes?

—Vi una oportunidad. Y la aproveché. De todos modos, Flynn está haciendo demasiadas preguntas. En el estrado, Anderson casi mete la pata un par de veces. Tenemos que protegerle.

—Por supuesto, para eso están los compañeros. Creo que a Anderson le va a gustar esto —dijo Kane—. Odia a Flynn.

—Lo sé. Ese Flynn casi me da lástima. No tiene ni idea de lo que le espera.

257

46

*E*l estrecho cubículo de consultas de dos pisos más abajo hedía a loción de afeitado barata y a olor corporal. A Delaney no parecía importarle. Sí fue un problema para Harper, que tardó varios minutos en hacerse a él. Estas cosas la afectaban.

Ambas llevaban carpetas y papeles sueltos. Los dejaron sobre la mesa del cubículo. Harper habló primero.

—Las víctimas de Richard Pena están relacionadas con la investigación de Dollar Bill —dijo.

Se había encontrado el ADN de Pena sobre el billete de dólar hallado en la boca de Carl Tozer. Junto con la huella dactilar y el ADN de Bobby Solomon. Sin embargo, cuando el billete se imprimió, Pena llevaba doce años muerto: el estado de Carolina del Norte lo ejecutó por cuádruple homicidio. Lo más destacable de su caso era el número de víctimas que se le atribuía. Pero parecía imposible que todas ellas pudieran conectarse con este asesino.

—¿Se encontraron billetes de dólar en las escenas del crimen? —pregunté.

Ninguna contestó inmediatamente. Se miraron durante un instante, preguntándose quién debía decírmelo. Por fin, Delaney abrió una carpeta y colocó varias fotografías sobre la mesa.

Eran cuatro. Cuatro mujeres. Todas ellas blancas. Todas jóvenes. Todas muertas. A juzgar por las fotos, todas fueron encontradas en un jardín o en una zona con césped. Las habían colocado allí. Con las extremidades extendidas, como si estuvieran haciendo un salto de tijeras. No, no un salto de tijeras. Un salto de estrella.

Tenían el cuello muy amoratado. No mostraban ningún otro signo de violencia, aunque tampoco era fácil asegurarlo basándome solo en las fotos. Todas estaban vestidas. Sudaderas con capucha, chaquetas de punto, camisetas y vaqueros.

—Todas eran alumnas de UNC en Chapel Hill. Dejaron sus cuerpos en el campus, probablemente desde una furgoneta. La mayor tenía veintitrés años —dijo Delaney.

Un crujido interrumpió mi concentración. Sin saberlo, estaba agarrado a la pata débil de la mesa y casi la había partido en dos.

Intenté sacudirme la rabia y me concentré en las fotos. En un principio no lo había notado, pero en ese momento vi que en una de las fotos había algo asomando por la blusa de la víctima. Un dólar, metido en el sujetador.

En cuanto lo vi, Delaney sacó otra foto. Era un *collage* de las cuatro víctimas. Billetes de dólar metidos bajo la tela de sus sujetadores.

—Mierda —dije.

—La policía lo ocultó a los medios. Encontraron rastros de ADN en todos estos billetes de dólar. Al principio no dieron con ningún perfil que coincidiera en la base de datos. Luego la policía y la seguridad del campus hicieron una campaña de análisis de ADN voluntario entre mil cuatrocientos varones que trabajaban o vivían en la universidad. Dieron en la diana con Richard Pena. Era celador, pero también había salido un tiempo con una de las víctimas. La última, Jennifer Espósito. Y sí, los dólares estaban marcados —dijo Delaney.

Me mostró otra de las fotografías. El Gran Sello estaba marcado en los mismos sitios, en todos los billetes. La misma flecha, la misma hoja de olivo, la misma estrella.

—La policía fotografió los billetes para usarlos entre las pruebas. Pero no vieron las marcas o, si las vieron, no les dieron demasiada importancia en el juicio. El ADN y el *modus operandi* de estrangular a las cuatro víctimas resultaron pruebas sólidas definitivas —apuntó Delaney.

—¿Y Pena dio su ADN de forma voluntaria? —pregunté.

—No tuvo mucha elección —contestó Harper—. La universidad obligó prácticamente a sus empleados. Tal vez pensó que no había dejado rastro. Al fin y al cabo, el asesino fue cuidadoso. El cotejo de su ADN permitió que la sentencia saliera en tiempo récord. Antes de los asesinatos, Chapel Hill había vivido aterrorizada por la presencia de un violador en serie en el campus. No fueron capaces de culpar a Pena de esos críme-

259

nes, pero, leyendo entre líneas, la policía dedujo que Pena era el violador y que, simplemente, había subido la apuesta. El pueblo llevaba meses asustado y querían mandar a alguien a la silla eléctrica. El juicio duró un par de días. El jurado deliberó durante diez minutos. Supongo que podría decirse que Pena tampoco tenía una gran defensa. No podía permitirse un abogado, y el de oficio se dormía al volante, o ni siquiera le importaba. Sus apelaciones se declinaron rápido y con rotundidad. La gente quería verle muerto y el estado les dio ese gusto.

Muy rápido… La justicia solía tomarse su tiempo con la mayoría de las cosas. No en ese caso.

—¿Defendió Pena su inocencia? —pregunté.

—Hasta el último suspiro —contestó Harper.

—Todos lo hicieron —dijo Delaney.

Aparté las fotos y dije:

—¿Qué quieres decir con que «todos lo hicieron»?

—Hemos encontrado más —dijo Delaney—. Después de marcharte, conseguí un permiso para emitir nuevos boletines de búsqueda. El billete de dólar en el caso Solomon me dio munición para ir a uno de mis superiores. Mandé avisos a todos los *sheriffs* y a las oficinas condales de Homicidios de trece estados de la Costa Este. Los primeros que firmaron la Declaración de Independencia. Imagino que ya lo habrás deducido. Bueno, pues yo tardé un poco más. Era una teoría con tres víctimas, pero no bastaba para pedir a los cuerpos de seguridad que reabrieran viejos casos con sentencias sólidas. Con el caso Solomon, mi superior me dio vía libre para mandar un aviso. También me autorizó a mandar alertas a jueces y a funcionarios en todos los condados de esos estados. Es la primera vez. Nunca lo habíamos hecho. Y ha dado sus frutos.

Acerqué la silla a la mesa y vi cómo Delaney sacaba documentos de su carpeta. Cuatro fajos de papel unidos por bandas elásticas. Los fue colocando delante de mí uno por uno. Había recortes de periódico, informes policiales, expedientes para el fiscal del distrito.

—Ataque con incendio provocado a una iglesia afroamericana en Georgia. Dos víctimas. Se encontró un billete de dólar parcialmente quemado junto a un bidón de gasolina. Se había utilizado para prender el fuego; luego el autor apagó las llamas

260

del billete. Las huellas encontradas en el bidón eran de un fracasado supremacista blanco llamado Axel que acababa de ganar dos millones de dólares en la lotería estatal.

Puso otro encima con un golpe.

—El destripador de Pensilvania. Tres mujeres descuartizadas en sus propias casas, parcialmente devoradas y con mutilaciones *post-mortem*. Las tres fueron encontradas a lo largo de dos semanas en el verano de 2003. Los ataques se produjeron por todo el estado. Se encontraron billetes de dólar metidos en sus bragas. Jonah Parks, esquizofrénico paranoico, confesó la autoría de los crímenes, a pesar de las protestas de su mujer, que le ofrecía una coartada. No bastó para evitarle la cárcel.

Otro documento. Otro rostro de un fallecido mirándome. Esta vez era un hombre sentado tras el volante de una plataforma.

—El asesino de Pitstop. Cinco hombres, todos ellos camioneros. Recogieron a un autoestopista en Connecticut y acabaron muertos. Les disparó en la cabeza de cerca y luego les robó. Dejó el billete de dólar en el salpicadero. La policía pensó que era una propina del autoestopista por el favor. Las huellas en el billete condujeron a la policía a un vagabundo que acababa de volver a tener casa después de que un pariente muriera dejándole una importante cantidad de dinero. El tipo no tuvo tiempo para disfrutarlo.

El último.

—Sally Buckner, dieciséis años. Maryland. Secuestrada, violada y asesinada con un cuchillo de doble filo. La policía encontró el billete de dólar en su mano al sacar su cuerpo de debajo del porche del vecino, Alfred Gareck, que negó ser el autor de aquella atrocidad. No se encontraron rastros de ADN, pero había pruebas circunstanciales. La chica solía ir a la tienda a hacerle la compra todos los sábados por la mañana; él siempre le daba un par de dólares por la molestia. Las huellas de Gareck estaban sobre el billete. Murió a la semana de ser condenado por el asesinato —dijo Delaney. Sacudió la cabeza—. El Gran Sello estaba marcado igual que en el resto de los dólares. Punta de flecha, hoja, estrella. Aún estamos esperando a que nos digan algo de Nueva Jersey, Carolina del Sur, Virginia y Rhode

Island. Puede que no haya actuado en esos estados. Pero puede que sí... y que no lo hayamos descubierto aún.

Ninguno de los tres podíamos hablar. Harper apoyó la espalda contra la pared, con la mirada clavada en el suelo. Todos lo notamos. Había un algo negro y maligno en el cubículo. Algo en lo que no te permites pensar. Todos hemos crecido con miedo a algo. El hombre del saco, el monstruo del armario o el demonio que se esconde debajo de la cama. Y tus padres te dicen que son solo imaginaciones tuyas. Que no hay demonios. Ni monstruos.

Pero los hay.

Yo he hecho cosas malas en mi vida. He hecho daño a gente. He matado. No tuve elección. Fue en defensa propia. Para proteger a mi familia. O a otros. No es fácil matar a un hombre, incluso en esas circunstancias. Sabía por experiencia que Harper también había tirado del gatillo. Que había matado a un hombre. No estaba seguro de si Delaney habría hecho daño a alguien, pero no necesitaba esa experiencia para saber cómo era. Era una raya que a veces había que cruzar.

Aunque siempre dejaba cicatriz.

Teníamos ante nosotros a un hombre que asesinaba por placer. Era un juego. Solo que él no era un hombre. Era uno de los monstruos.

Sabía la pregunta que quería hacer, pero no encontraba el valor para ello. Tenía los labios secos. Los humedecí, tragué y dije:

—¿Cuántas víctimas?

Delaney conocía la respuesta. Harper también. El saber les pesaba mucho. Harper cerró los ojos y susurró la respuesta.

—Dieciocho, que sepamos. Veinte si cuentas a Ariella Bloom y a Carl Tozer.

—¿Y contamos a Ariella y a Carl, agente Delaney? —pregunté.

—Creo que sí, pero vamos muy retrasados. Y sigue siendo una investigación en curso. Estoy compartiendo esto con vosotros porque acudisteis a mí. Estoy dispuesta a contarle al tribunal que el FBI está investigando la posible conexión entre los asesinatos de Bloom y Tozer y un conocido asesino en serie que opera en la Costa Este, pero nada más. Ninguna otra información o prueba. Si Solomon es condenado por estos crímenes, se cerrará otra puerta en mis narices. ¿Sabes lo difícil que es reabrir un caso cerrado? ¿Con una sentencia en vigor? Lo siguiente a imposible.

La habitación volvió a quedarse en silencio.

—¿Existe alguna conexión entre las víctimas? Este tipo ha de tener algún modo de ponerse a esa gente como objetivo. No puede ser totalmente al azar —dije.

—Aún no hemos encontrado ninguna conexión —contestó Harper—. Estamos en ello. Imagino que te soy más útil trabajando desde este ángulo, Eddie. Por ahora, no hay ninguna relación entre las víctimas de cada estado. Edades distintas, sexo distinto, orígenes distintos.

Asentí. Harper tenía razón. Pero nada de aquello podía ayudar a Bobby en el juicio. La verdad es que no.

—Tiene que haber una relación. ¿Las marcas en el dólar? A ver, este tío está inmerso en una especie de misión oscura. Tiene un propósito. Un plan. Ha matado a veinte personas y ni la policía ni el FBI le están buscando siquiera. Ha conseguido echar la culpa de todos los asesinatos a otro —dije.

Esa palabra, esa extraña palabra candente: asesinato. De alguna manera, sentía como si se me hubiera atragantado. Mi mente no quería soltarla.

Tardé un momento en asimilarlo todo. Debía volver al juzgado en breve. Cerré los ojos y dejé que mi mente vagara. En algún lugar de mi subconsciente, tenía la respuesta.

Empezó lentamente, como una pulsación tenue en la habitación. Como la vibración del corazón de un violín. Mínima. Por la simple presión de los dedos sobre las cuerdas, justo antes de tocar la primera nota de la obertura. La sentí. Y entonces estaba ahí, delante de mí.

—Necesito tiempo para revisar estos casos. Con algo de suerte, puede que nos llegue algo más de los otros estados. Si vamos a utilizar todo esto, tenemos que organizarlo y encontrar la conexión entre las víctimas. Y si estás dispuesta a hacer un trato, Delaney, tenemos que mostrarle las pruebas a Pryor. Mientras tanto, voy a detener el juicio por hoy: le pediré a Harry un aplazamiento hasta mañana. Básicamente me ha dicho que puedo solicitarlo si es necesario. Y lo necesito. Todos lo necesitamos —dije.

Al hablar, mis ojos recorrieron la habitación siguiendo a mis pensamientos.

Entonces el maestro movió las manos. Y la primera nota resonó en mi cabeza.

—¿De qué tipo de acuerdo estás hablando? —preguntó Delaney.

—Es una oferta única. Nada de negociar. Lo tomas o lo dejas. Mañana vienes al juzgado. Y puede que necesite que testifiques, aunque no creo que sea necesario. Lo único que me hace falta es que accedas a compartir estos expedientes con el fiscal. También necesito tu palabra de que, en caso de necesitarlo, le dirás al jurado lo que me has contado.

Se cruzó de brazos, miró a Harper por encima del hombro y volvió a mí.

—Ya te he dicho que no puedo. No puedo comprometer la investigación —contestó.

—No estarás comprometiendo nada. Ven al juzgado. Accede a testificar para que pueda decir al fiscal que eres una testigo. Pero no tendrás que hacerlo. Si lo haces, te juro que tendrás a tu hombre bajo custodia dentro de menos de veinticuatro horas.

Delaney se reclinó en la silla, sorprendida ante una afirmación tan atrevida.

—¿Y cómo pretendes entregarme a Dollar Bill? —preguntó.

—Esa es la mejor parte. Yo no te lo entregaré. Si todo va bien mañana, Dollar Bill irá solito a los brazos del FBI.

CARP LAW

Suite 421, Edificio Condé Nast. Times Square, 4. Nueva York, NY.

Comunicación abogado-cliente sujeta a secreto profesional
Estrictamente confidencial
Memorando sobre jurado
El pueblo vs. Robert Solomon
Tribunal de lo Penal de Nueva York

Cassandra Deneuve
Edad: 23
Se cambió de nombre hace dos años. Antes conocida como
Molly Freudenberger. Admitida en Diseño Escenográfico en 265
NYU, estudios en curso. Trabaja en un McDonald's. Situación
económica estable gracias a la ayuda de sus padres. En dos
años, ha dejado dos cursos en la universidad. Mantiene va-
rias relaciones sentimentales. Numerosos seguidores en Ins-
tagram. No tiene historial como votante.

Probabilidad de voto NO CULPABLE: 38%

ARNOLD L. NOVOSELIC

47

*L*a nueva integrante del jurado entró en la sala contoneándose y tintineando. Ya estaba empezando a molestar a Kane. Llevaba un amuleto en el tobillo izquierdo que repiqueteaba al menor movimiento. El resto del jurado también lo había notado. Valerie Burlington y su tobillera no tardarían en rechinar como una cuchilla sobre una pizarra incluso para el más tolerante de ellos.

Kane se permitió imaginar cómo sería la sensación de cortarle el pie. Se quedó mirando las venas justo por debajo de su tobillo, que resaltaban a través del moreno falso cual gusanos en un lodazal.

Valerie columpiaba su pie, ignorando los susurros y chasquidos que llovían en torno a sus oídos pidiendo silencio.

Afortunadamente, el jurado no tuvo que esperar mucho.

Cuando el juez aplazó la vista hasta el día siguiente, Kane, en un principio, se sintió decepcionado. Aunque, si lo miraba positivamente, tendría más tiempo para sí.

Volvieron en fila a la sala del jurado, recogieron sus bolsas y salieron de los juzgados por la puerta de atrás. Un autobús municipal amarillo los sacó de Manhattan. Los acompañaban dos oficiales. Condujeron casi una hora por la autopista, en dirección al aeropuerto internacional JFK. Pero no iban al aeropuerto. Si hay algo que abunda alrededor del JFK, son hoteles a un precio razonable. Muchos de ellos se encuentran en el barrio de Jamaica, una zona de Queens poblada por gente de clase media. Era demasiado caro alojar a doce jurados y a los suplentes en un hotel de Manhattan.

La oficina del juzgado tenía tres hoteles preferidos. El Holiday Inn, el Garden Inn y, si no había sitio, el Grady's Inn. Y resultó que no lo había. De eso se había asegurado Kane. Una semana antes, había usado un montón de tarjetas de crédito de prepago para reservar estratégicamente en el Holiday Inn y el Garden Inn. Ambos estaban casi completos, así que solo tuvo que hacer media docena de reservas en cada hotel. Todas con nombres diferentes. Algunas las hizo por Internet; otras, con un móvil desechable. En cada una, ya fuera por teléfono o correo electrónico, especificó la habitación y el piso en que quería estar.

Por ello, ni el Holiday Inn ni el Garden Inn pudieron ofrecer quince habitaciones en la misma planta al funcionario del juzgado que intentó hacer la reserva de grupo. Por motivos de seguridad, tenía que haber un vigilante en la planta para controlar a los jurados secuestrados. Era imposible controlar dos o tres plantas de un hotel. El personal de seguridad de los juzgados no tenía tantos empleados. No, señor. Un vigilante, un piso. Esas eran las reglas.

Eso redujo las opciones al Grady's Inn. Un piso, un vigilante.

El autobús se detuvo a la puerta del Grady's Inn y Kane notó la desilusión en los rostros de sus compañeros al ver el alojamiento.

—¿Cuándo quitaron el cartel de «MOTEL BATES»? —dijo Betsy, desatando una ola de risas nerviosas entre jurados y oficiales.

El jurado entró en el vestíbulo en fila. La zona de la recepción parecía más adecuada para una funeraria. Paredes cubiertas de madera de roble oscura, chupando la poca luz que penetraba la mugre de las ventanas. Kane reconoció el olor a verdura estofada. El mozo iba asintiendo a cada uno de los jurados conforme pasaban a su lado en el vestíbulo, sin hacer ademán de cogerles las maletas. De hecho, el tipo parecía algo bebido. Y olía mal. Había una fila de cabezas de ciervo montadas sobre la anciana recepcionista del hotel. No tendría menos de ochenta años y estaba sorda. Al oficial del juzgado le habría costado menos hablar con uno de los ciervos.

Kane se había asegurado de ponerse al lado de Manuel mientras esperaban en el vestíbulo. Le dio un toque con el codo. Manuel le miró. Kane se inclinó hacia él:

—Sé que crees que Solomon es inocente. Estamos en la misma onda. No podemos dejar que vaya a la cárcel por algo que no hizo. Hablamos luego, ¿vale?

Asintió con un gesto de sabiduría. Manuel se quedó pensándolo y levantó el pulgar con discreción para decir «vale».

Les entregaron catorce llaves. Llaves de verdad. Nada de tarjetas magnéticas. Era de esa clase de sitios. En su día, el hotel había sido una gran casa. Tenía alrededor de cuarenta habitaciones distribuidas entre sus cinco pisos. Ascensor no. Los jurados siguieron al oficial hasta el cuarto piso. Luego pasaron en fila por delante de él para ir a sus habitaciones. A Kane le habían dado la cuarenta y uno, en el lado derecho del pasillo. Jugó con la llave en la cerradura el tiempo suficiente para que un compañero llegara a la puerta de enfrente.

Era Valerie. Esperó a que la joyería dejara de tintinear detrás de él, se volvió y dijo:

—Disculpa, Valerie, pero sufro migrañas. El sol entrará en esta habitación muy pronto. Y eso desata mis jaquecas. ¿Te importaría cambiármela?

Valerie sonrió, le dio una palmadita en el brazo y dijo:

—Claro que no, cariño. Quédate con la mía.

268

Kane cogió agradecido la llave de la treinta y nueve y le dio las gracias a Valerie. Abrió la puerta de su nueva habitación y la cerró con llave. Era pequeña y sucia. El ventanal daba sobre los aleros del piso inferior. A la izquierda, caía hacia un tejado plano. Apenas se veía el jardín.

Soltó su bolsa sobre la cama, se tumbó y se quedó dormido.

Una hora más tarde despertó por los golpes en su puerta. Le dijo al oficial del juzgado que no se encontraba bien y que no bajaría a cenar. Prefería dormir un poco. No, tampoco necesitaba un médico.

Logró volver a dormirse y se despertó a la una de la madrugada. Despejado. Alerta. Descansado.

Se cambió de ropa y comprobó que no tenía fiebre. Después de tomarse más antibióticos, preparó la bolsa, se puso el pasamontañas y salió por la ventana.

CARP LAW

Suite 421, Edificio Condé Nast. Times Square, 4. Nueva York, NY.

Alec Wynn
Edad: 46
Ingeniero de aire acondicionado, en la actualidad en paro.
Soltero. Republicano. Situación económica, aparentemente 269
inestable, aunque todavía no es grave. Muy poca vida social.
Solitario. Entusiasta de actividades al aire libre: caza, pesca,
kayak. Licencia de armas de fuego en el estado de Nueva York
y en Virginia. Tiene tres armas cortas: dos en Nueva York, una
retenida en Virginia. Intereses en Internet incluyen Brietbart
News, Donald Trump, el Partido Republicano, pornografía ex-
trema y varias páginas web dedicadas al Ejército estadouni-
dense. Nunca ha servido en el Ejército.

Probabilidad de voto NO CULPABLE: 20%

ARNOLD L. NOVOSELIC

48

*H*arry concedió el aplazamiento en un abrir y cerrar de ojos. Pryor no puso objeción. Tenía hasta la mañana siguiente para prepararme. Una vez que se hubo vaciado el juzgado, quedamos Arnold, Bobby y yo. Holten, cuya empresa de seguridad había contratado Carp Law, dijo que se quedaría a ofrecer sus servicios a Bobby. Me aseguró que había acordado con Carp que Bobby seguiría teniendo escolta hasta el fin de semana, como mínimo. A partir de entonces, correría de su propia cuenta. Un detalle por parte de Rudy: al menos, Bobby estaría a salvo antes de ir a la cárcel para el resto de su vida. En el pasillo había cinco escoltas aparte de Holten, esperando a llevar a Bobby a su casa.

—¿Dónde te alojas?

—En Midtown. Una casa antigua. Es un barrio tranquilo y agradable. La casa tiene hasta una habitación del pánico con una puerta de acero enorme. Allí estaré a salvo. Rudy la alquiló para mí. La ha pagado hasta final de mes. Oye, ¿crees que tenemos alguna posibilidad de ganar? —dijo Bobby.

Había sido un día largo y empezaba a notársele. Le podría haber dicho la verdad, pero eso no ayudaría. Tenía el presentimiento de que podíamos coger al auténtico asesino. Y necesitaba confiar en Delaney, pero en el fondo dudaba de todo. Aquel caso seguía dependiendo de la suerte.

—Sí, creo que tenemos posibilidades. Mañana sabré más. Creo que Ariella y Carl se vieron envueltos en una especie de juego enfermizo. Su asesino quería inculparte. Todavía no sé por qué. Ni cómo lo hizo exactamente. Necesito que vayas a casa y pienses. Mañana tienes que contarme dónde estabas la noche de los asesinatos —dije.

—Ya te lo he dicho, no lo recuerdo. Dios, ojalá lo recordara.

Hablaba mirando al suelo.

Estaba mintiendo. Lo sabía. Y Arnold también lo notó.

—Bobby, no te queda otra elección. Tienes que contármelo.

El chico sacudió la cabeza:

—Ya te lo he dicho, no me acuerdo.

—Esperemos que tu memoria mejore para mañana. El jurado querrá saber dónde estabas. Si no puedes decírselo, vas a tener serios problemas —dije.

Acompañamos a Bobby hasta el pasillo y hacia la masa de escoltas que debía llevarle a casa. Prometió que intentaría dormir y se tomaría la medicación. Salió rodeado hacia una multitud enfervorecida.

Era la primera vez que tenía ocasión de hablar con Arnold. Le puse al día sobre la teoría de Dollar Bill. Al principio no se lo creyó, pero cuantos más detalles le daba, más parecía interesarle.

— ¿Crees que este jurado se lo creerá? —dije.

Se frotó la calva y suspiró:

—Vale la pena intentarlo. Ahora que está secuestrado, la clave es averiguar quién es el alfa del jurado.

—¿El alfa?

—Un jurado secuestrado no tarda en caer en una mentalidad de manada. El secuestro los separa de sus vidas normales y los mete juntos en una situación estresante de una realidad extrema. La cosa pasa a ser «nosotros» y «ellos». Se unirán. Saldrá un líder. Habrás notado que no he dicho «macho» alfa. Muchas veces, es una mujer la que lidera la manada. Una vez que averiguas quién es la figura alfa, solo hace falta concentrarte en él o ella. Si te ganas al alfa, el resto del jurado irá detrás.

Asentí. Tenía sentido. De repente, me alegré de tener a Arnold a mi lado.

—Muy útil, gracias —dije, con sinceridad.

A Arnold pareció sentarle bien mi comentario. Le gustaba ayudar.

—Sé que no hemos tenido el mejor…, bueno, ya sabes… Lo siento. Creo que estás haciendo un gran trabajo por Bobby —dijo Arnold, extendiendo la mano.

Se la estreché. Yo no guardo rencor.

—Ah, hay algo que quería comentarte antes —apuntó—. Es sobre uno de los jurados: le vi..., en fin, va a sonar un poco raro...

—Sigue.

—Es difícil de explicar. Eh, mira, hace unos años, vi una película en la tele por cable. Una película de terror sobre la alta sociedad de Nueva York. Creo que uno era abogado y otro un demonio... No sé. Eso no lo recuerdo bien. En fin, me acuerdo de una escena. Una chica se estaba cambiando en el probador de una tienda y sonreía a la cámara. De repente, su cara cambiaba. La sonrisa se convertía en..., como en una mueca demoniaca. Tenía dientes afilados y ojos diabólicos. El otro personaje, la protagonista, no estaba segura de si lo había visto o no. Pues así es más o menos como me siento. Estaba mirando a ese jurado y, bueno, su cara cambió. Daba miedo. Como una microexpresión de... algo. Algo malo —dijo.

Arnold estaba sudando, tenía bolsas bajo los ojos como para diez kilos de patatas. Estaba pálido, exhausto. Y asustado.

—¿Quién era? —pregunté.

Mi teléfono vibró. Lo saqué del bolsillo de la chaqueta y Arnold lo vio. No reconocí el número en la pantalla.

—Un momento —dije.

—Olvídalo. Lo siento. Ni siquiera sé lo que digo. Llevo seis meses trabajando quince horas al día para este caso. Ha sido un día muy largo. Contesta. Te veo mañana.

—Vete a casa. Que descanses, Arnold.

Le vi marcharse. El estrés provoca todo tipo de cosas. No estaba seguro, pero me dio la impresión de que Arnold había sufrido una alucinación. O tal vez fuera un efecto de la luz... o algo así.

Contesté la llamada. Era el tipo del garaje. Mi Mustang ya tenía parabrisas nuevo y podía pasar a recogerlo cuando quisiera. La factura tampoco era terrible y el mecánico había aprovechado para poner a punto el motor y cambiar el aceite. Le di las gracias y dije que pasaría a recogerlo en cuanto pudiera.

Me esperaba una noche larga. Tenía que leer los expedientes sobre las nuevas víctimas y repasar todas las pruebas para el día siguiente. Delaney estaba reuniendo un equipo de crisis en la oficina de campo de Nueva York y habíamos quedado en reunirnos a desayunar con Harper y ella a las seis de la mañana. Aún tardaría en ir a recoger el coche.

Un taxista me dejó en la calle 46 Oeste. Esta vez no me esperaba ningún comité de bienvenida. Al subir cansinamente las escaleras hacia mi despacho, pensé en llamar a Christine. Cuando llegué al rellano, estaba decidido a decirle que no pondría problemas con el divorcio, que le daría lo que quisiera. Lo que fuera mejor para ella y para Amy. Para cuando llegué a la puerta, había decidido llamarla y decirle que la quería. Que la quería más que a nada y que, cuando terminara aquel caso, dejaría aquel trabajo.

Al final, apagué el móvil. Aún quedaba media botella de whisky sobre mi escritorio. Me serví una copa. Después de acunarla un buen rato, la tiré por el fregadero y me puse a trabajar.

Primero, revisé los expedientes del caso Solomon. Preparé mi contrainterrogatorio. Luego pasé a los expedientes de los asesinatos de Dollar Bill. Yo no era psicólogo cualificado. Tampoco criminólogo, ni analista criminal, ni agente del FBI, ni policía. Mis aptitudes en ese campo eran limitadas.

Pero sí sabía dos cosas.

Sabía engañar. Y allí había un patrón. Una táctica básica de cebo y anzuelo. Las víctimas eran asesinadas con un *modus operandi* distinto en cada estado. Dejaba el dólar. Y la policía lo pasaba por alto. Era comprensible. Yo mismo había visto la marca en el dólar mariposa y la había obviado, igual que el Departamento de Policía de Nueva York. Nos había pasado a todos. A todos menos a Delaney. Una vez colocada la prueba, los llevaría a un autor inocente. Y Dollar Bill se iba a otro estado o a otra ciudad y empezaba de nuevo.

También sabía matar.

Me había criado entre chicos que se convirtieron en asesinos. Cuando era timador, trataba con ellos casi a diario. Algunos estaban metidos por dinero. La mayoría, por deporte. Había conocido a hombres que sentían placer matando. Se los veía a la legua. La única razón por la que seguía vivo era porque me había esmerado en comprender a esos tipos para mantenerme fuera de su radar y de su vista.

ϒ

Cuando miré el reloj, eran las cuatro y media. Tenía las cosas mucho más claras. Llamé a Harper.

—¿Estás despierta?

—Ahora ya sí —contestó. Su voz sonaba dura. Hablaba despacio, con la garganta seca y furiosa—. ¿Qué necesitas?

—He estado revisando los expedientes. No hay relación entre las víctimas.

—¿No te lo dijo ya Delaney ayer?

—Sí, lo hizo. Pero estaba pensando en las víctimas equivocadas —dije.

Oí un gruñido y ruido de sábanas. Me la imaginé incorporándose, obligándose a despertar.

—¿Qué quieres decir con las víctimas equivocadas?

—Delaney se centró en las víctimas de los asesinatos. No creo que ellas fueran el verdadero objetivo. Este asesino está matando a gente para inculpar a otro por el crimen. Los verdaderos objetivos son los que fueron condenados por esos crímenes, estoy seguro.

—Tenemos el mismo problema que con las víctimas de los asesinatos. Algunos de esos hombres condenados nunca salieron de su estado.

—No hay ninguna conexión geográfica ni social. No creo que estos hombres se conocieran. Nunca vivieron en el mismo lugar, se movían en círculos sociales completamente distintos, fueron a distintas universidades, algunos ni siquiera estudiaron en la universidad. No he encontrado nada. Pero tampoco soy el FBI. Solo me puedo basar en lo que hay en los expedientes y lo que pueda encontrar en Internet. Por ahora no es gran cosa. He encontrado varios artículos en la red. Un artículo sobre Axel, el pirómano, decía que había ganado la lotería del estado. Y otro sobre Omar Hightower y las apuestas de fútbol…

—¿Cómo? —preguntó Harper.

A veces, decir algo en alto ayuda a que se haga realidad. Al menos a mí me ayuda.

—Harper, las verdaderas víctimas son las personas que fueron a la cárcel por error. Las eligió porque sus vidas cambiaron de manera radical. Omar ganó todo ese dinero, a Axel le tocó la lotería, el vagabundo condenado por los asesinatos de Pitstop acababa de recibir una herencia… Y todo eso apareció en los periódicos locales. Necesito que Delaney y tú les sigáis la pista a todos y averigüéis qué ha sido de ellos. Sus vidas dieron un giro radical. Y el asesino lo vio. Por eso fue a por ellos.

Harper se había puesto en marcha. Oí sus pasos sobre un suelo de madera. Luego, otra voz al otro lado de la línea. Tenue. De fondo.

—¿Quién es? —dije.

Al principio, no contestó. El momento de duda bastó para hacerme sentir como un capullo.

—Ay, Harper. Lo siento. No sabía que tuvieras compañía… —dije.

—No pasa nada. Es Holten. No le importa —respondió ella.

Por un segundo, no supe qué decir. Ni cómo sentirme. Estaba acariciando mi anillo de casado con el pulgar. Con los años, había desgastado el metal con tantas preocupaciones.

—Ah, vale, bien. Supongo —dije, como un chaval de sexto curso.

275

—Voy a comprobarlo y llamo a Delaney. ¿Algo más?

No había nada más que decir. Volví a disculparme. Colgué. Apoyé la cabeza en la mesa, más avergonzado que por el cansancio.

Mientras estaba allí, mi mente volvió a la conversación que había tenido con Arnold, aquella misma tarde. Era un caso muy delicado. Necesitaba dos cosas: a un Arnold lúcido y a un jurado imparcial. Ningún jurado corrupto más.

Me inquietaba su preocupación por el miembro del jurado que le había dado una sensación extraña. Por muy disparatado que sonase, tenía que saber más sobre ello. Arnold estaba acostumbrado a trabajar en casos importantes, de modo que sabía perfectamente que dormir era un concepto relativo en un caso por asesinato. Le llamé. Contestó tras varios tonos.

—¿Diga? —dijo.

No detecté sueño en su voz. Sonaba totalmente despierto.

—No te he despertado, ¿verdad? —pregunté.

—No puedo dormir —respondió.

—Bueno, perdona que llame tan pronto. Llevo toda la noche trabajando. Voy a intentar descansar media hora antes de reunirme con los federales. Pero no puedo irme a dormir sin que me cuentes algo más sobre lo que dijiste antes. Sobre el jurado. Dijiste que creías haber visto algo.

—¿El jurado?

—El miembro del jurado del que me hablaste. Ya sabes, su cara..., que había cambiado. Que no estabas seguro de lo que habías visto, porque fue algo fugaz. Puede que sea importante. O puede que no. Solo quiero saber de quién hablas.

—Ah, eso —dijo Arnold—. Vale, bueno, tú lo has dicho: no estoy seguro de lo que vi. Es como si, por un momento, su cara hubiera cambiado.

—¿Quién era?

Hubo una pausa. No sé por qué, pero me dio la sensación de que era importante.

—Alec Wynn —dijo Arnold.

Wynn era un pirado de las armas. El tío al que le gustaba cazar, pescar y Fox News. Tal vez le gustaba cazar hombres, además de ciervos.

—Gracias, Arnold. Oye, sé lo duro que has estado trabajando. Descansa un poco y nos vemos mañana.

Me dio las gracias y colgó. Puse la alarma para despertarme al cabo de media hora. Podía ser un sueño corto para recobrar energías y prepararme para llegar a la oficina del FBI a las seis.

Presentía que me esperaba un día largo.

276

Jueves

49

Cuando salió el sol por el otro lado del Grady's Inn, Kane ya estaba duchado y se había puesto una camiseta. Estaba tumbado sobre la cama y se había quedado dormido. La herida de la pierna parecía estar limpia. A pesar de los esfuerzos de la noche, no había sangrado. Después de examinarla, se cambió el vendaje. No había señales de infección. Pero para asegurarse, se había tomado más antibióticos. Y también la temperatura. Todo bien.

Suponía que aún quedaría una hora, tal vez hora y media, para que el vigilante despertara al jurado para bajar a desayunar. Sus músculos se relajaron. Respiró hondo dos veces y permitió que su mente cayera en ese territorio de media vigilia en el que el subconsciente toma las riendas.

Estaba satisfecho con su trabajo de anoche.

El oficial que estaba de vigilancia no tardaría en llamar a las puertas. Y entonces empezarían los golpes. Los gritos. Y luego, los alaridos.

CARP LAW

Suite 421, Edificio Condé Nast. Times Square, 4. Nueva York, NY.

Memorando sobre jurado
El pueblo vs. Robert Solomon
Tribunal de lo Penal de Nueva York

Daniel Clay
Edad: 49

Desempleado. Recibe subsidios estatales. No tiene padres ni familia. Tampoco amigos. Situación económica pésima. Le gustan las redes sociales y las novelas de ciencia ficción y fantasía. No lee los periódicos y evita las noticas en Internet. Fan de Elvis. No tiene antecedentes penales. Le interesa la cienciología, pero todavía no se ha unido a ella, básicamente por motivos económicos.

Probabilidad de voto NO CULPABLE: 25%

ARNOLD L. NOVOSELIC

50

Que digan lo que quieran del FBI. De sus políticas. De sus oscuros intereses. De la corrupción. De su control encubierto de todos los ciudadanos estadounidenses. De sus errores. De las vidas que se han cobrado.

A las seis y cinco de la mañana del jueves, el FBI me parecía perfecto. Siempre que me dieran un café, estaba dispuesto a concederles una tregua.

Otro punto a su favor era la velocidad con la que habían dispuesto una sala de incidencias para los asesinatos de Dollar Bill. Delaney tenía suficientes pruebas para obligar a los directores a abrir la caja registradora. Me condujeron a una sala grande sin ventanas. Estaba bien iluminada. Había mesas por todas partes y un panel montado sobre una enorme mampara de vidrio que dividía la sala por la mitad. En él había fotos de las víctimas con sus biografías debajo, junto a los hombres condenados por sus asesinatos. Y flechas trazadas con rotulador por todo el cristal.

—Tenemos una más —dijo Delaney, detrás de mí.

Se acercó y pegó una foto de una chica de pelo negro rizado con una cazadora de motorista de cuero. Tez pálida. Sonrisa de animadora. Tendría veintipocos años. Al lado había otra de un hombre de mediana edad, alto y con bigote. Una foto de la policía.

—Profesor de inglés condenado por asesinar a una camarera en Carolina del Sur —dijo Delaney.

—¿Cuándo? —pregunté.

—En 2014. Acababa de vender su primera novela a una importante editorial de Nueva York. Cancelaron el contrato en cuanto le detuvieron —contestó Delaney.

Al otro lado de la sala, en la pared del fondo, había una línea cronológica de los asesinatos y los juicios en los que se condenó a los autores. Empezaba en 1998, con la primera de las jóvenes por cuyo asesinato fue condenado Pena. Iba hasta el caso más reciente, el del profesor en 2014.

—Dieciséis años —susurré.

—Puede —dijo Delaney—. Aún nos faltan varios estados. Nueva Jersey, Virginia y Rhode Island. Podría abarcar más tiempo, pero no creo que mucho. El tío ha tenido trabajo.

Me costaba concentrarme en las fotos de las víctimas. A todas les habían arrebatado la vida de forma brutal y despiadada. Hombres y mujeres. Tenían padres y amigos. Algunos incluso tenían hijos. Era demasiada devastación para asimilar. Me senté en una mesa vacía. La sala ya estaba llena de agentes del FBI. Costaba absorber todo el dolor que había causado aquel hombre: era como un fuego ardiendo en el horizonte. Como si los rostros de sus víctimas estuvieran quemándose. Sentía que, si me acercaba demasiado o miraba una cara con demasiada atención, el fuego me devoraría a mí también y nunca me dejaría marchar.

Delaney tenía el desapego típico de los cuerpos de seguridad. Miraba los rostros de las víctimas con ojo clínico.

—¿Cómo lo haces? —pregunté.

—¿Qué?

—Eres capaz de mirar todo esto…, y no parece afectarte —dije.

—Oh, sí que me afecta. Créeme —me respondió—. Cuando veo los cuerpos o pienso en el alcance de todo esto… La magnitud del sufrimiento es lo que puede acabar desquiciándote si se lo permites. Así que no miro. Cuando observo una foto, no miro a la víctima: busco al asesino. Intento detectar su rastro, descubrir una firma o algún tipo de huella. Hay que ignorar el daño y mirar más allá, en busca del monstruo.

Nos quedamos callados un rato. Pensé en toda aquella gente.

—Bueno, ¿te ha contado ya cómo vamos a coger a ese mamón? —apuntó Harper.

No la había visto llegar. Parecía como si trajera dos litros de café encima. El vaso térmico le pesaba considerablemente. Lo dejó sobre la mesa y se sentó a mi lado.

—Todavía no —dijo Delaney.

En realidad, no estaba seguro de que fuese a funcionar. Era una posibilidad remota. Sin embargo, después de toda la noche pensando en Dollar Bill, estaba casi seguro de que le había calado.

—Me da la sensación de que los verdaderos objetivos son los hombres a los que Dollar Bill ha incriminado por los asesinatos. Las marcas de los billetes. Tres. En mi opinión, la flecha representa a la víctima. Para la sociedad, la rama de olivo es que el autor sea capturado y condenado. Eso es, una vez que Bill los ha incriminado. Y la estrella va por el estado. Tiene que ser así. Pero imaginad que sois ese hombre.

Harper dio un trago largo al café, Delaney se cruzó de brazos y se reclinó hacia atrás. No estaba seguro de que la estuviera convenciendo.

—El tipo se ha esforzado muchísimo para incriminar a hombres inocentes por sus asesinatos. Eso debe de dar mucha satisfacción. Planeas un crimen, lo ejecutas y la policía ni siquiera te busca. Es casi el crimen perfecto, ¿no? Ahora imaginad que hacéis un esfuerzo enorme para incriminar a alguien, ¿no querríais quedaros rondando para aseguraros de que el primo de turno cae por vuestro crimen?

Delaney cogió un bolígrafo, acercó la silla a la mesa y empezó a anotar algo.

—¿Qué quieres decir con quedarse rondando? —preguntó Harper.

—Creo que Dollar Bill ve los juicios. Para este cabrón es más que un juego. Es una misión. Imagina la sensación de estar en un juzgado y presenciar cómo condenan a otro hombre por tu crimen. Y todo porque «tú» has hecho que así sea. El plan se desarrolla a la perfección delante de ti. Quiero decir, este tío es muy bueno incriminando a la gente. Todas las personas a las que se ha puesto como objetivo han acabado en la cárcel. Me cuesta creer que las defensas no hayan conseguido ganar uno solo de los casos. Siempre los condenan. Eso debe de hacerle sentir poderoso. Muchos asesinos matan por juegos de poder. ¿Por qué iba a ser distinto este? —añadí.

El bolígrafo en la mano de Delaney se movía furiosamente sobre la página. Iba asintiendo mientras escribía.

—¿Has conocido a muchos asesinos, Eddie? —preguntó Delaney.

283

—Me acogeré a la quinta enmienda respecto a esta pregunta —contesté.

—Retransmisiones en televisión, fotos de los juicios en los periódicos locales o nacionales, blogs. Podemos empezar a buscar a este tío —dijo Harper.

—Y, si no me equivoco, hoy estará en la sala observando a Bobby. Poned media docena de agentes en el juzgado para vigilar al público. A ver qué pasa cuando empiece el contrainterrogatorio del testigo del fiscal sobre Dollar Bill. Con un poco de suerte, le asustaremos. Quiero que piense que sabemos sobre él mucho más de lo que quiere. Si es listo, se levantará y tomará el primer vuelo que salga de JFK. Solo tenéis que cogerle antes de que abandone la sala.

Delaney y Harper se miraron emocionadas. Parecía un plan. Delaney rebuscó en una carpeta y encontró lo que parecía un informe encuadernado.

—Este es el perfil de Dollar Bill. Lo hemos elaborado esta noche, así que está poco pulido y tendré que añadir cosas. Incluye sus paraderos conocidos en las fechas de los asesinatos. Lo actualizaré para incluir las fechas en las que se produjeron los juicios correspondientes. Creo que has dado en el clavo en eso, Eddie. Y entiendo lo que dices, Harper. «Sí hay» relación entre los condenados por los crímenes de Bill. Ya estábamos en ello, pero no podíamos confirmarlo hasta volver a revisarlos todos. Ahora ya lo hemos hecho.

Nos entregó copias del perfil y pasamos directamente a la sección del informe titulada «selección de víctimas».

No hay características comunes físicas, sexuales o geográficas discernibles entre los distintos grupos de víctimas. Es probable que se las eligiera por su conexión, acceso a, o relación con la persona a la que el sujeto elegía para incriminar por ese asesinato o asesinatos concretos. Las personas a las que el sospechoso ha incriminado por sus crímenes tienen un aspecto común y poco habitual: en un marco de tiempo relacionado con los asesinatos, todos ellos atravesaron una experiencia que les cambió la vida, por así decirlo. Entre estas experiencias, hay cambios significativos en la situación económica o personal (ganar la lotería estatal, recibir una herencia inesperada, abrir franquicia de un restaurante). Ese cambio de circunstancias fue importante para todas esas personas.

Un análisis de las marcas sobre los billetes de dólar dejados en las escenas del crimen (posteriormente utilizados en los juicios) y un recorrido por los estados donde se produjeron los asesinatos revelan un perfil psicológico y una patología potencialmente importantes.

Los trece estados simbolizados por las trece estrellas en el billete de dólar fueron los trece primeros en firmar la Declaración de Independencia. Dicha declaración ofrece fundamentos legales para el carácter aspiracional de la vida estadounidense.

El patrón es claro y la patología consiste en destruir el carácter aspiracional de la vida estadounidense. Por tanto, es probable que el sospechoso o alguien cercano a él no lograra alcanzar un objetivo vital. Se trata de un patrón de venganza a escala masiva. El castigo para aquellos cuya vida cambió es ver esa nueva vida destruida enfrentándose a una condena por asesinato. El sospechoso odia el cambio aspiracional y podría haberlo simbolizado al doblar el billete con forma de mariposa en los asesinatos de Bloom y Tozer. 285

Pasé a la última página y leí la conclusión del perfil.

Sexo: varón.

Edad: probablemente, entre treinta y ocho y cincuenta años.

Raza: desconocida.

Estado de origen: desconocido.

Descripción física: dada la fuerza física necesaria para ocasionar las heridas infligidas en algunos de los asesinatos, es probable que el sospechoso sea fuerte y esté en forma.

Psicología: el sospechoso es muy inteligente. Extremadamente organizado. Socialmente versado. Manipulador. Su carácter tiene huellas narcisistas. Presencia de sociopatía y psicopatía, aunque es un individuo muy activo, con capacidad intelectual para ocultar su posible sintomatología a la gente, a amigos y a la familia. La violencia infligida a las víctimas *ante* y *post mortem* en algunos casos sugiere un elemento sádico en los asesinatos. Incriminar a personas inocentes por sus crímenes podría ser una especie de sadismo emocional. Muy probable obsesión psicosexual con el dolor. Alta probabilidad de un trastorno parafílico, como el trastorno de sadismo sexual. Culto, probablemente en un nivel universitario. Conocimiento altamente productivo de procedimientos forenses. Dada su patología, el sospechoso es alguien que probablemente fracasó en el campo de su elección, o bien que es cercano a alguien que no consiguió hacer realidad su potencial. Es probable que, hasta cierto punto, la pobreza formara parte de la vida del sospechoso en algún momento. Su misión es un ataque retorcido contra los valores y las aspiraciones estadounidenses, probablemente motivado por la venganza.

—Cree que está matando el «sueño americano» —dije en voz alta sin darme cuenta.

Alcé la vista del perfil y las dos me estaban mirando.

—Debió de investigar a sus objetivos. En los periódicos, en la televisión local... o algo así. Ya sabes, la buena noticia al final del telediario de la noche. Así los encontraba. Voy a buscarlas —dijo Harper.

—Te pondré con dos de mis agentes. Están llamando a agencias de noticias locales ahora mismo —añadió Delaney.

Se palpaba una energía especial en la sala. Delaney sabía que estaba arrinconando al fantasma. Y, sin embargo, algo seguía preocupándome. La teoría tenía buena pinta, pero Bill había dependido de la suerte en muchas cosas. Tenía que ser así. Por ahora, había cometido asesinatos en ocho estados y había logrado que condenasen a otro hombre las ocho veces. Con Nueva York, serían nueve. Y podría haber más que Delaney aún no había descubierto.

Yo sabía mejor que la mayoría que en un juicio penal puede pasar cualquier cosa. Había demasiadas variables, incluso en un caso con pruebas científicas sólidas.

¿Simplemente había tenido suerte consiguiendo ocho condenas de ocho?

—Cuando hables con las agencias locales de noticias, asegúrate de que te den todas las imágenes de los juicios. Puede que haya vídeos o fotos del público asistente a las vistas. Creo que nuestro hombre se tragó cada segundo de cada juicio. Cabe la posibilidad de que algún fotógrafo le capturara con su cámara —dije.

—Es poco probable, pero lo miraremos —contestó Delaney—. Asistir a los juicios cuadraría con su perfil psicológico. Muchos asesinos vuelven al escenario de sus crímenes o se llevan trofeos de sus víctimas. Les permite revivir el momento de emoción, una y otra vez. Evidentemente, no es igual que el asesinato. No les da el mismo subidón. Pero sí sacan algo de ello.

Harper se levantó y recogió sus apuntes, ansiosa por ponerse a trabajar.

—¿Es suficiente para que absuelvan a Solomon? —preguntó.

—No lo sé. Pryor tiene muchas pruebas sólidas para enseñar al jurado hoy. Nos ayudaría que Bobby recordase dónde demonios estuvo la noche de los asesinatos.

—¿De verdad no lo sabe? —dijo Harper.

—Dice que estaba borracho y que no se acuerda.

—Seguro que alguien le reconocería si estaba por ahí en un bar... —apuntó Delaney.

—Supongo que sí. Pero vi el vídeo de la cámara de seguridad. Llevaba ropa oscura, una gorra de béisbol y capucha. Muchos famosos consiguen ir por una ciudad como Nueva York cubriéndose solo la...

Las palabras se me atascaron en la garganta. Delaney había tocado nervio. Bobby debería haber sido reconocido. Ahí estaba.

—Delaney, ¿tienes una lista de los técnicos de la Científica en este edificio? —pregunté.

—Puedo conseguirla. ¿Por?

—A los dos nos interesa que Bobby salga libre. Necesito tu ayuda —dije.

Al principio, reaccionó con recelo. Se cruzó de brazos y se quedó inmóvil.

—Mientras no sea ilegal, quizá podamos echarte una mano —dijo.

—Ah, bueno, pues puede que haya un problema con eso. —Se quedó mirándome. Sonreí y añadí—: Técnicamente, solo es ilegal si nos cogen.

51

El oficial de vigilancia llevaba casi veinte minutos aporreando la puerta. Eran las siete y media. En el pasillo, el olor a verdura pasada se había convertido en olor a huevos cocidos. La mayoría del jurado ya estaba abajo. Kane, el oficial, Betsy y Rita seguían en el pasillo, llamando al ocupante de la habitación para que abriera la puerta.

—Maldita sea, ¿dónde está el mozo con la llave? —dijo el oficial.

Volvió a golpear la puerta, llamando.

En ese momento apareció el viejo mozo del hotel por la esquina del pasillo y le entregó la llave al oficial del juzgado.

—Te has tomado tu tiempo, ¿eh?

El mozo se encogió de hombros.

—Vamos a entrar —dijo Betsy.

Kane estaba completamente vestido, igual que los demás. Se había duchado, cambiado y maquillado para cubrir los hematomas de la cara causados por la fractura de nariz. Intentó disimular la emoción mientras veía al oficial meter la llave en la cerradura y abrir la puerta.

—¿Está despierto? Seguridad del juzgado —dijo el oficial entrando en la habitación.

Kane le dio un golpecito con el codo a Betsy para que se apartara y le siguió.

La habitación estaba impoluta. Había una bolsa de deporte sobre la cama. Las sábanas estaban deshechas, pero la cama a la derecha de Kane estaba vacía. El oficial se acercó hacia ella, gritando.

—¡Ay, Dios mío! —exclamó Betsy.

El oficial se volvió rápidamente. Kane también. Betsy y Rita gritaron. Estaban mirando el estrecho espacio entre la cama y la pared de la izquierda, la más cercana a la puerta. El oficial movió el somier de la cama, apartándola de la pared. Todos se quedaron mirando el cuerpo de Manuel Ortega. Tenía el cuello envuelto en una sábana. Estaba sentado, casi desplomado sobre el suelo. El otro extremo de la sábana estaba atado al poste de la cama. Daba la impresión de que se había estrangulado.

Kane se tambaleó hacia atrás, manteniendo a Betsy y a Rita en su campo de visión, cubriéndose la boca con la mano. Mientras ellas contemplaban horrorizadas el cadáver de Manuel de espaldas a él, Kane se quitó rápidamente la toalla de los hombros y cubrió la cerradura de la ventana. Con un rápido giro de muñeca cerró la ventana desde dentro. Ni una huella, ni rastro de ADN. Limpio. Volvió a echarse la toalla al hombro y dio varios pasos hacia delante.

Parecía un suicidio. El oficial ya estaba hablando por su radio, pidiendo ayuda policial. Manuel tenía los ojos abiertos de par en par y le sobresalían del cráneo, mirando hacia la moqueta beis.

289

Esa madrugada, Kane había llamado a su ventana. Al principio le sobresaltó, pero después le dejó entrar.

—¿Qué haces, tío? —susurró Manuel.

—Es la única manera de hablar en privado. Me preocupa mucho este caso. Creo que la policía está intentando inculpar a Solomon. Tenemos que asegurarnos de que salga libre. No creo para nada que matara a esa gente.

—Yo tampoco. ¿Cómo lo hacemos? —dijo Manuel.

Estuvieron discutiendo sobre cómo influir sobre el resto del jurado. Diez minutos después, Manuel fue al cuarto de baño. Kane le siguió, poniéndose los guantes. Le cogió por detrás, le metió un trapo en la boca y se la mantuvo tapada. Con el otro brazo, rodeó su tráquea. No tardó mucho en caer. Fue silencioso, rápido; para cuando le había estrangulado, ni siquiera había roto a sudar. Movió el cuerpo hacia el espacio que había entre la cama y la pared, ató un extremo de la sábana al poste de la cama y el otro a su cuello. Tensó bien los nudos.

Luego salió igual que había entrado. Lo único que no pudo hacer en ese momento fue cerrar la ventana con pestillo.

Ahora ya lo había hecho.

El oficial del juzgado en el pasillo, la puerta de la habitación cerrada y la ventana ahora también cerrada. Esa combinación llevaría a la policía de Nueva York a clasificarlo, de entrada, como un suicidio. No podía haber ocurrido de otro modo.

—Todo el mundo fuera —ordenó el oficial.

Kane, Betsy y Rita salieron de la habitación. Hicieron una piña en el pasillo. Kane rodeó a Rita con su brazo mientras lloraba. Betsy dijo:

—Tengo que salir de aquí. Esto es horrible. ¿Qué demonios está pasando?

Kane les sugirió con un tono de voz suave que bajaran al piso de abajo y se tomaran una copa para calmar los nervios. Y así, con el ruido de las sirenas de policía acercándose al Grady's Inn, se llevó por el pasillo a las dos jurados, una de cada brazo.

Bajaron las escaleras hacia el bar.

El jurado ya estaba limpio. El resto estaba abierto a su persuasión. Manuel era la última posibilidad de que absolvieran a Robert Solomon. Kane por fin tenía su jurado.

CARP LAW

Suite 421, Edificio Condé Nast. Times Square, 4. Nueva York, NY.

Comunicación abogado-cliente sujeta a secreto profesional
Estrictamente confidencial
Memorando sobre jurado
El pueblo vs. Robert Solomon
Tribunal de lo Penal de Nueva York

Christopher Pellosi
Edad: 45
Diseñador de páginas web. Trabaja desde casa. Soltero. Divorciado. Alto consumo de alcohol los fines de semana (todo el consumo en casa). Poca vida social. Ambos padres viven en una residencia en Pensilvania. Mala situación económica. Perdió gran parte de su dinero en malas inversiones antes de la crisis. Interés en la comida y cocinar. Toma medicación suave para la depresión y la ansiedad.

Probabilidad de voto NO CULPABLE: 32%

ARNOLD L. NOVOSELIC

52

$\mathcal{A}$ntes de que Pryor formulase la primera pregunta del día, pensé en todo lo que había sucedido aquella mañana.

Después de salir de la oficina del FBI, había llamado a Pryor para decirle que mi ayudante necesitaba entrar en la casa de Solomon. No puso objeción, aunque parecía realmente cabreado por teléfono.

—Al parecer, está usted de moda —dijo Pryor.

—He estado trabajando. No he visto las noticias —contesté.

—Es la noticia principal en todos los canales. Su foto sale en portada en el *New York Times*. ¿Qué tal sienta? —me preguntó.

Eso era lo que le molestaba. Pryor quería los titulares.

—Como he dicho, no lo he visto. ¿Ha recibido mis correos electrónicos?

Confirmó que había recibido mi último descubrimiento. Creía que estaba dando palos de ciego intentando culpar del crimen a un asesino en serie.

Tal vez tuviera razón, pero era todo lo que tenía.

La jornada en el juzgado empezó en el despacho de Harry. Había otro jurado muerto. Manuel Ortega. La policía de Nueva York lo había clasificado como un suicidio. Ya se había comunicado a los familiares. Varios miembros del jurado habían visto el cadáver, pero se encontraban bien. Un oficial dedicado a la protección de víctimas había hablado con todos ellos y podían seguir con su cometido. Se había llamado a otra jurado suplente. Rachel Coffee. Tanto Pryor como yo accedimos a su nombramiento. Harry dijo que quería acabar el juicio antes de que perdiéramos más jurados.

—Este caso está maldito —dijo Harry—. Hemos de terminar con esto lo antes posible.

Bobby había pasado mala noche. No había dormido nada. Holten y un puñado de escoltas le llevaron al juzgado. Holten se sentó en la fila que había detrás de nuestra mesa. Se había pasado gran parte de la mañana con un brazo sobre los hombros de Bobby. Sosteniéndole. Susurrándole palabras de ánimo. Diciéndole que tenía el mejor equipo defensor del planeta.

Se lo agradecía. Estaba claro que a Harper le gustaba, y él era lo bastante listo como para ver que, por mucho ánimo que tuviera Bobby, se le estaba a punto de acabar. No le quedaba mucho en el depósito.

Bobby y yo nos sentamos en la mesa de la defensa. Le dije que Arnold vendría más tarde. Miró por encima de su hombro. Holten le sonrió, levantó el puño y dijo sin producir ningún sonido: «Aguanta».

—Todo va bien, Bobby. Creemos saber quién le hizo esto a Carl y a Ariella. Hoy se lo diré al jurado. Aguanta un poco —dije.

Bobby asintió. No podía hablar. Le veía tragándose el miedo. Al menos se había tomado la medicación y Holten se había asegurado de que le esperara un sándwich caliente para desayunar al subirse a la furgoneta para ir al juzgado. Había comido un poco.

Le serví agua. Me aseguré de que estuviera cómodo. Entonces le hice la pregunta. Era tóxica, arriesgada, pero no creía tener elección.

—Bobby, necesito saber dónde estabas la noche de los asesinatos. ¿Estás preparado para contar la verdad?

Se quedó mirándome, intentando mostrar algo de indignación. No funcionó.

—Estaba borracho. No me acuerdo —contestó.

—No te creo. Y eso significa que el jurado no te creerá —le repliqué.

—Ese es problema mío. Yo no maté a nadie, Eddie, ¿eso lo crees?

Asentí. Sin embargo, noté una náusea inundando mi estómago. No sería la primera vez que me equivocaba con un cliente.

—Si no me lo dices, podría abandonar el caso. Lo sabes, ¿verdad? —dije.

Asintió. No dijo nada. Nadie sería lo bastante estúpido

como para perder a otro abogado en medio de un juicio por asesinato. Sin embargo, no decía nada. Le había presionado todo lo posible. No quería que se derrumbara. Por otra parte, seguía pensando que él no era el asesino. Fuera lo que fuera lo que estaba ocultando, podía estar más relacionado con su sentimiento de culpa que con los asesinatos. Si hubiera estado en casa, tal vez Ariella y Carl seguirían con vida.

Cuando entró Harry, toda la sala se puso en pie. Pidió que hicieran pasar al jurado y los observé atentamente mientras tomaban asiento. Buscaba dos cosas. La primera era el jurado alfa.

Entre las mujeres, había dos que destacaban como potencialmente dominantes: Rita Veste y Betsy Muller. De las dos, Betsy me parecía la candidata más probable. Aquella mañana, ambas parecían serias. Era evidente que habían estado llorando. Se veía en sus rostros. Las dos estaban sentadas a la defensiva. Betsy abrazaba el cuerpo con los brazos; Rita estaba de brazos y piernas cruzados.

294

Tal vez habían sido ellas quienes encontraron el cadáver de Manuel.

No había prestado mucha atención a los hombres, pero los observé detenidamente.

El chef, Terry Andrews, era el más alto de todos. No le veía como el alfa. Parecía poco interesado en el proceso. Incluso distraído. Un hombre que iba a lo suyo. Daniel Clay tenía algo metido entre los dientes y estaba intentando quitárselo con la lengua mientras contemplaba el proceso sin apenas interés.

James Johnson estaba charlando con Chris Pellosi. Tanto el traductor como el diseñador de páginas web tenían personalidades fuertes y podían considerarse candidatos a líder. El jurado de más edad era Bradley Summer, de sesenta y ocho años. Estaba mordiéndose las uñas y mirando al techo. Me pareció una buena señal. Estaba pensando. Tal vez no en el caso, pero al menos tenía una mente capaz de un análisis racional.

Eso me llevó al último hombre, Alex Wynn. El amante de la vida al aire libre y que tenía una colección de armas. El mismo al que Arnold había visto intentando disimular una expresión de odio. Wynn estaba erguido en su silla, con las manos sobre el regazo. Atento. Dispuesto a cumplir con su responsabilidad. Él me parecía el alfa. Tendría que vigilarle atentamente.

Pryor había llamado a declarar a la forense, Sharon Morgan. Era una señora rubia que vestía un traje de chaqueta negro entallado. Rondaría los cincuenta, pero seguía teniendo aspecto juvenil. Lo más importante era que casi siempre acertaba de pleno con su testimonio. Había estado en la escena del crimen. Y ella había realizado las autopsias y encontrado el billete de dólar en la boca de Carl. Pryor repasó sus credenciales con el jurado. Luego pasó a las lesiones y las autopsias. La forense confirmó las causas de ambas muertes. Carl murió por una fractura craneal y lesiones cerebrales traumáticas.

—¿Y pudo determinar cuál fue la causa de la muerte de la mujer? —preguntó Pryor.

—Sí, las heridas de arma blanca en la región pectoral eran la causa evidente del traumatismo. Una de las heridas justo debajo de la mama izquierda le seccionó una vena importante. Su corazón siguió bombeando; esto creó un vacío. El aire entró en la vena y viajó rápidamente al corazón, cosa que creó un bloqueo de vapor que impidió el flujo sanguíneo y causó un fallo cardíaco grave. La muerte debió de producirse en cuestión de segundos —dijo Morgan.

—¿Explica esto que no hubiera lesiones defensivas en el cuerpo de la víctima? —preguntó Pryor.

Estaba dirigiendo a la testigo, pero no quise protestar. Pryor pretendía reparar algo del daño que le había hecho el día anterior intentando demostrar que las dos víctimas fueron asesinadas juntas en la cama.

Vi que Wynn asentía. La acusación estaba ganando puntos con Morgan. Pryor sacó una foto *post mortem* del pecho de Ariella. Para alguien no instruido en la materia, parecían cinco disparos. Fisuras ovales en el pecho.

—Ha tenido tiempo para examinar el arma hallada en el domicilio del acusado. ¿Qué puede decirnos sobre el cuchillo en cuestión y las lesiones que sufrió Ariella Bloom?

—Las lesiones las produjo un cuchillo de un solo filo. No de doble filo. En este caso, la línea recta en la parte inferior de la herida indica que el arma era de un solo filo. El cuchillo que examiné encaja con la forma de la lesión. Un arma de doble filo habría producido una fisura en forma de rombo. El cuchillo también encaja con la profundidad de la herida.

Pryor se sentó. Yo tenía tres preguntas para la testigo.

Una dejaría mi teoría sobre dos ataques independientes fuera de toda duda. Las otras dos preguntas prepararían el terreno para mi discurso final y la implicación de Dollar Bill. Al revisar el caso la noche anterior, había encontrado más pruebas que relacionaban estos crímenes con Bill. Era el momento de empezar a revelarlo.

La forense esperaba mi primera pregunta pacientemente. No estaba dispuesta a verse arrastrada por ninguna teoría. Era una experta testificando en juicios. Y yo confiaba en ello.

—Doctora Morgan, ya ha declarado que había cinco heridas de arma blanca en el pecho de la víctima. Estaban separadas. Como puede ver en la imagen, hay una herida en el centro del pecho, entre las mamas; dos heridas paralelas bajo cada mama; y otras dos debajo de cada una de ellas a ambos lados del pecho. Vistas en conjunto, las cinco conforman las cinco puntas de una estrella, ¿correcto?

Morgan volvió a examinar la fotografía.

—Sí —dijo.

Cambié la imagen en la pantalla por una foto del billete de dólar encontrado en la boca de Carl.

—Usted sacó este billete de dólar de la boca de Carl Tozer. Cuando lo examinó, una vez fotografiado, había varias marcas sobre el sello en el dorso del billete. Una flecha, una hoja de olivo, ¿y qué otra marca había?

Bajó la mirada hacia la foto ampliada.

—Una estrella —contestó.

Dos mujeres del jurado, Betsy y Rita, se inclinaron hacia delante. Ahora dejaría que la idea diera juego a su imaginación.

—Una cosa más. Según ha descrito, la herida mortal en el cráneo de Carl Tozer fue provocada por un fuerte golpe. Cuando se produjo esta herida en el punto del impacto, debió de hacer un ruido bastante fuerte, ¿verdad?

—Casi con toda seguridad —respondió Morgan.

Volví a la mesa de la defensa. Me quedé mirando la foto de las víctimas tumbadas una al lado de la otra sobre la cama. No tenía pensado hacer más preguntas, pero algo que había estado rondando mi mente salió a la superficie de repente. La foto ocupaba toda la pantalla de mi ordenador. Ahí estaba. En ese momento no tendría sentido para el jurado. De hecho, los confundiría. Y a Pryor también. Pero decidí que valía la pena arriesgarme.

—Una cosa más, doctora Morgan —dije, y puse en la pantalla de la sala la foto de las víctimas en la cama.

—Ha declarado que la muerte debió de ser casi inmediata en ambos casos. Ariella Bloom tiene las manos a los lados del cuerpo y está tumbada boca arriba. Carl Tozer está de lado, mirando hacia Ariella, hecho un ovillo, casi en forma de cisne. ¿Es posible que el asesino colocara a las víctimas en esta posición inmediatamente después de morir?

Miró las fotografías.

—Sí, es posible —contestó.

—Viendo a las víctimas en esta imagen, el cuerpo de Carl Tozer tiene forma de cisne, ¿o podría ser un dos?

—Sí.

—¿Y Ariella el número uno?

—Posiblemente —dijo.

Lo sabía. Simplemente no lo había visto hasta ese momento. Dollar Bill tenía un juicio más que completar. Ariella Bloom, Carl Tozer y Bobby Solomon serían su duodécima estrella. Había colocado los cuerpos para que dibujaran el número doce.

Doce juicios. Doce personas inocentes. Tenía que parar los pies a aquel tipo antes de que hubiera una decimotercera.

Miré hacia el fondo de la sala. Había seis agentes del FBI. Delaney estaba en el centro. Negó con la cabeza. Nadie había intentado salir. Aún no. En ese momento, las puertas del juzgado se abrieron: Harper entró con un hombre menudo vestido con traje gris que se puso a hablar con Delaney. Harper se acercó hacia delante por el lado derecho de la sala y tomó asiento en la mesa de la defensa. Sacó unos papeles de su bolsa y los puso delante de mí.

—Tenías razón —me susurró.

53

Observó detenidamente la reacción del resto de los miembros del jurado. Se habían tragado el testimonio de la forense. Y con entusiasmo. Sin embargo, solo un par de ellos parecían interesados en lo que Flynn había dicho. Cuando habló del billete de dólar, Kane se puso tenso. Las marcas. Reprimió la emoción, impidiendo que se le viera en la cara.

Después de tantos años, ¿era posible que alguien hubiera descubierto su misión?

La postura de las víctimas. Flynn lo sabía. Había visto su huella en las muertes. En todos los asesinatos que había cometido, Kane se había resistido a colocarlas en posición. Pero aquel era especial. Bobby era una estrella. Kane había alcanzado la cima de sus habilidades y necesitaba un reto. Alguien intocable. Una estrella del cine.

«Ojalá ella no hubiera muerto tan deprisa», pensó Kane.

La primera puñalada la despertó; un segundo después, se apagó la luz de sus ojos. Su estrella. El cuchillo de Kane dibujó aquella estrella sobre su cuerpo. El trabajo necesitaba algo más, había sido demasiado rápido, demasiado fácil. Ella parecía serena, tumbada sobre la cama, con los brazos a ambos lados del cuerpo. Kane subió al hombre al piso de arriba. La bolsa que le había atado con fuerza alrededor del cuello formaba un sello para evitar que la sangre salpicara la casa, tal y como había dicho Flynn. Se la quitó una vez tumbado sobre la cama. Luego cogió el bate del recibidor, lo metió en la bolsa para mancharlo de sangre y lo arrojó en un rincón del dormitorio.

El doce era una marca importante. Dobló las piernas de Carl, modificando su postura para que dibujara el número dos. Evidentemente, la idea no se le ocurrió hasta después de matar a Ariella. Estaba a punto de completar su misión. Parte de él quería que alguien lo supiera. Que lo comprendiera. Vio a Flynn mirando a una mujer en el fondo de la sala. Y a otros tipos de pie.

El FBI.

Kane se relamió.

Por fin, había empezado la caza. Pero les quedaba un largo camino hasta encontrarle. El FBI estaba vigilando al público, no al jurado.

Miró su reloj. Respiró hondo para tranquilizarse.

A estas horas, ya habrían encontrado el cuerpo. El que les había dejado después de hacer una visita a Manuel.

Empezaba de nuevo, por última vez.

54

*L*a siguiente jugada de Pryor era demostrar la culpabilidad de Bobby sobre la línea temporal expuesta por el fiscal. Llamó a declarar al vecino, Ken Eigerson. Tendría cuarenta y tantos años. Llevaba una chaqueta de traje cruzada que le disimulaba la tripa, así como un peinado que no lograba ocultar su calva. No está mal, uno de dos. Eigerson confirmó que trabajaba en Wall Street y que los jueves siempre llegaba a casa antes de las nueve. Su mujer hacía yoga extremo los jueves por la noche y tenía que estar en casa antes de esa hora porque la canguro, Connie, debía coger el autobús de las nueve para regresar a su casa.

—¿Qué fue lo que vio al bajarse del coche? —preguntó Pryor.

—Vi a Robert Solomon. Claramente. Cerré el coche con llave. Estaba caminando hacia mi casa cuando oí pasos a mi izquierda. Miré y estaba allí. Nunca había hablado con él. Le había visto una o dos veces, entrando y saliendo. Le saludé con la mano y dije: «Hola». Él me saludó. Eso fue todo. Entré en casa. Los niños estaban dormidos. Connie, la canguro, se marchó.

—¿Está seguro de que era él? —preguntó Pryor.

—Al cien por cien. Es famoso. Le he visto en una película.

—¿Y cómo puede estar seguro de que eran las nueve cuando llegó a su casa?

—Salí de mi despacho a las ocho y media. Cogí el coche. Cuando aparqué, miré el reloj del salpicadero. La semana anterior había llegado un poco tarde, a las nueve y diez, y Connie se había enfadado. Me dijo que había perdido su autobús y le di cinco dólares para que cogiera un taxi. ¿Sabe lo difícil que es encontrar una buena canguro? Así que ese día me aseguré de llegar a la hora. Y lo conseguí. Clavado.

—Por última vez, señor Eigerson. Esto es de gran importancia. Quiero que entienda la gravedad de lo que está diciendo. El acusado afirma que llegó a su casa a medianoche. O está mintiendo, o quien miente es usted. Si está mínimamente confuso acerca de cualquier detalle, ahora es el momento de decírselo al jurado. Así que se lo voy a preguntar de nuevo: ¿está seguro de que vio a Robert Solomon entrando en su casa a las nueve, la noche de los asesinatos? —preguntó Pryor.

Esta vez, Eigerson se volvió hacia el jurado, los miró directamente y dijo con tono firme:

—Estoy seguro. Le vi. Eran las nueve de la noche. Lo juro por la vida de mis hijos.

—Todo suyo —me dijo Pryor, satisfecho consigo mismo.

Dio la espalda al juez y al testigo, y volvió a la mesa de la acusación.

Me levanté deprisa, ignorando el dolor punzante en mi costado, cogí a Pryor del brazo antes de que llegara a su sitio:

—Espere aquí un momento, señor Pryor, si no le importa.

Pryor intentó volverse para mirar al juez, pero le apreté el brazo. Se detuvo y me miró, tensando la mandíbula. Antes de que pudiera protestar o zafarse de mí, apreté el gatillo.

—Señor Eigerson, lleva casi media hora hablando con el señor Pryor. Él estaba a unos tres metros de usted y siempre en su línea de visión. Dígame, ¿de qué color es la corbata que lleva el señor Pryor? —le pregunté.

Pryor chasqueó la lengua. No le dejé volverse. Estaba de espaldas al estrado.

—Roja, creo —dijo Eigerson.

Solté el brazo de Pryor. Entornó los ojos y se abotonó la chaqueta sobre la corbata rosa antes de sentarse en la mesa de la acusación.

—Ah —dijo Eigerson—. Creía que era roja. Me he equivocado.

—Barato. Muy barato —dijo Pryor.

Me volví hacia el fiscal y dije:

—No he preguntado cuánto le costó la corbata…, pero, si pagó más de un dólar y medio, le timaron.

Una carcajada recorrió la sala.

—Señor Eigerson, ¿durante cuánto tiempo vio a aquel hombre en su calle? ¿Dos, tres segundos?

—Sí, más o menos.

—¿A qué distancia estaba?

—A unos seis metros, puede que algo más —respondió.

—Entonces, ¿es posible que fueran diez metros?

Se quedó pensando.

—Quizá no tanto. Digamos que eran siete u ocho.

—¿Estaba oscuro?

—Sí —contestó Eigerson.

—El hombre al que vio llevaba la capucha puesta y gafas de sol. ¿Es correcto?

—Sí, pero era él.

—Era él porque llevaba el mismo tipo de ropa que suele llevar Robert Solomon e iba hacia su casa, ¿correcto?

—Era él —insistió Eigerson.

—Entonces, usted vio a un hombre con capucha y gafas de sol desde ocho metros de distancia y de noche. Eso es lo que vio, ¿no?

—Sí. Y era...

—Un hombre caminando hacia la casa donde vive Robert Solomon. Por eso pensó que era el acusado. ¿Me equivoco?

Eigerson no contestó. Estaba buscando la respuesta correcta.

—Podría haber sido cualquiera, ¿verdad? En realidad, no le vio bien la cara, ¿no?

—No le vi bien la cara, no. Pero sé que era él —contestó finalmente.

Al formular mi última pregunta, me volví hacia el jurado.

—¿Llevaba corbata? —dije.

El jurado se echó a reír. Todos menos Alec Wynn.

Eigerson no contestó.

—No hay más preguntas de la acusación. El pueblo llama a Todd Kinney —dijo Pryor.

Eigerson se bajó del estrado con la cabeza gacha. A Pryor no pareció importarle. Ese era su estilo. La mayoría de los fiscales se habrían pasado toda la mañana con Eigerson. Pryor no. Sacaba testigos como churros. Y si al jurado no le gustaba uno, tenía otro listo inmediatamente. Era una táctica arriesgada. Voleas rápidas de testimonio. Por una parte, simplificaba las cosas: hacía que el juicio fuera más rápido y que el jurado se mantuviera alerta.

Kinney era un hombre sorprendentemente joven. Llevaba camisa blanca y corbata, vaqueros azules y chaqueta azul, todos ellos un par de tallas demasiado pequeñas. La corbata ni siquiera le llegaba a la cintura. Era joven. Un hípster. Un desperdicio que fuese técnico, cuando habría sido un magnífico agente infiltrado.

Pryor estaba alerta. Daba golpecitos en el suelo con el pie derecho. Le estaba poniendo nervioso. El cuello de la camisa le apretaba. Decidí aumentar la presión.

Al volver hacia mi mesa me detuve y le susurré al oído:

—Siento lo de la corbata. Ha sido un truco barato.

Oí a Kinney acercándose.

—No va a salvar a su cliente. Si vuelve a tocarme, le parto la puta cara —dijo Pryor, sonriendo al juez.

—Prometo que no volveré a tocarle —dije, apartándome de él y poniéndome en el camino de Kinney. Tropezó y le ayudé a recobrar la estabilidad—. Uy, disculpe —dije.

Kinney no contestó. Solamente sacudió la cabeza y siguió hacia el estrado. Me senté en la mesa de la defensa y dejé que Pryor fuera a lo suyo. Una vez hecho el juramento, repasó con Kinney sus cualificaciones y su experiencia como técnico de la Científica y en la extracción de perfiles de ADN. No tardaron demasiado y dejé que la cosa avanzara. Quería que Pryor fuese al grano.

—¿Analizó usted el billete de dólar encontrado en la boca de Carl Tozer? —preguntó el fiscal, poniendo la foto de la mariposa doblada en la pantalla.

—Sí. La forense lo conservó. En un principio, lo analicé en busca de huellas dactilares. Se había encontrado una buena huella de pulgar y analicé la superficie de la huella en busca de rastros de ADN. También cogí muestras de la superficie alrededor de la huella y en el resto del billete.

—¿Cuál fue el resultado de su estudio de las huellas dactilares?

—Se había tomado un juego completo de huellas al acusado para cotejarlas. La huella del pulgar derecho del acusado formaba una línea de fricción que daba una coincidencia completa de doce puntos con la encontrada en el billete de dólar.

Pryor observaba al jurado mientras Kinney daba su respuesta. Algunos lo habían entendido. Otros no.

303

—¿Qué quiere decir una coincidencia completa de doce puntos en la huella dactilar? —preguntó Pryor.

Kinney cedió y explicó ligeramente la jerga científica.

—Cada ser humano tiene un conjunto de huellas dactilares único. Una huella dactilar es el patrón que forman las líneas de fricción en la superficie de la piel. Nuestro sistema analiza esas líneas y las lee en doce puntos estratégicos. Está científicamente aceptado que una coincidencia de doce puntos significa que las huellas son idénticas —dijo Kinney lentamente, sin apartar la vista del jurado.

—¿Es posible que se produjera un error al identificar esta huella? —preguntó Pryor. Estaba bloqueando mis líneas de ataque, una por una.

—No. Imposible. Hice los test personalmente. Además, el ADN recogido alrededor de la huella resultó ser también del acusado —contestó Kinney.

—¿Cómo lo sabe?

—Como le he dicho, hice los test personalmente. Cogí una muestra de ADN del interior de la boca del acusado. Analizamos la muestra y extrajimos un perfil completo de ADN. Y ese perfil era idéntico al extraído del billete, con una probabilidad matemática de uno entre mil millones.

Kinney era un buen científico. Simplemente, se le daba mal explicarlo al jurado.

—¿Qué quiere decir con una probabilidad matemática de uno entre mil millones?

—Quiero decir que el ADN del billete coincidía con el del acusado, y que, si hiciéramos la prueba a mil millones de personas más, encontraríamos una sola que coincidiera con el ADN del dólar.

—Entonces, ¿es probable que el ADN hallado en el dólar sea el ADN del acusado?

Tampoco necesitó tiempo para contestar esa pregunta. Su respuesta fue clara e inequívoca.

—Puedo decir con un altísimo grado de certeza que el ADN del dólar pertenece al acusado.

—Gracias. Por favor, espere. Puede que el señor Flynn tenga alguna pregunta —dijo Pryor.

Sí las tenía. Muchas. Pero a Kinney podía hacerle muy pocas. Miré a Bobby. Parecía que le hubiera pasado un camión por encima. Rudy ya le había hablado de aquella prueba, pero escucharlo en un juzgado, delante de doce personas que están a punto de juzgarte, es demoledor. Le serví un poco de agua. Le temblaba la mano al llevarse el vaso a los labios. Era consciente del peso que tenía el testimonio de Kinney. Como actor que era, notaba el cambio en la gente. Se viera por donde se viera, su testimonio le había hecho mucho daño. Me habían fichado para aquel caso para desmontar testimonios como el de Kinney. Sin embargo, desde el principio sabía que no teníamos suficientes pruebas para refutarlo. Todo el caso se reducía a este testigo.

En un juicio penal, la prueba científica es Dios.

Pero yo soy abogado defensor. Tengo al diablo de mi lado. Y el diablo no juega limpio.

Hice lo que pude para aparentar confianza al acercarme hacia el estrado. Notaba la mirada de todos los miembros del jurado sobre mí. Con el rabillo del ojo, vi que Alec Wynn se cruzaba de brazos. Ya estaba. Preguntara lo que preguntara, él ya había decidido.

—Agente Kinney, antes de testificar, juró que diría la verdad. ¿Podría coger la Biblia que tiene a su lado un momento? —dije.

Oí la silla de Pryor rechinando al empujarla hacia atrás sobre el suelo de baldosas. Le imaginé cruzando los brazos con una sonrisa de suficiencia. Sabía que la única línea para atacar a Kinney era su credibilidad. Si demostraba que era un mentiroso, tendría alguna posibilidad. Y estaba claro que Pryor se habría preparado para ello.

«Cíñete a la ciencia: los resultados no mienten.»

Cogió la Biblia en su mano derecha y miró a Pryor por encima de mi hombro. Sí, le había preparado para esta línea de ataque. Estaba listo. Sabía que lo estaría. Pero yo también lo había planeado. No le pregunté si estaba siendo deshonesto, ni le recordé su juramento, ni le acusé de mentir. Al contrario, esperaba que dijera la verdad.

—Agente, puede dejar la Biblia, por favor —dije.

Kinney frunció el ceño. La silla de Pryor volvió a gruñir, sabía que se estaba irguiendo, acercando la silla de nuevo a la mesa para apuntar algo. Pryor no había previsto esto.

Cogí la Biblia, la sostuve delante del pecho con ambas manos y me volví hacia el jurado. Tenían que verlo.

—Agente, varios testigos han jurado hoy sobre esta Biblia. Usted la ha cogido al prestar juramento. Ahora la tengo yo. Dígame, agente: si analizara esta Biblia ahora mismo, probablemente encontraría huellas dactilares y ADN de todos los testigos de hoy, ¿no es así?

—Sí. Habría huellas. Puede que algunas parciales de los testigos anteriores, si nuestras huellas no las han borrado. Sacaríamos ADN de todos ellos. Y también de usted, señor Flynn —dijo Kinney.

—De acuerdo. Y el ADN del oficial del juzgado, de los testigos de ayer y de cualquiera que haya tocado esta Biblia recientemente. Entonces, se obtendrían múltiples muestras de ADN de este libro, ¿correcto?

—Sí.

Kinney intuyó adónde me dirigía. Estaba empezando a cerrarse, dando respuestas cortas y rápidas.

—Si analizara esta Biblia y solo encontrara mi ADN, sería algo extraño, ¿verdad? —pregunté.

De repente, varios miembros del jurado parecían más interesados. Rita Veste (psicóloga infantil), Betsy Muller (instructora de kárate los fines de semana), Bradley Summers (el abuelete simpático) y Terry Andrews (el chef) nos observaban atentamente a Kinney y a mí. Estaban escuchando. Alec Wynn seguía de brazos cruzados, convencido por las pruebas científicas. Pero yo tenía varias preguntas en la manga que podían hacerle cambiar de idea.

Kinney meditó bien la respuesta. Finalmente dijo:

—Quizá.

Me lancé con todo. Ya no era momento de contenerme.

—Una de las razones por las cuales podría no encontrarse ningún otro ADN en la Biblia, aparte del mío, sería si alguien limpiara la cubierta, ¿no es cierto?

—Sí.

Volví a dejar la Biblia en el estrado y me centré en Kinney. Era hora de pelear.

—Agente, un billete de dólar que lleva varios años circulando en Estados Unidos tendrá, probablemente, centenares o miles de huellas dactilares distintas y perfiles de ADN. Empleados de banco, dependientes de tienda, ciudadanos comunes... Básicamente cualquiera de la zona que maneje dinero, ¿está de acuerdo?

—Es posible, sí —dijo.

—Vamos, es más que posible, ¿no?

—Pues probable —contestó, con una pizca de irritación filtrándose por cada sílaba.

—El billete de dólar hallado en la boca de Carl Tozer tenía su propio ADN, el ADN del acusado y el de otro perfil, ¿me equivoco?

—No.

—Ese tercer perfil coincidía con el de un hombre llamado Richard Pena, que fue ejecutado en otro estado antes de que se imprimiera este billete, ¿es correcto?

Kinney lo estaba esperando.

—Estoy convencido de que ese perfil fue una anomalía. No era tan sólido como el del acusado y podría provenir de algún pariente consanguíneo cercano al señor Pena. Comprobé los historiales del laboratorio. Por lo que pude ver, el ADN de Pena nunca salió del estado. Nunca ha entrado en nuestro laboratorio y no hay forma posible de contaminación. Tiene que ser el ADN de algún pariente consanguíneo.

—Es posible. ¿Sabía usted que Richard Pena fue condenado por triple asesinato y que se encontró un billete de dólar metido en el tirante del sujetador de cada una de las víctimas, con sus huellas marcadas?

Oí murmullos entre el jurado. Poco a poco, el ruido se extendió entre el público. Por ahora, solo quería plantar esa semilla. Ya haría crecer el árbol.

—No, no lo sabía —dijo Kinney.

—Volviendo a este caso. Aún no sabemos por qué no se encontró ningún otro rastro de ADN en el billete hallado en la boca de Carl Tozer. Sabemos que el señor Pena no pudo haberlo tenido en la mano y que lleva años en circulación. La verdad es que alguien limpió los restos de ADN del billete antes de que lo tocara el acusado. Esa es la única explicación, ¿no cree?

—No estoy de acuerdo.

—Y la razón por la cual limpiaron el billete fue para que

la huella dactilar del acusado fuera clara y fácil de recuperar. Dicho de otro modo, alguien la puso allí porque quería incriminar al señor Solomon por el asesinato.

Kinney sacudió la cabeza.

—Eso no explica cómo llegó la huella del acusado al billete —dijo con petulancia.

—Le ayudaré. Es posible que alguien hiciera que el acusado tocase el billete sin que este cayera en la trascendencia del gesto. Es posible que luego lo recuperara y lo metiera en la boca de Carl Tozer.

Kinney negó otra vez con la cabeza, riéndose socarronamente de mi teoría.

—Eso es imposible.

Me volví hacia el jurado.

—Agente, por favor, mire en el bolsillo interior izquierdo de su chaqueta.

Soltó aire por la nariz, sorprendido. Comprobó su bolsillo. Sacó un billete de un dólar y lo sostuvo con expresión horrorizada.

—Esta mañana no tenía un dólar en la chaqueta —dijo.

—Claro que no. Se lo he metido yo. Ahora tiene su ADN marcado. —Saqué una servilleta de mi bolsillo, extendí el brazo y cogí el billete con la servilleta.

—Es más fácil de lo que pensaba, ¿verdad? —dije.

Volví a mi asiento con la voz de Pryor resonando en mis oídos. Estaba protestando a Harry, que aceptó su objeción.

Daba igual. El jurado lo había visto. Algunos pensarían en ello y cuestionarían la importancia de las pruebas de ADN. Si había suficientes jurados indecisos, tal vez teníamos opciones.

$\mathcal{F}$lynn volvió a su asiento y Todd Kinney se bajó del estrado. El juez interrumpió la vista para comer. Kane lo necesitaba. Tenía la sensación de que, si seguía controlando mucho más tiempo la expresión de su rostro, se le agrietaría. Salió de la sala con sus compañeros del jurado. La mandíbula le dolía de tanto apretar los dientes y notaba sabor a sangre en la boca. No mucha, solo la intuía. Al limpiarse los labios, vio un leve rastro rojo. Debía de haberse mordido el interior de la boca por la rabia. Aunque, evidentemente, no había sentido nada.

Él no era propenso al odio, ni siquiera en sus momentos más apasionados. Cuando blandía un cuchillo o notaba una garganta cerrándose entre sus manos, el miedo y el pánico en el rostro de las víctimas únicamente le producían placer. El odio no formaba parte de su trabajo.

Lo hacía todo por placer.

Escuchando a Flynn, Kane empezó a sentir aquella vieja emoción que le resultaba tan familiar. Había odiado muchas cosas: las mentiras que difundían los medios, la idea de que la gente podía mejorar y, sobre todo, a todas aquellas personas que tenían un golpe de suerte y lograban cambiar su vida. Él no había sido tan afortunado. Tampoco su madre. En eso sí que había odio. Venganza, tal vez. Pero, sobre todo, sentía lástima. Lástima por las pobres almas que creían que el dinero, la familia, las oportunidades o incluso el amor podían cambiar algo. Todo era mentira. Para Kane, esa era la auténtica mentira americana.

Él sabía la verdad. No había sueño. No había cambio. Lo único que había era dolor. Nunca había notado su punzada, pero, aun así, lo sabía. Lo había visto en demasiados rostros.

309

Los jurados se sentaron alrededor de la larga mesa de su sala y un oficial del juzgado entró con bolsas llenas de sándwiches y bebidas. Kane abrió una lata de Coca-Cola, se quedó mirando a uno de los oficiales contando el cambio y juntándolo con el recibo. Había salido a comprar la comida para el jurado con dinero de la oficina del juzgado. Kane ya lo había visto hacer antes. El oficial maldijo.

—No pienso dejar mi dinero de propina —dijo, y anotó algo en el recibo, dobló un billete de dólar y algo de cambio y los envolvió en el recibo.

La mente de Kane volvió a una escena ocurrida un año antes. Estaba sentado sobre el frío asfalto, llevaba harapos y un gorro que había encontrado en un contenedor. Era su numerito de sin techo. Funcionaba bien porque pocos neoyorquinos se fijaban en los indigentes. Pasar junto a alguien con el rostro sucio, sin comida ni dinero, formaba parte de la vida de Nueva York. Algunos les daban unas monedas, otros no. Y era la manera perfecta de vigilar a un objetivo. A diferencia de la vigilancia del correo de los juzgados, con el número de vagabundo anónimo apenas tardó unos días. Y el barrio era mejor. Se apostó en la esquina de la calle 88 Oeste. A quinientos metros de la casa de Robert Solomon. Al tercer día, Solomon pasó delante de él, con su iPod y sus cascos. Kane le tiró del pantalón al pasar.

—¿No tendrá un dólar, amigo? —preguntó Kane.

Robert Solomon rebuscó en su bolsillo, sacó dos billetes de dólar y se los ofreció. Antes de aceptarlos, memorizó la posición de los dedos de Solomon sobre los billetes. El billete de arriba tendría una buena huella sobre la cara de George Washington. Kane levantó el vaso de café vacío y los billetes cayeron dentro. Más tarde, podría limpiarlos con espray antibacterias, teniendo cuidado de conservar la huella de Solomon.

Tan sencillo como eso. Al ver alejarse a Solomon, puso la tapa sobre el vaso, se levantó y se marchó.

Ese fue el principio de aquel trabajo.

Kane dio un bocado a su sándwich y vio al resto de los jurados hacer lo propio. Miró su reloj.

La cosa no tardaría, estaba seguro. No podría haber conseguido todo esto sin ayuda. Compensaba tener un amigo, otro ser oscuro al que permitir participar en su causa. Y ese tipo había demostrado su valía.

Kane no habría llegado tan lejos sin un hombre trabajando desde dentro.

—*M*e van a declarar culpable, ¿verdad? —dijo Bobby.

—Aún no hemos perdido, Bobby. Todavía nos quedan algunas sorpresas —le contesté.

—Eres inocente, Bobby. El jurado lo verá —intervino Holten.

Bobby estaba sentado en la sala de reuniones con la comida delante. No la había tocado. Holten había salido a comprar sándwiches. Yo tampoco me sentía capaz de comer. Kinney había sido un auténtico golpe para la defensa de Bobby. No sobreviviríamos a otro así. Y a Pryor aún le quedaban dos testigos. El técnico de vídeo que había examinado la cámara de seguridad con sensor de movimiento en casa de Bobby y el periodista Paul Benettio. Gracias a Harper, tenía un buen punto en contra del técnico de vídeo. El periodista no había aportado nada que me preocupara. Simplemente decía que la relación entre Bobby y Ariella no iba bien.

Estaban casados. Eso no significa que él la matara.

Había estado hablando con el agente que vino con Harper. Trabajaba de especialista en comunicación digital para el FBI y era listo como un lince. Joven, pero muy preparado. Harper me lo presentó como Ángel Torres. Me enseñó lo que había descubierto en su visita a la casa de Bobby unas horas antes. No era un golpe maestro para la defensa, pero desde luego ayudaría.

—¿Os vio trabajando el policía en la escena del crimen? —pregunté.

—No —negó Harper—. Era fan de los Knicks. Así que me quedé charlando con él en el salón. Tampoco le importaba demasiado lo que hiciéramos. Lo único que le importaba eran los resultados del equipo. En cuanto Torres le enseñó su placa, el tipo se relajó.

—De todos modos, tampoco tardamos mucho. Entramos y salimos en cinco minutos —apuntó Torres.

—Bien —dije.

Holten, Torres y Harper estaban comiendo sus sándwiches de pie. Yo cogí más calmantes y me los tragué con un poco de gaseosa.

Delaney entró en la sala de reuniones. Traía un montón de carpetas consigo.

—¿Cómo va con el jurado? —preguntó.

Bobby se quedó mirándome, esperando una respuesta más alentadora.

—El ADN nos ha hecho daño, pero ya me lo esperaba. Tal vez haya conseguido suavizar un poco el golpe. Habrá que esperar a ver. Aguanta, Bobby. Todavía no hemos acabado —dije.

—¿Ya le has contado a Eddie lo de los jurados? —preguntó Delaney.

—Estaba a punto de hacerlo —contestó Harper—. Después de que Torres y yo saliéramos de casa de Bobby, volvimos a las oficinas del FBI. Revisamos un montón de artículos que los agentes habían sacado de los archivos de los periódicos locales. He encontrado dos noticias. La primera es un poco más interesante. Parece ser que una mujer fue asesinada a tiros durante un robo a mano armada. Estaba en el jurado del juicio a Pena.

Me enseñó el artículo en su teléfono.

La señora tendría sesenta y pocos años. Se llamaba Roseanne Waughsbach. Trabajaba en una tienda de artículos de segunda mano en Chapel Hill, Carolina del Norte. Un animal le pegó dos tiros en la cara con una escopeta. No se llevaron gran cosa de la tienda, pero cogieron el contenido de la caja registradora y un tarro de donativos. El propietario decía que se habían llevado casi cien dólares. El artículo se centraba en la pérdida de una vida y en la violencia, ¿por qué? Por cien pavos y algo de cambio.

—¿Notas que hay algo mal? Mira la foto —dijo Harper.

Era una imagen de la calle con la tienda cerrada. Y la escena del crimen precintada en la puerta.

Sabía exactamente lo que estaba mal. Justo al lado de la tienda de segunda mano había un Seven Eleven. Al otro lado de este, una tienda de licores. Y la puerta siguiente era una sucursal bancaria de pueblo.

—Esto no fue un robo. Fue un asesinato —señalé.

—Pensé lo mismo. Las tiendas de artículos de segunda mano no suelen guardar mucho dinero. No tienen nada que valga la pena robar y casi nada que valga la pena comprar. Si fuera a robar una tienda en esa calle, iría al Seven Eleven. Probablemente, el propietario de la tienda de licores estaría armado; el banco tendría bastante seguridad, pero el Seven Eleven, poca. Quizás un bate de béisbol. Tampoco es probable que alguien que trabaje de dependiente en un Seven Eleven haga heroicidades. ¿Quién se arriesgaría por tan poco dinero? Y allí mueven mucho efectivo. Mucho más que una tienda de artículos de segunda mano.

—¿Cuál es la otra noticia? —le pregunté.

—No la he traído. Era un anuncio en el *Wilmington Standard*. Después de que Pete Timson fuera condenado por el asesinato de Derek Haas, desapareció uno de los jurados. No tenía familia, pero sí trabajo. Una vez acabado el juicio, no se presentó en su puesto y el jefe se preocupó. Se puso en contacto con la policía y hasta publicó un anuncio. Nadie volvió a verlo después de salir de la sala del jurado.

El dolor en mis costillas empezó a disminuir. En su lugar sentía un vacío en el pecho y un ardor en la garganta. Delaney tenía razón con su teoría sobre Dollar Bill desde el principio. El problema era que todavía no habíamos visto casi nada. Me hundí un poco en el asiento, cerré los ojos y me froté el chichón en la parte trasera de la cabeza. Necesitaba una descarga de dolor.

Por primera vez en aquel juicio, sentí miedo. Dollar Bill era mucho más sofisticado de lo que habíamos imaginado.

—Hemos estado buscando en el lugar equivocado —dije—. Todas las personas a las que inculpó de sus crímenes acabaron condenadas. Todas. Un juicio siempre puede decantarse hacia el otro lado. Incluso con pruebas científicas. ¿Cómo pudo asegurarse de que los condenaran? A ese tipo no le basta con colocar pruebas. Dollar Bill no vio esos juicios cómodamente entre el público. Estaba en el jurado. Como dijo el propio Harry: tenemos un jurado corrupto.

—¿Cómo? —Harper y Delaney saltaron a la vez.

Bobby y Holten se miraron, boquiabiertos.

—De alguna manera, consiguió meterse en el jurado. ¿El jurado desaparecido en el caso de Derek Haas? Creo que no se presentó al trabajo una vez acabado el juicio porque estaba muerto. Probablemente, llevara bastante tiempo muerto. Al menos desde la semana previa al juicio. Bill ocupó su lugar. A Brenda Kowolski la atropelló en la calle, a Manuel Ortega le estranguló y disparó a la jurado anciana en el caso de Pena. Se deshizo de ellos porque no iban a votar como él quería.

—Mata a un jurado antes de la selección y usurpa su identidad. Es la única manera de que funcione. Por eso el jurado no desapareció hasta después del juicio —dijo Delaney fríamente. La idea cubrió su expresión como un viento helado.

—¿Cómo sabía él quiénes eran los candidatos a entrar en el jurado? —preguntó Harper.

—Puede que pirateara el servidor del juzgado. O las oficinas del abogado. O las del fiscal. O que se colara en la sala del correo de algún modo —dijo Holten.

—Esto es de locos —replicó Harper.

—No, esto es Bill —dijo Delaney—. Os lo dije. Este tipo es muy inteligente. Posiblemente el más listo al que nos hayamos enfrentado nunca. Necesitamos las listas con los miembros del jurado en todos estos casos. Podemos comprobar su identidad con Tráfico, Control de Pasaportes y cualquier maldita base de datos que tengamos. Tampoco puede cambiar totalmente de aspecto. Empezamos con el jurado que desapareció después del juicio de Haas. Vamos a coger a este tío. Eddie, testificaré. Haré lo que haga falta —dijo Delaney.

Hablamos acerca de la estrategia. Esta vez vigilaríamos al jurado. Pero eso conllevaba un riesgo.

—Bobby, si esto funciona, deberíamos conseguir que el juicio se declare nulo. Eso es lo que queremos. De ese modo, todo queda en suspenso. Delaney podrá vigilar al jurado, seguirles el rastro hasta que averigüemos quién es el asesino. Hay que parar el juicio. No puedo dejar que quede en manos del jurado. No si el asesino está entre ellos. Pero debes saber que puede que no funcione. Tenemos una teoría, pero no hay pruebas. Si el juez se niega a declarar el juicio nulo, cabe la posibilidad de que Pryor vuelva todo esto en nuestra contra.

—¿Qué quieres decir? —preguntó Bobby.

—Si planteamos que hay un asesino en serie en el jurado, y ahora mismo no sabemos cuál de ellos es, el jurado entero pensará que les estamos acusando del crimen. Se lo tomarán como algo personal. Probablemente, eso haga que te declaren culpable. Si lo intentamos y no funciona, si no atrapamos a ese tío, podrías pasar el resto de tu vida entre rejas.

Me caía bien. A pesar de todo el dinero y la fama, apenas había cambiado del chico de granja que dejó su casa con los ahorros de su padre en el bolsillo. Evidentemente, tenía sus problemas. Todos los tenemos. Pero no venía al juzgado en un Bentley. Ni tenía nueve lacayos colgados del cuello, diciéndole las veinticuatro horas del día lo maravilloso que era. Bobby había descubierto muy pronto qué quería hacer con su vida. Tuvo la suerte de que se le daba bien, persiguió su sueño, se enamoró e hizo realidad aquello que había soñado. Ahora era un joven llorando la muerte de su amor. Ni todo el dinero del mundo podría cambiar tal cosa.

—Este hombre mató a Ariella y a Carl. Y a toda esa otra gente. Quiero que le cojáis. Haced lo que haga falta. Yo no importo. Sé que le vais a atrapar —dijo Bobby.

—Tiene que haber otro modo —intervino Holten.

Tampoco quería poner en peligro a Bobby. Pero, en ese momento, no se me ocurría otro plan. Sabía que algo se me escapaba. El ADN me había preocupado desde el principio. ¿Cómo demonios había ido a parar el ADN de un fallecido a un billete de dólar?

Era imposible.

Sin embargo, en cuanto aquel pensamiento pasó por mi mente, entendí cómo había acabado el ADN de Pena en el billete que se encontró en la boca de Carl. Di una breve lista de comprobaciones a Delaney.

Dollar Bill era muy listo.

Pero nadie es perfecto.

57

*E*ntrelazando los dedos sobre el estómago, Kane respiró hondo y despacio. Se acomodó para ver cómo Pryor volvía a tomar las riendas del caso. El jurado había hablado durante el descanso de la comida. Susurros, por aquí y por allá. Si tuvieran que votar ahora, sería un voto de culpabilidad por una mayoría de dos tercios. Suponía que el resto estaba indeciso, pero gran parte se inclinaba hacia un veredicto de culpabilidad. Kane había vivido situaciones peores en una sala del jurado.

Pryor llamó al estrado a su primer testigo de la tarde. Era un técnico llamado Williams que había analizado la cámara de seguridad con sensor de movimiento instalada en el domicilio de Solomon. Williams confirmó que se llevó el sistema para analizarlo y que había encontrado un vídeo relevante.

La pantalla de la sala se encendió mostrando una imagen en blanco y negro de la calle, vista desde encima de la entrada de la casa de Solomon. Cuando la marca de tiempo en la esquina inferior izquierda indicaba las 21:01, una figura encapuchada aparecía y se acercaba a la cámara. Kane no podía reconocer la cara. De repente, se veía la barbilla del hombre mientras este levantaba el brazo. Lo mantenía levantado.

—¿Qué está haciendo el tipo de la imagen? —preguntó Pryor, que paró el vídeo.

—Es posible que esté metiendo la llave en la cerradura. Eso es lo que parece, en mi opinión —respondió Williams.

El vídeo volvió a ponerse en marcha. El encapuchado mantenía la cabeza agachada, mirando un iPod. Del dispositivo salía un cable blanco que luego desaparecía bajo la capucha: auriculares. La puerta se abría iluminando la entrada. La figura entró. En ese momento, terminaba la grabación.

—Agente Williams, ¿cómo funciona este sistema de seguridad por vídeo? —preguntó Pryor.

—Se activa con un sensor de movimiento. La cámara se enciende de manera automática cuando el sensor se activa. Comprobé el sensor en el laboratorio; puedo confirmar que funciona perfectamente, como se observa aquí. El sensor tenía un alcance de tres metros. Cualquier movimiento dentro de ese campo activaría la cámara.

—En este caso, el acusado afirma que llegó a su casa alrededor de medianoche. Y que no se encontró con su vecino a las nueve de la noche. ¿Qué opina usted de esa afirmación?

—Que no es posible. La cámara le graba a las nueve y un minuto. Parece Bobby Solomon utilizando la llave de la puerta de entrada para acceder al domicilio. He comprobado el sistema: después de este vídeo, no hay ninguno más.

Pryor tomó asiento y Kane vio a Flynn poniéndose en pie. Antes de que empezara a preguntar, Kane se distrajo por algo que ocurría a su izquierda. Las puertas de la sala estaban abiertas y dos inspectores de la Policía de Nueva York entraron en el juzgado. Uno era Mike Anderson, con su escayola. El otro, un tipo mayor de pelo cano peinado hacia atrás, que suponía que era su compañero. Ambos se quedaron al fondo de la sala.

Kane volvió la mirada hacia Flynn y pensó en sus cuchillos. Se imaginaba a Flynn atado en algún lugar tranquilo, lejos de allí. Algún lugar donde pudiera dejarle gritar. Se imaginaba eligiendo el cuchillo. O dejaría que el propio Flynn lo escogiera y luego se acercaría al abogado atado. Era capaz de hacer que un corte durase una eternidad. La lenta inserción del acero en la carne era deliciosa.

Sacudió la cabeza, intentando zafarse de su fantasía. Su trabajo aún no había acabado. Todavía quedaba mucho. Flynn se acercó a Pryor y le entregó un documento encuadernado. El fiscal lo hojeó. Incluso desde la tribuna del jurado, pudo oír claramente al fiscal.

—¿De dónde has sacado esto? —le preguntó.

—Ha sido con permiso del Departamento de Policía de Nueva York. Nadie le paró. Y Torres es agente federal. Tenía causa probable. No se necesita una orden de registro si no hay objeción —contestó Flynn.

Kane trató de oír la respuesta de Pryor, pero no lo consiguió. Los dos letrados se acercaron al juez. Vio cómo discutían. Pasados unos minutos, el juez Ford dijo:

—Es admisible. No hubo objeción por parte de la Policía de Nueva York; les permitieron el acceso. Así pues, la voy a admitir.

58

*C*asi me sentía mal por el policía apostado en casa de Solomon. Si hubiera sabido que el FBI estaba llevando a cabo una inspección, tal vez se habría opuesto. Y habría detenido a Harper y a Torres. El caso es que no se dio cuenta. No objetó. Y no hubo problema. Harry dejó que se admitiera mi informe como prueba.

Buena falta me hacía.

Le hacía falta a Bobby. Si no conseguía que declararan nulo el juicio, al menos necesitaba que algunos jurados votaran a nuestro favor.

Me quedé con una copia del informe. Como si me aferrara a un bote salvavidas.

—Agente Williams, usted no puede ver la cara de Robert Solomon en ese vídeo, ¿verdad? —empecé.

—Toda la cara no. Se ven parte de las gafas, parte de la boca y parte del mentón. Tiene la capucha puesta y le cubre gran parte de la cara. Pero se ve que es él —aseguró Williams.

Al terminar su interrogatorio, Pryor había rebobinado el vídeo y lo había parado en una imagen de la figura encapuchada en el umbral de la puerta.

—La persona en este vídeo lleva un aparato electrónico en la mano. ¿Puede distinguir qué es? —pregunté.

—Parece un iPod —contestó Williams.

—Por favor, recuerde al jurado a qué hora se graba el vídeo…

—Justo después de las nueve, la noche de los asesinatos.

Cogí el mando de la pantalla para pasar a una de las fotos de la escena del crimen. La imagen del recibidor. La escalera enfrente, la mesa del recibidor a la izquierda con el teléfono, el *router* y un jarrón. Entregué a Williams el informe elaborado por Torres y me centré en él.

—Agente, el informe que tiene delante ha sido elaborado

hoy mismo por el agente especial Torres, del FBI. Es un análisis científico del *router* que se observa en la imagen. ¿Analizó usted el *router*?

—No, no lo hice.

—El agente Torres consiguió recuperar el histórico de datos de la memoria del *router* utilizando una interfaz. En la página cuatro, encontrará el desglose. Échele un vistazo, por favor —dije.

Williams pasó varias páginas y empezó a leer. Le di treinta segundos. Cuando acabó, se quedó con la mirada perdida.

—El acusado le dijo a la policía que llegó a su casa alrededor de medianoche. Mire la entrada que hay a mitad de la página cuatro: la número dieciocho. Léala en alto, por favor —le pedí.

—Dice: «Conexión 00:03: iPod de Bobby» —dijo Williams.

—Y ahora mire la entrada de la noche anterior, en el número diecisiete.

—Dice: «Dispositivo desconocido: conexión no autorizada 21:02».

Cogí el mando de la pantalla y pasé a la imagen de la figura encapuchada delante de la entrada.

321

—Agente, ¿sería razonable asumir que el dispositivo que se observa en esta imagen es el mismo que intentó conectarse al *router* en el domicilio del acusado?

—No puedo asegurarlo —contestó.

—Por supuesto que no. Pero sería una extraña coincidencia si no lo fuera, ¿no cree?

Williams tragó saliva y respondió:

—Sí.

—Porque, si alguien se vistió para parecer Bobby Solomon y acceder a la casa, sabría que Bobby suele salir a la calle con un iPod. También le daría una buena excusa para ocultar el rostro de la cámara, ¿verdad?

—No sé, quizá —dijo Williams.

—Exacto, quizá. Y si esta persona logró acceder al domicilio, pudo desconectar la cámara directamente, ¿verdad? De ese modo, la cámara no grabaría a nadie más entrando en la casa —añadí.

—Es posible que lo hiciera, pero no tengo ninguna prueba de que fuera así —contestó Williams.

—¿Seguro?

Hizo una pausa, como si estuviera pensando.

—Seguro.

—De acuerdo. Entonces, agente Williams, me gustaría que mostrase al jurado el vídeo de la policía llegando y entrando en el domicilio por la puerta principal.

«Mierda», dijo Williams entre dientes.

—No hay ningún vídeo. El vídeo del acusado entrando en el domicilio es la última grabación registrada en el dispositivo.

—Pero sabemos con seguridad que la policía acudió a la escena del crimen. La única forma de que no quedara registrada su entrada en el vídeo, y la única forma de que mi cliente no aparezca en dicho vídeo llegando a casa a medianoche, es que alguien apagara la cámara antes, ¿correcto?

Williams se movió en el asiento con nerviosismo. Buscando respuestas, se había hecho un lío.

—Es posible. Quiero decir, sí: puede que ocurriera eso.

Podría haber seguido, pero me movía en arenas movedizas. Por el momento, quería que el jurado al menos considerase la posibilidad de que aquella fuera otra persona. Torres nos había dado esa esperanza. Maldita sea, tendría que habérseme ocurrido analizar antes el *router*.

Pryor hizo una pregunta más.

—Agente, no tenemos ninguna información sobre el alcance de ese *router*, ¿verdad? —dijo.

—Eh, no. Es posible que reconociera el dispositivo de algún coche que pasara por la calle —contestó.

Suficiente. Pryor se ajustó la corbata y volvió a sentarse.

—Solo una pregunta más, en relación con esto último —dije mirando a Harry.

—Una nada más, señor Flynn —contestó.

Apreté el *play*. Volvimos a ver los cuarenta segundos de vídeo. Al pararlo, noté que Williams ya sabía lo que le iba a preguntar y que no sabía qué contestar.

—Agente, para que conste en acta, confirme que este vídeo ofrece una vista de la calle y no se ve pasar ningún coche o a ningún peatón.

Williams suspiró y respondió:

—Correcto.

Había acabado con él.

$\mathcal{K}$ane se retorció sobre el asiento, sintiéndose incómodo por primera vez. Se maldijo en silencio por no haber pensado en el *router*. Aquel abogado era una pesadilla. Él estaba acostumbrado a los dimes y diretes del juicio. Ya lo había visto antes. Pero nada como aquello. De todos los abogados defensores que había visto en acción, Flynn era claramente el mejor. Se preguntaba si Rudy Carp habría estado a su altura. Aunque eso ya daba igual.

Oyó a Pryor anunciando a su último testigo. Comparado con otros abogados, este iba a todo trapo. En un juicio celebrado muchos años antes, Kane se había visto obligado a refrescar la memoria a la mayoría del jurado sobre los testimonios que habían escuchado semanas antes, porque se habían olvidado de la mayoría de las pruebas importantes. Eso no podía hacerlo con Pryor.

El periodista se subió al estrado, cogió la Biblia y prestó juramento. Kane se preguntaba qué podría aportar. Muy poco. Ahora bien, Pryor era jugador, quizá no tanto como Flynn, pero se le acercaba. Y Kane había aprendido a confiar en los turbios métodos de los abogados de la acusación.

Intuía que Pryor estaba a punto de poner en juego una carta que se había estado guardado en la manga durante todo el juicio.

Para comenzar, Pryor explicó las credenciales de Benettio. El periodista tenía muchos contactos en Hollywood. Contaba con información privilegiada.

—¿Qué puede decirle al jurado sobre la relación entre el acusado y la segunda víctima, Ariella Bloom? —preguntó Pryor.

—Se casaron hace poco, después de conocerse y enamorarse en un rodaje. Su matrimonio resultó ser una poderosa alianza. La unión les permitió formar una base de poder en Hollywood.

Ya saben el poder que tienen las parejas de famosos. Como Brad y Angelina. Al poco tiempo, empezaron a tener su propio *reality* en televisión. Y consiguieron los papeles protagonistas en una película épica de ciencia ficción que se ha estrenado recientemente. Los estudios les cubrían de dinero. Lo tenían todo hecho, porque estaban casados.

—¿Y cómo era su relación personal?

—Bueno, ya sabe que en Hollywood siempre corren rumores. Así es la bestia. Siempre hay quienes ponen en duda una relación. Yo soy uno de ellos. En este caso, voy a romper el privilegio periodístico. Tenía una fuente. En el centro de su relación. Me contó que el suyo era un matrimonio de conveniencia. Sí, claro, se llevaban bien. Pero eran más como hermanos, ya que Bobby es homosexual.

$\mathcal{M}$e encanta Estados Unidos. Me encanta Nueva York. Me encanta su gente. Pero a veces me deprime. No las personas, sobre todo los medios de comunicación. A pesar de tener tantos canales, periódicos y noticias digitales, los estadounidenses no están bien abastecidos de información. El juzgado estaba mayoritariamente lleno de representantes de los medios. Y lo que se oyó en la sala cuando Benettio dijo que Robert era gay fueron sus gritos de sorpresa.

Aquellos periodistas no se habían inmutado cuando Pryor puso en la pantalla las fotos del cadáver de Ariella, sus heridas, su joven vida destrozada y expuesta en alta definición. Pero sacan a la luz que un famoso lleva un estilo de vida distinto al heterosexual, y se vuelven locos.

Bobby sacudió la cabeza y le susurré que todo iría bien. Asintió y dijo que no pasaba nada.

—Señor Benettio, esa afirmación es bastante extraordinaria y no figura en su declaración ni en su deposición. ¿Por qué no? —dijo Pryor.

—Quería proteger a mi fuente. Ahora que ha llegado el juicio, me siento en la obligación de contar la verdad —contestó.

—¿Y quién es su fuente?

—Mi fuente era Carl Tozer. Me ofreció información sobre lo que realmente pasaba en su matrimonio. Ariella siempre lo había sospechado. Incluso se llevó a Carl a la cama. Ella y Robert llevaban vidas separadas. Posaban juntos para las cámaras, pero eso era todo. Yo creo que...

—Protesto, señoría —dije, pero antes de que Harry le mandara callar, Benettio continuó, incluso hablando por encima del juez.

—Creo firmemente que Robert Solomon se enteró de que

Carl estaba en contacto conmigo y por eso le mató, y también a Ariella. Robert había vivido una mentira y no era capaz de enfrentarse a la verdad. Salir del armario en Hollywood habría acabado con su carrera. Él lo sabía. ¡Así que los mató! —sentenció Benettio.

Volví a protestar, alegando especulación. Harry la aceptó y pidió al jurado que no tuviera en cuenta nada de lo que había dicho el testigo. Demasiado tarde. Incluso cuando me había dirigido a Harry, Benettio había seguido hablando. El jurado lo había oído todo. El daño estaba hecho.

—No hay más preguntas —dijo Pryor.

Sabía que, si empezaba a interrogar a Benettio, intentaría sacar el tema otra vez. El juez había pedido al jurado que ignorase su testimonio. No sacaríamos nada centrando el juicio en torno a la sexualidad de Bobby. Le dije a Harry que no tenía preguntas.

—La acusación descansa —dijo Pryor.

Había llegado el momento de decidir. Pryor ya me había dicho que no quería contrainterrogar al testigo del colchón, el señor Cheeseman. Y el informe de Torres ya se había incluido como prueba, así que Pryor no podría excluirla.

Solo tenía dos testigos reales. Delaney y Bobby.

—La defensa llama a la agente especial Delaney —dije.

Delaney estuvo explicando el caso al jurado durante más de una hora. Dollar Bill expuesto en toda su espantosa gloria. Explicó en detalle caso por caso, víctima a víctima, los dólares y las pruebas que conducían a los inocentes que acabaron condenados injustamente por los crímenes de Dollar Bill, las marcas en cada billete y la psicología del asesino.

No aparté ni por un momento la mirada del jurado. Especialmente de los hombres. Todos escucharon transfigurados el testimonio de Delaney. Daniel Clay, el loco de la tecnología y desempleado, parecía entusiasmado por sus palabras. Por la edad encajaba, pero no le creía capaz de algo así. Me lo decía algo en sus ojos. Parecía asqueado con cada caso que Delaney explicaba. No era él. Aunque sería fácil usurpar su identidad.

El traductor, James Johnson, cumplía bastantes requisitos. Tenía la edad adecuada y pocas personas lo notarían si desapareciera unos cuantos días. Trabajaba desde casa. Pero, de nuevo, observaba a Delaney completamente fascinado. Su lenguaje corporal y el movimiento de sus labios me decían que creía lo que decía la agente. Y le aterraba. No. Tampoco era James.

Terry Andrews, el tipo de la parrilla, y Chris Pellosi, el diseñador de páginas web, también eran candidatos a ser Dollar Bill. Su identidad podía ser arrebatada durante un breve periodo de tiempo. Sin embargo, Andrews era muy alto. Y me parecía que a un asesino le habría costado fingir tanta altura en tantas ocasiones. Pellosi sí era una posibilidad.

Bradley Summers, jubilado y con sesenta y ocho años, no encajaba en la franja de edad. Y parecía bastante popular entre el resto del jurado. Todos parecían respetarle, tal vez por sus años.

Eso dejaba a Alex Wynn. Profesor de universidad en paro. Amante de las actividades al aire libre. Propietario de dos armas y de carácter reservado.

Era el tipo que llamó la atención de Arnold. El hombre cuya expresión cambiaba, aparentemente.

Arnold no había llegado al juzgado todavía. Tenía que llamarle. Yo iba improvisando y estaba tan acostumbrado a arreglármelas solo en los casos que no me había dado cuenta de que no estaba. Pero le necesitaba allí. Quería su opinión sobre Wynn.

Me puse delante del jurado y formulé la última pregunta a Delaney. La teníamos ensayada.

—Agente Delaney, ¿cómo es posible que Dollar Bill se asegurara de que aquellos hombres fuesen condenados por sus crímenes? Un juicio penal siempre puede decantarse a favor del acusado, aunque haya pruebas sólidas en su contra, ¿no?

Delaney no me estaba mirando. Estaba realizando sus últimas comprobaciones. Había agentes federales al fondo de la sala. Harper estaba en la mesa de la defensa, trabajando y escuchando lo que se decía. Tenía el portátil abierto y llevaba toda la tarde recibiendo artículos. Recortes de periódico y vídeos breves de los juicios contra los hombres condenados por los crímenes de Dollar Bill. Debió de oír mi pregunta, porque cerró la tapa de su ordenador y se quedó mirando al jurado.

Finalmente, Delaney me miró, asintió y los dos nos volvimos hacia el jurado mientras ella hablaba. Yo solo me fijé en un hombre: Alec Wynn. Estaba sentado con una mano en el regazo y las piernas cruzadas, acariciándose el mentón. Escuchó atentamente todas las palabras que iban saliendo de los labios de Delaney.

Había llegado el momento. Lo habíamos hablado. Habíamos debatido los pros y los contras. Y entre todos decidimos que no teníamos otra elección.

—El FBI cree que el asesino en serie conocido como Dollar Bill se infiltró en los jurados de esos juicios y los manipuló para conseguir veredictos de culpabilidad.

Tuvo que haber alguna reacción entre el público. Gritos ahogados, brotes involuntarios de incredulidad. Algo. Seguro. Pero si la hubo, no la oí. Lo único que oía era mi corazón latiendo en los oídos. Estaba absolutamente concentrado. Conocía el rostro de Wynn hasta el último milímetro. Veía su pecho subiendo y bajando, sus manos, hasta el más leve movimiento de su pierna al doblarla sobre la otra.

Mientras Delaney contestaba, su expresión cambió. Sus ojos se abrieron, también sus labios.

328

Pensaba que lo notaría. Una afirmación como aquella era como desenmascarar a Dollar Bill ante una sala abarrotada. Debería haberle golpeado como un madero en la cabeza.

Sin embargo, no estaba seguro.

Lentamente, el resto del mundo inundó otra vez mi consciencia. Sonidos, olores, sabores y el dolor de costillas me golpearon al unísono, como si volviera a la superficie desde las profundidades.

El resto del jurado reaccionó de forma parecida. Algunos con algo de incredulidad. Otros, consternados y verdaderamente aterrados al comprender que un hombre así pudiera andar libre como un pájaro.

Fuera quien fuera, Bill actuó con una frialdad extraordinaria. No se delató. Volví a mirar detenidamente y por última vez a Wynn.

No estaba seguro del todo.

Tenía una pregunta más. Una pregunta que surgía inevitablemente de la última respuesta de Delaney. Podría haberla formulado en ese mismo instante. Pero no lo hice. Si la formulaba, podría parecer que estaba buscando un juicio nulo. Y también que estaba señalando al jurado con dedo acusador. Sería mejor que fuese Pryor quien la formulase.

Le dejé el honor a él.

—No hay más preguntas —dije.

Pryor ya había disparado su primera salva antes de que me sentara. Parecía un sabueso al que le abren la verja.

—Agente especial Delaney, está usted diciendo que puede que Ariella Bloom y Carl Tozer fueran víctimas de un asesino en serie llamado Dollar Bill, ¿no es así?

—Sí —afirmó Delaney.

—Y ha testificado que Dollar Bill elige a sus víctimas, las asesina y luego coloca pruebas minuciosamente para incriminar a una persona inocente...

—Exacto.

—Pero, a juzgar por la última pregunta que le ha formulado el señor Flynn, usted cree que hay mucho más que eso. ¿Cree que se infiltra en el jurado que juzga por asesinato a la persona inocente para asegurarse de que le declaren culpable?

—Eso creo, sí.

Pryor se acercó al jurado y puso la mano sobre la barandilla de la tribuna. Por su postura parecía que se estuviera posicionando con ellos en todo esto, como si todos estuviesen del mismo lado.

—Entonces, por lógica, ¿cree usted que ese asesino en serie se encuentra en esta sala ahora mismo? ¿Que está sentado entre el jurado detrás de mí?

Contuve la respiración.

—Antes de que conteste a la pregunta, agente especial Delaney —dijo Harry—. Letrados, quiero verles a los dos en mi despacho. Ahora mismo.

61

$\mathcal{N}$o importaba cuántos juicios hubiera presenciado Kane, cada uno traía algo nuevo. Y este tenía unas cuantas novedades. En este, se había sentido verdaderamente partícipe del juicio. No solo como jurado, sino como participante. El FBI por fin le había dado alcance. La agente Delaney parecía astuta. En sus ojos había perspicacia. Kane notaba la inteligencia enfurecida que había en su interior. ¿Una adversaria digna? Tal vez, pensó.

Era inevitable, se dijo. Después de tantos años, de tantos cuerpos, de tantos juicios. Alguien tenía que hacer encajar las piezas. No se lo había puesto fácil. Por supuesto que no. Pero albergaba la fantasía de que algún día, mucho después de morir, alguien fuera lo bastante inteligente para atar todos los cabos.

Y, de algún modo, al hacerlo, esa persona establecería un vínculo con Kane. Vería y valoraría su trabajo como nadie antes lo había hecho. Su misión. Su vocación. Expuestas al mundo.

Sin embargo, no esperaba que fuese tan pronto. Al menos, no hasta que hubiese completado su obra maestra.

El juez aportó otra novedad.

Antes de llamar a los abogados a su despacho, había dado instrucciones a la guardia del jurado de mantener separados a sus miembros. Por suerte no se estaba celebrando ninguna vista en las salas contiguas: sus oficinas, el despacho del juez, las salas del personal y los propios juzgados estaban libres. Había espacio más que suficiente para mantener separados a los jurados. La guardia había solicitado más oficiales para acompañar a cada miembro del jurado a su espacio correspondiente.

Kane nunca había visto nada parecido. El juez no quería que el jurado explotara, que empezaran a dudar los unos de los otros o a sospechar que tal vez, solo tal vez, uno de ellos podía ser un asesino.

330

El juez tardó en reunir a los oficiales necesarios; cada uno se llevó a un miembro del jurado de la sala. El que acompañó a Kane era un joven de pelo rubio y tez pálida que no tendría más de veinticinco años. Le escoltó desde la sala, a través del pasillo, hasta un pequeño despacho que daba al vestíbulo principal. Kane se sentó en el sillón del despacho, ante la pantalla apagada de un ordenador. El oficial cerró la puerta.

Otra novedad. Visto en perspectiva, aquello tenía que pasar en algún momento. Pero le había cogido por sorpresa.

Quería huir. El FBI le estaba arrinconando. Se le estaba cayendo la máscara. Kane miró a su alrededor en el pequeño despacho. Dos mesas, ambas mirando a una pared decorada con un calendario. Ninguna de ellas estaba ordenada. Grapadoras, *post-its* y bolígrafos desparramados entre los teclados; montones de papeles asomando por el borde de las mesas y tirados en el suelo alrededor. Kane metió la cabeza entre las manos.

Podía esperar. El caso estaba a punto de quedar visto para sentencia.

Podía llamar a la puerta y pedir al oficial que entrase. Solo tardaría un minuto en cerrar la puerta y romperle el cuello. El uniforme le quedaría algo apretado, pero si se cambiaba rápido y se iba directamente por el pasillo se veía capaz de conseguirlo. Eso sí, tendría que mantener la cabeza agachada o girar la cara hacia la pared cuando viera una cámara.

Odiaba no saber qué hacer. Decidiera lo que decidiera, sabía que con el tiempo podía arrepentirse. Ya fuera dentro de una celda durante el resto de su vida, queriéndose morir por no haber huido, o muy lejos de Nueva York, sentado en una cafetería, soñando en lo que podría haber pasado si hubiese esperado un poco más.

Tomó una decisión, se levantó y llamó a la puerta. El oficial abrió y se asomó. Tenía cara de niño.

—Disculpe, ¿podría beber un vaso de agua? —preguntó Kane.

—Claro —contestó el oficial.

Empezó a cerrar la puerta, pero Kane la sujetó con una mano y dijo:

—Espere, déjela un poquito abierta, por favor. Estos sitios me dan claustrofobia.

El oficial asintió y se fue. Kane se sentó, respirando hondo. Notaba la sangre ardiendo bajo su piel. Era el subidón de anticipación por lo que iba a pasar. Lo veía todo claramente en su cabeza. El oficial dejaría el agua sobre la mesa, Kane le agarraría por la muñeca con una mano, se la retorcería y golpearía su garganta con los dedos estirados. Lo siguiente sería cuestión de logística. Si el oficial caía al suelo, Kane se echaría encima de él, le pondría boca abajo, le agarraría por la barbilla arrodillándose sobre su espalda y tiraría fuerte. Si lograba quedarse de pie, se pondría rápidamente detrás de él, le quitaría el arma, rodearía su cuello con ambos brazos, empujaría hacia delante y luego tiraría hacia atrás y a la izquierda.

Casi podía oír el chasquido de sus vértebras al romperse.

El oficial volvió a entrar en el despacho con un vaso de plástico en la mano.

—Déjelo en la mesa, por favor. Gracias —dijo Kane.

Las botas del oficial le ayudaron a seguir sus movimientos hacia la mesa. Kane se quedó mirando hacia delante y vio cómo dejaba el agua sobre la mesa en el reflejo de la pantalla del ordenador.

Su mano salió disparada y agarró la muñeca del oficial.

—¿*Q*ué demonios está pasando ahí fuera? —preguntó Harry.

Ni siquiera había llegado a su mesa. Los tres nos quedamos de pie en medio del despacho. Estaba cabreado, pero también preocupado. Pryor se lanzó de cabeza antes de que yo pudiera decir nada. Se había encendido como una bola de honrada indignación. O lo que pasaba por honradez en un abogado de la acusación con vocación.

—La defensa se está desmoronando, señoría, eso es lo que está pasando. Saben que, en este caso, las pruebas son sólidas y no pueden quitárselas de encima. Así que están intentando que declare «juicio nulo». Usted lo sabe. Yo lo sé. No lo van a conseguir lanzando acusaciones disparatadas al jurado sin ninguna prueba. No, señor.

—Si tuviéramos pruebas, acudiríamos a ti, Harry —dije—. Mira, el FBI no va por ahí testificando a favor de la defensa en casos de asesinato por un simple presentimiento. Ya lo sabes. Si la agente Delaney está en lo cierto y el asesino está entre el jurado, dejar que el juicio siga adelante es una injusticia clamorosa para mi cliente. No quiero señalar a un jurado que tiene la vida de Solomon en sus manos, pero ya han ocurrido demasiadas cosas en este caso. Hay dos miembros muertos y uno ha sido expulsado por posible soborno del jurado. Hay que tener una visión más amplia.

—¿Y cuál es? ¿Que hay un miembro del jurado corrupto que en realidad es el verdadero asesino en este caso? Eso es increíble —dijo Harry.

—Es posible —contesté.

—¡Es ridículo! —exclamó Pryor.

—¡Basta! —gritó Harry.

333

Nos dio la espalda, fue hasta su escritorio y sacó una botella de whisky de diez años y tres vasos.

—Para mí, no, juez —dijo Pryor.

Harry sostuvo la botella sobre uno de los vasos y clavó la mirada en él. No dijo nada. Simplemente, se quedó mirándole. El silencio se hizo incómodo. El rostro de Harry seguía teniendo una estoica expresión de desaprobación.

—Venga, una corta —dijo Pryor.

Harry sirvió tres copas. Nos dio una a cada uno. Bebimos los chupitos de whisky. Los tres. Pryor tosió y se ruborizó. No estaba acostumbrado al alcohol de calidad.

—Cuando era un joven abogado defensor, recuerdo haber estado en este mismo despacho con el viejo juez Fuller. Era todo un personaje. Guardaba un 45 en el cajón de su escritorio. Solía decir que ningún letrado debería hacer su discurso final en un juicio por asesinato sin haberse tomado antes tres dedos de whisky —dijo Harry.

Dejé mi vaso vacío sobre la mesa de Harry. Había tomado su decisión.

—Este caso me preocupa. Y el jurado también me preocupa. No necesito decirles a ninguno de los dos lo difícil que es tomar esta decisión. En última instancia, tengo que guiarme por las pruebas. Existen sospechas sobre un integrante del jurado. No estoy en posición de valorar esa sospecha. No hay pruebas ante este tribunal que me convenzan de que el jurado esté comprometido. Señor Pryor, debo decirle que no me satisface, pero tengo que ceñirme a la ley. Lo siento, Eddie. Señor Pryor, voy a denegar su pregunta. ¿Tiene alguna otra pregunta para la agente Delaney?

—No, ninguna.

—¿Desea la defensa llamar a algún otro testigo? —preguntó Harry.

—No, no vamos a llamar al acusado —contesté.

Nunca llamo a declarar a mi cliente. Si llegas a un punto en el que dependes de que tu cliente defienda su inocencia, es que ya has perdido. El caso se gana con las pruebas de la acusación. O se pierde. Y no me fiaba de las posibilidades de Bobby ante el jurado. Dejar que Pryor le descuartizase preguntándole acerca de su paradero solo reduciría sus posibilidades.

Su única opción radicaba en un gran discurso final. Clarence Darrow, uno de los mejores abogados judiciales que jamás haya abierto una botella de whisky, ganó la mayoría de sus casos en el discurso final. Es lo último que escucha el jurado antes de retirarse a su sala privada para decidir la suerte del cliente. Darrow salvó más de una vida con el poder de sus palabras.

A veces, la voz es lo único que tiene un abogado defensor. El problema es que la mía era la misma voz que se pedía la última copa, la misma que había roto nuestro matrimonio, la misma que lo había estropeado todo. Pero ahora tenía que salvar una vida.

Las palabras nunca pesan tanto como cuando se dicen por otra persona. En ese momento, sentí su peso sobre mi pecho. Si el veredicto era de culpabilidad, ese peso nunca me abandonaría.

—Podemos acabar este juicio hoy mismo, pero quisiera pedirte algo.

—¿Qué? —dijo Harry.

—Quiero que des a Delaney el nombre del policía que guarda los cuadernos que le quitaste al jurado.

335

—¿Se encuentra bien? —preguntó el joven oficial de cara aniñada.

Kane le agarró con más fuerza, por un instante. Tenía los dedos de la otra mano estirados, en tensión, formando un filo de carne, tendones y hueso. Listo para clavarlo en el cuello del oficial.

Dudó.

Solo unas horas más.

Soltó la muñeca al oficial y dijo:

—Lo siento, me ha asustado. Gracias por el agua.

Kane se bebió el vaso entero y se quedó mirando la pantalla negra del monitor que tenía delante. Su pensamiento derivó hacia Gatsby, extendiendo las manos hacia las aguas oscuras y agitadas, y la tenue luz verde más allá, muy lejos. Si se rendía ahora, si no terminaba su trabajo, otros perderían su vida persiguiendo la luz verde y malgastarían su existencia soñando y esperando algo mejor.

No había esperanza. Los sueños de Kane siempre habían sido oscuros. Plagados de monstruos y niños cavando la tierra en busca de huesos.

Tampoco tuvo que esperar mucho. El oficial le llevó de vuelta a la sala, donde se unió al resto del jurado. El juez les dijo que la defensa había terminado. Eran casi las cinco, pero ambos letrados creían poder pronunciar su discurso final antes de las seis. A continuación, el jurado volvería a su alojamiento a reflexionar sobre el caso y regresaría por la mañana para considerar el veredicto.

El ritmo de aquel juicio le tenía entusiasmado. Se alegró de haber dejado con vida al oficial. No tenía por qué huir. Aún no. No hasta que aquello hubiera acabado.

Pryor se levantó para dirigirse al jurado y el silencio inundó la sala. Kane podía palparlo. El fiscal rompió la quietud con un voto:

—Les prometo, a todos y a cada uno de ustedes, que la decisión que tomen en este caso pasará a formar parte de su vida. Sé que lo hará. Deben tomar la decisión correcta. Si se equivocan, se convertirá en una aguja que avanzará por sus venas un poco cada día. Hasta alcanzar su corazón. Tienen la vida de un hombre en sus manos. Eso es lo que les dirá la defensa. Probablemente, el señor Flynn se lo recuerde muchas veces. Sin embargo, en realidad, en sus manos hay mucho más que eso. En sus manos está el destino de todos los ciudadanos de esta ciudad. Confiamos en que la ley nos proteja. En que castigue a aquellos que son capaces de arrebatarnos la vida. Si no honramos esa responsabilidad, menoscabamos nuestra propia naturaleza. Si no cumplimos con nuestra obligación, olvidamos a las víctimas. Y dejemos una cosa clara: si han escuchado atentamente a todos los testimonios, su obligación en este caso es declarar al acusado culpable de asesinato.

337

64

$\mathcal{V}$i que Bobby se encogía ante mis ojos. Con cada palabra que Pryor pronunciaba, parecía hacerse más pequeño, más frágil, como si la vida que tenía dentro se evaporase un poco más a cada minuto que pasaba.

Pryor recordó los puntos fundamentales al jurado. Bobby no había contado a nadie dónde estaba la noche de los asesinatos. Sus huellas estaban sobre el bate de béisbol. Mintió sobre la hora a la que llegó a casa. Sus huellas dactilares y su ADN estaban en el billete de dólar encontrado en la boca de Carl. Tenía un móvil para el crimen y posibilidad de acceso. Estaba manchado con la sangre de Ariella. El cuchillo que la mató nunca salió de la casa. ¿Y la teoría del asesino en serie? No era más que un truco de la defensa.

Pryor tomó asiento con el rostro cubierto de sudor. Lo había dado todo durante media hora.

Ahora era mi turno.

Recordé al jurado que el *router* del domicilio de Solomon registró la presencia de un dispositivo desconocido exactamente a la misma hora en que la persona vestida igual que Bobby llegó a la casa. También les recordé que quienquiera que entrase en el domicilio en ese momento tuvo que apagar el sensor de movimiento de la cámara de seguridad. Algunos de los jurados, especialmente Rita y Betsy, parecían seguir mi razonamiento.

Wynn escuchó todo mi discurso de brazos cruzados.

Los asesinatos no pudieron producirse tal y como los describía la acusación. Lo más probable es que a Carl lo asaltaran por la espalda y le pusieran una bolsa sobre la cabeza; posteriormente, lo habrían golpeado con el bate que Bobby guardaba en el recibidor. Esa era la razón por la que Ariella seguía dormida cuando el asesino entró en su dormitorio. Y habían limpiado cualquier rastro de ADN del billete de dólar, salvo el de Bobby y el de un hombre ya fallecido.

—Señores del jurado, el señor Pryor les ha recordado su obligación. Déjenme aclarar sus comentarios. Su obligación es para con ustedes mismos. La única pregunta que deben hacerse es si están seguros de que Robert Solomon asesinó a Ariella Bloom y a Carl Tozer. ¿Están «seguros»? Yo diría que el señor Eigerson no estaba seguro de haber visto al acusado esa noche. Diría que no podemos estar seguros de que el billete hallado en la boca de Carl Tozer no fuera manipulado de algún modo por la Policía Científica. Pero lo que yo diga no importa ni un bledo. Lo que importa es lo que ustedes sepan. En el fondo, saben que no pueden estar seguros de que Robert matara a estas personas. Ahora solo tienen que decirlo.

Los siguientes minutos de mi vida fueron completamente borrosos. Un minuto me estaba dirigiendo al jurado y al siguiente estaba recogiendo mi bolsa y despidiéndome de Bobby, que se iba con Holten y su escolta hasta el día siguiente. Cabía la posibilidad de que nos dieran el veredicto por la mañana. El jurado salió guiado por un oficial y la sala empezó a vaciarse. Harry estaba inclinado sobre el estrado, hablando con el secretario del tribunal. Solo quedaban unos pocos rezagados en la sala. Delaney y Harper me estaban esperando. Parecían intuir que necesitaba algo de tiempo para calmarme y ordenar mis pensamientos. Lo había dado todo en el discurso final. Tenía el cerebro hecho fosfatina.

Me eché al hombro la bolsa del ordenador y abrí la puertecita que separaba los asientos del público del resto de la sala. Delaney y Harper iban delante de mí. Estaba cansado. Dolorido. Acabado. Sin embargo, sabía que me esperaba una larga noche de trabajo. Aún cabía la posibilidad de encontrar algo en el caso de Dollar Bill. Tenía el mal presentimiento de que esa era la única oportunidad para Bobby.

Algo se movió a mi izquierda. Rápido. Abajo. Solo lo vi con mi visión periférica. Alguien estaba agachado en la fila de asientos a mi izquierda. Me volví para ver qué ocurría, pero no lo bastante rápido.

Un puño me golpeó la mandíbula. Oí a Delaney gritar. Y a Harper también. Ya estaba cayendo. El suelo se levantó muy deprisa. Estiré las manos y logré no abrirme la cabeza, pero el impacto de mis costillas contra el suelo de baldosas me hizo gritar. No podía respirar. Entre olas de dolor, tenía una vaga conciencia de lo que estaba ocurriendo a mi alrededor.

Noté que alguien me agarraba con fuerza por las muñecas y, de repente, tenía los brazos doblados a la espalda. Comprendí inmediatamente lo que estaba pasando. Me habían detenido en suficientes ocasiones como para saber cómo funcionaba la policía. Nada más pensarlo, sentí el frío de los grilletes alrededor de la muñeca izquierda; después, en la derecha. Tenía los brazos sujetos a mi espalda. Unas manos me levantaron tirando de mis brazos hacia arriba. Intenté hablar, pero mi mandíbula solo consiguió gritar. Prácticamente me la habían dislocado con el primer golpe.

Conseguí girar el cuello hacia atrás y a la izquierda.

El inspector Granger. Y detrás de él, Anderson.

—Eddie Flynn, queda detenido. Tiene derecho a permanecer en silencio… —dijo Granger. Siguió recitando mis derechos mientras me empujaba hacia delante. A la puerta de la sala esperaba un policía de uniforme con las manos en el cinto.

—No pueden hacer esto —gritó Harry—. Deténganse ahora mismo.

—Sí podemos. Lo estamos haciendo —contestó Anderson.

Harper se levantó. Delaney la sujetó.

—Soy agente federal, ¿qué demonios hacen? ¿De qué se le acusa? —preguntó Delaney.

—No es un asunto federal. Usted no tiene jurisdicción en esto. Nos lo llevamos a la comisaría de Rhode Island para tomarle declaración —soltó Granger.

No podía respirar. El dolor me venía a oleadas. Cada una rompía contra mis pulmones. Alcé la vista y vi que el policía que esperaba al final del pasillo llevaba un uniforme ligeramente distinto. Era de la policía de Rhode Island. Anderson y Granger tenían un agente de enlace con ellos. Me estaban deteniendo para sacarme del estado.

—¿De qué…, qué…, acusa? —logré decir.

Si se lo preguntaba, estaban obligados a decírmelo. Tenía derecho a saberlo. Casi pierdo el conocimiento por el simple esfuerzo de decirlo. Granger me daba tirones por los brazos, desatando un dolor infernal en mis costillas. Los pies me pesaban cada vez más. Por poco me desmayo al oír la respuesta de Anderson.

—Está detenido por el asesinato de Arnold Novoselic —dijo.

Por Dios. Arnold. Hasta hacía un par de días no me habría dolido saber que le habían quitado de en medio. Ahora era distinto. Esa misma mañana había hablado con él. El *shock* de enterarme de su muerte casi nubló el hecho de que me estaban deteniendo.

—¿Por qué iba a matar Eddie a su propio especialista en jurados? —preguntó Delaney. Iba detrás de mí, gritando preguntas a Anderson.

—Quizá debería preguntárselo a Flynn —contestó—. Pregúntele por qué no se puso guantes para meterle trece billetes de dólar en la garganta.

65

*E*l autobús salió del aparcamiento de la parte trasera del juzgado. El jurado iba en silencio. Todos ellos estaban haciendo balance de los discursos finales del caso. La mayoría parecía alegrarse de que casi hubiera acabado. Al pasar por delante del edificio de los juzgados, Kane miró por la ventana justo a tiempo para ver a un policía llevándose a Eddie Flynn y metiéndole en un sedán sin distintivos.

Dejó escapar una sonrisa. Eso era lo bueno de la amistad.

Había conseguido llegar del hotel en las afueras de Nueva York al apartamento de Arnold en Rhode Island en tiempo récord. En un principio, el especialista en jurados no quiso dejarle entrar. Kane prometió darle información importante sobre un jurado corrupto que seguía entre ellos. Arnold no pudo resistirse. Entró en su lujoso apartamento, le pidió un vaso de agua, le estranguló por detrás y le dejó tirado en el suelo de la cocina. Llevaba los billetes de dólar en una bolsa que había cogido de la guantera de un coche robado que había escondido en el aparcamiento de larga estancia de JFK. Tenía que actuar rápido y se ayudó de una cuchara para insertar algunos billetes hasta el fondo de la garganta de Arnold. Eso sí, se aseguró de dejar uno asomándole por la boca. Más concretamente, el billete que había pintado con rotulador rojo, coloreando todas las estrellas, las flechas y las hojas de olivo del Gran Sello. El billete final.

El mismo que llevaba las huellas dactilares y el ADN de Eddie Flynn.

El que podía llevarle a la cárcel, justo cuando su carrera legal estaba despegando. Flynn salía en todos los telediarios y periódicos. Era el abogado de moda en la ciudad de Nueva York. Kane lo había visto venir.

El sueño americano de Eddie Flynn había llegado a su fin.

66

*G*ranger me quitó los grilletes, dijo que me diera la vuelta y luego me esposó por delante. Era un pequeño gesto de clemencia. Sentarme en un coche de policía con las manos esposadas a la espalda habría puesto más presión sobre mis costillas y me habría desmayado al cabo de menos de dos manzanas. Agachándome la cabeza, me metió en el asiento trasero de un vehículo K de la policía. Era un coche del parque móvil. Olía a comida rancia y los asientos estaban rasgados.

Cuando pensaba en Arnold muerto, asfixiado con billetes, se me ponía la piel de gallina. Dollar Bill me había tendido una trampa. Igual que a todos los demás.

Concentré la poca energía que me quedaba para tranquilizarme. Tenía que ignorar el dolor y pensar.

La puerta del conductor se abrió y Granger entró. El policía de Rhode Island se subió por mi lado y se sentó delante de mí, en el asiento del copiloto. Noté que el coche se hundía ligeramente. Anderson se sentó a mi lado. Seguía llevando una escayola. Al mirarle a la cara, me asustó lo que vi.

Estaba sudando. Y temblaba. Granger arrancó el coche y nos pusimos en marcha. No podía apartar los ojos de Anderson. Le había metido caña en el juzgado. Aparte de dejarle la mano bastante destrozada. Debía de estar disfrutando de lo lindo de ese momento. Mirándome con lástima, disfrutando de la victoria. Granger y Anderson tendrían que estar gastando bromas y riéndose de mi defensa. Asustándome. Diciéndome que todo había acabado, que iba a pasar el resto de mi vida entre rejas.

Sin embargo, el ambiente en el coche estaba muy cargado. Me recordaba a todas las veces que había estado en la parte trasera de una furgoneta o de un coche esperando a dar un timo.

343

—Gracias por dejarnos coger a este tipo —dijo Granger.

—De nada. Buenas tardes, señor Flynn. Soy el agente Valasquez —soltó el policía de Rhode Island, que volvió a centrar su atención en Granger—. Me alegro de que su distrito nos pusiera en contacto, así nos ahorramos problemas de jurisdicción. En cuanto hablamos, supe que tenían cuentas pendientes con Flynn.

—Uy, sí. Lo nuestro viene de lejos —dijo Granger. Miró por el retrovisor y, en lugar de una expresión de satisfacción y engreimiento, vi algo distinto. Excitación.

Si me erguía, podía ver sus ojos en el espejo. Su mirada iba de un lado al otro de manera frenética. Miraba la calle, la acera, a Anderson y tampoco perdía de vista al policía de Rhode Island.

Obviamente, algo estaba pasando. Lo único que no sabía era si Valasquez estaba metido en el ajo. Intuía que no.

Según avanzábamos por Center Street, me recliné y noté que tenía el móvil en el bolsillo de la chaqueta. Nadie me había cacheado. Pensé que, entre los tres, teniendo en cuenta su edad, llevarían más de cincuenta años en el cuerpo. Sería extraño que un policía con diez años de experiencia se olvidase de cachear a un sospechoso. Aquello me inquietó aún más. Granger giró en un par de calles y pusimos dirección al norte. Eso tampoco ayudó a mi nerviosismo. Se suponía que me llevaban a Rhode Island. El camino más rápido era por el sur, directamente por la FDR, abrazando el río hasta que la autovía llega a la I-95. Ningún policía de Homicidios de Nueva York cogería otro camino. Se conocían la ciudad mejor que la mayoría de los neoyorquinos.

—¿Adónde vamos? —pregunté, deslizando las manos lentamente hacia la parte inferior de mi chaqueta y moviendo los brazos hacia el mango de la puerta a mi derecha, por encima de la chaqueta.

—Cállate —dijo Granger.

—Que te den —le respondí.

—Haz lo que te dice, cierra la puta boca —dijo Anderson.

No lo hice.

—Si vamos a Rhode Island, ¿por qué no cogemos la FDR? —pregunté.

El policía que iba en el asiento del copiloto delante de mí se quedó mirando a Granger.

—Siento decirlo, pero el abogado tiene razón —dijo Valasquez, mirando su reloj.

—Hay demasiado tráfico. Ahora mismo estará totalmente atascada —apuntó Granger.

Los últimos rayos de luz empezaban a apagarse. Todos los coches llevaban las luces encendidas, salvo el nuestro. Granger giró a la izquierda. Ahora íbamos hacia el oeste. Tras una serie de giros rápidos a la derecha y a la izquierda, seguimos en la misma dirección.

Miré por la ventana y vi una señal.

—¿La calle 13 Oeste con la Novena Avenida? ¿Qué hacemos en el Meatpacking District?

—Es un atajo —contestó Granger.

El coche giró a la izquierda y se metió en una callejuela. El vapor que salía de las alcantarillas, iluminado por las farolas, podía hacerte pensar que el infierno estaba bajo Manhattan.

—Tengo que hacer una parada rápida —dijo Granger.

Ya estaba. Granger no iba a hacer ninguna parada. Y yo nunca llegaría a Rhode Island.

Anderson se inclinó hacia mí. Estaba sacando algo de su chaqueta con la mano izquierda. Al llevar la escayola en el brazo derecho, solo tenía una mano útil. Se enderezó de nuevo y vi algo brillante en su mano izquierda. Lo arrojó a mis pies y volvió a rebuscar en el bolsillo con la misma mano. Solo pude mirar rápidamente, pero me bastó para ver que tenía una pistola pequeña junto a los pies.

—¡Un arma! —exclamó Anderson.

Levantó el brazo sacando su pistola. Iba a matarme y luego diría que fue en defensa propia. Por eso no me habían cacheado antes de subir al coche. Todo esto pasó por mi mente mientras me abalanzaba sobre él. Mi cabeza chocó contra su nariz, estiré los brazos y le agarré del brazo izquierdo con las dos manos. Los grilletes se me clavaron en las muñecas al empujar su brazo hacia abajo.

Se resistió con toda su fuerza. Me levanté del asiento y logré golpear a Granger en la parte posterior de la cabeza con el codo. Cayó hacia un lado y estiró la pierna, pisando el acelerador. El coche dio un tirón hacia delante y volví a caer en el asiento.

El dolor era insoportable, pero la adrenalina me permitía seguir.

Anderson también había soltado su arma. Estaba inclinado hacia delante, tratando de recuperarla. Debía de estar debajo del asiento de Granger. Vi su brazo estirado, buscándola. De repente, el coche empezó a vibrar y vi chispas por la ventanilla de Anderson. Debíamos de estar rozando contra un coche aparcado.

Anderson se irguió y me apuntó con su arma.

En ese momento, su cabeza se golpeó contra el techo del coche. Se le disparó el arma y noté cristales sobre mi cara. Había hecho estallar mi ventanilla. Sentí un revolcón y caí boca arriba, en el asiento trasero. Cuando me incorporé, vi a Valasquez con las manos en la cabeza. No llevaba el cinturón puesto. Una farola se había incrustado en la parte delantera del coche de policía.

346

Antes de que Anderson pudiera disparar otra vez, me llevé las rodillas al pecho, apoyé los brazos en la puerta junto a mi cabeza y le golpeé en la cara con ambos pies. La fuerza salió de mi espalda y utilicé los brazos, los músculos del pecho, los abdominales y las piernas. Mi cuerpo se estiró como un arco soltando una flecha. Le di una patada con todas mis fuerzas, pero fallé. Le di en el torso. La fuerza del impacto le empujó por la puerta izquierda y le hizo caer a la calle.

Aquella patada era lo último que me quedaba dentro. Intenté incorporarme, pero el dolor era demasiado. Volví a recostarme e intenté gritar. Necesitaba moverme. Tenía que salir de aquel coche, pero ni siquiera podía levantarme. Cada respiración jadeante era una llamada de agonía.

—Vas a morir, hijo de puta —dijo Granger.

Alcé la vista y le vi bajándose del asiento del conductor. La puerta se había abierto por el impacto, dejándole medio fuera del coche. Oí sus pisadas sobre los cristales rotos en el asfalto. Por la ventanilla del coche, vi cómo desenfundaba un arma de la cartuchera de hombro. Pasó por encima de Anderson y me disparó al tiempo que gritaba:

—¡Tiene un arma!

Me cubrí la cabeza.

No sentí el impacto de la bala. Tampoco una descarga de dolor. Solo noté algo caliente salpicándome la cara.

Valasquez se agarró el brazo, gritando.

Granger le había dado. Oí el arma disparar de nuevo: impactó en la cabeza de Valasquez.

—Acabas de matar a un policía. Esto es lo que pasa cuando amenazas a uno de los nuestros con mandarle a Asuntos Internos. Si te metes con nosotros, te cae una bala —dijo Granger.

Entonces vi su cara. Estaba arrodillado. Tenía la pistola cogida con ambas manos. Me apuntó a la cabeza. Anderson estaba tirado en la acera. Observé su brazo levantado detrás de Granger.

Quería gritar. Chillar. No me salía nada. Y aunque lo hubiese logrado, tampoco lo habría oído. Lo único que oía era la sangre palpitando en mis oídos, como un océano. Mi corazón era una onda de sonido en mi cabeza.

Entonces pensé en mi hija y me salió toda la rabia. Aquel hombre le estaba arrebatando a su padre. Un padre de mierda, sí, pero padre a fin de cuentas. Puse una mano debajo de mi cuerpo sobre el asiento de cuero, apreté los dientes e intenté incorporarme con las escasas fuerzas que me quedaban. La pistola que Anderson había arrojado al fondo del coche estaba a escasos centímetros de la punta de mis dedos. Pero era como si estuviese al otro lado de un campo de fútbol.

Mi mano resbaló y me desplomé. Giré la cabeza hacia Granger.

El hijo de puta estaba sonriendo. Corrigió el brazo, apuntó y entonces desapareció en una tormenta de chispas, esquirlas de metal y ruido.

Sacudí la cabeza. Cerré los ojos. Los volví a abrir. Veía el lateral de un coche. Azul. Dio marcha atrás, rápido. Oí el ruido familiar de un motor V8. El coche ya no estaba. La puerta que había junto a mi cabeza se abrió y vi la cara de Harper sobre mí. Sus ojos estaban muy abiertos y respiraba jadeando. Tenía su móvil en la mano. Mi nombre aparecía en la pantalla. Había apretado el botón de llamada en mi teléfono y luego había dicho el nombre de Harper, que tenía grabado en marcación rápida.

—Me debes un coche nuevo —dijo con lágrimas en los ojos.

Suavemente, me puso una mano sobre el pecho.

—Que te den —dije.

Oí la voz de Harry, que apareció al lado de Harper.

—¡He dicho que si está bien! —gritó Harry.

Se oían sirenas acercándose poco a poco.

—Estoy bien, Harry.

—¡Gracias a Dios! Recuérdame que nunca vuelva a montarme en un coche con Harper. Creo que me va a dar un ataque al corazón.

—Delaney ha dicho que llamaría a la policía de Rhode Island. Dollar Bill te ha tendido una trampa. Vamos a aclarar todo esto —dijo Harper.

Sabía que Delaney podía ser persuasiva.

—Anderson y Granger, ¿están...?

—Saldrán adelante —contestó Harper.

Asentí, cerré los ojos, noté el sabor a sangre en la boca y me la tragué. Iba a ser una noche muy larga.

Viernes

67

*D*os y diecisiete de la mañana.

Kane estaba tumbado en la cama, mirando el techo. Demasiadas emociones como para pensar en dormir. Nunca había juntado tanto dos misiones. El riesgo era considerable, pero, como veía tan cerca el final de su sueño, había decidido correrlo. Durante toda su vida, en cierto modo, se había sentido invulnerable.

Él era especial. Su madre se lo decía siempre.

En algún lugar del pasillo debía de haber un reloj, pues Kane oía el ruido tenue de su segundero. En una habitación oscura y silenciosa, en plena noche, todo ese tipo de sonidos se amplificaba mucho. Giró la cabeza para mirar el reloj digital que había sobre la mesilla.

Las dos y diecinueve.

Suspiró. Ni siquiera tenía sentido intentar dormir. Descubrió la sábana y puso los pies en el suelo. La herida de la pierna estaba curando bien. Se había cambiado el vendaje antes de meterse en la cama. No tenía pus, ni olía, ni estaba hinchada alrededor del corte.

Estiró la espalda, levantando las manos hacia el techo, y bostezó.

Fue entonces cuando lo oyó. Se quedó inmóvil. El reloj seguía sonando en el pasillo, pero ahora se oía algo más.

Movimiento. Pasos en las escaleras. Muchos. Kane se levantó lentamente. Se puso la ropa interior, los pantalones y los calcetines.

Estaba atándose los cordones cuando oyó crujir el suelo de madera. Una vez. Otra. Y otra. Había una tabla suelta en la segunda o la tercera fila de la tarima del pasillo. Lo había notado el día anterior.

Sin tiempo siquiera para coger una camisa, se metió el cuchillo en el bolsillo del pantalón y reptó lentamente hacia la puerta. Acercó la oreja a la madera, contuvo la respiración y escuchó. Había alguien en el pasillo. Muy despacio, se levantó y acercó el ojo a la mirilla de la puerta.

Había cuatro hombres con el uniforme del SWAT delante de su puerta. Llevaban armadura de Kevlar negra. Chaqueta, guantes, cascos con cámaras en un lateral. Iban armados con rifles de asalto. Se apartó de la puerta, apoyó la espalda contra la pared e intentó controlar la respiración. Le habían encontrado. Después de tantos años, por fin lo habían logrado. En cierto modo, sintió algo de orgullo. El FBI por fin reconocía lo que estaba haciendo. Esperaba que al menos alguno de ellos viera su método y comprendiera su obra.

El reloj digital sobre la mesilla marcaba las dos y veintitrés.

Respiró hondo, soltó el aire y echó a correr al oír el estruendo de la madera de la puerta partiéndose y los gritos de los SWAT dando la orden de tirarse al suelo.

$\mathcal{M}$iré mi reloj.

Las dos de la mañana.

El culo se me estaba quedando helado en la parte de atrás del vehículo de mando del FBI. Era algo más grande que una furgoneta y tenía el suelo de acero y una batería de pantallas de ordenador en un lado.

Iba sentado en la parte de enfrente, soplando la superficie de una taza de café humeante y abrazando el vaso con las manos para calentarme. Llevaba quince horas sin ingerir nada más que café y morfina. Ambos eran buenos, aunque en ese momento la morfina iba con un poco de ventaja. Estaba aturdido, pero el dolor había disminuido. La noche no había sido tan terrible como creía. Después de cuatro horas en una comisaría, me habían dejado marchar. De no haber sido porque un juez del Tribunal Supremo de Nueva York, una detective exagente del FBI y una agente federal respaldaron mi versión de los hechos, no habría salido del calabozo hasta al cabo de dos días. Al final, Harper lo zanjó todo: no solo contestó a mi llamada, sino que la grabó.

En menos de una hora, Asuntos Internos se había unido a la investigación y tenían un archivo kilométrico sobre Anderson y Granger. Accedieron inmediatamente a los registros de llamadas de los móviles de ambos, a su buzón de voz, mensajes de texto y wasaps. Estaba todo allí. Temían que, viéndome ante una cadena perpetua por asesinar a Arnold, intentase delatarlos ante el fiscal a cambio de que redujeran mi condena. En el mundo de los policías corruptos, la mafia y prácticamente cualquier operación de crimen organizado, nada es más mortal que te detengan.

Ya lo había visto antes.

El plan era matarme. Luego Anderson cogería la pistola pequeña y pegaría dos tiros en la cabeza a Valasquez. Culparían al policía de fuera de la ciudad de no haberme cacheado. Estaba todo allí, en sus mensajes y sus buzones de voz. No habían tenido tiempo de deshacerse de los teléfonos desechables que habían utilizado.

Anderson y Granger habían decidido arriesgarse después de saber que la policía de Rhode Island tenía pruebas científicas contra mí. Me preguntaba si Dollar Bill habría previsto que intentarían matarme. No encajaba en su *modus operandi*. Él quería un juicio público y complicado. No habría querido que me mataran de un tiro en el asiento trasero de un coche de policía.

Las pruebas científicas preliminares llegaron tres horas más tarde y confirmaron que Valasquez había recibido un disparo desde fuera del coche con el arma de Granger. Él dio positivo en residuos de disparo. Yo no.

Tendría que volver a comisaría a prestar declaración ante Asuntos Internos, para que pudieran barrer como un tornado el resto de la Brigada de Homicidios. No obstante, por el momento, no pusieron inconveniente en que fuera al médico, después de pasar por enfermería a que me dieran un calmante para el dolor.

Cuando salí, Harper y yo teníamos un montón de llamadas perdidas de Delaney. Harper la llamó y fuimos directamente a Federal Plaza. Nos pidió que lleváramos a Harry con nosotros. El FBI había avanzado en la investigación. Iban a necesitar una orden de registro federal y precisaban a Harry para conseguirla.

Desde entonces habían pasado unas horas. Ahora estaba con el culo congelado en la parte de atrás de un furgón aparcado en una calle de un solo sentido que desembocaba en el Grady's Inn. Las puertas de atrás se abrieron y Harry se subió seguido de June, la taquígrafa del juzgado. Rondaría los cincuenta años y llevaba una blusa color perla, una falda pesada y un grueso abrigo de lana. Se había traído la máquina de estenotipia en una bolsa. A juzgar por su expresión, no estaba demasiado contenta con que la hubieran sacado de la cama a las dos de la mañana para venir.

—Pryor está aquí. He visto su coche aparcando —dijo Harry.

Asentí, bebí un sorbo de café. Harry sacó una petaca y le dio un buen trago. Cada uno tiene sus métodos para mantener el calor. June se sentó al lado de Harry, abrió su bolsa y colocó la máquina sobre su regazo.

Pryor se subió al furgón, seguido de Delaney. Estábamos sentados en los asientos abatibles a un lado del vehículo. El furgón era bastante grande y cabían cuatro o cinco personas más, siempre y cuando uno mantuviera la cabeza agachada. Delaney estaba sentada en una silla giratoria, mirando las pantallas. Se puso unos auriculares con micrófono y dijo:

—Equipo Zorro, atentos a las órdenes.

—¿Les importaría decirme qué estoy haciendo aquí? —preguntó Pryor.

—¿Esto ya consta en acta, June? —dijo Harry.

La taquígrafa apretó los labios, pero la ferocidad con la que golpeaba las teclas de su máquina bastó para responder a la pregunta de Harry.

—Señor Pryor, esta conversación consta en acta en el caso del pueblo contra Solomon. He querido que viniera porque estoy a punto de autorizar a los cuerpos de seguridad para que tomen medidas con un jurado del caso. Legalmente, según las normas de secuestro, el jurado está bajo mi protección y sometido únicamente a mi autoridad hasta que dé un veredicto. Dado que todavía no lo tenemos, si cualquier agente de los cuerpos de seguridad o del Gobierno desea hablar con uno de los jurados, necesitaría mi autorización. Quería que usted y el señor Flynn estuvieran presentes por si tienen alguna objeción. También para presenciar la intervención, en caso de que esta se produzca. Estamos en este lugar a petición del FBI y por la seguridad de los jurados. Es una situación volátil y el FBI no puede perder tiempo yendo al juzgado, así que esta operación debe ser autorizada *in situ*. ¿Está claro?

—No. ¿Qué está pasando? —preguntó Pryor.

—Es Dollar Bill. Está en el jurado —contesté.

Todo el furgón retumbó por el cabezazo de Pryor contra el techo. Era un abogado nato, y los abogados exponen sus argumentos de pie. Volvió a sentarse, frotándose la parte superior de la cabeza.

—Son todo cortinas de humo y espejos. Si autoriza esta

interferencia en el jurado, estará dando credibilidad al argumento del acusado. Básicamente, estará diciendo que la defensa tiene razón. Señoría, no puede hacer eso —dijo Pryor.

—Sí puedo, señor Pryor. ¿Me está pidiendo que declare el juicio nulo? —preguntó Harry.

Eso le hizo callar. Sabía que tenía argumentos sólidos. Ahora debía evaluar si todo esto decantaba la balanza a mi favor.

—Me reservaré mi postura ante un juicio nulo hasta mañana, señoría, si le parece al tribunal —dijo Pryor cuidadosamente.

—Muy bien. Ahora, en función de la información que me ha sido transmitida por la agente especial Delaney, autorizo la detención del jurado llamado Alec Wynn —dijo Harry—. Tenemos motivos para creer que Wynn es el asesino en serie conocido como Dollar Bill, cuyo *modus operandi* consiste en incriminar a personas inocentes por sus asesinatos colocando en la escena del crimen billetes de dólar que relacionan a dichas personas con los crímenes del asesino real. Posteriormente, para asegurarse de que sean condenados por sus crímenes, Dollar Bill mata y arrebata la identidad a uno de los candidatos a entrar en el jurado del juicio que se celebra contra dicha persona inocente. Las convincentes pruebas que me ha mostrado la agente Delaney esta noche son...

Ya conocía las pruebas. Delaney las había repasado con Harper y conmigo en Federal Plaza. Todo encajaba.

Harry continuó, para que constara en acta:

—He autorizado un análisis científico de los cuadernos de todos los miembros del jurado que guardé en mi posesión después de recusar al jurado Spencer Colbert. El FBI ha tomado posesión de dichos cuadernos con mi permiso; de acuerdo con la declaración jurada de la agente Delaney, el primer cuaderno objeto de examen fue el del jurado Alec Wynn. La agente confirma que este cuaderno fue elegido para su análisis en función de pruebas de causa probable aportadas por el abogado defensor, Eddie Flynn.

Pryor deslizó su mirada hacia mí y volvió a Harry. Estaba furioso.

—Señor Flynn, para que conste en acta, ¿qué pruebas aportó a la agente Delaney?

356

—Le transmití el contenido de una conversación telefónica que mantuve con Arnold Novoselic, un experto en jurados contratado por la defensa. Había advertido comportamientos sospechosos en este jurado…

—Protesto —saltó Pryor—. ¿Comportamientos sospechosos?

—Había notado que su aspecto cambiaba. Su expresión facial. Arnold era experto en lenguaje corporal, entre otras cosas, y ese comportamiento le pareció lo suficientemente anormal como para comunicármelo —dije.

—¿Y ya está? ¿Va a autorizar la detención de un miembro del jurado en función de los testimonios de oídas sobre una expresión facial? —dijo Pryor. Estaba golpeando pronto. Si la operación se torcía, Pryor quería que sus protestas constaran en acta.

—No —dijo Delaney—. Las huellas dactilares obtenidas en el cuaderno de Alex Wynn son convincentes. Encajan con las de un sospechoso que encontramos en la Base de Datos Nacional. Su nombre es Joshua Kane. Hay pocos datos sobre ese individuo. Ni lugar ni fecha de nacimiento. Tampoco dirección actual. Lo que sí sabemos es que se le busca por un triple homicidio y un incendio provocado. No tenemos más información sobre esos crímenes, más allá de que fueron en Virginia. Hemos solicitado el expediente del caso a la policía de Williamsburg y estamos a la espera de recibirlo. La solicitud se hizo hace dos horas; desde entonces, se ha vuelto a pedir varias veces. Esperamos tener el expediente y una foto de Kane en breve.

Harry asintió.

—En función de la identificación de las huellas dactilares y la posible relación con el caso de Dollar Bill, autorizo la detención del jurado Alec Wynn. ¿Alguna objeción, letrados? —preguntó Harry.

—Ninguna —respondí.

—Quiero que mi protesta conste en acta. Esta medida golpea de lleno el juicio justo —dijo Pryor.

—Que conste en acta. Agente Delaney, puede proceder —contestó Harry.

—Unidad Zorro, adelante —dijo Delaney, girando en la silla para mirar las pantallas.

Había cinco pantallas distribuidas a lo largo del furgón. Cuatro estaban conectadas a las cámaras en los cascos del equipo SWAT. La otra mostraba el correo electrónico de Delaney. Se actualizaba cada pocos segundos. Cuanta más información tuviera sobre Kane, mejor. Las imágenes de las cuatro cámaras de los cascos no paraban de moverse. Oímos las pisadas de sus botas al doblar la esquina. Entonces apareció en imagen el Grady's Inn. Era un lugar viejo. Muy viejo. Parecía un hotel al que los turistas fueran a morir.

El primero de los agentes del SWAT enseñó su placa al conserje, que parecía más viejo aún que el hotel. Habló en voz baja con el mozo de noche que estaba en la recepción, comprobó el número de habitación de Alec Wynn y le dijo que no hiciera ninguna llamada. Subieron lentamente por las escaleras. Yo seguía las cámaras de uno de los agentes que iba en medio. Otro agente que iba delante de él enseñó la placa y le dio una indicación con un gesto al oficial del juzgado que vigilaba el pasillo. Le susurraron que se pusiera detrás de ellos, que tenían una orden del juez para detener a Alec Wynn. El oficial confirmó su número de habitación y los agentes del SWAT avanzaron lentamente por el pasillo.

Se detuvieron delante de la puerta. Encendieron las luces que llevaban bajo la boca de sus rifles de asalto.

El líder del SWAT dio la cuenta atrás.

El reloj de la cámara que llevaban en el casco marcaba las dos y veintitrés de la mañana.

Tres.

Dos.

Bing. Un correo titulado «urgente» entró en la cuenta de Delaney.

Uno.

La puerta se abrió de golpe y las luces alumbraron a Wynn al pie de su cama, con los ojos abiertos de par en par y el torso desnudo. Levantó las manos instintivamente.

—¡FBI! ¡Tírese al suelo! ¡Al suelo!

Se arrodilló, con las manos temblando y extendió los brazos en el suelo. En pocos segundos, le habían cacheado y esposado.

—Ya es suficiente —dijo Pryor.

Se levantó, dobló el abrigo sobre su pecho y se bajó del furgón, dando un portazo. Volví a centrar mi atención en las pantallas. Uno de los agentes del SWAT hizo levantarse a Wynn; otro se quedó mirándole. Teníamos una imagen completa en su cámara.

—¡Por Dios, no me hagan daño, por favor! ¡Yo no he hecho nada! —exclamó. Tenía la cara empapada en lágrimas y mocos, y le temblaba todo el cuerpo del miedo.

El agente del SWAT que estaba delante de él reculó y vimos que se llevaba una mano al rostro. Blasfemó mientras veíamos lo que estaba mirando.

Una mancha oscura se extendió por su entrepierna y empezó a bajarle por una pernera. Había perdido el control de los esfínteres. Estaba tiritando por el pánico, apenas era capaz de hablar.

Delaney maldijo y comprobó el correo electrónico. Era del Departamento de Policía de Williamsburg. Era un resumen de su expediente sobre Joshua Kane. Harry y yo nos levantamos del asiento para mirar por encima de su hombro. Kane estaba buscado en relación con el asesinato y violación de una alumna de instituto llamada Jennifer Muskie y otro alumno llamado Rick Thompson. La última vez que ambos fueron vistos fue la noche de su graduación. La tercera víctima era Rachel Kane. La madre de Joshua. La policía sospechaba que Kane había raptado, violado y asesinado a Jennifer, y que había escondido su cuerpo en casa de la madre. Rachel Kane había sido asesinada. Incendiaron su apartamento intencionadamente.

El expediente proseguía diciendo que el cadáver de Rick Thompson se encontró en el embalse, dentro de su coche.

Había una foto policial en blanco y negro de Kane: estaba mal escaneada y apenas se distinguían los detalles de sus facciones, pero no se parecía a Wynn.

Volví a mirar el monitor. Wynn se había derrumbado. Estaba llorando y suplicando clemencia. No estaba actuando.

Joshua Kane debía de tener las pelotas de acero para llevar a cabo esos crímenes e infiltrarse en los jurados. Wynn ni siquiera parecía saber dónde las tenía.

—Mierda —dije.

Saqué mi teléfono y busqué el registro de llamadas. Fui pasando hasta encontrar mi última conversación con Arnold el día anterior. Era a las cuatro de la madrugada. No fue una llamada larga. En ese momento entendí que Arnold estaba en casa, en su apartamento de Rhode Island. Aunque hubiese ignorado los límites de velocidad y no hubiese encontrado nada de tráfico, Kane habría tardado unas dos horas y cuarto para volver de Rhode Island al JFK.

—Delaney, dile al agente del SWAT que le pregunte al vigilante a qué hora despertó a los miembros del jurado ayer para bajar a desayunar —dije.

Le transmitió la orden, uno de ellos fue al pasillo y le vimos hablando con el oficial del jurado.

—Yo diría que sobre las siete menos cuarto, como muy tarde —dijo.

Era imposible que hubiese tenido tiempo de asesinar a Arnold después de mi llamada, volver al JFK, esconder el coche y llegar al Grady's Inn para meterse en la cama.

—Nos hemos equivocado de tío —dije.

Delaney no dijo nada. Seguía leyendo el correo sobre Kane. Harry empezó a frotarse la cabeza y dio otro trago de whisky a la petaca.

—Arnold me dijo por teléfono que Wynn era a quien había visto ocultar su expresión. Pero, ahora que lo pienso, cuando llamé a Arnold, ya estaba muerto. No hablé con él, hablé con Kane —dije.

—¿Kane? —preguntó Delaney.

—Ahora que lo pienso, no tuvo tiempo para llegar al hotel desde Rhode Island. Es imposible, a no ser que ya hubiese matado a Arnold. Dollar Bill desvió nuestra atención hacia Wynn —dije.

—Dios —dijo ella. Cogió su móvil e hizo una llamada. Quienquiera que fuese el destinatario, contestó.

—El cuaderno que analizamos tenía el nombre de Alec Wynn. Quiero que compruebes todos los demás y me digas si está escrito en algún otro —dijo Delaney.

Mientras esperábamos, siguió revisando las páginas del expediente original que la policía de Williamsburg nos había enviado escaneado.

De repente, Delaney dio un salto. Había encontrado algo.

—No es Wynn, seguro —dijo, mirando la pantalla.

Se oyó una voz al otro lado del teléfono, confirmando que el nombre de Alec Wynn estaba en otros dos cuadernos de los miembros del jurado. Kane también había puesto el nombre de Wynn en su cuaderno.

Me acerqué, para ver qué era lo que estaba mirando Delaney.

Jennifer Muskie y Raquel Kane fueron asesinadas en 1969. En ese momento, supe quién era Joshua Kane en realidad. Delaney también. Tenía que actuar con rapidez, tragarse el escepticismo e intervenir de inmediato.

Delaney dio órdenes al SWAT de dejar a Wynn e ir a por otro objetivo.

Sonó un mensaje en mi móvil. Era de Harper: venía de camino y había encontrado una foto de Dollar Bill entre los viejos recortes de periódico. Su mensaje seguía con el nombre de un jurado.

Era el mismo que yo había pensado.

El muy hijo de puta.

69

Mientras el SWAT derribaba la puerta de la habitación contigua a la suya, Kane había abierto rápidamente la ventana y se había subido al tejado. No había tiempo para llegar hasta el tejado inferior y acceder al caballete al final de las tejas.

Cada segundo contaba. Se deslizó por el tejado, arrastrando los brazos. No llevaba camiseta y notaba las tejas raspando su piel. No sentía dolor, solo la sensación de estar arañándose la espalda contra las tejas. Dejó caer las piernas por el borde del tejado y luego el torso. Agarró el canalón con ambas manos, ralentizando la caída y dirigiéndola hacia un montón de nieve.

Rodó hasta caer sobre la nieve amontonada detrás del hotel y salió corriendo hacia los árboles de enfrente, alejándose de las luces. Rojas, blancas y azules. Había una unidad de seguridad apostada a la entrada del camino privado que conducía al Grady's Inn, de modo que, sin dudarlo, corrió hacia la izquierda de las luces. Jadeaba, con la respiración dibujando nubes de niebla en el frío aire de la noche. A pesar de que estaba desnudo de cintura para arriba, no sentía ningún dolor. Tampoco notaba ni el frío ni el calor como cualquier persona normal. Esos sentidos estaban anulados en él, pero el aire helado le hacía temblar.

A la entrada de la arboleda, vio los faros delanteros de un vehículo saliendo del hotel. Era un Aston Martin blanco. Kane salió al camino agitando los brazos. El coche se detuvo y Art Pryor se bajó por la puerta del conductor.

—¿Señor Summers? —dijo Pryor—. ¿Se encuentra bien? ¿Qué hace aquí fuera con este frío? A su edad… Se va a poner enfermo.

Kane cruzó los brazos sobre el pecho, temblando.

362

—Su…, su abrigo, por favor —dijo.

Pryor se quitó el abrigo de cachemir y rodeó los hombros de Kane con él.

—He oído disparos, gritos, me ha entrado el pánico y he salido corriendo —dijo Kane.

—Suba. Le llevaré a algún lugar seguro —respondió Pryor.

Kane metió los brazos por las mangas del abrigo, rodeó el coche hasta el asiento del copiloto y se subió. Pryor se sentó delante del volante y cerró la puerta. Cuando se volvió a mirar al jurado que creía que era Bradley Summers, de sesenta y ocho años, se quedó horrorizado. Kane dejó que el abrigo se le abriera sobre el pecho para que Pryor viera su obra.

—Dios mío —dijo Pryor.

Pocas personas habían visto el pecho de Kane. Pryor lo vio en toda su gloria, bajo las luces interiores del coche. Era una masa de tejido cicatrizado blanco. Líneas intrincadas de crestas de piel que dibujaban el Gran Sello. Un águila sujetando flechas y ramas de olivo. Sus garras se extendían a ambos lados del estómago de Kane. El escudo y las estrellas sobre la cabeza del águila estaban agrupados sobre el esternón.

—Sáquenos de aquí. Hay un Holiday Inn a un kilómetro y medio. Aparque ahí y no le haré daño —dijo Kane, sacando el cuchillo del bolsillo del pantalón y colocándolo sobre su regazo.

Pryor aceleró el motor pisando el pedal con demasiada fuerza, con los ojos clavados en el cuchillo. Kane había dicho que se tranquilizara. Se pusieron en marcha y condujeron un par de minutos hasta llegar al Holiday Inn. Pryor jadeaba y suplicaba que no le matara.

Se detuvieron en un oscuro rincón del aparcamiento desierto de la parte de atrás. El Holiday Inn estaba a casi cien metros.

—Voy a necesitar su ropa y su coche. Le dejaré quedarse con la cartera. Hay un paseíto hasta el hotel. Si no hace lo que le digo, tendré que quitárselos a la fuerza.

No tuvo que repetírselo. Pryor se quedó en ropa interior, dejando las prendas en el asiento trasero del coche, tal y como le había dicho.

—Ahora, bájese del coche —dijo Kane.

Abrió la puerta y Kane vio cómo el frío le golpeaba de inmediato. Se quedó de pie, en calcetines, abrazándose contra el frío en el frío aparcamiento vacío y oscuro.

—Mi cartera —dijo Pryor.

Kane se pasó al asiento del conductor, cerró la puerta, bajó la ventanilla y soltó la cartera sobre el asfalto.

Pryor se acercó, agachándose para recoger su cartera. Al incorporarse se encontró cara a cara con Kane, que le observaba.

Pryor quedó paralizado, aunque sus piernas seguían temblando. Entonces Kane sacó su cuchillo de la cuenca del ojo izquierdo del fiscal y dejó que su cuerpo se derrumbara.

Rápidamente, se vistió con la ropa de Pryor. Le quedaba grande, pero tampoco importaba mucho. Al cabo de pocos minutos, iba rumbo a Manhattan en el Aston Martin. No podía permitir que el FBI interfiriera en su patrón. Tenía que matar a un hombre.

Y nada le detendría.

70

*E*l SWAT encontró vacía la habitación que ocupaba Bradley Summers. Había dejado la ventana abierta. El líder de la unidad salió al tejado, echó un vistazo y vio huellas que sobresalían de un montón de nieve revuelta. Para cerciorarse, Delaney ordenó un registro físico del hotel y de los alrededores. Tardaron media hora. Para cuando los agentes terminaron, estaban convencidos de haber cabreado a todos los huéspedes del hotel, de que las huellas conducían al camino de entrada al Grady's Inn y de que no había indicios de que Dollar Bill hubiera vuelto sobre sus pasos.

Joshua Kane se había esfumado.

El FBI trabajaba a un ritmo fascinante y aterrador. A los pocos minutos de completar el registro, todas las agencias de los cuerpos de seguridad habían sido informadas. Harper llegó al lugar. Había encontrado dos fotografías en recortes de periódico. En ambos casos parecía el mismo hombre, un tipo de cincuenta y tantos años. En una, se le veía saliendo del juzgado; en la otra, cuando se disponía a entrar. En ambas ocasiones estaba en segundo plano. Tenía distinto color de pelo y vestía ropa diferente, pero los rasgos faciales eran más o menos iguales. Más allá de la nariz rota de Summers, era la misma persona. Delaney y yo nos quedamos en el furgón de mando estudiando las fotos. Harry seguía intentando contactar con el móvil de Pryor. El juicio de Bobby estaba abocado a ser declarado nulo. No cabía duda.

—¿Adónde habrá huido? —preguntó Delaney, estudiando las fotos.

—Puede que haya vuelto al apartamento de Summers —contestó Harper.

—Ya he mandado a un agente, pero es poco probable. Este

tío no ha estado tanto tiempo sin que lo descubrieran como para cometer errores de principiante.

—Es increíble que se haya salido con la suya en todo esto. Lleva décadas haciéndolo… —dijo Harper.

Me irritaba inmensamente que los cuerpos de seguridad lo hubieran permitido. Pero tal vez las cosas fueran así, sin más. Casi todas las brigadas de Homicidios de cualquier ciudad y de cualquier estado estaban desbordadas de trabajo. Seguían las pruebas hasta el final. Simplemente, no tenían tiempo para cuestionarlo todo demasiado. En cierto modo, no era su culpa. Habían sido manipulados por un asesino inteligente y despiadado, y no tenían tiempo para considerar alternativas. Aun así, Dollar Bill probablemente había tenido bastante suerte de llegar tan lejos. Con tantas víctimas. Todas ellas para alimentar una especie de visión increíblemente retorcida.

Pensé en todo lo que sabía sobre Kane. Los asesinatos. Los juicios. Las víctimas. El patrón y el Gran Sello. Aquel tipo no iba a dejar que todo se fuera al traste. Quería completar su misión.

—Harper, llama a Holten ahora mismo. Este cabrón chiflado es decidido y meticuloso. Va a intentar terminarlo a su manera. Creo que va a por Bobby —dije.

Tres minutos después, estaba en el asiento del copiloto del coche de alquiler de Harper, con las manos apoyadas sobre el salpicadero mientras seguíamos al furgón del SWAT, que se abría paso entre los coches, subidos en la ola de las sirenas.

—Vuelve a llamar al móvil de Holten —dije.

Harper utilizó el comando de voz para activar su teléfono, que vibró en algún hueco del salpicadero. Vi encenderse la luz de la pantalla en el reflejo del parabrisas y el tono de llamada empezó a resonar en el sistema *bluetooth* del coche.

No contestaba.

—Voy a llamar otra vez a Bobby —dije.

Lo hice, pero debía de tener el móvil apagado. Al menos el de Holten daba tono. Lo único que necesitábamos era que contestara al maldito teléfono.

—De todos modos, la policía ya estará en camino —dijo Harper.

Antes de salir, Delaney había mandado un aviso urgente a la policía de Nueva York para que acudieran al domicilio de Bobby a comprobar que estaba bien. Llegarían en cualquier momento. También había pedido que fuese un agente de campo de Federal Plaza, para cerciorarse de que el lugar era seguro.

El trayecto desde Jamaica al centro de Manhattan solía durar cerca de una hora en coche. Cruzamos la autovía de Queens-Midtown en menos de diez minutos y nos volvimos a encontrar ante aquella línea de horizonte tan familiar, con el edificio de Naciones Unidas iluminado como una postal al otro lado del túnel de Midtown.

El móvil de Harper empezó a vibrar. Era Delaney.

—Acaba de llamar la policía de Nueva York. Han hablado con el personal de seguridad de Solomon. Todo está tranquilo. Les he dicho que retiren el coche patrulla y también he quitado a mi agente. Vamos a hacer sonar las sirenas a todo trapo en el túnel y luego nos quedaremos en silencio. Yo me pasaré a un K y haré una barrida de la zona. Kane no ha llegado todavía a casa de Solomon. Si está allí vigilando el domicilio, no quiero ahuyentarlo.

—De acuerdo —dijo Harper—, pero no pasa nada porque nos pasemos Eddie y yo, ¿verdad?

—Dejadme que haga una barrida primero. Luego os aviso. Por cierto, acabo de hablar con la Científica sobre el perfil de ADN que sacamos del cuaderno de Wynn con las huellas de Kane. Todavía no han terminado de procesar el ADN, les quedan diez horas, pero los primeros resultados encajan con Richard Pena, el tipo cuyo ADN encontraron sobre el dólar en la boca de Tozer. En cuanto completen el perfil, lo sabremos con seguridad. Harper, necesitaré que me informéis de lo que hayáis averiguado sobre el perfil de Pena. Tiene que haber una conexión con Kane en alguna parte —señaló Delaney.

En cuanto entramos en el túnel, perdimos la cobertura. No importaba. Tampoco habría podido levantar las manos del salpicadero; no con la manera de conducir de Harper, que iba pegada a la cola del furgón del SWAT a ciento veinte kilómetros por hora, pasando a escasos centímetros de los coches y la pared. Quería preguntarle acerca del ADN de Pena y lo que había descubierto, pero temía demasiado que nos estampáramos contra la pared del túnel si la distraía.

Una vez fuera, pasó el pánico. Nos detuvimos en la calle 38, a una manzana del apartamento que Bobby tenía alquilado. Y esperamos. Esa zona del Midtown era bastante tranquila. Sus residentes eran sobre todo dentistas y médicos. Los coches aparcados en la acera eran, o bien SUV, o bien coches deportivos para dentistas en plena crisis de la mediana edad.

—¿Has encontrado algo con el ADN de Pena? —dije.

—Sí. Richard Pena fue identificado como el asesino de Chapel Hill por su ADN. Coincidía con un perfil hallado en un billete de dólar. Mil cuatrocientos hombres de la zona se ofrecieron a dar muestras de su ADN. Pena estaba entre ellos. El policía de Chapel Hill nos dijo que, con la cantidad de voluntarios que se presentaron, no daban abasto recogiendo muestras. Tuvieron que formar a guardias de seguridad del campus para tomar muestras del personal docente, de los empleados y de los alumnos de la universidad. Un guardia llamado Russell McPartland testificó haber recogido, sellado y entregado a la policía la muestra de Pena. Tengo a un agente de Chapel Hill rebuscando en los archivos del personal de la universidad ahora mismo.

—¿Cómo consigues que la policía haga todo esto por ti? —pregunté.

Sonrió fugazmente y contestó:

—Puedo ser persuasiva.

No me cabía duda. Deduje que Russell McPartland podía ser otro alias de Joshua Kane. Era imposible que hubiese cometido tantos asesinatos de forma tan impecable. Tarde o temprano dejaría algún rastro de ADN. Mi teoría era que había conseguido trabajo en el servicio de seguridad del campus con un nombre falso. Ese tipo de empleo le daría acceso libre a un alumnado femenino confiado. Con un asesino suelto, las jóvenes vulnerables sentirían más confianza si un vigilante de seguridad del campus las abordaba o se ofrecía a acompañarlas a casa. Pero entonces cometió un error. Debió de dejar su ADN en alguno de los dólares hallados en una víctima. Se debió de enterar en cuanto el Departamento de Policía pidió muestras de ADN de los varones de la zona. Pero luego lo utilizó en su beneficio. Cogió una muestra a Pena, el celador. Era tan fácil como pasar un bastoncillo de algodón por el interior de la boca de Pena y meterlo en un tubo sellado. Luego debió de sustituir la muestra por la suya, de modo que la muestra de Kane quedara clasificada con el nombre de Pena. El perfil de ADN de Richard Pena era, en realidad, el de Joshua Kane. Pena no podía pagarse un abogado defensor y nadie querría representar *pro bono* al estrangulador de Chapel Hill. En aquella época, ninguna oficina de abogados de oficio estaría dispuesta a malgastar su presupuesto repitiendo pruebas de ADN.

Por eso los resultados del análisis de la muestra hallada en el dólar en la boca de Tozer decían que era de Pena. Este no pudo tocar el billete, porque ya estaba muerto. El ADN era de Kane. Y él lo había etiquetado desde el principio como el de Pena.

Muy astuto.

Imaginaba que todos los empleados de seguridad del campus tendrían una identificación con foto en los archivos personales. Esperaba a que el contacto de Harper encontrara una foto de Kane en la documentación de un tal Russell McPartland.

No podía haber otra explicación.

Sonó el teléfono de Harper y ella contestó. La voz de Delaney resonó por los altavoces del coche.

—Hemos hecho una barrida de la calle y de un radio de cinco manzanas. Ni rastro de Kane. Hay unas cuantas personas por la calle, pero nada fuera de lo normal. Gente que vuelve a casa de bares y discotecas. Al final de la manzana, hay un par de yonquis con mantas; incluso un tío durmiendo la mona en el asiento de su Aston Martin delante del pub O'Brien. Estamos vigilando, pero por ahora no hay rastro de Kane. Todavía no.

—¿Puedo ir a ver a Bobby? —pregunté.

—Claro, pero no te quedes demasiado —contestó Delaney, y luego colgó.

—Ve tú. Te dejo allí y aparco en la calle —dijo Harper.

Fuimos hasta la calle 39. La casa de Bobby estaba por la mitad. Pensé en él y en cómo reaccionaría a lo que tenía que contarle. Si el FBI atrapaba a Bill esta noche, estaba bastante seguro de que podía anular la instrucción contra él. Habían pasado tantas cosas… Arnold estaba muerto y ni siquiera había tenido tiempo de asimilarlo. Y, de alguna manera, Kane me había tendido una trampa con otro billete de dólar para inculparme por su asesinato.

—Para el coche —dije.

—¿Cómo? —preguntó Harper.

—Para ahora mismo. Necesito que llames al poli de Chapel Hill. Kane no ha estado tirando de suerte solamente todos estos años —dije.

Harper llamó al policía. Esperamos. Cuando finalmente contestó, dijo que acababa de encontrar el archivo sobre el guardia del campus llamado McPartland. Tenía intención de enviárselo a Harper por la mañana. Sin embargo, ella le pidió que hiciera varias fotos al archivo con su teléfono y se las mandara por SMS. El policía accedió. Llamé a Delaney y se lo expliqué.

Por fin encajaban todas las piezas. Lo estuvimos hablando durante diez minutos y Harper me dejó a la puerta de casa de Bobby. Era una *brownstone* bastante anodina. Un barrio perfecto para esconderse de una tormenta mediática. Subí los escalones y llamé a la puerta de entrada. El frío me raspaba las mejillas y me soplé las manos. Holten abrió la puerta y noté el calor saliendo a raudales de la casa.

Seguía con los pantalones de traje negros y la corbata. Se había quitado la chaqueta. Me tranquilizó ver que aún llevaba el arma de mano: una Glock en una cartuchera de cuero metida en el cinturón.

—¿Estás bien? —preguntó.

—Hecho una mierda. ¿Y Bobby?

—Pasa, está arriba. ¿Alguna noticia?

Entré, pasé por delante de Holten y agradecí cuando cerró la puerta. No llevaba abrigo y me había quedado helado en el breve tramo entre el coche y la puerta. Afortunadamente, la morfina seguía cumpliendo su cometido; de lo contrario, estaría paralizado por el dolor de las costillas rotas.

El recibidor estaba oscuro, salvo los rincones bañados por la luz del salón. Oí que había un partido de béisbol en la televisión. Me eché a un lado para que Holten pasara.

—Sube a verle. Está en el segundo piso. Había grabado el partido, lo estoy viendo ahora. Por qué no. Con el FBI ahí fuera, no me siento tan expuesto. Así me relajo un poco, ¿sabes? —dijo Holten.

Asentí.

—Claro que sí. Han sido días duros. Creo que las cosas se han decantado por fin a favor de Bobby. Esperemos que esto acabe pronto.

Pero Holten ya se había vuelto para ir al salón. Se dejó caer sobre un sofá grande delante de una inmensa pantalla plana mientras decía:

—¿Habéis cogido al tipo? ¿Dollar Bill?

—Puede —dije—. Creo que tenemos suficiente para que, como mínimo, declaren el juicio nulo. Si le atrapamos, creo que conseguiremos que absuelvan a Bobby.

Holten abrió una cerveza y la extendió hacia mí.

—¿Quieres una? Tienes cara de que te vendría bien —dijo.

Tenía razón. Me vendría bien. Esa y veinte más.

—No, gracias —contesté.

Subí al primer piso, seguí el rellano hasta dar con las escaleras que llevaban al segundo y llamé a Bobby. 371

No hubo respuesta. Cuando llegué a lo alto de las escaleras, volví a notar frío. La luz estaba apagada y supuse que Bobby estaría en la cama. Una brisa helada me rozó la cara. La ventana que daba a la calle estaba abierta. Me acerqué sigilosamente y me asomé. Estaría abierta unos treinta centímetros y daba a la salida de incendios. Saqué la cabeza y miré a mi alrededor. No había nadie en la escalera de incendios, ni por encima ni por debajo de mí.

Volví a meterme dentro y, de repente, una mano me tapó la boca y tiró de mi cabeza hacia atrás. Por un segundo, me quedé inmóvil. No podía respirar. Mi instinto fue agarrar la muñeca de mi agresor, echarme hacia atrás y girarme para inmovilizarle el brazo detrás de la espalda.

Entonces sentí algo afilado sobre mi espalda. La punta de un cuchillo.

Bajé la mirada hacia la ventana. Allí, en el reflejo del cristal, vi a Bradley Summers, el jurado. Estaba detrás de mí, pero podía ver su cara. Él también estaba observando el reflejo, mirándome a los ojos. Aún se oían las voces lejanas de los comentaristas de televisión en el piso de abajo.

No me atrevía a moverme. Sabía lo que pasaría si lo hacía. Kane me clavaría aquel filo en la espalda.

Tenía el teléfono en el bolsillo de la chaqueta. Si lo alcanzaba, tal vez podría llamar a Harper con el comando de voz, como había hecho en el asiento trasero del coche de policía, apenas unas horas antes.

Todas esas ideas atravesaron mi mente en un segundo. Y entonces comprendí que Kane probablemente había pensado lo mismo. Me estaba observando en el reflejo de la ventana, estudiando mi reacción. Acercó la cara a mi oído y noté su aliento al susurrarme:

—No se mueva. Ni se le ocurra moverse ni pedir ayuda. Va a morir esta noche, Flynn. Las únicas preguntas son: con qué rapidez y si mataré o no a esa detective tan guapa. Si quiere que sea rápido e indoloro, puedo ayudarle. Solo tiene que hacer lo que le digo.

$\mathcal{K}$ane notaba el latido del corazón de Flynn. Tenía la mano izquierda sobre su boca y el antebrazo presionaba sobre el cuello. Notaba otra vez aquel subidón. Aquel maravilloso pulso vivo, latiendo: el tamborileo del miedo y la adrenalina.

—Voy a apartar la mano. Y usted hará todo lo que le diga. No grite. No diga nada. Una palabra, un susurro, y le mato. Luego la mataré a ella, a la detective. Aunque a ella la mataré lentamente. Le arrancaré la piel hasta que me suplique que acabe ya con su vida. Si lo ha entendido, asienta con la cabeza —dijo Kane.

Flynn asintió una vez.

Kane relajó la mano y la apartó de la boca de Flynn. El abogado respiró hondo. El pánico era casi asfixiante.

—Con una mano, quiero que coja su teléfono y lo deje en el suelo —ordenó Kane.

Flynn metió la mano en el bolsillo de su chaqueta, sacó un móvil y lo dejó caer. Rebotó dos veces sobre la gruesa moqueta, sin hacer apenas ruido.

Kane dio un paso atrás y dijo:

—La puerta a su derecha. Ábrala y entre.

Flynn se volvió, abrió la puerta y entró en el dormitorio en penumbra. Las cortinas no estaban echadas y dejaban pasar algo de luz de la calle, que iluminaba el espacio con un rubor tenue y amarillento. A la derecha había una cama. Enfrente, una pesada puerta de acero.

Estaba cerrada. Sobre la puerta había una cámara de seguridad con un punto rojo encendido. Apuntaba hacia abajo, capturando el espacio inmediatamente delante de la puerta de seguridad.

Kane avanzó hacia la puerta y se quedó en el umbral del dormitorio.

—Solomon ha logrado llegar a la habitación del pánico antes de que le cogiera. Necesito que le convenza de que salga. Le está observando a través de la cámara. Dígale que me he ido. Que la policía está aquí y que está a salvo. Sáquele de ahí, por favor. Ahora —dijo Kane.

El abogado no se movió. Kane vio cómo estudiaba la mesa junto a la puerta. Encima había una lámpara y un teléfono. El cable del teléfono iba por detrás de la mesa hasta el cajetín de la pared. Otro cable corría junto a la puerta de la habitación del pánico y llevaba al mismo sitio. La tapa había sido arrancada y el cable que iba al teléfono estaba cortado. Era una habitación del pánico antigua, construida, probablemente, antes de que instalaran el teléfono. No había forma de taladrar el hormigón para hacer una conexión; el cable tenía que sacarse de la habitación hasta el cajetín. Y Kane lo agradecía, porque así había podido cortar el cable para que Solomon no pudiese llamar desde el teléfono de la habitación del pánico.

—Está perdiendo el tiempo —dijo Kane—. Dígale que está a salvo. Sáquele de ahí.

El abogado dio un paso hacia delante y se puso delante de la puerta.

—Dígaselo —insistió Kane.

Flynn levantó la cara hacia la cámara y dijo:

—Bobby, soy yo, Eddie.

Kane cambió de mano la empuñadura del cuchillo y entró lentamente en el dormitorio, procurando mantenerse fuera del alcance de la cámara.

—Bobby, escúchame con atención. Estás a salvo. Totalmente a salvo. Ahora necesito que hagas una cosa… —dijo Flynn.

Una lengua larga asomó de la boca de Kane y recorrió sus labios. Sentía cómo el pulso se le aceleraba, ansiando matar.

—Bobby, pase lo que pase, no abras esta puerta —dijo Flynn.

«Imbécil», pensó Kane.

Ya cogería a Solomon. Tal vez no esta noche, pero pronto. Ahora, le tocaba saldar cuentas con el abogado. Apretó el cuchillo de cerámica, sintiendo la primera ola de calor de su sangre al precipitarse. Vio que Flynn agarraba su corbata y se cubría la boca y la nariz con ella.

En ese momento, la ventana que había a su izquierda estalló y el dormitorio se llenó de gas lacrimógeno.

*E*l primer bote estalló en un rincón del dormitorio. Empecé a oír cristales rompiéndose por todas partes. Dos federales con el uniforme del SWAT y máscaras de gas irrumpieron por la ventana. Oí más cristales rompiéndose en el rellano. Vi a otro agente del SWAT caer de pie detrás de Kane. El agente que tenía más cerca me pasó una máscara, me arrodillé y repté hasta el rincón para ponérmela. Para cuando conseguí cerrar la tira de Velcro detrás de la cabeza, los ojos me picaban mucho.

Los agentes se anunciaron y ordenaron a Kane que soltara el cuchillo y se tirara al suelo. No los veía. Con las ventanas del dormitorio y del rellano rotas, con el viento invernal del exterior, el dormitorio se había convertido en una nube de humo blanco impenetrable. Por los vanos de las ventanas iba saliendo al exterior, pero en esos primeros instantes no se veía nada.

Una ráfaga de disparos automáticos y casquillos vacíos tintineando al caer al suelo. Luego nada. Oí un gemido y el ruido de algo pesado cayendo al suelo. Entonces empezó el tiroteo de verdad. Dos fuertes series de disparos. En medio del humo, vi destellos de la boca de un cañón, pero no sabía hacia dónde iban dirigidos.

Una silueta se movió rápidamente entre el humo. Solo vi su perfil. Se agachó en un rincón del dormitorio, se incorporó; entonces oí un cristal rompiéndose y vi un arco de humo entrando por la ventana. Pasos en las escaleras. Pesados. Rápidos.

El humo se aclaró un poco más. Me levanté y estuve a punto de tropezar con el cuerpo de un agente en el suelo. Era el que me había dado la máscara antigás. Le había degollado. Y no tenía su arma. Un poco más allá, había otro agente boca abajo. Entonces vi a Kane en el rellano, de pie sobre el cuerpo del último agente que había entrado por la ventana del segundo piso. Estaba tumbado sobre la moqueta, convulsionando. Vació el resto del cargador sobre él. El agente se quedó inmóvil. Kane soltó el arma, cogió su cuchillo y vino a por mí.

Tenía los ojos rojos y llorosos, pero no parecía importarle. Vi una mancha oscura en su camisa, sobre el estómago. Antes de matar al primer agente y quitarle el arma, le habían alcanzado.

Sin embargo, la herida no parecía haberle perturbado ni ralentizado sus movimientos en lo más mínimo.

¿Quién demonios era aquel tío?

Había tres metros entre Kane y yo. Los pasos en las escaleras se oían cada vez más fuerte. Reculé hasta que mis piernas dieron con la puerta de acero de la habitación del pánico. Kane avanzaba dando zancadas, sonriendo.

Saqué la Glock de Holten del bolsillo de mi chaqueta y le disparé al pecho. Le había cogido el arma mientras estaba de espaldas cerrando la puerta de la entrada. El disparo le hizo recular varios pasos, pero milagrosamente seguía en pie. Bajó la mirada y vio la enorme herida de bala. Volvió a levantar la vista y abrió la boca. Le salía sangre de los labios. Empezó a avanzar hacia mí de nuevo.

Le disparé otra vez en el hombro. Ni siquiera se detuvo.

Estaba a dos metros y medio de mí. Y con el maldito cuchillo en la mano.

Apreté el gatillo otra vez, y otra, y otra. Fallé la primera, luego le di en el estómago y en el pecho, pero el cabrón seguía acercándose.

Un metro y medio. Los pasos se oían ya en el rellano.

Apunté más abajo y disparé dos veces. Fallé el primer disparo. El segundo le destrozó la rodilla y cayó al suelo. Empezó a reptar, escupiendo sangre.

Estaba a menos de un metro y soltó un latigazo con el brazo que sostenía el cuchillo. El filo me mordió el muslo. En aquel último segundo, sus ojos cambiaron. Se suavizaron, se apaciguaron. Fue casi como si se quitara un peso de encima al mirar al cañón de la Glock.

Volví a apretar el gatillo y le volé la tapa de los sesos.

Mis rodillas cedieron al sentir el dolor atravesándome. Tenía un corte largo y horizontal en el muslo y notaba la sangre empapándome los pantalones. Mi mente empezó a flotar. La habitación me daba vueltas. Debí de desplomarme en el suelo. Vi el arma de Holten delante de mí. Se me habría caído. Alcé la vista y vi a Holten de pie, jadeando. Se agachó y recogió la pistola.

Al mirarle, vi la decisión en su cara. Sacó el cargador y se quedó mirándolo. Quedaban un par de balas al menos. La maldita máscara no me dejaba respirar, así que me la quité.

—El martes, en la cafetería. Fuimos a desayunar antes de ir a la escena del crimen —dije.

Holten se arrodilló, mirando el cuerpo de Kane.

—Nunca creí que llegaría este día —respondió Holten.

Sacudió la cabeza con incredulidad ante el cadáver.

—No había nadie como él. Nadie podía hacerle daño. No sentía dolor. Era como si no fuera humano —dijo Holten.

—La cafetería. Cogiste el dinero que había contado para pagar la cuenta, me lo devolviste y dijiste que pagabas tú. Le diste uno de esos dólares a Kane y le ayudaste a tenderme una trampa. Le has estado ayudando en todo esto —dije.

Se puso en pie y, volviéndose hacia mí, sonrió.

Era una sonrisa retorcida y malvada. Había visto la foto que envió el policía de Chapel Hill a Harper: Holten no había cambiado nada. Quería que supiese que le habían descubierto, que ya no podría esconderse tras un nombre falso. Pero la voz se me quebraba por el dolor. De algún modo, conseguí decir:

—Cambiaste la muestra de Richard Pena por la de Kane en Chapel Hill, ¿no es cierto, agente McPartland?

Volvió a meter el cargador, cargó el arma y me apuntó a la cabeza.

Apreté los dientes y le miré a los ojos.

Su cuerpo empezó a dar sacudidas y los vidrios rotos que había pegados al marco de la ventana se tiñeron de un rojo violento antes de que el cuerpo de Holten cayera por el hueco.

Delaney y Harper estaban en el rellano, una al lado de la otra. Bajaron las armas. Oí que Delaney llamaba a una ambulancia y entonces todo se volvió oscuro otra vez. Intenté abrir los ojos, pero no podía. Me pesaba la cabeza y estaba empapado de sudor. Noté mi espalda resbalando contra la pared y no lograba que mis piernas aguantaran. Estaba cayendo, rápido.

Antes de perder el conocimiento, sentí una mano sobre la mejilla. No entendía lo que decían. Alguien estaba golpeando una puerta de metal. Era Bobby, preguntando si podía salir. Intenté decirle que sí. Que ya no tenía que ir al juzgado por la mañana, que el caso contra él había acabado, pero no encontraba las palabras.

*E*n las ocho semanas transcurridas desde el tiroteo de la calle 39, salió a la luz toda la verdad sobre los crímenes de Dollar Bill. Yo estaba demasiado débil para ver a Delaney, pero llamó a Harry y se lo contó. Me habían trasladado a su piso mientras me recuperaba. Harry me lo explicó todo.

Kane había sido un asesino prolijo. Se encontró su ADN en tres escenas del crimen más. Un hombre llamado Wally Cook había desaparecido la semana del juicio. Hallaron ADN de Kane en el neumático rajado del coche de Cook, que estaba aparcado a la entrada de su casa. El cuerpo había sido quemado, pero lo pudieron identificar a través de los registros dentales. Era uno de los candidatos para formar parte del jurado en el caso Solomon.

Encontraron el cadáver de Art Pryor al volante de su Aston Martin, aparcado en la calle donde vivía Bobby.

Al salir del Grady's Inn, Kane se había encontrado con Pryor y, tras quedarse con su ropa, le mató y le puso un abrigo y un sombrero sobre la cara para taparle el agujero del ojo.

A pesar de que no se podía demostrar con certeza, se creía que Kane también era responsable de los asesinatos de los jurados Manuel Ortega y Brenda Kowolski.

Delaney también encontró más información sobre Holten, cuyo verdadero nombre era Russell McPartland. Había sido expulsado del Ejército por conducta deshonrosa después de una serie de acusaciones de acoso sexual. Aunque no se llegó a demostrar la veracidad de ninguna de ellas, fue suficiente motivo para que sus superiores le echaran por varias infracciones leves, la mayoría de las cuales fueron inventadas por sus compañeros. McPartland consiguió trabajo como guardia de seguridad en la Universidad de Chapel Hill, poco antes de que se empezaran a producir una serie de violaciones brutales en el campus. Las jó-

379

venes alumnas le veían como un policía y confiaban en él siempre que las abordaba. Cuando encontraron a la primera víctima del Estrangulador de Chapel Hill, se pensó que el violador había subido el listón, pero el FBI había cambiado de idea. Delaney estaba convencida de que Kane buscó a McPartland y le amenazó con delatarle si no le ayudaba a ocultar sus crímenes.

Trabajaban bien juntos. McPartland tenía experiencia en seguridad y contactos entre la policía. Todos los recursos que necesitaba Kane. Y, por supuesto, conocía a la gente adecuada para cambiar de identidad. Lo de Kane en todos estos años no había sido pura suerte: también había tenido ayuda.

A partir de ese momento, empezaron a producirse exoneraciones. Algunas fueron póstumas, pero la mayoría no. Los hombres encarcelados por los crímenes de Dollar Bill fueron puestos en libertad y emprendieron el largo camino para cobrar daños y perjuicios por haber sido condenados erróneamente. Ahora bien, por mucho que consiguieran, ya nada les devolvería sus vidas.

Estaba tumbado en el sofá de Harry viendo reposiciones de *Cagney y Lacey*. Bobby me había llamado todos los días para darme las gracias por salvar su vida. Una vez más, Harry tuvo el detalle de hablar con él de mi parte. Vi la entrevista que le hicieron en la CNN. Habló de la odisea de ser juzgado por un crimen que no había cometido. Habló de su epilepsia y de cómo la había ocultado a los ojos de la industria. Y también habló de su sexualidad. Según explicó al periodista, la noche en la que asesinaron a Ariella y a Carl, estaba con otro hombre. Otro actor. Otro hombre de fama mundial, que vivía en una mentira. Aquello seguía obsesionándole y se lo había ocultado a todos, incluso a sus abogados.

Hollywood no parecía dispuesta a perdonar a Bobby, pero Estados Unidos sí lo hizo.

Oí que se abría la puerta de entrada y Harry apareció en el salón con una bolsa marrón con forma de botella. Dejó la bolsa sobre la mesita de café junto con un fajo de cartas, cogió dos vasos y nos sirvió una copa.

—¿Qué estás viendo? —dijo.

—*Cagney y Lacey* —contesté.

—Siempre me ha gustado. —Dio un trago al *bourbon*, dejó el vaso y dijo—: Bobby Solomon quiere contratarte.

—¿Para qué?

—Está haciendo el piloto para una serie de Netflix sobre un timador que se convierte en abogado —dijo, sonriendo.

—No tendrá éxito —respondí.

Harry me vio mirando el correo. Lo cogió y se lo llevó.

—¿Hay documentos para mí? —pregunté.

No contestó. Había visto un sobre grande marrón que me resultaba familiar.

Suspiró, cogió el sobre del montón de cartas y me lo acercó.

—No tienes por qué hacerlo ahora —dijo.

Abrí el sobre, saqué los documentos y me incorporé. La pierna me seguía doliendo mucho, pero ya estaba mejor. El médico había dicho que, al cabo de unas semanas, podría dejar el bastón. En ese momento, solo notaba molestias. Y, en realidad, los documentos que tenía sobre la mesa delante me dolían mucho más. Cogí un bolígrafo del tarro que Harry tenía sobre la mesa, hojeé varias páginas y firmé los papeles del divorcio y de concesión de la custodia.

Me bebí la copa de un solo trago, sintiendo el primer chute del alcohol desde hacía mucho tiempo. Harry rellenó mi vaso.

—Puedo hablar con Christine —dijo.

—No lo hagas —le contesté—. Es lo mejor para ellas. Cuanto más lejos de mí, más seguras estarán. Así son las cosas. Cuando estaba en casa de Bobby en Midtown, cuando Kane amenazó con matarnos a mí y a Harper, casi me alegré. Si hubiera estado con Christine y con Amy, habría amenazado con matarlas a ellas… o algo peor. Es mejor que estén lejos de mí.

—Bobby te ha pagado bien. Podrías salirte de todo este juego, Eddie. Hacer otra cosa.

—¿Qué otra cosa iba a hacer? No estoy en las mejores condiciones para volver a meterme en el mundo de las estafas.

—No me refería a eso. Ya sabes, emprender otra carrera. Algo legal.

Empezaron los anuncios. El primero era un tráiler de un documental sobre Bobby Solomon y Ariella Bloom. Los medios estaban sacándole el máximo jugo a Bobby ahora que estaba de moda.

Después del tráiler, anunciaban una entrevista a Rudy Carp. Había salido en todos los programas de debate y canales de noticias adjudicándose la victoria en el caso Solomon. A mí me daba igual. Toda para él. No tenía sentido luchar por la gloria con un abogado como Rudy. Tampoco había aceptado el caso por la publicidad. Era lo último que necesitaba.

—Creo que seguiré como abogado defensor, al menos por un tiempo —dije.

—¿Por qué? Mira lo que te ha costado, Eddie. ¿Por qué ibas a seguir?

Ni siquiera le estaba mirando, pero noté que ya sabía mi respuesta.

—Porque puedo. Porque tengo que hacerlo. Porque siempre va a haber gente como Art Pryor o Rudy Carp en este negocio. Alguien debe hacer lo correcto.

—Pero no siempre tienes que ser tú —replicó Harry.

—¿Qué pasaría si todos dijéramos eso? ¿Y si nadie se levantara en defensa de los demás esperando que otros lo hagan? Tiene que haber alguien al otro lado de la raya. Si caigo yo, alguien tendrá que ocupar mi lugar. Lo único que he de hacer es mantenerme en pie todo el tiempo que pueda.

—Pues últimamente no estás mucho de pie. Harper quiere verte.

Dejé que el silencio creciera.

Recogí los documentos que había preparado el abogado de Christine y los volví a meter en el sobre. Mi mente volvió a aquel dormitorio, en Midtown. Me quité la alianza y la metí en el sobre. Sería mejor para ellas no ser familia mía. Eran demasiado buenas para mí. Y las quería demasiado.

Aún llevaba la alianza de Christine en la cartera, pero por ahora no sabía qué hacer con ella. Seguiría adelante con el divorcio y haría todo lo que ella quisiera. Claro que sí. Era lo mejor. Lo mejor para ellas.

Apuré la copa, me serví otra y volví a sentarme en el sofá.

—Bueno, ¿y qué vas a hacer ahora? —preguntó Harry.

Cogí mi teléfono y pensé en llamar a Christine. Quería hacerlo, pero no tenía ni idea de qué decirle. Sin embargo, sentía que tenía muchas cosas que decirle a Harper, aunque pensé que, tal vez, era mejor no decirlas.

Me quedé mirando el teléfono un buen rato, seleccioné un contacto y apreté el botón de llamada.

Agradecimientos

Gracias, como siempre, a Euan Thorneycroft y a todo el equipo de AM Heath. Un autor no podría soñar con tener un agente mejor. Francesca Pathak y Bethan Jones, de Orion, han dado forma a esta novela con enorme aplomo: les estoy muy agradecido, a ellos y a todo el equipo de Orion, especialmente a Jon Wood, por creer en este libro.

A mi pareja de *podcast*, Luca Veste, por mantenerme cuerdo, por hacerme reír y por leer esta novela. A todos mis amigos y compañeros. Gracias a todos los libreros y lectores que me apoyan.

Y gracias especialmente a mi mujer, Tracy, primera lectora, primera opinión, primer todo. Porque es la mejor.

ESTE LIBRO UTILIZA EL TIPO ALDUS, QUE TOMA SU NOMBRE
DEL VANGUARDISTA IMPRESOR DEL RENACIMIENTO
ITALIANO, ALDUS MANUTIUS. HERMANN ZAPF
DISEÑÓ EL TIPO ALDUS PARA LA IMPRENTA
STEMPEL EN 1954, COMO UNA RÉPLICA
MÁS LIGERA Y ELEGANTE DEL
POPULAR TIPO
PALATINO

13

SE ACABÓ DE IMPRIMIR
UN DÍA DE PRIMAVERA DE 2019,
EN LOS TALLERES GRÁFICOS DE LIBERDÚPLEX, S. L. U.
CRTA. BV-2249, KM 7,4. POL. IND. TORRENTFONDO
SANT LLORENÇ D'HORTONS (BARCELONA)